女帝

卷一

第一章 重生歸來

白卿言喝完一碗苦藥，用帕子擦了擦嘴，靠坐在床頭凝視插著紅梅的白玉瓷瓶出神。她明明已經死了，怎麼睜開眼竟回到了宣嘉十五年臘月十四。

她記得，臘月十五二妹妹白錦繡出閣，忠勇侯府世子來迎親早到了半個時辰。鎮國公府十七子盡數去了南疆戰場，長輩提前安排攔門的不成器表親們，湊在後院偏僻處鬥蛐蛐賭錢，無人攔門，導致白錦繡提前一個時辰出門。就是這提前一個時辰，迎親隊伍遇到了劫殺梁王的人馬，白錦繡聽說梁王遇刺立刻出手護住梁王，自己卻命喪刀口。

想到梁王……白卿言閉眼，用力攥緊身下的床單，氣息不穩。

她腦海裡全都是死前，梁王淡漠戲謔的目光，凌厲到讓人心驚的五官。他蹲跪在渾身是血，虛弱的連頭都抬不起來的白卿言面前，說了很多。說他如何聯手祖父軍中副將劉煥章坑殺了白家所有男兒，說他如何利用白卿言贈予他兵書上的祖父筆跡，偽造了坐實白家通敵叛國的書信，又如何把白家一門遺孤逼上死路……

上輩子她竟蠢得相信梁王對她情義無雙，相信他登上高位的原因是為了替白家翻案，甘願為他牛馬，隨他出征，為他掙下不世軍功，成全他戰神的名聲，助他登上太子之位。

可他害死了祖父父親和她的兄弟不說，連她的妹妹們都沒有放過，想起她七個妹妹經梁王之手無一善終的下場，白卿言血氣湧上心口，胃裡翻江倒海般絞痛，恨不能活撕了梁王那個薄情寡義的畜生。

「大姑娘……」大丫頭春桃輕輕喚了白卿言一聲，捧著攢盒低聲道：「洪先生開的藥好是好，就是太苦了些！大姑娘吃顆蜜餞兒給嘴裡換換味兒。」

白卿言撿了顆薑汁話梅含進發苦的口中，定定看著給她背後加了個軟枕的春桃，春桃是母親董氏乳母的女兒，自小跟在她身邊當差，忠心不二。

「二姑娘，這雪大路滑的，您怎麼過來了？」院內傳來灑掃婆子小心翼翼討好的聲音。

暖閣裡，正要彎腰攏碳火的春妍擱下手中火鉗子，挑了簾出去行禮，語氣不善：「二姑娘。」

白家二姑娘白錦繡踏上臺階，解開披風，輕聲問給她行禮的春妍：「長姐可好些了？」

「托二姑娘的福，大姑娘好著呢！二姑娘明日要嫁去忠勇侯府了，海一般的事情等著二姑娘，二姑娘不趕緊準備著，何苦大雪天兒的往我們清輝院跑。」春妍心裡不痛快，話裡夾槍帶棒的。

原本和忠勇侯世子訂了親的明明是她們家大姑娘，就因為大姑娘十六歲那年隨國公爺上戰場，受了傷落下病根子嗣艱難，這和忠勇侯世子定親的就成了二姑娘，春妍心裡怎能服氣？

春桃聞聲朝隔扇外看了眼，替白卿言攏了攏錦被，問：「大姑娘，二姑娘來看您了，您見嗎？」

她一下握緊拳頭，想起前世梁王說，他之所以留她一命，是因為白錦繡出閣當天替梁王擋了一刀，臨死前哀求梁王此生定要好好護著白卿言，不要辜負她。她心頭酸澀，沙啞著聲音吩咐：「你去迎迎二姑娘。」

春桃應聲從主屋裡出來，雙手交疊規規矩矩行禮喚了二姑娘，才道：「大姑娘剛喝了藥，氣色已經好多了，特讓我來迎迎二姑娘，二姑娘快請！」

春桃親自給二姑娘白錦繡打簾。

白錦繡一進屋暖氣便迎面撲來，怕過了寒氣給白卿言，她站在進門的火盆前烤了烤，這才繞過屏風朝內間走來：「長姐……」

再見白錦繡清麗秀淨的面容，羞恥、愧疚的情緒在她內心洶湧翻騰，是她當初對梁王的當斷不斷讓白錦繡以為她鍾情梁王，拼死護下這個逼死白家滿門的惡鬼畜生，她愧對白錦繡、愧對白家。

春桃讓丫頭給白錦繡端來杌子放在床邊，不等白錦繡坐下，嘴裡發苦的白卿言紅著眼對白錦繡招手：「錦繡……你過來！」

白錦繡拎著襖裙裙擺，在白卿言床沿坐下，只覺白卿言整個人如老者般暮氣沉沉，她滿目擔憂握住白卿言的手：「長姐，是不是因為明日……」

不等白錦繡說完，她便搖頭，哽咽道：「錦繡，長姐希望你能答應長姐，以後不論遇到何種情況，都必須先護好你自己，知道嗎？」

「長姐？」白錦繡摸不著頭腦。

「你答應長姐！」她用力握緊白錦繡的手。

白錦繡見白卿言氣息不穩，忙不迭點頭：「錦繡知道了長姐！」

明日出閣瑣事繁多，白錦繡只在白卿言這裡略坐了坐，便起身回去。

送走白錦繡，白卿言遣了所有丫鬟，躺在床上，前前後後將梁王和白家的事情想了個遍，只覺如一場大夢通體生寒。

從二妹白錦繡的死開始，白家就逐漸被推入深淵。老天有眼讓她重回二妹出閣前一天，無論如何，她都不能讓白錦繡和白家如前世那般。

明日白錦繡出閣，她得有萬全的準備，萬一那些不成器的表兄顧著鬥蛐蛐，也得有人能頂上。

還有梁王長安街遇刺的事，上一世結案時說是南燕細作行刺。可如今細細想來，梁王一個名聲在外懦弱無能的王爺，有什麼值得歷盡艱辛混進大都城的南燕細作來刺殺？

再者，得派靠得住的人去一趟南疆，倘若能有機會救下祖父父親他們最好，如果沒有……也要先一步掌握證據，不能給梁王陷害白氏一族的機會。

她白家兒郎恐怕盡損於南疆的事情也不能瞞著祖母，得提前以緩和的方式讓祖母心裡有個準備。這樣……等前方戰報傳回大都城時，祖母才不會受不住打擊撒手而去。只要白家還有祖母這位陛下的親姑母在，就不至於和上一世一樣太過被動。

白卿言身體還虛，又思慮過甚，一陣倦意襲來她半夢半醒，迷迷糊糊夢到了祖父、父親，還有她的十七位兄弟。夢到祖母彌留之際拉著她和母親的手淚流滿面，說自己無用……竟在白家最為艱難之際撐不住要先去找祖父了！她把護著白家遺孀的責任交給母親董氏和白卿言，望她們不要負了她的囑託。

「祖母！」她驚呼一聲，猛地坐起身，胸口起伏劇烈。

見自己還在清輝院的床上，她幾乎要撞出胸膛的心跳才逐漸平復。雪白的中衣被冷汗沁濕，淚水也沾沁濕了繡花枕。

她閉了閉眼，想到剛才夢裡的情景不敢再耽擱……該布置安排的得儘快安排下去。她強撐著打起精神來，掀開錦被沙啞著嗓音喚道：「春桃……」

「大姑娘！」春妍應聲挑了厚簾子從屋外進來，見白卿言坐在床沿，忙拿過夾了薄棉的披風給白卿言披上，說道：「春桃姐姐去夫人那裡幫羅媽媽的忙，還沒回來。」瞅著白卿言精神狀態不好，春妍不免憂心：「姑娘怎麼沒有叫人伺候就起身了？」

「什麼時辰了？」

「未時了。」春妍將床榻兩側的帳子收了起來，「姑娘要不要用點雞絲粥？小廚房裡方媽媽一直用小火煨著，那香味兒可饞壞人了。」

她攏了攏披風：「伺候我起身吧。」

隨著一聲「大姑娘起了」，剛還安靜的院落，很快熱鬧起來，掃雪的掃雪，備水的備水。很快，伺候洗漱的丫鬟們捧著漱口水、痰盂、銅盆、巾帕規矩立在房檐下立成一排，春妍這才讓人挑簾，帶著丫鬟們魚貫而入。

春桃回清輝院，聽說大姑娘起了，忙拍了拍身上的雪，打簾兒進門伺候。見白卿言一身素白色繡菱花紋襖裙披著白狐大氅要出門樣子，春桃疾步上前忙著給白卿言繫大氅。

「外面雪正大呢，姑娘您還病著，這是要去哪兒？」

「去看看祖母。」

春桃欲言又止，侍奉白卿言穿好大氅，從炭盆裡取了燒的正旺的炭火裝進手爐裡，她知道他們家大姑娘一向主意正，她磨破嘴皮子怕也不頂用。

接過春桃遞來的手爐揣在懷中，她吩咐道：「一會兒我和祖母身邊不用你伺候，你避開人，親自去一趟前院，讓盧平護院過半個時辰在後院假山旁的回廊等著我，我有事吩咐他。」

「是！」春桃應聲。白卿言走了兩步，攥緊了手爐回頭瞅著正收拾衣箱，目前對她還算忠心的春妍，道：「春妍，讓青竹酉時過來找我。」

算時間，此時恐白家男兒們已經盡損，可……既然老天爺讓她重新回來了，白卿言還是想要拼盡全力一試，萬一能保住哪怕一個呢?!總比什麼都不做的好！

「哎！我收拾完衣籠就去找沈姑娘！」春妍爽朗道。

雪還未停，她一路踩著雪過來，在長壽院外掃雪的小丫頭機靈，老遠看到她就進院子裡稟報。這白卿言人還沒到院子門口，祖母身邊的蔣嬤嬤就趕忙迎了出來。

「大姐兒，雪還未停您怎麼來了？」蔣嬤嬤撐著傘和一眾丫鬟疾步走到白卿言面前，動作自然地拿過丫鬟手裡捧的新手爐換了白卿言手中半涼的手爐，親自為白卿言撐傘。

白卿言當年被刺中腹部落水，留下了病根格外畏寒，全府上下無人不知。

蔣嬤嬤七歲便在祖母身邊伺候，一生未嫁，後來祖母西去，蔣嬤嬤沒過多久就吞金殉主，可見忠心。「嬤嬤……」她一邊和蔣嬤嬤往長壽院走，一邊問：「祖母午睡醒了嗎？」

「大長公主醒了，正禮佛求佛祖保佑國公爺和世子爺一行平安凱旋。」

「祖母近日身子可好？」

「大姐兒放心，大長公主身子有太醫院院判照料倒是沒有什麼大問題，就是將近年關國公爺、世子爺和哥兒他們沒回來，大長公主睡得有些不好罷了。」蔣嬤嬤說。

她點了點頭先進了暖閣整理身上的衣裳，蔣嬤嬤有條不紊吩咐人給白卿言更換沾了雪的鞋襪，拿熱水給她淨手。

「嬤嬤，您先別忙，我有話和您說。」她解開披風遞給春桃，在火盆旁坐下，「你們都先下去吧……」

蔣嬤嬤是個精明人，知道白卿言有話要說靜靜站在一旁。

「嬤嬤，南疆有消息傳來……」

蔣嬤嬤屏住呼吸，有了不好的預感，面色不大好看：「是不是國公爺……」

她凝視著火盆，伸出手烤了烤，沉吟了片刻道：「勞煩您，把上次太后賜給祖母的救命良藥拿出來備著，另外再準備些參片。」

蔣嬤嬤點頭，面無血色。只聽得「啪嚓」一聲脆響，白卿言回頭朝雕花木窗外看去，竟是積雪壓斷了樹枝。她冰涼的指尖收緊，抿了抿唇：「再讓人拿著祖母的名帖，請黃太醫過來候著。」

「大姐兒，其實這段時間大長公主總睡不好，隱隱有了預感！」蔣嬤嬤眼眶泛紅，「大長公主一向剛強，不至於請太醫過來，大長公主撐得住。」

「嬤嬤，還是請太醫過來吧。」白卿言垂著眼，眸底已有淚光。

祖母剛不剛強撐不撐得住，她上輩子已經知道了。這輩子，她太害怕失去親人，她知道以祖母的睿智程度，即便是她托借夢境之說怕是也能猜出一二來，她必須做好萬全準備。

「莫不是……世子爺也出了事？」蔣嬤嬤扶住門框，腿差點兒軟下去。

蔣嬤嬤口中的世子爺，就是白卿言的父親，大長公主的嫡子。

她看向蔣嬤嬤，眼眶濕紅，脊背卻挺得直直的：「嬤嬤不是外人，我不怕和嬤嬤透底，以後恐怕……整個白家都要指望祖母了。

這事您心裡有數就好，確切的情況等朝廷戰報傳回來之前，我打算假借夢境之說讓祖母提前有個準備，祖母還要靠嬤嬤照顧，您可千萬要撐住了。」

蔣嬤嬤只覺腦子嗡嗡直響，一身的虛汗，她點了點頭自知事情輕重，大姐兒一個孩子都能撐住，詭譎的宮廷生涯她都撐過來了，沒道理還不如個孩子。

蔣嬤嬤打起精神，忙讓人帶了大長公主的請帖去請黃太醫。

白卿言在偏房暖了暖身子驅散了身上的寒氣，估摸著黃太醫差不多要到了，這才讓蔣嬤嬤去稟報她來了。

「阿寶，你身子不好，怎麼還冒雪來了？」大長公主一看到白卿言便嗔了一句，話裡雖然責怪，可大長公主還是如常伸手拉過白卿言摸了摸，見她手還算暖和這才緩和了臉色。

再見祖母，聽祖母喚她乳名，白卿言只覺真若隔世……，她忍著喉頭的哽咽，開口道：「祖母我就是想你了。」

大長公主看著白卿言孩子氣的模樣，佯裝生氣用手指點了點白卿言的額頭，把人摟在懷裡，慈祥道：「再過一個時辰宮廷畫師可就要到了，別人都在閨閣裡拾掇自己，偏你往祖母這裡跑！」

明日鎮國公府二姑娘出閣，這是鎮國公府第一位出嫁的姑娘，祖母專程請了幾位宮廷畫師要給她們姐妹們畫丹青。

真實抱著大長公主，聞到大長公主身上的檀香氣息，她越發的難過，生怕這個消息說出來還是和上一世一般的結果。

見蔣嬤嬤打著簾子進來，對她點頭，她知道黃太醫已經到了，門口的人蔣嬤嬤也支開了。

「祖母……」她仰頭看著大長公主，「我今天中午做了個夢，夢見祖父、父親、各位叔叔、兄弟，都沒能從南疆回來，祖母您受不了刺激病倒了，又有人誣告我們白家通敵，我白家所剩皆為女子，沒有祖母的保護只能任人魚肉。」

大長公主聽到白卿言的話身子一僵，面上血色盡褪，蔣嬤嬤忙倒出太后賜予的救命藥丸，端著水送到大長公主面前：「大長公主……」

大長公主對蔣嬤嬤擺了擺手，安撫白卿言：「傻孩子，只是一個夢而已，夢都是相反的。」

「這夢太真實，太可怕了！祖母……我在夢裡看著滿朝欺侮我白家無男兒，欺我白家無人庇護，看著妹妹們被母親匆匆送走更名改姓終身不得再聯繫，看著母親為洗刷白氏冤屈無門……帶著一眾嬸嬸在牢中懸梁自盡，留下血書！我真的是怕極了。」說到觸動情腸處，她眼底的恨和眼底的悲……驚到了大長公主。

「阿寶莫怕！」大長公主用力抱緊白卿言，「莫怕！有祖母在！」

白卿言陪著大長公主說了說話，她人前腳走大長公主後腳就撐不住，死死拽著胸口的衣裳噴出一口鮮血，人歪在了軟榻上。

「公主！」蔣嬤嬤慌忙扶住大長公主，用帕子擦大長公主唇角鮮血，驚慌喊道：「來人，快請黃太醫！」

大長公主一把拽住蔣嬤嬤搖頭，忍著淚問：「阿寶走遠了嗎？」

「大長公主放心，大姐兒已經走遠了……」蔣嬤嬤聲音裡帶著哭腔。大長公主攥著蔣嬤嬤手的力道鬆了些，眼淚斷了線似的往下掉：「阿寶那孩子是我親自教養長大的，她的心性我還不清楚麼？她定是怕我將來驟然得了消息受不了才有夢境這番說詞，否則這等虛無縹緲的事情怎麼會拿到我面前來說，惹我跟她一起擔驚受怕！」

蔣嬤嬤也跟著哭了出來，用力攥住大長公主的手：「公主，您可得撐住了啊！萬一大姐兒說的夢境是真的，咱們鎮國公府還得指望著您呢！」

「撐住！我當然要撐住！」大長公主通紅的眸子如炬，手肘撐在炕桌一角強撐著坐直了身子，「倘若白家一門男兒真的馬革裹屍，連我也跟著撐不住倒下了，鎮國公府怕是真要任人欺凌！為了阿寶她們這群孩子，我也得撐住了！」

蔣嬤嬤連連點頭：「長公主，黃太醫已經來了，讓他進來為您診脈吧！您身體現在可不能出岔子！」

大長公主點了點頭，閉上脹痛的眼睛，想到丈夫、兒子和孫子可能已經命喪南疆，肝膽欲裂，撕心裂肺的疼。可她現在沒有時間傷懷，她得趁著確切的消息還沒傳回大都城前好好想想，這消息若是真的，他們鎮國公府未來該何去何從。

白卿言從大長公主那出來，正遇到四姑娘帶著五姑娘六姑娘騎馬回來。皚皚白雪中，三個小姑娘一身暗紅色騎裝英姿颯颯談笑而來，清如銀鈴無憂無慮的笑聲似能掃清人心頭一切陰霾。

滿大都城都知道，鎮國公府的姑娘和別府的閨秀千金不同，鎮國公府從來不拘著女兒家得在家中作女紅擺弄琴棋書畫，鎮國公府的姑娘各個鮮衣怒馬明豔張揚的很。

四姑娘白錦稚看到白卿言站在掛滿紅綢回廊裡，眼睛一亮極速朝這邊跑來：「長姐！」

五姑娘和六姑娘眼睛一亮也跑了過來，脆生生喊著：「長姐……」春桃笑了笑替白卿言擦了擦回廊欄台，扶著她坐下。

「長姐，你身體都好了嗎？下雪天都能出來了！」四姑娘白錦稚挨著她坐下滿目關切，「那是不是等開春長姐就能帶我們去騎馬了！教授騎馬的師傅好生無趣，都不敢放手讓我自己騎！」

五姑娘和六姑娘是孿生姐妹，兩人不過十歲出頭的小娃娃，粉雕玉琢的，頭上梳著兩個福包格外可愛。

看著眼前還是小丫頭樣的三位鎮國公府姑娘，想起上一世……隱姓埋名的三妹妹白錦桐和四妹妹白錦稚，投靠敵國誓要覆滅大晉國為白家報仇、五妹妹白錦昭刻苦學藝行刺梁王卻死於他的劍下，六妹妹白錦華、七妹妹白錦瑟被梁王送入青樓……還好，此刻她們都還好好的在自己眼前，她鼻頭發酸，注視著眼前三個意氣風發的小姑娘淺淺笑著。

「長姐，小五昨天給你送去的梅花好看嗎？」五姑娘白錦昭湊到白卿言面前，滿臉得意道：「我母親說長姐畏寒不能去太寒冷的地方，我看那紅梅開得實在漂亮就折了紅梅插到白玉瓶裡給長姐送去，長姐可還喜歡?!」

「喜歡！我們小五摘的花最好看，長姐今天一早醒來就看到了……」她柔聲細語哄孩子。

「還有我！還有我！我也給長姐剪窗花了！下雪天貼在窗戶上可好看了！我還給五嬸送了窗花，我母親說五嬸肚子裡有個小娃娃，如今五叔和哥哥們都出征在外五嬸難免擔心，讓我和姐姐要逗五嬸開心！」

她笑著點頭：「嗯，你剪的那兩個胖娃娃長姐很喜歡，五嬸肯定也喜歡！」

說完，她看向白錦稚：「明日錦繡出閣，長姐託付你件事。」

白錦稚握著馬鞭的手拍了拍胸脯道：「長姐吩咐，小四萬死不辭！」

「明日忠勇侯府來迎親，屆時若無人幫忙攔門，你便帶家中丫鬟家僕列隊攔住了他們，不能讓忠勇侯世子覺得我們鎮國公府男兒不在，隨隨便便可以將你二姐娶了去，墮我國公府威名。」

「長姐放心！論刁難人，滿大都城我白錦稚認第二沒人敢認第一！」四姑娘拍著心口保證。

白卿言老遠看到盧平，笑了笑對三個孩子道：「好了，你們快去梳妝準備，祖母請了宮廷畫師要趕在你們二姐明日出閣之前給我們姐妹們畫丹青，你們記得收拾漂亮些！」

三個小丫頭恭恭敬敬給白卿言行了禮，這才離開。

盧平不到四十歲，面相看起來格外老成刻板，他對白卿言抱拳行禮：「大姑娘，您找我。」

「平叔，邊走邊說吧。」她起身，走出回廊。

盧平見白卿言面色肅穆，打起精神接過春桃手中的傘替白卿言撐在頭頂，規規矩矩跟在白卿言身側。

她緊緊握著手爐，腳步沉穩，避過院中掃雪的下人，她才徐徐開口：「昨晚有人匿名給我送了消息，約我明日巳時去長安街醉安坊，說有南疆的消息要給我！」

盧平臉色一變：「什麼人?!」是誰能饒過鎮國公府的護衛隊，把消息送到內宅大姑娘那裡？

「人我沒有見到，事情我也沒有聲張！」

盧平垂眸盯著自己的鞋尖，細細思索，手心裡已經是一層汗。這消息要是外人送進來的，那他們護衛隊可真是罪該萬死……

「我思來想去還是有疑慮，南疆的消息平白無故為什麼要送到我這裡，而不是家中長輩那！還偏偏選擇在二姑娘出閣這天。」白卿言腳下步子一頓，定定望著盧平，面沉如水：「所以，明日我想請您替我去醉安坊坐坐，留意一下有哪些形跡可疑的人……」

白卿言是想讓盧平親自去趟長安街弄清楚梁王遇刺的細節，最好能弄清楚行刺的是什麼人，萬一要是白錦繡沒有避過梁王遇刺，盧平在那裡總不會讓白錦繡丟了性命。

白卿言無法對盧平直說梁王將會遇刺，才想了此說法。

「盧平領命。」盧平鄭重道。

「平叔萬事小心，看到行跡可疑的人記下往後再細查就是，以免讓整個國公府落入他人圈套之中。」白卿言叮嚀。

「大姑娘放心，盧平知曉輕重。」

盧平將手中傘交給春桃，對白卿言行了禮才匆匆離開。

見白卿言凝視盧平背影出神，春桃低聲提醒：「大姑娘，我們回房換身顏色鮮亮些的衣裳吧！一會兒要畫丹青，顏色衣裳入畫也好看些。」

她收回視線，因為久病乏力，聲音又輕又淺：「我乏了，就不去湊那個熱鬧了……回吧。」

白卿言回到清輝院時，沈青竹已經站在廊下候了一會兒。

看著眼前年輕鮮活的沈青竹，她眼眶發酸。沈青竹是從小陪著白卿言長大的，說是主僕更像姐妹。她十歲那年少年意氣求祖父帶她上戰場，祖父給了她兩年的時間，若這期間她能訓練出一支女子護衛隊就准她跟隨上戰場，沈青竹就是那個時候被白卿言挑中的。

後來這支女子護衛隊在沙場數次護她周全，十六歲那年她第二次隨祖父扮男裝奔赴戰場，在寒冬臘月被敵軍長矛貫穿腹部跌入湍流中，護衛隊幾乎全軍覆沒才把她從河裡救回來。軍醫說白卿言能活下來已經是萬幸，子嗣方面註定無望。沈青竹自責沒有護好白卿言，回來後就自請去軍中歷練。她被沈副將看重收為義女，可在學成後還是堅決回到白府，死心塌地守著白卿言。

「進來吧！」白卿言道。

春桃親自替沈青竹挑了簾子：「沈姑娘請。」

一身俐落裝束的沈青竹跟著白卿言進屋，抱拳行禮：「姑娘有什麼吩咐。」

見白卿言解開大氅遞給春桃，放下手爐，坐在書桌前執筆書信，沈青竹沒有靠的太近怕過了寒氣給白卿言。

白卿言寫得很快，放下手中狼毫筆後吩咐春桃：「春桃你在外面守著，別讓旁人靠近。」

「是。」春桃挑了簾子出去。

白卿言把信封好，攥著信走至沈青竹面前：「青竹，你帶幾個信得過的人即刻奔赴南疆，路上能有多快就多快！把信交於我白家人！事情緊急除了你，我信不過別人！」

「是！」沈青竹沒有多問雙手接信，剛要走就被白卿言握住了手腕。

「姑娘還有什麼吩咐？」

白卿言手上力氣極大，她通紅的眼裡是滔天恨意：「如果……如果我白家人全都不在了，你一定要拿到白家軍隨行史官記錄的行軍情況和戰事情況！把這封信交給你義父沈將軍，找到我祖父的副將劉煥章……殺了他。」

沈青竹震驚看了白卿言一眼，白家人全都不在了是什麼意思?!

白卿言面色沉沉，沈青竹知道事關重大，鄭重頷首：「青竹領命！」

見沈青竹慘白著一張臉從屋內出來，春桃忙打簾進屋，眉宇間帶著憂心：「大姑娘……」

白卿言站在火爐旁，垂眸看著忽明忽暗的炭火，心中翻湧的情緒逐漸平復。盡人事……聽天命吧！

「春桃，我乏了。」白卿言神情有些恍惚。

「奴婢伺候大姑娘歇一會。」春桃伺候白卿言去了頭上的珠釵，換了身鬆快衣裳，歪在榻上小憩了幾刻鐘，便被母親董氏身邊的秦嬤嬤叫醒，喝了一碗苦藥。

看到白卿言喝完苦藥眉頭緊皺的難受樣子，秦嬤嬤也心疼得不行，忙捧著熱水讓白卿言漱口：「大姑娘再忍忍，洪大夫說這副藥再喝個把月，大姑娘的寒疾便能好些！」

白卿言用帕子壓了壓唇角，從春妍捧著的攢盒裡撿了顆話梅放進口中才好受些。

「明日二妹妹出閣，母親要忙的事情多。秦嬤嬤您是母親的得力臂膀，母親那裡離不開您，您不必一日四五趟往我這裡跑，您幫我轉告母親不必擔心我。」

秦嬤嬤點頭：「好，大姑娘放心，老奴一定把話帶到。」

見白卿言已拿起炕几上的兵書，春桃十分有眼力見兒地放下攢盒，笑道：「嬤嬤，春桃送您。」

秦嬤嬤對白卿言行了禮，一邊往外走一邊交代春桃：「明日府裡辦喜事，今夜丫鬟婆子難免只顧著熱鬧做事疏懶，大姑娘身邊的管事嬤嬤明日才能回府。你記得叮囑看護地龍的婆子加炭火，這屋內的爐火也要燒的旺旺的！大姑娘畏寒，夜裡守夜的丫頭可得警醒點兒！」

「秦嬤嬤放心！」春桃笑著替秦嬤嬤打簾，「春桃會親自盯著。」

剛送走秦嬤嬤，春桃站在廊下還沒來得及進屋，就見滿頭是雪的春妍從門口進來一溜煙小跑到廊下，她拍著身上的雪花問春桃：「大姑娘醒了嗎？」

「醒了，剛服了藥，這會兒正看書呢。」春桃替春妍拂去頭髮上的落雪，「你幹什麼去了弄得一身寒氣，也不怕過給姑娘！」

春妍神秘兮兮笑了笑：「好事，我先進屋稟了姑娘，姑娘一定能開懷些！」說著，春妍冒冒失失打簾進了屋內，春桃都沒能攔住。

「姑娘！」春妍見白卿言正靠在繡金祥雲的大迎枕上看書，福身行禮後笑道：「姑娘，梁王殿下今兒個一大早得了洪大夫入府的消息，怕姑娘身子不舒坦，就悄悄過來到了咱們府後角門，奴婢得了信兒過去，梁王殿下吞吞吐吐說是來取國公爺批註過的兵法書籍……」

白卿言聽到梁王二字，渾身僵硬，險些沉不住氣，搭在炕几上的手用力收緊指甲幾乎要嵌入那雞翅木中去，前世她就是這樣親手把祖父批註過的兵書送到了梁王手中。梁王，就像長在白卿言潰爛傷口處冒著毒汁的膿瘡腐肉，時時想起便發作，雖不至於要了白卿言的性命，卻也噁心白卿言半天，當真瘆得慌。克制住情緒，白卿言抬眼看著還在高高興興絮叨的春妍。

「奴婢聽梁王殿下身邊的童吉說，梁王殿下天不亮就過來了，一直等到現在，奴婢剛才見梁王殿下臉都凍紫了！」春妍一副感懷心疼的模樣。

白卿言翻了一頁書，並不搭腔。

春妍不解，梁王殿下那樣寶玉般尊貴的天家龍子，冒雪屈尊在鎮國公府角門等了一整天，她都為之動容，可瞧她們家大姑娘這麼冷淡的模樣，難道還是放不下忠勇侯府的世子？

春妍聲音更小了些：「殿下擔心明日忠勇侯府世子娶二姑娘您心裡難受，想借著取書的事兒和姑娘說幾句話。」

「你替姑娘答應了?!」春桃臉都氣青了，「你這丫頭膽子也太大了！這要是讓別人抓到把柄指責大姑娘和梁王私相授受，大姑娘的名聲可就完了！」

春妍一味只顧著感動，倒沒想到其中厲害，聽春桃這麼一敲打，猛然就被嚇了一跳：「姑娘，奴婢……」

白卿言重生一世才看明白，後來春妍完全倒向梁王，大約就是這個時候頻繁替她同梁王見面對梁王暗生了情愫。

她淡淡問：「梁王殿下說什麼了？」

春妍戰戰兢兢開口：「殿下說，忠勇侯府見識淺薄，因姑娘子嗣艱難，便讓世子改娶二姑娘，是因忠勇侯府要娶的是鎮國公府的姑娘，至於是誰不重要！但在殿下心裡，他感激忠勇侯府的淺薄……給了他可以求得姑娘芳心的機會。」

梁王就是這樣騙了她，騙了她身邊忠心耿耿的丫頭，還騙了她的母親，白家所有人都以為梁王對她情根深種到不介意她子嗣艱難。白卿言閉著眼，周身透出寒意。

春妍不知道是不是真的做錯了，略顯局促地立在那裡：「姑娘，奴婢……奴婢是不是又做錯事了？」

梁王找上門要祖父批註過的兵書，她若不給，以梁王不達目的不甘休的個性，怕是還會想別的辦法。他不是想臨摹祖父批註的筆跡麼？白卿言這裡有一本祖父送給她的孤本兵書，上面有高祖皇帝的批註，白卿言就把這本兵書送給梁王讓他去臨摹吧。

白卿言披著一頭烏黑瑩潤的長髮，讓春桃從書架上拿出一只紅木雕花的盒子：「把這套祖父贈予我的兵書給梁王殿下送去，替我多謝梁王殿下寬慰！」

「哎！」春妍接過盒子立時又歡喜起來，爽朗應聲，「奴婢這就把兵書給梁王殿下送去！」

春桃不放心，一把將春妍扯住，壓低聲音叮囑道：「你去見梁王的時候小心點兒，千萬別給大姑娘惹禍！不然就算大姑娘寬厚，夫人那邊……你幾條命都不夠死的。」

「春桃姐姐放心吧！」

春妍性子耿直歡脫，只當是梁王殿下的話勸動了自家姑娘，福了福身捧著紅木雕花盒子又一溜煙跑了出去。

北風吹得雪花在空中打旋，隔著緊閉的雕花木窗，都能聽到外面風聲鶴唳。

白卿言回頭繼續翻看手中的兵書，整個人已經不似最初剛重生回來時那般沉不住氣。回想上一世，真正把白家推入絕境的，正是從祖父書房裡搜出來的所謂「叛國書信」。

這就說明，梁王或是李茂的人早已經混入鎮國公府，可以接觸到祖父書房的人就那麼幾個，白卿言不急，還有時間讓她把人查出來。上一世很長一段時間，她想不明白為什麼梁王和李茂要聯合劉煥章，將已經沒有男丁的白家趕盡殺絕。後來她才懂。梁王他們想要的是白家軍，但白家不比其他武將之家只許男子習武學習兵法，人人皆知鎮國公府自白卿言這位嫡長女起……不論男女都必須學習兵法、騎術、槍法、劍法。即便是他們斬盡白家兒郎，只要白家還有一個人在……只要那個人不是個草包廢物，忠勇的白家軍就不可能聽第二個人的號令。更別說鎮國公府大姑娘白卿言、二姑娘白錦繡、三姑娘白錦桐，她們曾經同祖父一起身披戰甲上過戰場，和所有白家軍同袍浴血而戰。

白卿言閉著眼，死死攥著手中書本。上輩子她每每想起白家滿門血仇，心都如油煎火燒一般，恨不能將劉煥章、李茂等人剝皮拆骨，卻被梁王的虛情假意捆住，為他牛馬。

當年如滅頂般的痛徹心扉，她都能隱忍下來。如今上天可憐她能再次回來，雖然不清楚能不能來得及改變祖父父親他們的命運，卻可以改寫白家的結局。她不能被仇恨衝昏頭腦，那麼多年都忍過來了，如今祖母、母親整個白家的女眷俱在，她有什麼可怕的。

慢慢來，不急……，事情得一件一件辦，她一定會親手把那些陷害鎮國公府的奸佞小人，從高位上拉下來。

天還未亮，大雪薄霧籠罩之下的鎮國公府，已然炊煙嫋嫋。鎮國公府正門掛著紅燈紅綢，府門大開。前院管家已經熱熱鬧鬧張羅起來，僕婦家僕井然有序在角門進進出出。後院裡，二姑娘白錦繡的青竹閣已經熱鬧起來，嬤嬤丫鬟忙忙碌碌，其餘院落還是一片安靜。

清輝院裡，兩個穿著青藍色棉袍的婆子，剛用簸萁端著木炭給地龍的火爐加了碳，就見白卿言主屋的燈盞亮了。

辰時。白卿言用完早膳，披了件極為厚實的大氅，揣著手爐沿抄手遊廊朝白錦繡的閨閣走去，春桃春妍一行丫鬟跟隨白卿言身後小心伺候著。

白卿言人到白錦繡閨閣門前時，白錦繡已經換上了吉服正準備上妝，聽到外間丫鬟們疊聲的稱呼「大姑娘」。白錦繡推開嬤嬤給她撲粉的手，拎著裙擺起身迎了出來，目光又驚又喜。

「長姐，這麼大的雪，你怎麼過來了？也不怕受了寒！」白錦繡屋裡兩盆火爐燒的極旺，很暖和，紅色的五福地毯，滿屋子的桂圓花生，紅帳紅喜，喜慶極了。

白卿言把手爐遞給春桃，解開大氅，握住白錦繡的手牽著她往內室走，按著她坐在梳妝鏡前的杌子上：「長姐來送送你，春桃把東西拿進來……」春桃從門外丫鬟手中接過長長的錦盒進來，對白錦繡行了禮，打開錦盒。

白錦繡看到通體白色的劍鞘，雕刻著白家軍圖騰的寶劍，猛地起身疾步走到錦盒前，小心翼翼將寶劍拿出來攥在手中，心跳速度極快：「青鋒劍?!」

這可是白家的傳家寶劍！當初長姐戰場受傷回來後又失去了忠勇侯府的親事，祖父擔心長姐鑽了牛角尖此生不嫁，又怕到時候姑嫂容不下長姐，才特意把傳家寶劍傳給了長姐。

白卿言將白錦繡鬢邊碎髮攏在耳後，柔聲細語：「忠勇侯府的侯夫人是世子的繼母，相處難免有磕碰，你記住萬事不必委曲求全，你背後是鎮國公府。」

上一世，白錦繡成親當日殞命沒能嫁入忠勇侯府，後來忠勇侯世子秦朗娶了吏部尚書性子軟糯的嫡次女，被婆母姑嫂欺凌磋磨的不到三十就病逝。

聽著白卿言的貼心話，原本因為要嫁入陌生環境而惴惴不安的白錦繡，心裡熨帖的直掉眼淚。

白卿言抽出帕子給白錦繡擦眼淚，反被白錦繡握住了手，她朝白卿言靠近一步，壓低了聲音認真道：「梁王殿下對長姐一往情深，他定會疼惜長姐護著長姐，長姐千萬不要錯過了好姻緣！」

白卿言想到上輩子白錦繡死前求梁王此生好好護她不要負她，千萬情緒湧上心頭，紅了眼：「快上妝吧！」

巳時，大宅門口傳來鞭炮聲。白卿言抬頭朝隔扇外看了眼，手指摩挲著茶杯。

「哎呀，這可怎麼辦啊，二姑娘還沒有梳妝完畢呢！」

「這忠勇侯府的公子也太著急了，怎麼比原定迎親的時間早了半個時辰呢？」

「呀！耳墜子找不到了……」

「蓋頭呢?!蓋頭也找不到了！」

閨房內丫鬟嬤嬤們亂成一團，推搡著到處找東西。

果然和前世一樣，忠勇侯府迎親早來了半個時辰，原本長輩安排攔門的幾個表親大概正窩在偏僻處賭銀子。不過不打緊，白卿言已經安排了四妹妹白錦稚擺好了棋盤在正門候著，今日他們鎮國公府絕不能如上輩子一般無人攔門讓白錦繡提前一個時辰出門……丟了性命。

此時，新郎忠勇侯府世子秦朗在鎮國公府門前下馬，稚嫩俊朗的少年郎英姿不凡，大約是人逢喜事一臉喜氣洋洋。

鎮國公府嫁女，忠勇侯府娶親，乃是大都城近年關前最矚目的大喜事，大都城裡有名的紈褲都跟著秦朗來迎親湊熱鬧。

「這鎮國公府的十七位郎君去了南疆戰場，我們秦二郎這親娶的可太容易了啊！」右相呂府最小的嫡孫呂元鵬叫嚷道。

因白卿言的祖父鎮國公和祖母大長公主還在世，大長公主又不居公主府而住鎮國公府，出於孝道白家未曾分家分府，這才有了白家孫輩十七兒郎的稱呼。

平時呂元鵬和白家十七郎關係親近，開起玩笑來也不忌諱，嚷嚷道：「各位！各位……都說鎮國公的白家軍神勇無敵，出入敵境如入無人之地，我們今日來鎮國公府迎親，也體會體會如入無人之境是什麼滋味……各位衝啊！搶新娘子嘍！」

鎮國公府外笑成一團，又隨著呂元鵬一聲令下要往裡衝。誰知，人還沒來得及衝進去，就見鎮國公府訓練有素的丫鬟僕人們如列兵般攔在了鎮國公府正門，這陣勢倒是把各位公子哥嚇了一跳。

「這鎮國公府是打算派丫鬟來攔我等嗎？」呂元鵬瞅著這陣勢愣愣開口。

片刻，一身騎馬裝英姿颯颯的鎮國公府四姑娘手持馬鞭從一眾丫鬟身後出來，雙手背後盡顯嬌俏與傲骨。

「鎮國公府眾人聽令！」白錦稚舉起手中長鞭。

「聽四姑娘號令！」鎮國公府丫鬟護院齊聲應答，宛如軍隊般齊整有序，倒是震懾了一干來迎親的紈褲公子哥們。

「長姐有命，強闖鎮國公府者不必手下留情，莫要人欺我鎮國公府無男兒！」白錦稚揮鞭，嚇退一眾要往前衝的迎親紈褲，長鞭破空聲莫名讓人肅然起敬。

鎮國公府，果然是國之脊梁，連女兒家亦是錚錚鐵骨英姿颯颯的強硬姿態。

忠勇侯世子秦朗上前，對四姑娘白錦稚作揖行禮：「四姑娘誤會，鎮國公乃我國之鎮國柱石，我等在大都城歌舞昇平，全賴鎮國公府男兒們邊疆浴血，我等就算再混帳，也不敢欺鎮國公府無男兒！還望四姑娘抬抬手，讓我們進去吧！」

「那就好！」白錦稚還是那般驕縱張揚的模樣，她收起鞭子，「來人把棋盤抬出來！」

鎮國公府家僕小心翼翼抬出一盤棋局，和杌子放置門口。

四姑娘白錦稚才道：「我長姐說，我白家世代武將之家，棋盤如戰場……秦世子的迎親隊伍需破了此局，才有資格進門迎娶我二姐姐！」

門外白錦稚強勢攔門，閨閣內白卿言俯身替白錦繡帶上耳墜，道：「你放心，就算是祖父和二叔不在，我們鎮國公府也不會讓忠勇侯府當我們白家無人，輕看了你。」

「長姐！長姐！」白錦稚急匆匆衝進來，喘著粗氣在棋盤上落下一子，用手扇著風，「長姐，秦朗在這裡落子了，眾人都叫好呢，是不是破了？」

算時間還沒有避過梁王遇刺的時間，白卿言把手中茶杯遞給白錦稚，用帕子給她擦了擦汗，才站在棋盤前一觀秦朗落白子的位置。

白錦稚牛飲般灌下茶水，伸長脖子湊在白卿言身邊，想看白卿言落子的位置。

秦朗將白子落在這個位置，不但避開了棋盤上的諸多陷阱，也沒有盲目冒進，即可以穩住白子優勢，又可以為白子大局助勢，乍看整個棋局……黑子下一次落子不管落在哪裡都補救不了兵敗山倒之態。

思索片刻，白卿言左手壓著袖擺，俯身從棋盒裡撿起一枚黑子，落下……

白錦稚看到白卿言落子的位置，又轉頭衝到鎮國公府門前，按照白卿言的位置在棋盤上落下黑子。

外面全都是驚呼聲……隨著這枚黑子落下形勢大變，黑子來勢洶洶如氣吞山河，瞬間就要了白子半壁江山。

「妙啊！」呂元鵬驚呼，「這黑子宛如天降奇兵，詭詐的很！轉瞬便讓殺勢逆轉，狠戾駭人啊！敢問鎮國公府內是何人執黑子？」

「我長姐啊。」白錦稚一副得意洋洋的模樣。

一時間，眾人都想起鎮國公府那位……名字唯一和府上男子般取同「卿」字的大姑娘來。

秦朗聽到是白卿言執黑子，竟出了神。

忠勇侯府的家僕馳馬而來從人群中擠到了迎親管事身邊，耳語：「管事，我們迎親隊伍得改道，一柱香前梁王殿下在長安街被刺殺，京兆尹府已經封了長安街要徹查，迎親隊伍怕是得繞一大圈才能回府！」

迎親管事心也是一驚，幸虧鎮國公府嫡長女設了個棋局攔門，否則按照他們早來半個時辰算，怕是回去的路上正碰到梁王遇刺。

鎮國公府自然也得到了這個消息，兩家管事碰頭一商量，白卿言母親董氏立刻囑咐身邊的大丫頭聽竹告知白卿言給迎親隊伍放行，免得耽誤吉時。

「大姑娘，夫人那邊兒讓我來和您知會一聲，忠勇侯府管事說迎親回去得繞點路，攔門的時間差不多了，再耽擱下去……怕錯過了吉時！」

一聽說繞路，白卿言心放了下來。她點了點頭，讓丫鬟出去給白錦稚傳話：「去告訴四姑娘，就說鎮國公府看到了忠勇侯世子求取我們二姑娘的誠意，盼他愛重我家二姑娘，莫要讓我家二姑娘傷心！這盤棋……留著等回門的時候，再下。」

白錦繡看著自家長姐，眼眶紅的一塌糊塗。

鞭炮聲響起，秦朗在大都城眾多紈褲的簇擁中衝進了鎮國公府。

白卿言擁著狐裘立於廊下，看著秦朗執雁而入，揖讓升堂，再拜奠雁，敬茶後喜氣洋洋牽著新娘子走出正廳，往鎮國公府門外走。

白卿言唇角淺淺勾起，對身後春桃道：「走吧！」

整個鎮國公府都鬧哄哄的充滿喜氣，秦朗一臉的笑意手握牽紅對向他恭喜的賓客回禮，餘光撇到回廊轉角轉瞬而逝的纖細身影，他腳步一頓……愣住。

原本他要娶的是白卿言，曾經白卿言隨鎮國公出征，他也去送過她。他仍記得那時，白卿言還沒張開的眉眼，如入畫了一般美麗驚豔，一身戰衣鎧甲手握腰間佩劍何等英姿。他也曾認為自己何其有幸，居然要娶這樣的姑娘為妻。年少難耐心頭悸動，在出征大軍前將家傳玉佩贈予白卿言，作揖一禮許願：「願卿平安歸，勿忘等卿人，待卿返歸時，為卿執雁禮。」如今他執雁登門，求娶的卻不是她。到底，是他負了她。

「恭喜世子！」

旁人恭賀的聲音傳來，秦朗回神笑著對那人回禮，帶著新娘踏出鎮國公府的門檻。

聽到白錦繡上花轎的鞭炮聲，白卿言腳下步子一頓，朝鎮國公府正門的方向望去。

「大姑娘！」清輝院的灑掃丫頭小跑至白卿言面前，福身一禮道，「盧平護院來了咱們清輝院，說有事稟大姑娘。」

白卿言頷首，從春桃手中接過手爐：「回吧！」

上一世宣嘉十五年年末，白家二姑娘在出閣當天為護梁王慘死刺客刀下。隨後除夕之夜，戰報傳來……百年簪纓世家鎮國公府兒郎，全部戰死沙場。白卿言的祖母當朝大長公主，得到這個消息時悲痛欲絕病倒，沒過多久也跟著撒手而去。

宣嘉十六年二月，白卿言的母親董氏提前得到消息，左丞相李茂聯合梁王，要參鎮國公白威霆勾結南燕致使晉國慘敗，數萬將士葬身南疆，證據不出兩月便會回大都城。董氏當機立斷，讓忠僕劉管事帶著白卿言和白錦桐出關查證，私下交代劉管事，若大都城有變……便讓劉管事將白卿言和白錦桐當做女兒養育，從此隱姓埋名保命要緊。

又讓白家暗衛分兩撥，護送即將臨盆的五夫人齊氏，和白家五姑娘等還未成年的孩子，出都城避難。白卿雉則由另一批白家忠僕護送去了大魏國。

宣嘉十六年三月，已故鎮國公白威霆副將劉煥章進京，作證鎮國公白威霆叛國。劉煥章稱，他不遺餘力才將叛國的白氏一族絞殺，只是他也身負重傷被農夫所救，傷癒後便歸來揭發鎮國公。

當日禁軍包圍鎮國公府，從鎮國公書房查抄出鎮國公和南燕郡王溝通書信，證據確鑿。

白氏一族全族已無男丁，宣嘉帝為顯仁厚，判白家抄家流放，捉拿白家餘孽歸案。

白家女眷下獄當晚，白卿言的母親董氏帶著一眾嬸嬸懸梁自盡，留下封《問皇帝書》細敘白家歷代功績，忠心蒼天可表！痛陳皇帝縱容奸佞構陷忠臣，使朝廷風氣怪誕，居高位者皆為阿諛奉承趨炎附勢之流，怒問當朝皇帝……何以當朝朝政再不見先皇在時文臣死鑒武將死戰之清明態勢，字字鏗鏘，震耳發聵。

此書，震驚朝野，以星火燎原之勢傳遍大都城。

已經產下一女的五夫人齊氏得到消息悲憤欲絕，在忠僕和百姓護衛下，帶著白家諸人牌位，一口薄棺，身穿孝衣，大雨中自刎於宮門前，以命相逼求皇帝還白家公道，血濺三尺。

白卿言凝視漫天雪花，裹緊身上的白狐大氅，朝內院走去，步履緩慢，但一步比一步更堅定。

上一世，祖母臨去前囑託母親和她護住白家和白家滿門遺孀，她和母親未曾做到，對白家境遇也無力挽回，哪怕悲憤到五內俱焚，骨血裡沸騰著要人命的毒汁毒液，也無法撼動那些人分毫，所以她萬念俱灰只求速死。

白卿言拭去眼角細碎的淚珠，唇角勾起，目光變得冰冷銳利。此世，她已然護住了二妹妹白錦繡，來日可期。她絕不會讓白家任何一人再殞命枉死，她要守住白氏滿門榮耀屹立不倒，不管用盡陰謀或陽謀，毒辣或下作，不擇手段！

她沿抄走廊轉過彎，迎面險些撞到穿著藍灰色直裰，身披灰鼠皮大氅的男子，手爐滾落廊外，幸虧對方眼疾手快扶住白卿言。

她抬頭，正對上一雙幽沉似水的眸子，目光分明柔和平靜，卻似能看透人心洞悉一切般深邃，說不清的高深莫測。

再見故人……她克制不住要撞出胸膛的心跳。這位便是與大燕皇帝一母同胞的大燕九王爺，日後大燕的攝政王。他更名蕭容衍以天下第一富的名號在各國行走，商號遍布各國，幫大燕打探消息。

都說第一富商蕭容衍儒雅沉穩，為人溫和，可她卻知道蕭容衍的城府多深，手段多毒辣。他將人心玩弄於鼓掌之中，在各國親貴士族中周旋遊刃有餘，與大晉國各位皇子更是交情頗深，大都城大多紈褲莫不以蕭容衍馬首是瞻。

上一世，在梁王造反登基，大燕鐵蹄踏入大都城之前，被白家滿門女眷所動容的蕭容衍給了她他的隨身白玉玉蟬，讓她自去逃命。

北風卷著雪花吹入廊內，白卿言手背一涼忙向後退了一步，福身行禮：「多謝。」

蕭容衍挺鼻薄唇，眼輪高闊，生得極為俊朗，周身都是已然褪去桀驁的溫潤氣質。他收回剛才扶過白卿言的大手，下意識摩挲著手中的白玉玉蟬，眉目間淺笑溫厚，聲線醇熟低沉，平穩又從容：「無妨。」跟在蕭容衍身邊的長隨，已經撿起白卿言掉落的手爐，進退得宜，遞還到春桃手中，春桃忙福身道謝。

心如擂鼓的白卿言低頭繞過眼前身形清雋高大的蕭容衍，攜春桃疾步往內院走。

蕭容衍向前邁了兩步回頭看向白卿言匆匆而去的背影……幾年前，他曾在蜀國皇宮見過她。那時蜀國戰敗，他被困蜀國皇宮，殺伐聲震天。鎮國公為止殺戮，命白卿言單槍匹馬，手提蜀國大將軍龐平國頭顱，一身鎧甲，縱馬如飛，穿過層層宮門而來。那一襲鮮紅披風英姿颯颯的女兒家，快馬直衝蜀國正殿高階，高舉龐平國頭顱，大吼「龐平國已死，繳械者不殺！」的情景，猶在眼前。

「蕭兄！蕭兄你怎麼還在這裡！」呂元鵬小跑至蕭容衍面前，扯著脖子朝剛才蕭容衍凝視的方向看去，卻什麼都沒有看到，「你看什麼呢？」

蕭容衍眉目間帶著極淡的笑容，溫文爾雅中盡顯沉穩矜貴：「沒什麼……」

呂元鵬也不深究，扯著蕭容衍的手腕往外走：「蕭兄你怎麼如廁這麼久，秦朗都把新娘子接走了！我們也快去忠勇侯府熱鬧吧！」

盧平回來後換了身衣裳匆匆趕來清輝院，他站在屋簷下來回踱著步子，略顯急促的呼吸間全都是白霧，臉色也不大好看，一見白卿言在丫鬟簇擁中進了院門，他忙迎上去，抱拳行禮：「大姑娘……」

白卿言側頭看了春桃一眼，春桃會意將傘遞給盧平，和一眾丫頭立在原地未動。

盧平撐傘護著白卿言走至院中那棵銀杏樹下收了傘，白卿言才轉身看向盧平：「平叔請說。」

盧平喉頭翻滾，呼出一口白霧後，單膝跪下：「大姑娘……請大姑娘恕罪！」

她握著手爐的手驟然收緊，強作鎮定道：「平叔，先起來說。」

盧平站起身，愧疚望著白卿言：「今日醉安坊門口，梁王遇刺，身中數刀……傷勢極重！京兆尹封路之前我本要回來，誰知遇到了全身是血的故友！帶回府後才知，他竟是刺客之一！盧平請罪！」盧平說著又跪了下來。

白卿言手指輕輕摩梭著手爐，滿腔熱血因盧平一句「傷勢極重」沸騰起來，如果梁王這一次死了，那麼倒是可以免去日後很多麻煩。她心跳速度極快，俯身將盧平扶起：「現下平叔將人安置在哪兒？」

「後院柴房。」盧平因給鎮國公府惹來麻煩羞愧不已，臉色極為難看，「現在京兆尹封城，盧平更是不敢把人貿然送出府，盧平大意，求大姑娘降罪！」

說著盧平就又要跪，被白卿言攔住。

「橫豎人都已經帶回來了，請罪也無用，還得想想如何善後。」白卿言一雙眼幽沉不見底，片刻後，道：「平叔，你帶我去瞧瞧。」她想弄清楚梁王因何被刺，倘若能掌握到什麼不利於梁王的證據，也好在他的登天之路上設一道路障。

再者，白卿言見過刺殺梁王之人，才能判斷這人是否能留。

白卿言只帶了春桃，和盧平一起冒雪到了後院柴房，可柴房內除了一攤血跡之外竟無一人。

凝視土泥地面拖移痕跡，白卿言視線朝那堆紮放成堆的木柴望去：「俠士既得我白家庇護，何以避而不見？」

春桃心頭一跳，下意識上前抬起手臂將白卿言護在身後，滿目戒備。

白卿言拍了拍春桃的手示意她放下，躲在柴堆後的男人既然被發現也沒有藏著掖著，推開面前的柴火。

靠坐其中的男人半張臉都是已經凝結的鮮血，越發襯得臉色慘白，他一身玄色衣衫，身受重傷虛弱無力，渾身卻透著一股子狠戾氣場。

白卿言表面不動聲色，手卻死死握緊了手爐。

盧平救回來的這位刺客，竟然是將來太子身邊的謀臣秦尚志，不過上輩子秦尚志得不到太子的信任，空有大才不得施展，鬱鬱而終！

秦尚志上下打量了白卿言一眼，冷笑：「大姑娘打算如何處置我這刺客，向梁王邀功？」

「秦尚志！」盧平呵斥。

她抬手示意盧平勿惱：「俠士如何知曉我是白家大姑娘。」

秦尚志低笑一聲，露出帶血的白牙，散漫靠坐：「能讓盧平畢恭畢敬，必是鎮國公府的主子。鎮國公府女兒家皆是習武出身身體底子好，寒冬臘月一身薄棉衫便可禦寒，如姑娘這般以上等狐毛大氅加身的……怕只能是早年和國公爺戰場受傷的大姑娘！」

「俠士可否告知為何刺殺梁王？」白卿言問。

「梁王他不該死嗎?!」秦尚志一雙湛黑的眸子恨意滔天，如同黎明前草原燃燒的篝火足以燎原，「裝出一副唯唯諾諾戰戰兢兢的模樣，背地裡結黨徇私，瀆職貪墨，草菅人命！為逼我等為他效命竟殺我等妻兒家小，咳咳咳咳……」

秦尚志說到激動處竟咳出鮮血，他緊緊捂著心口，抬頭望著白卿言冷笑瘆人：「可憐你白家滿門忠骨，忠心的如大晉國的看門狗，不久之後，怕也會落得和我一樣家破人亡的下場！」

「你放肆！」春桃惱怒，「大姑娘休要聽他瘋言，還是讓盧平護院將人扭送官府！」

「聽憑大姑娘吩咐！」盧平雖心有不忍，卻也不能真的連累鎮國公府。

白卿言聽著秦尚志的話，內心如驚濤駭浪般震驚，原來……秦尚志此時就已經能預見到白家的下場了嗎？想到上一世，大燕國那位攝政王蕭容衍對秦尚志的評價，白卿言電光石火之間便已下定決心。

她將手中手爐遞給春桃，朝秦尚志方向走了兩步。

「大姑娘！」春桃不放心。

誰料，白卿言竟對秦尚志恭恭敬敬行跪拜大禮，秦尚志也似被驚著，不明白白卿言這是要做什麼，手緊緊攥著衣角。

「大……大姑娘！」盧平不知所措。

「先生既知我白家忠骨，又預見我白家困頓，敢請先生教我，白家何以自救？」白卿言神色坦蕩磊落，並未因為秦尚志的話惱火，反倒超乎尋常的鎮定，彷彿對秦尚志的話早有所知。

秦尚志如今為白家所救，有恩不報非秦尚志作風，他抿了抿唇：「看大姑娘的反應，應已對此有所預見，倒不必秦某贅言！秦某只一句……想保全白家，鎮國公得退！」

「白家軍的不敗神話，已然被今上不喜！鎮國公作風取直，盡忠，與朝中佞臣積怨已久！眾口鑠金，積毀銷骨！今上已容不下功高蓋主的鎮國公了。若此次……鎮國公不退，白家十七兒郎怕要盡損南疆。」秦尚志一字一句，正正應驗了上一世白家十七兒郎命喪南疆的結局。

白卿言抬眼看向秦尚志，打了一個寒戰，今上?! 上一世，白卿言從未想過今上會對白家不喜，白家世代忠烈，作風磊落，頂天立地，一身的浩然正氣！正如秦尚志所言，白家滿門忠骨，忠如大晉國的看門狗！眾口鑠金，積毀銷骨?! 她手心收緊，一瞬抓住了腦中靈光。「多謝先生教我！」白卿言又是一拜。

春桃忙上前扶起白卿言，只聽白卿言道：「平叔，好生安置秦先生。」

盧平感激應聲：「盧平領命！」

白卿言望著秦尚志：「若秦先生不棄，懇請先生……」

「秦某養好傷就走！」秦尚志不等白卿言說完，便匆匆打斷了她的話。

白卿言的意圖秦尚志明白，他抱拳：「大姑娘見諒，秦某此次沖昏頭腦刺殺梁王，至眾兄弟喪命已悔恨不已，秦某此生志向在社稷朝堂，捨身碎骨定要阻斷梁王登頂之路，絕不願拘於後院。」秦尚志的志向何其遠大，否則上一世也不會入太子府。

白卿言也不欲挾恩強求，沉默片刻對秦尚志福身後道：「朝堂似海，先生如蛟，白卿言在此祝先生盡如所期，蛟龍得水興雲作雨飛騰升天。」

秦尚志似是意外白卿言會說這番話，他緊捂心口強撐著起身，難得恭恭敬敬對白卿言抱拳行了一禮。

白卿言頷首從春桃手中接過手爐，沿來時的路往回走。

雖然，秦尚志不願留下幫她，可秦尚志一席話已讓她茅塞頓開。她想到上一世母親獄中自盡留下的那封《問皇帝書》，想到大都學子群情激憤聲勢浩大為白家求公道的畫面，想到梁王在府中頭疼不已訴說無法為今上分憂的苦惱模樣。

眾口鑠金，積毀銷骨，人言可畏。哪怕是手握至高權柄的今上也有怕的事情，怕人言！怕民憤！怕百年後落得殘害忠良的名聲！

如今祖父生死未知……甚至已身死南疆，白家退已不能退。不能退那她就更進一步，將白家的名望推至鼎盛，讓今上忌憚悠悠眾口不敢對白家出手。就算最後大晉國還是逃不過被大燕滅國的下場，盛名之下……但願也能保全白家。

去清輝院請白卿言的蔣嬤嬤，沒想到會在路上碰到白卿言，三步並作兩步上前。

「大姐兒！」蔣嬤嬤福身行禮，「大長公主請您過去。」

白卿言抿了抿唇：「祖母可是有了什麼打算？」

蔣嬤嬤紅著眼點頭。

白卿言這才抬腳跟著蔣嬤嬤一起朝大長公主的長壽院走去，路上細細詢問了她昨天走後祖母的情況。

「大姐兒，你放心大長公主到底是皇室嫡女，能撐得住。」蔣嬤嬤給白卿言撐著傘，忍不住紅了眼睛，「倒是大姐兒還是個孩子……」說著話，兩人就已經走到了長壽院。

丫鬟替白卿言打了簾，見白卿言進去了，蔣嬤嬤這才將裡外的丫鬟全都打發了出去，進屋接過白卿言已經解開的白狐狸毛大氅，道：「老奴在外面守著，大姐兒你和大長公主好好說說話。」

隔著珠簾，白卿言看到坐在炕上閉眼撥弄著佛珠的祖母，眼眶就紅了。

「祖母……」白卿言輕喚了一聲。

大長公主張開眼，見白卿言挑開珠簾進來，伸出手：「阿寶，來！」

白卿言依言走到大長公主面前，大長公主唇瓣囁喏，換了幾次氣才紅著眼問：「你告訴祖母，誰給你的消息竟比朝廷還要快一步。」

「祖父臨走前，孫女讓之前祖父給我的兩個暗衛隨行保護祖父，其中一個拼了最後一口氣回來給了孫女消息，說我白家被祖父的副將劉煥章和朝中之人聯手坑害！孫女沒有實證不敢聲張，悄悄安排把人厚葬了。」

說詞是白卿言昨天來長壽院前就想好的，鎮國公是曾經給過白卿言兩個出類拔萃的暗衛，鎮國公出征時……白卿言也的確讓兩個暗衛隨行保護鎮國公，只是上一世那兩個暗衛……為救鎮國公亦是隨白家男兒一起隕身南疆了。

大長公主忍不住悲痛，嘴唇劇烈顫抖著，良久她閉了閉眼，手掌用力拍在炕桌上：「我白家男兒可戰死沙場馬革裹屍，但絕不能為奸佞所害而亡！」

「祖母，如今事已至此，我們還需要早作打算……」白卿言攥住大長公主的手，顯然已經有了自己的考量，「我白家男兒倘若真的盡被坑害，怕是有人想要從白家手中奪走白家軍！」

大長公主手死死扣住炕桌邊緣。

「但白家軍向來只認白家人！祖父、父親他們凶多吉少，只怕害我們白家的人還有後手，祖母……如今您就是白家唯一的依靠，首當其衝！」白卿言同大長公主分析。

「他們做夢！」大長公主咬緊了牙關，「當年先皇臨去之前留給我一支……只有帝后才有的皇家暗衛隊。多年來養在我陪嫁莊子上，從不曾動過，看來如今不得不動了。」

白卿言頗為意外，她不曾聽祖母說過，手上還有這麼一支暗衛隊，如果是這樣她倒是不擔心祖母的安危了。

「祖母，就算祖父、父親、叔父和弟弟們都不在了！還有孫女兒在！」白卿言握住大長公主的手，鄭重道，「祖母千萬要保重身體，平安康健！有祖母在，孫女就有底氣，孫女一定拼盡全力護我白家周全，不讓我白家男兒含冤屈死……」

大長公主被白卿言一番話說的熱淚盈眶，將白卿言抱在懷裡哽咽不能語。

兩人緩了良久，大長公主用帕子壓了壓眼角的淚，問白卿言：「阿寶你心中是不是已經有了章程？」

「禍起蕭牆，家裡的下人怕是要嚴查一遍，不過這件事得暗地裡查，孫女會和母親商量著辦，祖母坐鎮就好不必費心！」

白卿言想到後來梁王找來的所謂二叔外室生的兒子，抬眼看向大長公主：「還有一事我想請教祖母，二叔……是否有外室？」

大長公主點頭。

白卿言口中的二叔，是大長公主的嫡次子，白卿言父親的親弟弟。

大長公主抿住唇。

見祖母的模樣，白卿言心也沉了一下，原來上輩子梁王扶起來的那個真是二叔外室的兒子。

「沒有外室這麼嚴重，但也確是你二叔對不起你二嬸，當年你二叔遊學時被一位姑娘所救，兩個人就有了情誼……」大長公主欲言又止，白卿言到底是未出閣的姑娘有些話不能對白卿言明言，「後來你二叔回府，走之前將祖母贈予他的龍紋玉佩，給了那位姑娘當信物，本打算回府和你二嬸商量後，再將那位姑娘接入府中當個良妾，可當時你二嬸兒有了身孕，這話也就沒有說出口。」

再後來，邊關告急，祖父帶著父親和二叔上了前線，大捷回來已經是三年後，等說通了二嬸再去找那姑娘時，卻得知幾年前……那位姑娘家鄉鬧水患，所有人都以為那姑娘已經死了。

誰知道幾年前，那姑娘帶著男孩兒，找到鎮國侯府偏門，眼看著次子和兒媳夫妻和睦，大長公主不想鎮國公府因為此事生亂，便瞞著所有人，直接把人送到了自己的莊子上養著。

白卿言聽得太陽穴就突突直跳。

想到上一世到後來鎮國公成了虛爵，二叔的外室子繼承了爵位之後做出那些搜刮民脂、強搶民女、殘殺佃戶的勾當，將白家祖上積攢下來的名聲敗壞的一乾二淨。甚至連白卿言如姐妹般的沈青竹，都被那個混帳做成了美人壺，供人賞玩。

白卿言心底翻湧著一陣血氣，心頭像壓了一座山讓她喘不上氣來，她恨不能立時三刻用刀剮了這個混帳！

白卿言不甘心追問：「確定了是二叔的孩子嗎？」

大長公主面色泛白，靠在鬆軟軟枕上歎了口氣：「那孩子，和你二叔小時候幾乎一模一樣。」

白卿言藏在袖子中的手收緊，指甲嵌入掌心之中，如果他不是二叔的孩子她怕現在就會讓盧平去絕了後患。但，如果是二叔的子嗣……白卿言心口揪痛，半晌之後，狠逼著自己下了決心，這才望著大長公主：「那就接回來吧！」趁著現在孩子年紀還小，或許好好教還能掰過來，就算實在掰不過來……人攥在她的手心裡，總比攥在梁王那些人手心裡好。

「好，接回來祖母親自教養！」大長公主用力握了握白卿言的手，「你二嬸兒那邊兒，也由祖母來說，等你二妹妹回門之後。」

白卿言點了點頭，指尖冰涼，強壓下心頭的噁心和厭惡不去想，和長公主說起對白錦桐的打算。

「祖母，孫女深思熟慮後，倒覺得我白家得給自己留一條退路了。狡兔尚且三窟，更何況白家。」

「你說來聽聽。」

「祖母可還記得，三妹錦桐曾幫我母親打理中饋，短短半年將鋪面收益提了三成，我母親當時戲言，若三妹妹從商，怕是要成天下首富蕭容衍一般的人物。」

大長公主點了點頭，她記得因著這句戲言白錦桐真有了從商的念頭，鎮國公發了大脾氣，說白家兒女哪有自甘墮落成商賈之流的。

「祖母，倘若三妹妹願意，那便給三妹妹身邊配上忠心老成的管事，讓三妹妹女扮男裝施展她所長，暗中積財。」

「暗中積財？阿寶，你這是要做的什麼打算？你……」大長公主愕然看向白卿言，握著她的手微微顫抖，「你是有了反心？」

白卿言指尖被大長公主攥著得生疼，狠狠打了一個寒噤，怔住神。

她們祖孫之間的氣氛霎時如被拉滿的弓弦，緊繃到極致，稍有不慎便一觸即發。

她怎麼能忘了……大長公主是她的祖母，可她更是皇室之女，是大晉國的大長公主，這大晉國天下是林家的天下。在維護白家之心上，她和祖母最大的區別在於，她為了白家反也在所不惜，可祖母想護住白家，亦想護住大晉國江山。

可祖母並不知道今上已對白家不滿，皇帝……又是如何對白家的！如秦尚志所言，上一世白家落得滿門慘死的下場，全都是這大晉皇帝意思，如此君上……若真逼她白家滿門如前世那般，她又憑什麼不能反？

她閉了閉眼氣息紊亂，如果不是大晉皇帝，白家男兒何以一個不留全部慘死？母親何以帶著眾孀孀懸梁自盡？剛剛生產的五孀何以絕望到帶棺自盡於宮門前?!

白卿言每每想起這些就心如刀絞，如蝕骨灼心般鮮血淋漓，痛得渾身發抖。

「阿寶！」大長公主看到白卿言眼底滔天的恨意睜大了眼，一把將白卿言扯到跟前，眸中是凜然駭人的冷冽目光，「你要反?!」

大長公主知道白卿言的能耐，她雖然多年大門不出二門不邁，可當年在白家軍中聲望極高，倘若她心生了反心，振臂一揮……大晉必亂。大長公主想都不敢想這樣的場面，若是她最疼愛的孫女真的要反……

大長公主咬緊了牙，眸底攀滿了紅血絲，白卿言若真要反，她作為大晉的大長公主決不能坐視，哪怕將白卿言囚禁一生，甚至是……她都絕不能允許動搖林家皇權的事情發生。

白卿言閉了閉眼，死死按住心底滔天的恨意，半晌才幽幽開口：「祖母，白家祖訓，取忠、取義，個人榮辱性命最末，孫女兒萬不敢違背祖訓！也不敢給白家百年來的忠勇名聲抹黑。」

「三妹妹喜好此道，讓她更名換姓女扮男裝遠離大都城，將來若白家真有變故，好歹能保全三妹妹！再者三妹妹從商手中寬裕，銀錢鋪路好歹能為白家打點周轉。」

見祖母如炬的目光定定望著她，似還有不信，她又道：「這幾日孫女反覆思量，若祖父、父親叔伯和諸位弟弟不能回來，孫女望祖母能允准舉家遷回祖籍朔陽。大都城雲詭波譎，祖父耿直得罪過不少佞臣，我白家朝中無人，眾口鑠金，積毀銷骨，退回朔陽才能保全我白家。」

聽白卿言這麼說，大長公主沉默片刻才鬆開白卿言，點了點頭撥弄佛珠。

白卿言說的不錯……人言可畏，前些日子捷報頻頻傳來，朝中佞臣明著高歌鎮國公戰無不勝，弦外之音卻暗指鎮國公功高蓋主不知收斂，這些大長公主不是不知道。

大長公主語重心長道：「阿寶，你需得牢記，你是大晉國大長公主的孫女兒，你的體內也留著皇室的血，萬萬不可生了反心！」

她垂眸看著被大長公主抓得失去血色的指尖，心底抑制不住發脹的倦意和涼意，啞著嗓子應聲：「孫女記住了。」

瞧見白卿言這副模樣，大長公主心頭一軟，又心疼地抬手輕撫她的腦袋：「昨兒個畫師將給你們姐妹畫的丹青送到了我這裡，怎麼不見你的？」

「孫女不愛湊這個熱鬧。」白卿言低聲道。

若白家都留不住，留一幅丹青有何用？

同大長公主說了會兒話，白卿言便起身拜別大長公主，剛走到長壽院門口，便聽到蔣嬤嬤遣祖母的大丫鬟蓮心去喚三姑娘過來。

她立在長壽院門口，看著牌匾出神，難以言喻的酸澀和孤寂蔓延全身。她原以為，祖母會和她一般拼死守護白家，守護他們的親人，可祖母她是大晉的大長公主她姓林……大晉是林家的天下！

春桃見白卿言凝著長壽院的匾額紅著眼出神，以為她是為大長公主的身體擔憂，低聲勸道：「大姑娘，大長公主福澤深厚，過了冬天肯定會康復的。」

白卿言回神，攥緊了手爐頷首：「回吧！」罷了，重生之事說出來虛無縹緲祖母信不信還是二話，倘若因此讓祖母對她心生戒備，她有些事情做起來就更難了。至少，只要不觸及林家的大晉國江山，在護著白家這件事上，祖母和她的立場是一樣的。

春桃扶著白卿言剛進院子，就見春妍站在廊下慘白著一張臉焦躁不安來回走動。

見白卿言進門的春妍立時迎了上來，她絞著手中的帕子行禮，眼眶發紅急得不行：「大姑娘，梁王今日長安街遇刺，昏迷不醒危在旦夕！您快請洪大夫去看看梁王殿下啊！洪大夫是院判黃太醫的師兄又盛名在外，一定能救梁王殿下的！」

今日春桃跟著白卿言一起去見過秦尚志，聽到春妍這話心忍不住突突直跳。

白卿言一雙凌厲的眸子朝春妍看去，她恨不得活撕了梁王，讓他就此喪命都是便宜他，還為他請洪大夫……作什麼春秋大夢?!

「春妍你莫不是失心瘋了！梁王遇刺，自有太醫院操心！我們大姑娘請洪大夫去看梁王是個什麼說頭?!大姑娘還要不要閨譽了?!」春桃厲聲訓斥。

春妍忙跪了下來，眼淚吧嗒吧嗒往下掉：「大姑娘春妍知錯了，春妍也是替大姑娘著急！」

「越說越瘋魔！你……」不等春桃說完，白卿言冷冷看了春妍一眼：「不若我將你連人帶身契，一併送往梁王府上可好?!」

春妍大驚失色睜大眼叩首：「奴婢知錯，大姑娘息怒啊！」

「春妍，別忘了你是誰的丫頭，心思應該放在誰的身上，我容不得身在曹營心在漢的下人！」說完白卿言抬腳朝內屋走，如果不是留著春妍還有幾分用處，她早就叫人將她打發了。

春桃狠狠瞪了春妍一眼，小步追上前替白卿言打簾。

跪在院中的春妍回頭看著白卿言的背影不敢再求情，只一個勁兒的抹眼淚，不明白大姑娘怎得如此狠心，梁王殿下對大姑娘那般癡情上心，如今梁王殿下危在旦夕，大姑娘卻不聞不問，難道上過戰場後真的就是鐵心鐵肺鐵石心腸?!

白卿言剛用完午膳，白錦桐突然匆匆來了清輝院，顧不得拍落身上的積雪一頭紮進了白卿言房中：「長姐！」

白卿言用帕子掩著口，將漱口水吐進痰盂裡，瞅著白錦桐雙眸發亮藏不住喜悅的模樣心底一暖，只覺能再看到三妹這樣鮮活的笑容真好！

她笑著問：「可在祖母那裡用過膳了？」

白錦桐解開披風遞給身後追著她進來的丫鬟，走至白卿言身邊道：「你們都先出去吧！」

「春桃，在外面守著……」白卿言側頭對春桃道。

春桃頷首，帶著一眾丫鬟退出內室。

「長姐」白錦桐在白卿言身旁的杌子上坐下，激動難耐握住白卿言的手，「祖母給了我本錢和人手，許我女扮男裝從商！祖母不逼我嫁人了！」

大長公主打算接回養在莊子上的孫子，等正月十五帶白家姐妹去慶安寺禮佛，屆時會以為大晉國祈福為由留在慶安寺，白家三姑娘白錦桐隨侍，她也好在寺中好好教導這多年未曾蒙面的孫子。

白卿言低頭，笑著替白錦桐搓了搓因為迎風跑來凍得發涼的指尖，又問：「祖母告訴你是何因由？」

白錦桐暢快道：「祖母說，白家有十七兒郎，將來定是要分府分家的，我有經商之才，託付我為兄長弟弟們掙下一份豐厚的家業！祖母未能實言我看得出，可這又有什麼所謂，從商賈之道我所欲也！」

白卿言垂下眸子，想到今日祖母質問她是否有反心時，激動的情緒和不經意透露的殺氣，她眼眶泛紅，喉嚨發緊幾乎透不過氣來。

她按捺下心中酸痛，給白錦桐倒了一杯熱茶，推至白錦桐面前，抬眼鄭重道：「今日的話，出我口入你耳，你聽了做到心中有數便好……」有些話，白卿言不能對祖母說，但得告訴白錦桐，她們同為白家兒女，白卿言深信白錦桐如她一般，會拼死護著白家。

白錦桐正色望著白卿言：「長姐請說。」

「祖父功高震主，為人磊落耿直不知變通，與朝中常伴君側的佞臣不睦已久，當今陛下聽信讒言視白家為臥側猛虎欲除之而後快！祖父南疆處境凶多吉少……」

白錦桐手心一緊，看著眼眶發紅滋生深沉殺意的白卿言，膽戰心驚：「長姐?!」

她喉頭翻滾，用力握緊白錦桐的手示意白錦桐聽著：「命你更名換姓男裝行走，是保全你，也是把白家的後路交至你手中！他國富商蕭容衍為何會是我大晉國皇子、世家的座上賓？因財能保命……能通天。」

原本只想著施展經商之才的白錦桐，頓時覺得肩上擔子千斤重，有些喘不上氣。

白卿言嗓音沙啞：「我白家簪纓世家本不缺銀錢俗物，缺的是退路。府內有祖母，府外交給你，以你才智能做到何種地步，是你的造化也是我白家造化，長姐望你知曉輕重。」

白錦桐握緊了拳頭，再沒有剛才衝進清輝院時那般意氣風發，頓時沉穩不少，她起身對白卿言福身：「長姐放心！錦桐定拼盡全力。」

白錦桐懷著沉重的心情從白卿言那裡出來，她身邊的大丫鬟忙上前給白錦桐披上披風，她反應遲鈍的低頭看了眼腳下。長姐個性沉穩謹慎，絕不會無的放矢……白錦桐站在清輝院外，望著雕梁畫棟的鎮國公府，竟出了一身的冷汗。大約是白府在大都城盛名如花團錦簇，讓她甚至白府眾人都迷了眼，如果不是長姐點出，她從未細想鎮國公府怕已讓陛下忌憚。

春桃送走白錦桐，打了簾正要進屋，就瞅見門口兩個小丫頭不知從哪兒……翻出早就被管事嬤嬤收起來的沙袋。

春桃眉頭一緊，回頭看了眼主屋，拎著裙擺快步從臺階上走下來，壓低了聲音問：「怎麼把這個東西翻出來了？」

自從白卿言受傷之後，白卿言的母親董氏怕她看到這些東西傷心，便讓清輝院的管事佟嬤嬤把這些東西收了起來。

「把什麼東西翻出來了？」

董氏在秦嬤嬤攙扶下，踏入清輝院大門。

「夫人！」春桃忙福身行禮。

董氏五官生得極為美麗精緻，氣度華貴，通身當家主母的雍容氣派不怒自威。兩個小丫頭被嚇了一跳，忙福身道：「回夫人，大姑娘吩咐讓把姑娘小時候練武用的沙袋拿出來。」

董氏蹙眉，二話沒說朝主屋走去。春桃忙快步上前給董氏打簾。

董氏進門見白卿言正靠在迎春枕上，解開披風，從丫頭手中接過食盒朝白卿言走去：「阿寶可是累了?!」

剛才和白錦桐說了那麼多話，她整個人疲憊不已。尤其是想到祖母為維護大晉皇室的態度，白卿言心裡更是絞痛難當，以白卿言對祖母的瞭解……她當時若真說出一個反字，怕是要當場被祖母送進家廟拘住，永不見天日。

抬頭看到母親，白卿言心中難耐翻湧的酸辣情緒，險些壓不住哭出來，恨不能一頭撲進母親的懷裡。她忍住心口火辣辣的難受，忙笑著起身去迎：「這麼大的雪，阿娘怎麼來了？」

扶著董氏在軟榻上坐下，她就立在母親身旁，拉著母親的手不肯鬆開，紅了眼眶：「二妹妹出嫁，阿娘操勞了這麼久，怎麼不好好休息休息？」

「這一陣子忙，娘都抽不出時間過來陪阿寶！」董氏抬手輕撫著女兒的一頭黑髮，「來，坐下！這是娘給你燉的烏雞湯！」

她點頭在小桌几另一側坐下，看著董氏親自打開食盒取了湯盅放在她面前，她用小勺舀了一小口嘗了嘗，極長的睫毛低垂著，遮掩眼底通紅。真好，阿娘還在！白卿言鼻子一酸，眼淚掉進湯裡，忙把頭低的更低生怕董氏發現。

「怎麼讓院裡的小丫頭把沙袋翻出來了？」董氏低聲問。

白卿言埋著頭不敢抬起來，喝了口湯說：「這身子一直不見好，也是這兩年在床上躺多了的緣故，想動一動……」

「想動一動是好，可這冬日嚴寒，還是再緩緩！等春暖花開再動動也不遲！」董氏眉頭一緊勸道。

女兒小時候被國公爺當做男兒一般教養，每日捆著沙袋打軍拳，蹲馬步，吃的苦多不勝數。當初白卿言身體康健董氏就心疼的不行，更別說現在白卿言身子還不好，董氏怎麼能忍心她將小時候吃過的苦再吃一遍。

白卿言心頭發暖，瞇眼笑著抬頭：「阿娘，女兒心中有數，不會讓自己累著的，再說屋內腕纏沙袋練字怎麼會受寒。」

「那也太辛苦了些！娘怕你身子受不住……」

她望著董氏的眼底都是笑意，裝作被燙嗆到了一陣猛咳，咳得眼淚大滴大滴往下掉，心裡難受的受不住。

「快給你們姑娘拿杯水來！」董氏忙起身走到白卿言身後給她順氣，「這麼大個人了，怎麼喝個湯還嗆到！」

白卿言不想母親擔心，仰頭接過春桃遞來的帕子擦去眼淚，笑道：「阿娘，我是受過傷武功廢了，可您不能把我當成病秧子嬌養，我是鎮國公府嫡長女，總得給弟妹做表率。」

這話曾經鎮國公教養白卿言時便說過。董氏抽出帕子給白卿言擦了擦嘴，歎氣：「滿大都城……也就咱們鎮國公府的女兒家最辛苦！」

「有阿娘給女兒燉湯，女兒才不苦呢！」白卿言握住董氏的手，將自己臉放至董氏手心中蹭了蹭，盡顯親昵，捨不得放開。

白卿言從小在大長公主和鎮國公膝下教養，養得端莊老成，哪怕是年幼時都很少這樣和董氏撒嬌。今日女兒突然一副親昵撒嬌的嬌憨態，反倒讓董氏紅了眼，她低笑一聲用手指點了下白卿言的腦袋：「怎得越大越回去了，還向阿娘撒嬌！」

「阿娘，女兒再大也是阿娘的女兒啊……」白卿言親親熱熱說著，心底已經成了一汪酸水。此生，她絕不會讓阿娘走到自盡那一步，粉身碎骨在所不惜！

滿屋子的丫頭嬤嬤也都是頭一次見到白卿言撒嬌的模樣，都用帕子掩著唇直笑。

「我還不知道你，定是想讓我允准你胡鬧！」董氏甩了下帕子，在小几另一側坐下，又將湯往白卿言面前推了推，「罷了罷了，你想要練就練吧！切記適可而止，不可勉強！」

白卿言乖巧點頭：「阿寶知道。」

董氏見沒在清輝院看到白卿言房裡的管事佟嬤嬤，便問道：「佟嬤嬤還沒回來？」

「佟嬤嬤兒子這次傷得重，我用午膳前讓春妍拿了銀子去佟嬤嬤家，轉告佟嬤嬤等她兒子康復了再回來當差。」

都是做母親的，董氏點了點頭，又道：「你這屋裡沒有管事嬤嬤不行，在佟嬤嬤回來之前不如……」

「阿娘，佟嬤嬤雖然不在，可春桃沉穩老練十分當用，趁著這個機會我也想春桃多多歷練，您就不要操心女兒房裡的事了！」

春桃聽到白卿言這話受寵若驚，忙福身行禮：「大姑娘信任，奴婢定不辜負大姑娘。」

董氏點了點頭：「春桃是穩重。」

「夫人謬讚，奴婢惶恐。」春桃越發恭謹。

董氏回頭看著唇角帶笑的白卿言，想起今日白錦繡出嫁的盛況，自己的女兒卻嫁期遙遙，心頭難耐酸楚，怕被女兒看出什麼跟著自己傷心，董氏略坐了坐便先行離開。

第二日一大早雞鳴時分，灑掃的粗使婆子打著哈氣手端木盆從房內出來，就見白卿言正在院中紮馬步，嚇得哈氣都收了回去，忙福身行禮：「大姑娘！」

「該幹什麼就去幹什麼管好你的嘴！」春桃吩咐道。

白卿言穿著單薄的練功服，汗珠子順著下巴滴答滴答跌落，頭上和身上都冒著熱氣，春桃一臉擔憂立在旁邊又不敢多言，只能不斷絞著手中帕子，頻頻往滴漏處望，盼著時辰過的快一些。

白卿言汗出如漿衣裳已濕了大半，她已經紮了半個時辰的馬步了，這還沒有上沙袋，身體彷佛已到了極限。如今，白卿言想重新把廢掉的武功找回來，就必須將小時候吃過的苦再吃一遍，不論再難，都必須堅持！

前生，為能重新披甲上陣，白卿言吃過更多的苦，幾次險些喪命，都憑著一腔恨意撐了過來。此世，她在意的親人都還在，就是讓她承受比上一世沉重千倍萬倍的苦，她也撐得住，也必須撐住，決不能在白家大難臨頭之際她只能當一個廢人，看著滿門皆亡才破釜沉舟拼回一身武藝。上天憐她白家滿門讓她回來，可不是讓她回來碌碌無為任由白家在她眼前再次傾塌的。白卿言心口憋著一股勁兒提著一口氣，憑藉意志力堅持不懈。

一個時辰一到，春桃忙小跑至白卿言面前扶住她：「大姑娘，一個時辰到了！」

白卿言整個人都濕透了，腿軟如泥，剛站起身險些一個趔趄摔倒。

「大姑娘小心！」春桃心疼得眼眶子都紅了。

「讓人備水！」白卿言啞著嗓子吩咐。

「是……」春桃應聲。

第二章　昏迷不醒

今日是白錦繡三朝回門的日子，二夫人劉氏早早就起來張羅女兒回府的事情，這會兒人雖坐在大長公主房中，心卻早已飛到了府門外，一直眼巴巴伸長脖子往外看，等下人通稟女兒和女婿已到。

「怎麼這個時辰了還沒回來？」二夫人劉氏放下手中茶水，轉頭遣了身邊的大丫鬟青書去前頭迎一迎。

大著肚子的五夫人齊氏，忍不住用帕子掩著唇笑道：「嫂嫂也太心急了，這二姐兒和新姑爺正是新婚燕爾，難免起得晚，咱們都是過來人，您也理解一二。」

「你看看五弟妹，在母親這裡也敢亂說話！」三夫人李氏打趣道。

董氏坐在大長公主下首，笑盈盈不說話，只垂眸撫著自己腕間的玉鐲子，心裡略有些不是滋味，畢竟這本是自己女兒的姻緣。

白家幾個姑娘也都坐在杌子上熱熱鬧鬧說著話。白卿言看著滿屋子的熱鬧，心中又暖又高興。

很快，二夫人劉氏身邊的青書匆匆踏進長壽院院門，身後跟著忠勇侯府的吳嬤嬤。

吳嬤嬤是忠勇侯府侯夫人身邊最得臉的嬤嬤，她一看到站在廊下的蔣嬤嬤，連忙快步走到蔣嬤嬤面前，福身：「老姐姐……」

「今兒個吳嬤嬤怎麼來了？我們二姐兒和姑爺可是起晚了？」蔣嬤嬤客客氣氣拉起吳嬤嬤，笑著問。

吳嬤嬤臉色越發不好，她尷尬道：「我們大奶奶昨兒個和我們府上兩位姑娘嬉戲時滑了一跤，跌進了湖裡嗆了水，本也不打緊，今兒個早上卻不知怎了，突然燒了起來！這不今天就回不來了……」

蔣嬤嬤心底一驚，忙道：「吳嬤嬤稍後，容我進去稟了大長公主。」

屋內，二夫人劉氏乍一聽了消息，驚得站起身來：「什麼?!這秦家是怎麼回事兒?!錦繡昨天跌進湖裡，今天才來人和我們說，是欺負我們國公爺和錦繡他爹不在？」

白卿言握著茶杯的手發緊，抬眸透過隔扇看著外面絞緊手帕的吳嬤嬤，頓時咬緊牙怒火中燒。

上一世，吏部尚書的嫡次女嫁入忠勇侯府，回門那日也沒能回去，聽說便是和姑子嬉戲滑了一跤，跌進湖裡。她想起吏部尚書嫡次女最後不到三十鬱鬱而終的下場，用力握緊茶杯，面色略白。難道，白錦繡嫁入忠勇侯府，也躲不過這個命運？

白卿言端著茶杯的手微微發抖，不知是因為這幾天練得太狠，還是因為太過生氣。

「二嬸莫慌！」白卿言沉住氣，放下手中茶杯，起身道，「祖母，讓二嬸帶了洪大夫去忠勇侯府看一看二妹妹吧！」

「可這……剛成親，咱們娘家帶著大夫去婆家，忠勇侯府會不會覺得我們鎮國公府太過囂張，有怨言？」四夫人王氏性子一向和軟，小心翼翼問道。

「二妹妹一身的武藝，水性又好！說嬉戲滑了一跤跌進湖裡被水嗆了，可信嗎？其中必有內情。」白卿言聲音往上提，難掩怒火，「祖母，您和母親一位是當朝大長公主，一位有誥命在身，的確不適合帶著洪大夫去！可二嬸愛女心切……就不足為奇了。」

「我也去！」四姑娘白錦稚站起身，對大長公主行禮，「祖母，我擔心二姐姐！我也去！」

「祖母，我也要去！」三姑娘白錦桐亦是站起身來。

「我也去！我也去！」屋內幾個姑娘都嚷嚷著要去看看白錦繡。

「母親！」二夫人眼眶子都紅了，「求母親讓我去吧！我擔心錦繡！」

大長公主繃著一張臉，撥弄著手中的檀木佛珠，她二兒媳婦個性衝動，幾個孩子年紀太小沉不住氣，這事兒擺明有內情，怕是白錦繡受了什麼委屈，多去些人……也好叫忠勇侯府知道，他們鎮國公府不是好欺負的。

她看向白卿言，半晌後開口：「老二媳婦兒，你帶著咱們家幾個姑娘一起去看看錦繡。阿寶……你跟著去弄清楚到底怎麼回事兒，咱們鎮國公府的姑娘，可不是嫁到他忠勇侯府受委屈去的！蔣嬤嬤你跟著老二媳婦兒。」

蔣嬤嬤福身稱是。

二夫人劉氏感激不已對大長公主行禮，蔣嬤嬤一定程度上就代表著大長公主，有蔣嬤嬤陪同……也好讓忠勇侯府知道大長公主看重白錦繡。

董氏一聽要讓自己女兒去，忙道：「母親，阿寶的身子……」

「娘，女兒不要緊的，您不讓我去看看二妹妹我也不放心！」白卿言安撫董氏，她此時心如油煎一般，不去看看她怎麼知道白錦繡怎麼樣了，怎麼知道白錦繡還能不能留在忠勇侯府。

白卿言是家裡的嫡長女，在白家沒有孩子時，二夫人劉氏也很疼寵白卿言，自是知道白卿言性子沉穩心思細膩，有白卿言跟著……到時候白錦繡不好和她這個做娘說的話，肯定會和白卿言說。

董氏儘管一萬個不願意，還是讓身邊的秦嬤嬤去打點車馬。

忠勇侯府來的吳嬤嬤一聽說，二夫人劉氏要帶著大夫，和鎮國公府的姑娘們過府去看白錦繡，一下慌了神，忙說自己回去稟報一下好讓他們侯夫人有個準備，就匆匆坐著馬車離開。

董氏隨白卿言回清輝院，挑了一件風毛極為密實的大氅給白卿言繫好，送白卿言出門：「娘不想讓你去忠勇侯府你偏要去！去了別掐尖要強……不然傳出去，別人該說你心量狹窄見不得二妹妹嫁於忠勇侯世子，知道嗎？」

「阿娘，您放心！女兒心中有數！」

鎮國公府角門口，幾輛寬敞奢華的馬車緩緩動了起來，朝忠勇侯府的方向而去。

忠勇侯府。鎮國公府二夫人劉氏看到躺在床上面無人色的女兒，腿一軟差點兒暈過去，坐在床邊拉著女兒的手喚著女兒的名字：「錦繡！錦繡……娘來了！你睜開眼看看娘！」

二夫人劉氏身邊的管事嬤嬤羅嬤嬤扶住劉氏，紅著眼道：「二夫人，先讓洪大夫看看二姐兒。」

白卿言看到白錦繡只有出氣沒有進氣的模樣，藏在袖中的手收緊，氣得手都在抖，不可遏制的怒火在血液裡燃燒沸騰著，恨不能揮刀砍了忠勇侯夫人這人面獸心的毒婦。

白卿言眸色沉沉朝內室外走了幾步，掩唇在四姑娘白錦稚耳邊說了一句。

白錦稚通紅的眼睛一亮，握著自己腰後的長鞭，點頭衝了出去。

「你也去看看，別讓四姑娘吃了虧！」白卿言側身吩咐春妍。

「長姐?!」三姑娘白錦桐上前疑惑望著白卿言，「和小四說了什麼?她幹什麼去了?」

白卿言攥緊了手爐，聲音涼薄又冷戾：「不是說二妹和小姑子玩鬧麼?既然二妹的小姑子這麼喜歡玩鬧，我們小四名聲在外，不去找她玩鬧玩鬧都對不起這個名聲！」

五姑娘和六姑娘圍在床前，眼淚巴巴望著白錦繡。

「洪大夫怎麼樣？」二夫人劉氏擰著手中帕子擔憂的不行。

「受了寒，高燒不退……這頭部是不是也受了什麼撞擊？」洪大夫挽起袖子，正要在白錦繡頭上查看。

忠勇侯夫人身邊的吳嬤嬤扯著嗓子嚷了起來：「我們大奶奶千尊萬貴的，怎麼能讓你這個鄉野大夫觸碰?!」

白卿言凌厲的視線朝吳嬤嬤望去。

二夫人劉氏也是個潑辣的，不等身邊的管事嬤嬤羅嬤嬤動手，竟親自將吳嬤嬤一把推開：「我的女兒好好的嫁入你們忠勇侯府，現在躺在這裡昏迷不醒！你是個什麼東西敢攔著洪大夫給我女兒看診?!不入流的醃臢玩意兒……」

不等二夫人劉氏再說出什麼難聽的話來，白錦桐已斜眼睨著吳嬤嬤開口：「我們鎮國公府的座上賓到了忠勇侯府就成了鄉野大夫?忠勇侯府好大的口氣！」

蔣嬤嬤察覺有異，不動聲色看向神色緊張的吳嬤嬤。

吳嬤嬤畏畏縮縮立在一旁，偷偷瞄著臉色凝重的蔣嬤嬤，心往下一沉，忙陪著笑臉說：「昨兒個大奶奶落水，我們夫人拿名帖請了太醫過來給大奶奶瞧過了，二夫人三姑娘誤會了。」

「你們世子呢?!」二夫人劉氏見女兒成這樣也不見女婿，立時大發雷霆。

「今兒個大奶奶無法回門，世子便去繁星樓參加詩會會友去了。」吳嬤嬤有意挑唆，故意道。

「這……是不是得讓人把世子爺請回來！」羅嬤嬤看向蔣嬤嬤，畢竟蔣嬤嬤是代表長公主來的。

白卿言知道秦朗這位繼母不是好相與的，怕是想要挑唆的鎮國公府對秦朗不滿，故意把秦朗支走的，她壓著怒意說：「三妹，讓我們鎮國公府的僕從，去繁星樓請秦世子回來。」

「這可怎麼行，我們世子爺參加詩會，那可是男兒應該做的大事……怎好因為這種小事請世子爺回來！」吳嬤嬤回到自家地盤到底是要比在鎮國公府時囂張些。

白卿言一雙冰冷入骨的幽深眸子直視吳嬤嬤這個刁婆子，厲聲問：「這是你的意思，還是你們侯夫人的意思？」

心思被挑破，吳嬤嬤被白卿言看得心裡發虛，縮在那裡不吭聲，想到這位白家大姑娘曾經隨國公爺去戰場，手刃敵軍將領頭顱，她心就慌得厲害。每一次被這白家大姑娘看一眼，吳嬤嬤就覺得心裡直突突跳。

「我這就去！」白錦桐深深看了那位吳嬤嬤，拎著裙擺出門。

白卿言在軟榻上坐下，手中握著暖爐望著吳嬤嬤，又問：「我二妹妹的陪嫁丫頭，怎麼到現在一個都不見？」

吳嬤嬤一個激靈，心叫不好。

剛才因為憂心女兒又忙又亂的，二夫人劉氏沒顧得上，這會兒才發現，白錦繡的陪嫁丫頭一個都不見了。

劉氏怒氣衝衝指著吳嬤嬤：「我女兒的陪嫁丫頭呢?!說話！」

「回二夫人、大姑娘的話，大奶奶落水都是因為丫頭們伺候不周，我們侯府規矩嚴，不比國公府那麼寬厚，主子出了問題都是奴才伺候的不好，所以我們侯夫人作主，全都給發賣了！」吳嬤嬤垂著眼，心虛道。

白卿言簡直要被氣笑了，胸口起伏劇烈，差點兒捏碎手中的手爐，真是好一個規矩嚴！

「侯夫人這真是好大的做派！手都伸到兒媳婦的嫁妝裡了！我女兒的陪嫁丫頭，身契都在我女兒手中，你們夫人倒好，趁著我女兒昏迷，竟然敢把人給發賣了！」二夫人劉氏氣得心口疼，也不知道女兒嫁的這是個什麼魔鬼窟。

動了兒媳婦的嫁妝，這名聲傳出去可不是好聽的，吳嬤嬤當下就慌了，忙道：「這是得到大奶奶允准的！」

二夫人劉氏心裡更堵了：「你這是打量著我女兒沒醒來，蒙我是不是?!」

二夫人劉氏話音前腳剛落，後腳一個丫鬟就跌跌撞撞跑了進來，髮髻也散了臉上還有一道鞭痕。

「不好了！不好了！白家四姑娘瘋了……她要打死我們二位姑娘和我們夫人！」

吳嬤嬤一聽睜大了眼，匆匆拎著裙子往外跑，剛踏出門又忙折返回來，對二夫人劉氏福身行禮：「二夫人、蔣嬤嬤您二位可得管管啊！白家四姑娘是魔障了不成？敢在我們忠勇侯府打人?!」

雙手交疊立在那裡的蔣嬤嬤，聞言看向神色鎮定自若的白卿言。

四目相對，白卿言望著蔣嬤嬤的目光澄澈，蔣嬤嬤當下就明白白卿言這是故意要將事情鬧大，略略對白卿言頷首。

二夫人劉氏冷笑一聲：「我女兒躺在這裡生死未明，我管你們二姑娘和夫人死活！」

吳嬤嬤瞅著二夫人劉氏的反應，愣住，這白家人簡直……簡直不講理。她只能求救一般望著蔣嬤嬤：「蔣嬤嬤?!蔣嬤嬤您說句話啊！」

蔣嬤嬤看著床上面無人色的白錦繡，亦是心疼不已：「老奴全憑二夫人吩咐。」來時長公主交代過蔣嬤嬤，什麼都大不過自家孫女兒的性命。

白卿言知道上一世吏部尚書夫人為了女兒處境著想，大事化小忍氣吞聲，卻為後來埋下了隱患。此生對她而言，什麼都不如白錦繡性命要緊，事情鬧大了才好讓忠勇侯府有所忌憚。

白卿言心中已有章程。俗話說不破不立，但願秦朗別讓她失望，能借著這次……真正地立起來。如果秦朗真的扶不上牆立不起來，即便是大都城有爵位的清貴人家從無和離先例，她也要在南疆消息還沒有傳回來……鎮國公府的威勢還在時，強壓著秦朗和離。

和離，總好過讓白錦繡和上一世的吏部尚書嫡次女一般，被磋磨一生。

洪大夫也已經幫白錦繡看完診，他摸著山羊鬚看了白卿言一眼，見白卿言微微對他頷首，他垂眸道：「二姑娘這是頭部先受到了撞擊，又跌入水中！寒水入肺，又高燒不退，怕是……」

二夫人劉氏腿一軟，若不是身旁的青書扶住怕是要癱倒在地。

白卿言沉著臉上前對二夫人劉氏行了禮，道：「二妹妹危在旦夕，您是要留在這裡照顧二妹妹直到二妹妹康復，還是要接二妹妹回國公府醫治，二嬸，得您拿主意！」

吳嬤嬤眼睛瞪圓了，這女子出嫁沒有夫家同意就擅自離家是萬萬不能的！這要是讓白家二夫人劉氏把白錦繡帶走了，兩家怕是斷交了：「二夫人不可！大奶奶才嫁進忠勇侯府您就把人抬回去，這讓人怎麼看忠勇侯府？旁人不知道還以為兩家要斷交啊！就算是大長公主她老人家也斷不會答應，是不是蔣嬤嬤?!」

「我女兒才嫁進忠勇侯府就命在旦夕！我管別人怎麼看你忠勇侯府！」二夫人劉氏用力攥著胸口衣裳，轉頭望著蔣嬤嬤：「嬤嬤！煩請您回去告訴母親一聲……錦繡被人砸了頭推進湖裡，身邊一眾丫鬟全都被人發賣一個不留！身邊連個伺候的人都沒有，我必須將錦繡接回府中照料！母親要是不同意……我就把錦繡接回我娘家！」

蔣嬤嬤頷首對二夫人劉氏行禮：「老奴這就回去稟告大長公主，二夫人寬心，大長公主一向心疼二姑娘，斷斷沒有為了交情不顧孫女兒性命的道理！」

吳嬤嬤聽到這話跟天塌了一般，差點兒跪下。她沒想到這二夫人劉氏竟為了護著女兒不顧兩府顏面，不顧白錦繡以後在他們忠勇侯府的前程。

「青書，你手腳麻利，陪蔣嬤嬤一起回去！」說完，二夫人劉氏就湊到床邊，握著女兒的手忍不住哭了起來。

青書一來見白錦繡的模樣，眼睛一直都是紅的，得了二夫人劉氏的吩咐立刻應聲，扶著蔣嬤嬤就疾步往外走。

「蔣嬤嬤！蔣嬤嬤不可啊！」

蔣嬤嬤充耳不聞。

吳嬤嬤沒有攔住蔣嬤嬤，忙給二夫人劉氏跪了下來：「二夫人！萬萬不可鬧到大長公主那裡去啊！」

二夫人劉氏此時握著女兒的手，看著面色慘白怎麼都叫不醒的女兒，已然哭得什麼都顧不得了。

春妍一路小跑進來，掩著唇在白卿言耳邊道：「忠勇侯府護院往後宅去了！大姑娘……要是四姑娘吃虧了怎麼辦？」

「錦昭、錦華，你們在這裡陪著二嬸兒。」白卿言帶著滿身肅殺，立在原地，任春桃給她披上白狐大氅。她看了眼守在白錦繡床前直哭的二夫人劉氏，慢條斯理道：「我過去看看，四妹衝動……別沒輕重傷了侯夫人。」

眼看著沒能攔住蔣嬤嬤，吳嬤嬤也得趕緊去給侯夫人報信，她眼睛一轉，連忙從地上爬了起來：「老奴給大姑娘帶路！老奴給大姑娘帶路！」

春桃扶著白卿言出新房，疾步朝侯夫人的院子走去，吳嬤嬤一路想要往白卿言的身邊湊，都被春妍不客氣的用帕子甩開。

吳嬤嬤知道白卿言是被大長公主教養長大的，在大長公主面前說話極有分量，便一路小心翼翼對白卿言哭喪著臉，道：「白大姑娘，其實這事兒真不能怪我們府上二位姑娘，本來我們世子是和您定的親，可是後來嫁進來的卻是大奶奶，我們二姑娘這才和大奶奶拌了幾句嘴。」

白卿言腳下步子一頓，側頭朝吳嬤嬤看去，似笑非笑……難怪上一世吏部尚書嫡次女憤懣離世之後，吏部尚書夫人能用雷霆手段收拾了蔣氏，連忠勇侯府主母蔣氏身邊的貼身嬤嬤，都是這般成事不足敗事有餘的東西，忠勇侯敗落之象已顯。

「你這個刁婆子再胡說八道，信不信我撕了你嘴！你這是想把你們府上二位姑娘做下的好事，算在我們大姑娘頭上嗎?!」春妍一下就惱了。

「春桃，把人給捆了交給二夫人！轉告二夫人這位嬤嬤剛才的話……忠勇侯府的二位姑娘，是和咱們二姑娘拌了嘴動手傷人的！」白卿言睨了眼吳嬤嬤繼續朝前走，「這可是忠勇侯府侯夫人貼身嬤嬤……親口說的，將來若是見官，這位嬤嬤可是人證。」

被按住的吳嬤嬤聽到見官兩個字，臉色一變，腿軟如泥當下就跪了下來：「白大姑娘！老奴可是忠勇侯府身邊的嬤嬤，您不能捆我！老奴也沒說我們二姑娘動手傷人啊！這要是損了我們二姑娘的名聲，老奴就是捨了這條命也賠不起啊！」

白卿言充耳不聞。

一行人還沒靠近，白卿言就聽到婢女們哭天喊地的聲音，一行護院在一位蓬頭亂髮的嬤嬤帶領下，急匆匆往侯夫人的院內跑。

白卿言握緊了春桃扶著她的手，春桃會意腳下步子更快了些。

「把傷了我二姐的那兩個小蹄子給我交出來！」白錦稚手握一條長鞭在院子裡揮的啪啪直響，滿地的枯枝殘雪……丫鬟僕婦們身上多多少少都有被白錦稚抽出來的血痕，僕婦們忌憚白錦稚的身分不能還手，只能瑟瑟發抖的大聲求白四姑娘高抬貴手饒命。

忠勇侯府帶頭的那位年輕護院三步並作兩步，一把抓住白錦稚抽來的鞭子，一張冷厲的臉繃著，直視白錦稚。「請白四小姐適可而止，這是忠勇侯府不是你們鎮國公府！容不得白四小姐這般放肆！」

白錦稚咬緊了後槽牙，發力想抽回鞭子，卻發現拼盡全力都無法抽回分毫。頭一次在旁人手上吃虧的白錦稚睜大了眼，咬緊牙關腳下紮穩竟還是抽不回鞭子。

「小四……」白卿言喚了白錦稚一聲，那護院這才鬆開白錦稚手中的鞭子。

白錦稚收鞭，深深看了護院一眼，朝白卿言方向走來：「長姐……」

年輕護院看著白卿言和白錦稚在一群丫鬟僕婦的簇擁下，沿廊下朝主屋方向走去，轉頭對身後的護院道：「在這裡守著，以防那位白四小姐再傷人。」

房內，侯夫人蔣氏抱著自己兩個女兒縮成一團瑟瑟發抖。直到聽到外面丫鬟僕婦冷靜下來疊聲稱呼「白大姑娘」，這才放鬆下來整理衣容。

等丫鬟進門稟報白大姑娘過來時，侯夫人蔣氏已端正身體而坐，兩位侯府小姐髮髻散亂的坐在一旁抽抽嗒嗒用帕子抹眼淚。

「請白大小姐進來。」侯夫人蔣氏拿過手爐捧在手中，眼底劃過一抹幽沉。

鎮國公府從大晉國建國開始，在大都城倡狂太多年了，以至於一個小小的白府四姑娘，都敢在他們忠勇侯府對她的女兒揮鞭！不過風水輪流轉，半個月前蔣氏從忠勇侯那裡聽說了一樁秘聞，她知曉很快百年簪纓世家鎮國公府就要隨鎮國公一起覆滅了，將來這大都城的世家之首就是他們忠勇侯府了。就算秦朗娶了鎮國公府的女兒又如何，將來鎮國公府覆滅，白家的女兒就會成為他的拖累，這世子之位遲早是她兒子的。

眼見白卿言進屋行禮，侯夫人蔣氏心中早已沒了對白家的忌憚，提起當家主母的氣派開口：「白大姑娘倒是懂禮，白秦兩家是姻親，本夫人托大也算得上是你們的長輩，今日便說上一兩句。即便是姑娘家有什麼齟齬也斷斷沒有一個晚輩當著長輩的面揮鞭，怎得白四姑娘竟被教養的如此放肆？這番作為和市井潑婦有和區別？」

一想到兩個女兒身上的鞭痕，蔣氏的心就難受的恨不得讓人搧白錦稚兩個耳光。

「你女兒傷了我二姐，還將她推進湖中如今生死不明！你忠勇侯府可真是謀財害命的好教養！」四姑娘白錦稚絲毫不怵蔣氏的主母威儀。

大都城鎮國公府四姑娘白錦稚最是俠義心腸，曾對縱馬馳街撞傷老人家的紈褲揮鞭，今日為了替白錦繡討公道更是不吝惜名聲。

可白錦稚不在意，白卿言在意。今日要是讓蔣氏把這些話扣在白錦稚的頭上，白錦稚的名聲怕是要蒙上汙跡。

不等蔣氏再開口白卿言已經直起身，一雙清冽冷肅的眸子望著蔣氏，質問：「侯夫人既如此懂禮知禮，以長輩自居指點我鎮國公府家教，怎得將侯府二位姑娘教養的如此惡毒？做小姑子的謀害親嫂性命，這番作為與禽獸何異?!」

「你！」蔣氏原是為了撒氣，結果卻一口氣堵在嗓子裡兒，她手扣緊了炕几邊緣，眼神越發不善起來，強忍著怒火，「我們姐兒不過是和嫂嫂玩鬧罷了，謀害親嫂這樣的罪名，白大姑娘可別空口白牙往我忠勇侯府姑娘頭上扣。」

白錦稚正要發火，卻被白卿言按住，她眸色沉了下來，強壓著想活剮了蔣氏的念頭，可眸中殺意已露。

蔣氏被白卿言看得有些懼怕，不自在的理了理自己的領口。

白卿言冷笑勾唇，慢條斯理開口：「我二妹妹頭上那麼大個血窟窿，如今生死未卜，侯夫人只說是姑嫂玩鬧！如今忠勇侯府兩位姑娘不過擦破層皮，侯夫人就將無禮數、無教養、市井潑婦這樣的帽子往我四妹妹頭上扣，侯夫人這是打量著我等年紀小好欺負?!不如我著人請了我祖母大長公主來可好？」

提到白家的老祖宗大長公主，蔣氏意識到自己失了氣度，白家就算滿門男兒盡滅，還有一位當朝大長公主在。

蔣氏壓住情緒，用帕子按了按唇角，壓不住火擠兌白卿言：「白大姑娘真是口齒伶俐，可口舌易生是非，白大姑娘今年已有十九，卻遲遲不見媒人上門說親，白大姑娘本就子嗣艱難，若愛逞口舌之利的名聲要再傳出去了，誰家還敢求娶白大姑娘？白大姑娘我這番話可都是為了你好！」

名聲這樣的東西，白卿言早就不在意了，白錦稚卻氣得臉色通紅，「你……」

只聽白卿言聲線冰涼，不急不惱道：「侯夫人還是留著這番話的好……為您的兩女一子多想想！我二妹妹嫁入忠勇侯府不過三天，先有侯府兩位姑娘謀害性命，後有侯夫人插手我二妹妹嫁妝。傳出去……不知誰家敢娶秦家女，誰人敢嫁秦家郎?!」

蔣氏一身冷汗，她生了兩個女兒才得了一個兒子，看得和眼珠子似的。她為了維護兩個女兒，聽了吳嬤嬤的法子將白錦繡身邊的丫頭發賣，可她情急之下忘了那些丫頭都是白錦繡的陪嫁，這要是真的計較起來，以後她兒子娶親怕是艱難。

「忘了同侯夫人說一聲，您身邊的吳嬤嬤，親口說……府上二位姑娘同我二妹妹發生口角動手傷人，我已著人捆了吳嬤嬤把她送到我二嬸那裡，蔣嬤嬤也已經回鎮國公府請示祖母，侯夫人……好自為之。」說完，白卿言對蔣氏行了一禮，帶著白錦稚朝屋外走去。

「母親！」傷了人的大姑娘抖如篩糠，驚慌失措的望向忠勇侯夫人蔣氏，道：「這可怎麼辦啊？」

「娘！」二姑娘嚇得哭出聲來。

雖說是二姑娘同白錦繡發生了口角，可白錦繡頭上那傷是被大姑娘砸的，二姑娘又把人推下了水。

蔣氏知道自己這裡還得再忍一忍，如今的鎮國公府白家還是大都城最有權勢的世家，想要息事寧人，她還得忍氣吞聲伏低做小，「快去請侯爺！」

可不等蔣氏趕過去伏低做小，白家二夫人已經命人抬白錦繡出了忠勇侯府，蔣嬤嬤更是帶來了長公主的車駕聲勢浩大接白錦繡回府。蔣氏一聽心突突直跳，她真想不到這二夫人劉氏竟如此不顧白錦繡日後處境，拿出撕破臉的架勢，連名聲都不顧了。

那日鎮國公府二姑娘十里紅妝出嫁，忠勇侯府世子風度翩翩，門當戶對的才子佳人至今日還讓人津津樂道，沒成想今日回門竟聽說白家二姑娘命懸一線。忠勇侯府外早就圍滿了看熱鬧的百姓，議論紛紛。

忠勇侯夫人蔣氏在丫鬟婆子簇擁下，急匆匆追了出來，當著眾人的面拿出伏低做小的態度，含淚哭道：「二夫人！二夫人……這大雪天的把錦繡挪回鎮國公府，只怕對錦繡病情無益，剛剛四姑娘也用鞭子狠狠抽了我那兩個女兒，她們也知錯了……以後再也不敢和嫂嫂在湖邊嬉戲了！要是我還有照顧不周的地方，二夫人盡可指出！萬萬不可這般啊！」

已經上馬車的白卿言握著手爐，挑開馬車窗簾瞅著一副柔弱做派的蔣氏，不由冷笑。話說的如此漂亮，看似服軟，暗裡竟是指責他們鎮國公府太過霸道，姑嫂嬉戲失足跌進湖裡，鎮國公府四姑娘不分青紅皂白，在忠勇侯府對他們府上二位姑娘揮鞭不說，還得理不饒人……大雪天強行將有傷在身的出嫁女，抬回鎮國公府。

「她滿口噴糞！」四姑娘白錦稚按住腰間的馬鞭就要下馬車，被同車的三姑娘白錦桐按住。

「別說忠勇侯夫人是有品階在身的誥命夫人，你若是衝動在忠勇侯府對忠勇侯夫人揮鞭，正中她下懷不說，你的名聲就完了！」白錦桐拍了拍白錦稚的手，道：「你好好在車上坐著，我去長姐馬車上和長姐商議！」

正要上馬車的二夫人劉氏，激動顫抖的聲音帶著哭腔，憤怒道：「我女兒才嫁入你們侯府三天！已經連命都快沒了！我還怎麼敢再讓女兒留在你們這虎狼窩一般的忠勇侯府？」

忠勇侯秦德昭還未走到門口就聽到妻子伏低做小的致歉，又見二夫人劉氏如此咄咄逼人，把他們侯府說成魔窟一般，不由怒火中燒，撩起長衫下擺跨出府門。

「二夫人，莫非是忘了白錦繡已嫁入我侯府?!」秦德昭負手而立，繃著張炭黑般的臉，看起來十分唬人。

蔣嬤嬤怕劉氏衝動說出什麼話讓旁人拿捏住話柄，上前一步行禮還未開口，就聽白卿言清冽的聲線傳來……

「侯夫人一張利口能將黑說成白……將殺人奪命說成玩鬧嬉戲！我們逼不得已大雪天挪二妹妹回府，侯夫人上下嘴皮子碰了碰，倒成了我們蠻橫霸道！著實是讓人大開眼界。」

白錦桐見春桃打簾扶白卿言下了馬車，便立在馬車旁靜靜看著。

忠勇侯秦德昭藏在背後的拳頭握緊，深沉的目光望向步伐沉穩的白卿，「白大姑娘慎言。」

蔣嬤嬤忙上前扶住白卿言，將人護在身邊。

二夫人劉氏通紅著一雙眼，情緒激憤道：「忠勇侯，你的兩個女兒可真是厲害了！將我女兒的頭砸出那麼大個血窟窿，寒冬臘月又把人推入水中！這是多大的怨憤，竟如禽獸般對我女兒下此死手?!」

秦德昭轉頭看向蔣氏，蔣氏一臉慘白忙搖頭，秦德昭又看向二夫人劉氏：「二夫人，這可是有誤會？」

「狗屁的誤會！」二夫人劉氏氣得口出穢言，淚眼婆娑指著侯夫人蔣氏，眼神恨不能活撕了她，「你問問你的好夫人！她身邊的刁婆子都已經親口承認你府上兩個女兒傷了我女兒，她倒好，轉頭輕描淡寫說是姑嫂嬉戲落水！趁著我女兒昏迷，把手伸到我女兒嫁妝裡將我女兒陪嫁丫頭全部發賣，我女兒正是需要人照顧的時候，身邊連個伺候的丫頭都沒有，這分明是要我女兒的命啊！」

二夫人劉氏說到激動處已然哭出了聲，她死死揪著胸前的衣裳，眼中恨意滔天：「你們這哪是侯府?!這根本是要人命的魔窟！我真是瞎了眼，把女兒推入你們忠勇侯府這個火坑裡！你們還是人嗎？你們這根本是一窩子的畜生惡狼啊！」

「二夫人！白錦繡失足落水昏迷，誰也不想！」秦德昭頓時火冒三丈，「我敬你是親家，你再口出惡言別怪我不客氣！」

「侯爺……」白卿言繃著臉，冷言慢語道：「我二妹妹識水性，放眼整個大都城能比得上她的男兒如鳳毛麟角，若只是失足落水能致昏迷？侯爺不覺可笑？」

秦德昭滿心煩躁，「不管怎麼說，白家二姑娘已是我忠勇侯府的兒媳婦，是我秦家的人！你們白家人說帶走就帶走，當我忠勇侯府是什麼?!」

白卿言抬眸，已顯戾氣，「誠如侯爺所言……我二妹妹嫁入侯府是侯府的人，可我二妹妹被侯府二位小姐所傷命在旦夕，侯府不管不說，我們娘家還過問不得?!我祖母大長公主也過問不得?!這是結親……還是索命?!」

「一派胡言！」秦德昭氣得臉色鐵青。

「侯爺既稱我胡言，可敢叫府上兩位姑娘以性命盟誓，說她們未將我二妹妹額頭砸出血窟窿，未將我二妹妹推入水中……」白卿言慢條斯理抬腳踏上忠勇侯府高階，灼灼目光凝視秦德昭，氣勢越發逼人，一字一句，「可敢讓侯夫人盟誓，未擅動我二妹妹嫁妝丫頭，若有虛言全族不得善終，全身長滿爛瘡腐肉而亡?!」

侯夫人蔣氏竟是被白卿言身上那一身戰場磨礪出的戾氣駭住，扯著秦德昭的衣袖，「侯爺……」

「侯夫人和府上的二位姑娘敢嗎?!侯夫人和二位姑娘若敢說一個敢字！我白卿言今日梟首飲鴆向忠勇侯府謝罪！」白卿言說的又穩又快，三言兩語把事情挑明，看熱鬧的百姓議論紛紛。

「哎呦，擅動兒媳婦嫁妝，這可是要謀財害命啊！」

「可不是！看不出這忠勇侯府竟然是這樣的做派！」

「聽說他們侯府還有一位嫡出的小公子，誰要是把閨女嫁入忠勇侯府可真是倒了八輩子血楣了。」聞訊從繁星樓快馬趕回來的秦朗，老遠就看到忠勇侯府大門前又是車馬又是看客，又正好聽見白卿言那一番話，他心突突直跳，趑趄不前。

忠勇侯秦德昭緊攥著拳頭，咬著後槽牙強硬道：「你們白家的姑娘在鎮國公府內行事張狂，不修身養性謹守女德，成日擺弄刀槍劍戟也就罷了！如今竟還將手伸到他人後宅，當街詆毀長輩，就不怕有人參鎮國公、鎮國公世子縱女無度，養而不教?!」

白錦稚和白錦桐兩人氣得火冒三丈，白錦稚已然從馬車裡出來，如果不是白錦桐按著，怕白錦稚都忍不住要上前和忠勇侯用鞭子論理了。

白卿言一雙沉穩清明的眸子朝忠勇侯秦德昭望去，勃然大怒，高聲厲言：「若有人想參我祖父、父親，那便只管去參！我白家女兒是不學女德女戒，我們學得便是保家衛國……與千軍萬馬浴血廝殺的本事！學得是寧馬革裹屍灰軀糜骨，也絕不能使我晉國百姓國君受辱的硬骨忠膽！我白家兒女仰不愧於天，俯不怍於人！倘若做事取直，不屑於後宅勾心鬥角爾虞我詐的骯髒手段，行而光明做而磊落便是行事張狂，我白卿言不但今日張狂……日後會更張狂！」

「好！」

「好一個行而光明做而磊落！鎮國公府一家……不論男女當真是一身的傲骨氣節！」有人忍不住叫好。一時間圍觀百姓，想起鎮國公府女兒家也曾在國難時血戰疆場。想到遠在南疆征戰的鎮國公，將白家男兒全部帶上疆場只為保家衛國！距鎮國公南疆征戰已半年有餘，出征時的盛況百姓猶未能忘，鎮國公府滿門的忠烈、磊落，白家男兒一身戎裝站在那裡便是頂天立地的浩然正氣。

百姓看不下去低聲議論。「這忠勇侯府還不是欺負人家鎮國公府滿門男兒不在！」

「真他娘不知羞，他們在這大都城歌舞昇平，全靠白家男兒南疆浴血，哪兒來的臉欺負人家鎮國公府的姑娘！」

「竟說白家女子不學女德女戒擺弄刀槍劍戟，可會女德女戒的女子裡又有幾個能上戰場？忠勇侯掛這個忠勇爵稱……卻從不見上戰場，還不如人家白府女兒家！還有臉說這些話！」

秦德昭咬緊了牙，氣得臉色發青，負在背後的手攥緊了大拇指上的扳指，「白大姑娘好厲害的口舌！」

「比不得侯夫人舌燦蓮花，將黑說成白！」白卿言絲毫不怵秦德昭身上威儀，怒色已然顯露在臉上。

秦朗不敢再看，忙從人群中擠進來，他向忠勇侯和忠勇侯府人行禮之後，不敢直視白卿言，垂著眸子對二夫人劉氏長揖到地：「岳母大人。」

白卿言視線不動聲色落在秦朗身上。

眼睛通紅的二夫人劉氏瞪著秦朗，髮指眥裂，恨不能上前抽他一耳光。「我本以為秦世子才名在外，是大都城難得的好兒郎，可沒想到竟是這般沒心腸的人物，新婚媳婦兒被你兩個妹妹險些害了性命躺在床上昏迷不醒，你竟然還有興致去繁星樓吟詩作對！你還是個人嗎?!」二夫人劉氏捂著心口，哭出聲來。

「昏迷不醒？」秦朗一臉大驚，轉頭朝侯夫人蔣氏望去，「可母親分明和我說……」

「侯爺！」侯夫人蔣氏心一慌，忙先秦朗一步開口：「是我讓世子爺去參加詩會的，內宅的事情再大，也不能耽擱了男人的應酬前程啊！都是我不好……我也沒有想到錦繡會病的這麼重！錦繡一傷著我就讓人拿了我的名帖去請太醫過來了！太醫說休養幾日不要緊的！可今日二夫人帶來的鄉野大夫偏說錦繡危在旦夕，這我也不知該信誰好了！」侯夫人蔣氏哪能讓秦朗當著大都城這麼多百姓的面，將她哄騙秦朗的說詞公之於眾，只能把一副委屈難過的模樣做了一個十足十。

站在馬車旁的白三姑娘白錦桐，目光冷肅，「鄉野大夫?! 我還是頭一次聽人將太醫院院判黃太醫的師兄……稱為鄉野大夫！」

秦朗抿著唇，身側手收緊，臉色越發難看。他不能當著滿街看熱鬧的百姓說，蔣氏說爺們兒見了血不吉利不讓他去看白錦繡。蔣氏還告訴他白錦繡很好，她怕白錦繡受寒落下病根才讓白錦繡臥床靜養，又讓她娘家的侄兒在今日回門之日強拉著他去繁星樓參加詩會。

白卿言冷笑：「侯夫人這意思是我二妹妹不孝不肯醒來惹我二嬸傷心了?! 敢問侯夫人請的是哪位太醫？我這便讓蔣嬤嬤拿了我祖母的名帖，一併將院判黃太醫請過來，三位大夫一起斷一斷我二妹妹到底傷勢如何！」

忠勇侯夫人蔣氏面色慘白，她斷斷想不到名聲在外的洪大夫，一直就在鎮國公府上，更想不到白家今日竟是帶著洪大夫來給白錦繡診脈的。

「侯夫人……您倒是說說請的是哪位太醫啊?!」白三姑娘錦桐逼問。

秦朗閉了閉眼，撩開衣衫下擺，對著二夫人劉氏跪了下去，重重叩首：「岳母大人，一切都是小婿的錯！」

「我當不起你這聲岳母大人！你這聲稱呼，這是要我女兒命的催命符！」二夫人劉氏坐進馬車內，帶著哭腔道：「回府！」

白卿言被春桃扶上馬車前，睨了眼長跪不起的秦朗，她前世竟不知身為忠勇侯世子的秦朗如此愚懦，難怪連自己的髮妻都護不住。

母親董氏派來看護白卿言的陳慶生，不動聲色將車凳放在白卿言腳下，畢恭畢敬彎著腰立在一旁出言提醒：「大姑娘小心腳下。」

陳慶生是董氏奶娘的外甥、春桃的表兄，這人別的本事沒有，但卻和大都城三教九流的人物都有所來往，還有一條便是對董氏的忠心。

看熱鬧的百姓幾乎是一路跟著鎮國公府的馬車，到了鎮國公府門口。

董氏早早得了信，親自帶了人在鎮國公府門口接昏迷的白錦繡。

趁著眾人都忙著將白錦繡往府裡挪，白卿言將陳慶生喚到一旁，交代了幾句。陳慶生忙點頭稱是，一溜煙便消失在了人群中。

鎮國公府二姑娘在回門之日昏迷不醒，被大長公主車駕接回鎮國公府的事情，像長了翅磅，沒出一個時辰便成了整個大都城最熱鬧的談資。但最為人津津樂道的，還是忠勇侯指責白家姑娘不學女德女戒，被白家大姑娘回敬得啞口無言那段。酒肆之中，長街之上，就連煙花柳巷之地都對此事談論不休。

「白家大姑娘、二姑娘和三姑娘，那可都是同鎮國公沙場征戰過的巾幗，女兒家怎麼了！誰說女兒家只能在後宅相夫教子，女兒家也可以頂天立地！」

「與千軍萬馬浴血廝殺，馬革裹屍粉身碎骨也絕不能使百姓國君受辱！我大晉國上下……也只有最忠勇的鎮國公府，才能教養出如此巾幗氣魄的女兒家！忠勇侯……呵，只知道趁著白家男兒不在欺負人家女眷，真是枉稱忠勇！枉稱男人！」

「白家滿門忠骨，磊落，耿直、不論男兒女郎各個都是頂天立地，一身的浩然正氣！」

偶有醉酒的男子，說起女子無才便是德當以內宅後院相夫教子為重，也都被湮滅在對鎮國公府的盛讚聲中。

鎮國公府。二姑娘白錦繡成親第三日命在旦夕，被橫著抬回府中，令鎮國公府上下，如同一根蹦緊的弦。僕人奴婢井然有序，從角門進進出出點亮燈籠，不敢高聲言語。

二夫人劉氏就守在白錦繡床邊，握著女兒發涼的手指，眼淚斷了線般，低聲喚著女兒的名字。

太醫院院判黃太醫同師兄洪大夫在隔間外，商議給白錦繡如何用藥。

大長公主和白府眾夫人面色沉重，守在白錦繡閨閣，等兩位大夫商議出結果。

三姑娘白錦桐看著床上面無人色的白錦繡，被屋內沉重的氣氛壓抑得難受，剛打了簾出來喘口氣，就見春桃的表兄陳慶生恭敬地彎著腰，壓低聲音和站在廊下的白卿言說話。

陳慶生餘光看到有人從屋內出來，立時收了聲，恭敬站在白卿言身側對白錦桐行禮：「三姑娘安。」

「你去吧！」白卿言對陳慶生道。

白錦桐看著陳慶生行禮後匆匆離開的背影，走至白卿言身旁低聲問：「那像是春桃的表兄，長姐給他派了差事？」

白卿言攏了攏狐裘，和白錦桐沿著廊下往暖閣走了幾步。陳慶生此人，白卿言是打算讓他跟著白錦桐的。

她柔聲細語道：「陳慶生這個人極擅和人打交道，大都城內……三教九流，不論是茶館酒樓的夥計、掌櫃，還是達官貴人府邸的管事僕從，只要他想都能結交，什麼消息他都有門道能打聽。正月十五過後，你出門在外把陳慶生帶在身旁，對你定有所助益。」

「長姐……」白錦桐喉頭翻滾，想起那日白卿言同她把話說得那般清楚，把白家處境分析的那般透澈，頓時覺得肩上擔子千斤重。

剛才，白卿言指派陳慶生在各茶館、酒肆煙花之地散布今日忠勇侯府門口之事，意圖把鎮國公府磊落、耿直、頂天立地的聲望再推上一層樓。這是她對陳慶生的考較，倘若這件事辦的漂亮，她就敢把人送到白錦桐的身邊，沒成想陳慶生事情辦的要比她預期的更好。全然沒有讓鎮國公府一人出面，憑藉他結交的關係將這件事撒了出去，連他自己也是片葉不沾身，手段老成又俐落。

她和白錦桐正說著話，就見守門的婆子匆匆踏入青竹閣院門，疾步至廊下對守門丫頭道：「煩請通報蔣嬤嬤一聲，忠勇侯世子在我們國公府外身負荊條，說要負荊請罪，也不肯進門，就在府外跪著，右相小嫡孫同好幾個公子也跟著一起來了，像是都吃了酒，老奴們也不知道該怎麼辦好。」

白錦桐大感意外，側頭看向神色自若的白卿言。

一般夫妻兩人即便鬧了天大的矛盾，男方擇日登門鄭重向長輩請罪也就是了，清貴人家哪有男子為妻致歉負荊登門的，這可是讓全天下都知道了家醜。不過白錦桐稍想了想也明白，今日的事情鬧得這麼大，忠勇侯府要是不拿出態度來，怕是沒法收場。只是，白錦桐一想到躺在床上只有出氣沒有進氣的白錦繡就氣得雙眼發紅，她咬緊了牙：「二姐躺在床上生死不明，他還去吃酒！吃了酒才來負荊請罪求得諒解，這也太便宜他了！」

白卿言沒有吭聲，秦朗能來說明還有救。

過了半盞茶的時間，蔣嬤嬤從屋內出來，隨那看門婆子一起往外走。

白卿言就知道……定是祖母和二嬸兒商量好了，遣蔣嬤嬤請秦朗進府。畢竟忠勇侯府伏低做小的態度拿了出來，滿大都城清貴人家又從無和離先例，長輩們為二妹妹未來著想，也不能任由秦朗這樣跪在府外。

「二嬸！您糊塗了不成？我二姐傷成這樣躺在床上，憑什麼還讓他踏入我們鎮國公府的大門！」四姑娘白錦稚憤怒的聲音從屋內傳來，「依著我的意思，就該讓我出去一鞭子給他打回去！怎得還要請進來？」

「那能怎麼辦?!你二姐已經是他秦家婦，我朝清貴人家沒有和離的先例，難道要讓你姐姐青燈古佛一輩子?!」二夫人劉氏亦是滿腔的憤懣不甘，「我苦命的錦繡啊！娘當初就不該答應讓你嫁入忠勇侯府啊！那樣的婆母，那樣的小姑子，那樣的夫君！這以後的日子……你可怎麼過啊！」

白卿言垂眸輕撫著手中手爐，掩住眼底微紅之色，她有幸能重生回來，就斷斷不會讓白錦繡憋屈過一輩子，白錦繡是她白卿言捨命都要護住的妹妹，輪不到任何人來作賤糟蹋她！

「我去一鞭子把他抽回去！」白錦稚憤怒的聲音險些要把青竹閣房頂掀翻。

白卿言抬頭，就見她怒氣沖沖從屋內衝了出來。

三夫人李氏怕女兒闖禍忙跟出來，卻沒拉住白錦稚，急得直甩帕子，忙吩咐院內的粗使婆子去把白錦稚給捆回來。可白錦稚自小武藝出眾，就這幾個粗使婆子，哪裡能是白錦稚的對手，怕到時候攔不住人還得挨上幾鞭子。

白卿言上前對三夫人李氏福身：「三嬸兒您莫急，我和錦桐去看看四妹妹，必不會讓她闖禍。」

「對對！阿寶……平時錦稚就最聽你的話了！錦桐你護著點兒你長姐，快去把那個不成器的東西給我追回來！」三夫人李氏急急道。

「三嬸兒放心！」白卿言走下臺階，帶著白錦桐疾步朝前院走去。

蔣嬤嬤到了府門口見秦朗身負荊棘跪在府門口，大都城裡那幫和秦朗關係要好的好些紈褲也都跟來了，這架勢倒像是來助威的。

右相小嫡孫呂元鵬笑嘻嘻對蔣嬤嬤作了半揖：「嬤嬤，我等陪秦朗來負荊請罪了，也想來看看二姑娘，不知道二姑娘傷勢如何了？」

御史中丞之子司馬平，見呂元鵬一副吃了酒的憨態，忙拽了拽呂元鵬的衣袖，險些將本就晃晃悠悠站不穩的呂元鵬給拽倒。司馬平只能長揖到底給蔣嬤嬤賠不是：「蔣嬤嬤見諒，今日元鵬吃多了酒，還望嬤嬤海涵。」

蕭容衍擁著灰鼠皮大氅立在不遠處的馬車前，身姿挺拔，哪怕立於暗處也難掩其超塵拔俗，十分引人注目。見大長公主身邊的蔣嬤嬤親自出來，蕭容衍唇角勾起笑意，深邃的眉目間盡是沉著平靜。

秦朗身上沾了些許酒氣，但還不算醉得太厲害，知道蔣嬤嬤代表著長公主，重重一叩首：「秦朗前來向大長公主、岳母大人，請罪！」

「還不快把世子扶起來！」蔣嬤嬤吩咐身後的僕從小廝。

僕從小廝彎腰低頭，從蔣嬤嬤身後疾步走出來，恭恭敬敬扶起秦朗。

蔣嬤嬤對秦朗福身後道：「大雪未停，世子爺又吃多了酒，老奴已經遣人去忠勇侯府稟報，世子爺先進府略坐坐喝口醒酒湯，稍後侯府便會派人來接您，世子爺請……」

見鎮國公府的下人扶著身負荊條的秦朗往裡走，蕭容衍緩慢轉身，正要上馬車，竟被從人群中擠出來的呂元鵬一把拉住。

「蕭兄主意是你出的，你可不能溜了！咱們得看到最後……」說罷，滿身酒氣的呂元鵬便扯著蕭容衍往鎮國公府臺階上跑：「唉唉唉！別關門別關門！蔣嬤嬤、蔣嬤嬤……我好不容易登門，怎麼也得去給老祖宗請個安啊！」

司馬平和一幫紈褲忙喊呂元鵬。

「元鵬！」

「元鵬你別扯著蕭兄胡鬧啊！」

「呂元鵬……」呂元鵬充耳不聞，毫無貴公子儀態，潑皮無賴般拉著蕭容衍強行擠進鎮國公府大門。

誰知呂元鵬扯著蕭容衍剛進鎮國公府門，沒走兩步，就見四姑娘白錦稚一臉怒不可遏，從燈火通明的長廊衝了出來，揚起鞭子就朝秦朗抽去，嚇得呂元鵬當即打了一個酒嗝。

「四妹！」白錦桐身手極好，在白錦稚揮鞭那一刻已然護在了秦朗面前，穩穩接住力道狠戾的鞭頭，巧勁扯住白錦稚手中長鞭，表情肅穆：「休得無禮！退下！」

蔣嬤嬤也被唬了一跳，攥著帕子的手按著突突直跳的心口，餘光看到白卿言一顆心才放了下來。

「三姐！你別攔我」白錦稚紅著眼，指著秦朗，「二姐躺在床上生死不明，他還去詩會，還去吃酒！忠勇侯府一窩子的黑心爛腸，他也是個沒有心肝的！」

秦朗羞愧難當，拳頭收緊：「三姑娘不必攔著，四姑娘的這一鞭我該受。」

蕭容衍隔著紛紛落雪，不經意瞥了眼長廊中徐徐走來的身影，從容又靜默。

白卿言擁著狐裘立在廊下，紅色燈籠映著落雪紛紛，亦勾畫著白卿言素淨精緻的眉眼，她眸色黑深平淡，整個人如同入畫一般，極為恬靜淡然。同今日在忠勇侯府門前氣場張揚逼人的鎮國公府嫡長女，判若兩人。

「白錦稚，退下。」

白錦稚聞聲回頭看到白卿言，含淚瞪了眼秦朗，這才心不甘情不願轉身回到白卿言身側。

白卿言看到白錦繡躺在床上的那副樣子，恨忠勇侯府也恨秦朗，可到底還是能體諒秦朗處境艱難，遇到蔣氏那麼一個繼母又有孝道壓著，他也的確艱難。

秦朗借著酒勁兒才敢正面直視白卿言，不知是不是喝了酒的緣故，白卿言長開了的驚豔絕倫樣貌正正經經入目，秦朗心中百味雜陳，愧疚的握緊了腰間的玉佩，掌心起了一層粘膩，忙收回視線垂眸不敢看白卿言。

「那……那就是鎮國公府的嫡長女嗎?!」呂元鵬看呆了，雪落在睫毛上全然不覺。

蕭容衍深沉的眉目一派平靜，藏在灰鼠皮大氅之下的手慢條斯理摩挲著玉蟬，若有所思般不溫不火淺淺應了一聲：「嗯。」

白卿言剛走出長廊，便對上蕭容衍似水沉靜的目光，她腳下一頓。

蕭容衍過分幽邃的眸子含笑，淺淺對她頷首，盡顯溫厚穩重。

白卿言攥著手爐的手下意識收緊，心跳沒由來重重跳了幾跳，呼吸略有些不暢快。上一世，白卿言曾在戰場私下和無數狠戾者交鋒，能讓白卿言平生記住的屈指可數，忌憚的更是鳳毛麟角，但從沒有誰能如蕭容衍這般，讓她有如此強烈的畏懼感。蕭容衍沉穩內斂的儒雅之下，是如虎狼般吞併他國的野心，談笑間取人性命，高深得白卿言到死都沒有看透過他分毫。

白卿言再看到呂元鵬，便知曉為何蕭容衍會和秦朗一起來。

她閉了閉眼，強按住心頭不安和對蕭容衍的過分在意，抬腳走出長廊……

蔣嬤嬤連忙轉身拿過僕人手中的傘撐開，上前扶住白卿言。

「秦世子。」白卿言和秦朗保持相對謹慎的距離，對他福了半禮，「世子薄衣單衫負荊請罪，可是心裡已有解決章程？」

秦朗低著頭，羞愧道：「還……還不曾。」

白卿言心頭一哽，心中有了幾分恨鐵不成鋼的怒火，難怪上一世秦朗護不住自己的妻子，只知道歉又有什麼用?!

她壓不住火，聲音也提高了不少：「秦世子見了我祖母、我二嬸，也要這般回答？如此我倒要問問秦世子，今日負荊登門請什麼罪？替忠勇侯侯夫人請罪？還是替府上兩位姑娘請罪？或是替世子自己請罪？」

寒風卷雪，穿隙而過。秦朗眼眶發紅，唇瓣囁嚅，卻終是什麼都沒說，只抱拳對白卿言長揖到底：「秦朗羞愧，無言以對。」

那日秦朗前來鎮國公府迎親她布棋局攔門，觀秦朗棋路並非是懦弱守舊胸無丘壑之人。

棋風辨人……白卿言以為，秦朗當心有大志又有格局謀略才對。

思慮片刻，白卿言握緊了懷裡的手爐，狠狠壓下心頭惱火，才慢條斯理開口：「我大晉開國時，但有大功者皆封侯拜將，定國侯得爵位世襲罔替。侯府兩位嫡子，依禮法長幼之序長子襲爵，然定國侯偏愛幼子，欲捧幼子上位又不得不顧及祖宗禮法，因此鬧得家宅不寧兄弟鬩牆。定國侯病逝，長子襲爵位，幼子懷恨舉刀弒母殺兄，釀成悲劇。」

白卿言提起定國侯，秦朗立時便通透了，如今忠勇侯府這一齣齣鬧劇，何嘗不是因為這個爵位。繼母想讓秦朗的幼弟承襲爵位，礙於祖宗禮法不得明言，暗地裡卻給秦朗使過不少絆子，逼走教授秦朗的恩師，使他名聲受損。這次更是為了挑撥他與鎮國公府，對白錦繡下了黑手。

見秦朗面色慘白，緊握的拳頭青筋直跳，白卿言便知道秦朗聽懂了。

忠勇侯府主母蔣氏心思，秦朗比白卿言更懂。可懂有什麼用，上有孝道壓著，秦朗就算是三頭六臂也施展不出來。

白卿言覺得秦朗並非全然無救，這才平緩鎮定的徐徐道：「以銅為鑒可以正衣冠，以史為鑒可以知興替，以人為鑒可以明得失。古有堯舜禪讓，而今世子何不仿效？畢竟……忠勇侯如今已然成了一個虛爵，世子胸有乾坤心有大志，何愁掙不了一份錦繡前程？」

「長姐！」白錦稚一臉驚駭。

秦朗瞳仁一顫，猛然抬頭看向面色沉靜的白卿言，她的意思……是讓他自請讓出世子位，她怎能說出這樣駭人的話來?!

這些年秦朗不是沒有想過反抗和應對，他明面上和大都城紈褲混在一起，暗地裡也苦下功夫，想在科舉考試中奪得頭籌。可這也是為了穩固世子之位，他竟是從未想過還可以不要這個位置。

不止白錦稚被白卿言的話驚到，就連白錦桐聽得也是心口突突直跳。

和蕭容衍站在稍遠處的呂元鵬盯著面沉如水的白卿言，微微側頭低聲問蕭容衍：「蕭兄，你能聽到這白家大姑娘同秦朗說什麼嗎？怎麼蔣嬤嬤一臉驚慌？該不會是讓秦朗和他們家二姑娘和離吧？」

蕭容衍唇角帶著極淡的笑容，撣了撣被風吹落沾在大氅上的枯葉，舉手投足極為優雅：「強行入鎮國公府已是失禮。偷聽牆角，更非君子所為。」

蕭容衍沒有想到，白卿言竟有這樣的格局和氣魄。他觀大都城身居高位者，竟沒有幾個能比得上白卿言一個女兒家的眼界。只是秦朗在大都城的錦繡堆裡長大，即便對忠勇侯府之事洞若觀火，也實難拿出破釜沉舟的魄力，就怕白大姑娘這一番苦心白費。

「二姑娘醒了！二姑娘醒了……」後院傳來丫頭清脆如鈴的聲音，整個鎮國公府都像是鬆了一口氣，「二姑娘醒了」的呼聲此起彼伏。

白卿言眼底掩不住欣喜，眉目間的沉重都被喜氣取代。

秦朗喉頭翻滾，亦是伸長了脖子朝著鎮國公府內宅裡望。

「長姐！」白錦稚回頭朝內宅方向望了一眼，滿目驚喜攥住了白卿言的手臂，「二姐醒了！我們快回去看看！」

丫鬟提著燈籠一路疾步而來，在白卿言身後福身行禮：「大姑娘、三姑娘、四姑娘，二姑娘醒了！」

白卿言頷首，回頭望著秦朗道：「不能解母憂為不孝，不能護妻周全為不義！世子當知不破不立！亦或是……世子當真為了這虛爵，寧做不孝不義之徒？言盡於此，世子好自為之。」白卿言淺淺福身行禮後，不自覺深深望了蕭容衍一眼，帶著白錦桐、白錦稚二人匆匆往後院走。

蔣嬤嬤對秦朗做了一個請的手勢：「請二位公子廳內稍坐，世子……這邊兒請！」

「蔣嬤嬤……」

呂元鵬喊了一聲，正要追上前準備跟著去內宅湊熱鬧就被蕭容衍攔住：「這是鎮國公府和忠勇侯府的私事，你我不該摻和。」

白卿言姐妹三人趕到青竹閣時，白錦繡正靠在床頭，柔聲細語安撫淚人兒似的二夫人劉氏。

一進屋，白錦桐和白錦稚就撲到了床邊，關切詢問白錦繡身體狀況，白卿言立在屏風旁心中百味雜陳。

雖然早知白錦繡無事，可白錦繡未醒她心頭到底是懸了把刀，現下這把刀挪開……她總算是安心了。

蔣嬤嬤打了簾進來，對長公主行禮之後道：「大長公主，世子爺已經在垂花門處侯著了。」

大長公主手裡撥弄著佛珠，看向白錦繡：「二姐兒，你若不願意見他，便不見。」

白錦繡經此大劫心中已有章程，她目光清明，勾起毫無血色的唇角道：「祖母，這不是世子爺的錯，我不怪他，我想……單獨和他說說話。」

秦朗和白錦繡到底是夫妻，單獨相處也沒有不和禮數之處，大長公主頷首吩咐兒媳婦董氏：「你們妯娌都散了吧，折騰了一天，讓孩子們也回去歇著，蔣嬤嬤你留下，一會兒世子是去是留你遣人去忠勇侯府說一聲。」

「是！」蔣嬤嬤應聲。

白錦繡抬眼看到屏風處的白卿言笑容越發明麗，想讓自家長姐放心。

白卿言並沒有走近只回以笑容，但是眼角竟紅了。對白卿言來說，只要白錦繡沒事就好……其他的什麼都不重要。

今日白錦繡雖然沒醒，可在忠勇侯府外的事情她都知道，如果今日不是白卿言將事鬧大，往後她在忠勇侯府還不知道要經受婆母怎樣的折磨。

後宅女眷安撫了白錦繡之後陸陸續續出了青竹閣，蔣嬤嬤這才請了秦朗入青竹閣院門。

白錦稚就立在白錦繡上房門口，通紅的眼瞪著進門的秦朗，用力握緊背後鞭子，見蔣嬤嬤對她搖頭，她這才咬著牙鬆開鞭子走出房檐下，離開時還是氣不過用肩膀狠狠撞了一下秦朗。

秦朗進屋看到靠坐在床頭，臉色慘白，呼吸虛弱的白錦繡，羞愧難當，唇瓣囁喏想詢問白錦繡可好，又想到自己在白錦繡受傷之後被蔣氏以孝道壓著不曾去看過她，愚懦至極，頓時無顏開口。直到屋內火盆銀霜炭發出極其輕微的一絲爆響，秦朗才連忙長揖到底，哽咽的一個字都說不出來。

「世子衣衫單薄，勞煩蔣嬤嬤為世子取件大氅披風來。」白錦繡輕柔的嗓音緩緩。

蔣嬤嬤立刻著人取下秦朗身上的荊條，給秦朗披上大氅，上了熱茶，又將火盆端至秦朗身前，這才帶著丫頭們退下，守在門口。

不多時，和白錦繡說完話的秦朗魂不守舍從上房出來，對蔣嬤嬤作半揖：「秦朗告辭，改日再來向大長公主、岳母大人請安！」說完，也不等提燈丫頭，便匆匆出了青竹閣。

秦朗前腳走，二夫人劉氏後腳便折返了回來，她不放心白錦繡，左右夫君也不在家中，今夜便打算紮在這青竹閣守著女兒。

蔣嬤嬤見青竹閣安頓妥當，吩咐丫頭們今晚好生照顧白錦繡，這才冒雪從青竹閣回了長壽院，細細和長公主說了今日的事。

「將二姐兒一抬進青竹閣，大姐兒就立時吩咐了下去，命全府上下管好自己的舌頭不得妄議二姐兒受傷之事，也不許和府外的人嚼舌根子，一經發現打五十棍發賣！府上的下人倒還老實，我聽海嬤嬤說今日不少清貴府上的婆子下人來咱們府使銀子打聽，下人們死活都沒敢往外吐什麼。」蔣嬤嬤輕輕給大長公主捏著肩膀。

大長公主點了點頭。

蔣嬤嬤接著又將請秦朗進門後前院發生的事說與大長公主聽，白卿言勸秦朗仿效堯舜禪讓之美的話也沒瞞著。

大長公主閉眼撥弄著手中佛珠，緩緩開口道：「阿寶看得通透，有孝道二字在秦朗頭上壓著，秦朗如果沒有捨棄爵位的勇氣，即便是成為忠勇侯亦是要被蔣氏拿捏在手心裡，錦繡是秦朗的妻，夫妻一體，將來日子也必定艱難。」

蔣嬤嬤點了點頭表示贊同之後，又歎氣道：「大長公主您是說，大姐兒這是為二姑娘未來打算。可老奴只覺秦世子要是丟了世子的位置自己爭取功名，我們二姑娘不是也要跟著多吃幾年苦。」

「好歹有我在總是能幫襯一二，總比半輩子被蔣氏拿捏在手心裡好。阿寶將話說的那麼明白，端看秦朗那孩子能不能痛下針砭了。」大長公主歎氣道。

第二日一大早，大雪已停。

天才剛亮，秦朗未帶隨從獨自一人立在鎮國公府門口，求見大長公主。

大長公主剛起還未用早膳，便聽蔣嬤嬤稟報秦朗來了頗為意外。大長公主隱約猜到秦朗已經想明白打算捨棄世子之位，也知道為何秦朗不稟報他父親忠勇侯而來尋她，心底倒有些欣賞秦朗這般決斷。

「著人請秦朗進來吧。」大長公主吩咐蔣嬤嬤，「讓人準備車，今日怕是要進宮一趟。」

秦朗一進長壽院主屋，便對大長公主鄭重下跪：「孫婿未能護妻周全，以至錦繡險些喪命，愧對祖母、岳母，羞愧難當。昨日回府反躬自省，孫婿虛擔忠勇侯世子之位，卻有負忠勇之名，身強體健不能為君盡忠，身為人子不能解母憂，身為人夫不能護妻安寧，上辜負父母，下虧欠妻室。願悔罪自新，自請去世子位，發奮讀書，盼不蒙祖陰，他日亦能成我大晉有用之人。」

昨夜秦朗一夜未睡，本想如白家兒郎那樣投身戰場掙下軍功，卻也知道自己並非那塊料，他的身手保命足以，上陣殺敵怕是艱難。自古以來，戰時武將當道，太平人間文官天下，思來想去秦朗只有求取功名這一條路。

「起來吧！」大長公主眉目間盡是欣慰，「用過早膳你同我入宮。」

秦朗又是重重一叩首：「多謝祖母。」

秦朗心知肚明，即便是蔣氏心中日夜盼著秦朗自請去世子，也絕不會讓秦朗在白錦繡出事的當口有所動作，所以秦朗便繞過忠勇侯和蔣氏來求大長公主。

這些年秦朗心中也有憤懣，現下……白錦繡昨日剛出事今日秦朗便來鎮國公府求大長公主帶他入宮自請去世子位，打得就是要把蔣氏放在火上烤的主意。他就是要告訴世人出於孝道他不能替妻子在繼母那裡討回公道，愧對妻室……只能自請去世子位自苦。昨日忠勇侯府門前那一鬧，大都城人人皆知忠勇侯府蔣氏將手伸入了兒媳婦嫁妝裡。今日秦朗果斷做出抉擇，這連番動作下來，必然會將蔣氏的名聲按進泥裡。

大長公主對秦朗越發欣賞，看似優柔寡斷，可一旦下定決心便是雷霆之速，取捨之間不用陰謀詭計便讓蔣氏身敗名裂，很是厲害。

清輝院。白卿言晨練剛結束，就聽春妍說秦朗今早登門去了祖母院裡，這會兒已經跟著祖母一起出門準備進宮了。

「奴婢現在想想真是後怕，幸虧嫁入忠勇侯府的不是姑娘，那個忠勇侯府當真是如二夫人說的那般，是個火坑魔窟！」春妍扶著渾身冒熱氣的白卿言往內屋走。

白卿言皺眉，聽著春妍的話心裡一陣膩味，還沒想訓斥，春桃已經先一步道：「春妍這話以後莫要再說了！」

春桃替白卿言打了簾，見白卿言進屋，接著對春妍說：「你是大姑娘的貼身丫頭！如今二姑娘還躺在床上，讓旁人聽了你這話，怎麼想我們姑娘?!」

「我也就在姑娘面前說說！」春妍嘻嘻一笑，先春桃一步鑽進了上房。

進了屋，春妍壓低了聲音討好似的對白卿言說：「姑娘，今兒個早上梁王殿下身邊的童吉來了，他替梁王向姑娘傳話，說殿下沒有大礙，讓姑娘勿要憂心。」

白卿言緊攥著洗臉的帕子，竟然沒有死？可真是命大……早知道，她應該買凶埋伏，狠狠往梁王心窩子裡補上幾刀，保證他絕無生還餘地。

白卿言閉了閉眼，壓下心頭戾氣，將帕子甩在銅盆裡。

春桃心驚膽戰戳春妍的腦門：「你怎麼又去見梁王身邊的人！我們是大姑娘的丫頭，要是讓別人看到了……」

「春桃姐姐，我曉得輕重！」春妍一臉不高興打斷了春桃的話，湊到白卿言身邊道，「我這不是怕姑娘擔心梁王殿下嘛。」

白卿言光是聽到「梁王」兩個字就膈應的不行，強忍下心裡的不適吩咐春桃擺早膳。

「春妍今年有十六了吧？」白卿言問。

春妍耳根一紅，福了身歡快道：「回姑娘，奴婢下個月就十六了。」

白卿言似笑非笑看著春妍：「春妍這是長大了心思也多了，到底是女大不中留，等佟嬤嬤回來，我會吩咐佟嬤嬤給你留意一個好人家，再給你備一份嫁妝，也不枉我們主僕一場。」

春妍面色立時慘白一片，忙慌跪了下來：「大姑娘，奴婢……奴婢沒有存這個心思，奴婢定是要生生世世跟著大姑娘的，大姑娘在哪兒奴婢就在哪兒！就是將來姑娘出嫁，奴婢也肯定是要跟在姑娘身邊伺候姑娘和姑爺的啊！」

白卿言看了春妍一眼，春妍怕是已經認定了她白卿言將來除了嫁入梁王府沒有其他出路，便打著當她陪嫁入梁王府的念頭，否則也不必這麼費勁巴巴替梁王來討好她。

她只覺好沒意思，不欲費口舌教導春妍，拿起筷子用膳。

眼下春妍還收拾不得，若能給梁王傳信的春妍走了，難免梁王會找國公府其他人，到時候她在明，梁王的人在暗，更是頭疼。

春妍雖然成日裡把梁王誇讚的惹人厭煩，好歹不是個心機深沉的什麼都寫在臉上。

一連幾天，白卿言早晚練習，全身痠痛吃飯時筷子都拿不起來。

春桃替白卿言盛了一碗雞湯小米粥，一臉擔憂道：「姑娘，再這樣下去奴婢怕姑娘身子吃不消。」

「這幾天早晚一身汗，我倒覺得輕快許多。」

聽白卿言這麼說，春桃也不好再勸，只低頭看了一眼戰戰兢兢跪在那裡抹眼淚不敢起來的春妍直搖頭。

用完早膳，白卿言更衣要去看望白錦繡，這才讓春妍起來伺候。

春妍含淚將手爐遞給白卿言，規規矩矩退到一旁，眼淚吧嗒吧嗒掉，自從跟了大姑娘以來，這還是她第一次被大姑娘罰得這麼沒臉，進進出出的丫頭都看到她跪在那裡。

白卿言披上狐裘大氅剛踏出清輝院，就見一直候在門口和灑掃婆子說笑的陳慶生匆匆上前，他對白卿言行禮：「大姑娘……」

「邊走邊說吧！」白卿言道。

「是……」陳慶生微微彎腰恭敬跟在白卿言身側，壓低了聲音道，「小的打聽到二姑娘陪嫁的六個心腹丫鬟並沒有發賣，大約是因為忠勇侯府人翻了二姑娘的嫁妝也沒有拿到身契的緣故。

大姑娘小心腳下……」

陳慶生提醒白卿言繞過腳下冰道，接著說：「忠勇侯府看門的漢子說，他婆娘昨晚告訴他，除了二姑娘身邊的明玉姑娘好生被吳嬤嬤帶出府安置之外，其餘五個丫頭都被溺死！」

白卿言腳下步子一頓，側目看向陳慶生，陳慶生這是告訴她明玉叛主？

白錦繡的陪嫁丫頭，都是母親和二嬸兒一起選的，出嫁那日白卿言見過，都是本分又聰慧的姑娘。可五條大好年華的人命說溺死就溺死，忠勇侯夫人蔣氏這後宅婦人，竟如此心狠手辣。

陳慶生繼續說：「因怕五個丫頭身上衣飾讓人查到忠勇侯府頭上，忠勇侯夫人身邊的吳嬤嬤便讓人剝光了五個丫頭的衣服，大雪之夜一卷草蓆丟去亂葬崗了。兩個奉命去埋屍身的下人不知道內情，嫌凍土難掘，想著反正是被主子溺死的丫鬟而已，便懶得費勁挖坑，隨隨便便將屍身丟在雪中指望一夜大雪掩埋，便吃酒去了。酒肆老闆說兩人去時，一個於心不安，另一個安撫說等來年冰消雪融，這屍骸早就被冬日覓食的野獸吃了。」

白卿言心頭怒火叢生，片刻又閉了閉眼強壓下去：「你接著說！」

「小的又從私娼窯子的管事那裡打聽到，昨兒個二姑娘身邊大丫頭明玉姑娘的哥哥……要了兩個窯姐兒，說是得了一筆橫財。小的便留了個心眼兒，現下已經摸清楚了，明玉姑娘完好無損被挪到了忠勇侯夫人蔣氏的陪嫁莊子上。」

「表哥你怎麼什麼髒的臭的都和大姑娘說……」春桃紅著耳朵聲音極小道。

「大姑娘恕罪，是小的疏忽了！」陳慶生忙跪下請罪。

「無妨，你起來吧！」

陳慶生的確是聰慧又有本事，白卿言讓陳慶生去查白錦繡陪嫁丫頭的去處，沒成想他查的這麼快，順藤摸瓜又打聽的這樣詳盡。

「你先去垂花門候著，一會兒怕是還得辛苦你再跑一趟。」白卿言想了想又道，「你讓人去亂葬崗將二姑娘陪嫁丫頭的屍身找到，原地不動找人看管好就報官，別讓野獸糟蹋了她們。到底是我們白家出去的人，哪怕是丫鬟……也不能就這麼平白無故的丟了命，落得曝屍荒野的下場。」

「是，小的領命。」

春桃扶著白卿言往青竹閣走，心裡不免感歎……當初明玉要被她那黑心的爹娘賣進窯子裡，是二姑娘看她可憐買了她還把她留在身邊，給了她天大臉面讓她做一等大丫頭，她如今竟然背叛二姑娘。春桃不免又想到了春妍，心頭突突直跳，抬頭看向白卿言，心裡隱隱有了某種猜測：「大姑娘……您是不是信不過春妍了？」

知道春桃的機敏和忠心，白卿言沒有瞞著：「春妍長大了，心也大了，對梁王的事情如此上心如此殷勤，你當真看不出點兒什麼？」

白卿言之所以還留著春妍，無非因為想看看梁王還讓春妍做些什麼，眼見春妍和梁王府的人接觸密切，她甚至已經懷疑那封放入祖父房中的書信和春妍脫不了關係。

春桃緊抿著唇，難怪最近大姑娘疏遠了春妍，也疏遠了梁王。只是如果姑娘是為著這個，耽誤了姑娘的好姻緣，春桃倒是覺得不值當。

白卿言到青竹閣時，白家幾個姐妹都已經圍在床邊和白錦繡說說笑笑了。她站在院中，聽到屋內妹妹們插科打諢一片說笑聲，心情難以言喻的好。白卿言是死過一次的人，這輩子什麼苦都能吃，什麼也都捨棄，此生……她哪怕粉身糜骨，只要能死死守住長輩安泰，守住妹妹們這樣輕快無憂的笑聲，她也就知足了。

聽到外面丫頭婆子們疊聲稱呼「大姑娘」，白錦繡忙抬頭往門口方向望去，白錦桐更是迎了出來扶住白卿言：「長姐來了……」

「說什麼呢？老遠就聽到笑聲了。」白卿言心頭軟和的一塌糊塗。她將手爐遞給春桃，解開大氅。

春桃忙上前接過大氅，隨即低著頭規矩立在白卿言身後。

白錦稚放下手裡攥著的一把瓜子，站起身行了禮，高高興興道：「正說昨日在忠勇侯府，長姐連消帶打一番話，將忠勇侯夫人那個老虔婆氣得頭頂冒煙呢！」

「長姐最厲害了！」五姑娘一溜煙跑到白卿言面前，扯著白卿言的衣袖撒嬌，眼裡全都是崇敬，「我長大後，也要像長姐這麼厲害。」

白卿言抬手摸了摸五姑娘頭上的小福包，看著妹妹無憂無慮的甜軟笑容，心頭暖流驅散了她身上的寒意，讓她整個人都暖和了起來。

「長姐快坐！」白錦桐把白卿言按在杌子上，又把四姑娘白錦稚和五姑娘六姑娘給攆了出去，讓她們去廚房給白卿言拿點心。

白錦繡今天一早，就聽白錦桐說了昨晚白卿言對秦朗說的那番話，眼眶微紅，哽咽道：「長姐……」

知道白錦繡想說什麼，白卿言握住白錦繡的手輕輕拍了拍，溫和對白錦繡笑著，慢聲細語說：「今早秦朗登門，求了祖母進宮自請去世子位，雖然以後秦朗沒有了世子位，可讓世人知道蔣氏為母不慈，你們也好有藉口搬出忠勇侯府，關起門來過自己的日子。」

白錦繡被白卿言一番話說的眼眶發熱，越發覺得愧對長姐贈予她傳家寶劍時的囑咐，她哽咽點頭：「我知道長姐！昨晚我也是這麼和世子說的。」

見白錦繡吧嗒吧嗒掉眼淚，白卿言心疼不已也紅了眼，她用帕子給白錦繡擦去眼淚：「屆時讓我母親和二嬸給你們挑選一些得力的婆子僕人，沒有婆母拿捏，一切都會好起來的！別怕……我們鎮國公府和祖母一直在你身後，這大都城內沒有任何人能欺辱我白門女兒家。」

「沒想到秦朗真能有這樣的氣魄做出決斷。」白錦桐在白卿言身邊坐下，眸色沉沉，「但願忠勇侯府傷了二姐的那兩條蛇蠍，能知道我鎮國公府厲害，以後再不敢招惹二姐。」

「一薰一蕕，十年尚猶有臭。性本惡，改？難如登天。」白卿言伸手烤了烤火，抬眼望著白錦繡淺笑，「要想讓她們乖覺，就得一次出手便打斷她們的脊梁，按死她們的靠山！讓她們知道什麼是疼，什麼是怕，以後聽到你二姐的名諱腿就哆嗦，如此……你二姐才能得安生。」

「靠山?!長姐說得是侯夫人蔣氏？」白錦桐眼睛一亮。

白卿言既出手，便絕非小兒科嚇唬嚇唬忠勇侯夫人母女了事，忠勇侯夫人母女此類擅於後宅陰私之流最是煩人，如同跳蚤，不按死，遲早要張狂起來的給白錦繡製造更大的麻煩。

她不欲給白錦繡留後患，也不欲讓白錦繡手沾這些髒汙，便打算此次就將忠勇侯府這位侯夫人料理清楚。

白卿言問：「你陪嫁丫頭的身契呢？」

「在我妝匣最下面那層……」白錦繡知道白卿言定是要用，示意白錦桐去拿，「祖母和娘給我的陪嫁莊子地契和丫頭們的身契，我都放在這裡，本打算回門的時候再回來拿的。」

白錦桐起身從紅木螺鈿的妝匣子裡拿出身契遞給白卿言。

白卿言挑出明玉的身契，將其他的遞給白錦桐讓她放回去：「這些身契好好留著，將來還有用。」

「明玉，她是不是……」白錦繡握緊了身下錦緞，「她……」

不想讓有傷在身的白錦繡再費精神，她輕輕握住白錦繡的手，叮囑：「你好好養傷要緊，不必為這些背主的東西費神，交給得力的人去處置就好。」

說著，她轉頭把明玉的身契遞給春桃，話裡有話：「告訴你表哥明玉背主忘恩，二姑娘雖然心善可天理是斷斷容不得的，這件事辦好了重重有賞。」也好叫鎮國公府的下人睜大眼好好看看，背主到底是個什麼下場。

春桃稱是，雙手接過身契，退出青竹閣。

當日，大長公主晌午帶著秦朗從宮裡出來不到一個時辰，忠勇侯世子自請去世子位的消息便傳遍了大都城。

忠勇侯夫人蔣氏得到這個消息時，腿軟如泥一下跌坐在椅子上，汗出如漿。

「母親，這可是好事啊！母親怎得臉色如此難看？」秦二姑娘高高興興扯著蔣氏的衣袖，一臉喜氣。秦朗自請去世子位，他們弟弟就可以成世子了。

蔣氏此時連訓罵女兒的勁頭都沒有，她死死按著自己心口，知道這下自己的名聲全完了，自己名聲不要緊，可她的孩子還小……以後誰敢娶秦家女，誰敢嫁秦家郎！

怒氣上頭，蔣氏一個耳光打得秦二姑娘跌坐在地上。

秦二姑娘單手捂著火辣辣的臉，瞪大眼望著蔣氏，雙眸含淚：「娘?!您為什麼要打女兒?!」

「蠢貨！如果不是你和白錦繡因為口舌之爭大打出手，事情怎會弄得這麼大！」

蔣氏罵完女兒，又強撐著打起精神來，只要陛下的明旨沒有發下來，就還有迴旋的餘地。今日已經來不及進宮了，她明日便進宮求請皇后讓陛下開恩，切莫去秦朗的世子位，做出一個好繼母應有的姿態，表明忠勇侯府只能有秦朗這一位世子，也許情勢還能挽回。

「吳嬤嬤！」蔣氏喊了一聲，見臉色蠟黃的吳嬤嬤從外面進來忙吩咐，「快向宮裡遞牌子，明日我要進宮拜見皇后娘娘。」

吳嬤嬤對蔣氏行禮之後，道：「夫人，出事了！剛莊子上的徐管事帶著滿臉的傷來了……說今天有鎮國公府的人，帶著一干打手護院，闖進您的陪嫁莊子……拿著明玉的身契把明玉給捆走了！」

蔣氏一口氣沒上來跌坐在軟榻上，險些背過氣去。

「夫人！夫人！」吳嬤嬤連忙扶住蔣氏。

「鎮國公府這是什麼都知道了？他們會不會也知道咱們府上把那幾個丫頭給溺死的事？」蔣氏捂著心口只覺喘不上氣來。

「雖說富貴人家打殺幾個丫頭不是什麼大事，可明玉那個丫頭前因後果什麼都知道，要是她什麼都吐給鎮國公府，到時候大長公主那邊兒不好交代……」吳嬤嬤憂心忡忡望著正吧嗒吧嗒掉眼淚的秦二姑娘。

「娘！」秦二姑娘光是想起大長公主通身的威儀就嚇得腿軟，哭著扯住蔣氏的衣裳，「這可怎麼辦啊?!大長公主要是知道了，肯定不會放過我和姐姐的！」

蔣氏這一次算是踢到鐵板了，若不是早從忠勇侯那裡聽說鎮國公府白家將亡，她也不敢如此張狂行事隨意拿捏白錦繡。她還是衝動了，想要拿捏白錦繡，大可以等到鎮國公和白家男兒盡死的消息傳回大都城再動手，更何況白家背後還有一個大長公主，是她被董氏壓了這麼多年，只覺好不容易要出頭了，就沒有忍耐住狂妄了。

吳嬤嬤眼睛珠子一轉，給蔣氏倒了一杯茶，湊近蔣氏開口：「夫人，二姑娘，咱們先別急！老奴思量著……就算是大長公主知道這件事兒，也不會鬧太大不能收場，頂多嚇唬嚇唬夫人和咱們府上兩位姑娘。您想啊，總歸白錦繡已然是秦家婦，忠勇侯府不好，身為秦家婦的白錦繡能好？她是夫人的兒媳婦，還得在您的手上討生活，您一個孝字就足以把白錦繡轄制的死死的！大長公主不會連這點道理都不知道！」

蔣氏聽了吳嬤嬤的話點頭，很快鎮定下來，再想到用不了多久南疆消息就會傳回來，蔣氏慌亂的心緒逐漸大定。

見蔣氏臉色好看了不少，吳嬤嬤繼續道：「再說了！她白家大姑娘不是說，白錦繡武藝水性滿大都城能勝過的男子都鳳毛麟角嗎？那前線戰場被捅了一刀都能爬起來，怎麼在咱們侯府被石頭碰了下就活不成了？白日裡在咱們侯府奄奄一息，轉頭回到鎮國公府就醒了？這事兒本不過就是兩位姑娘和她嬉戲……不小心致她落水的小事，她便不依不饒的，這分明是想要假借這事兒拿捏您這個婆母，毫無婦德可言！」

吳嬤嬤一想到白大姑娘讓人捆了她，滿忠勇侯府的讓她沒臉，就氣得不行！她可是忠勇侯夫人身邊最得臉的嬤嬤，她收拾不了那個白大姑娘，還折騰不死這個白錦繡嗎？這口惡氣她總要出了才行。

蔣氏氣得胸口起伏：「鎮國公府果然都是些滿心算計的東西！我就知道她打的是這個主意！她想得美！」

「夫人莫生氣！老奴倒覺得夫人不妨先忍下來，等把白錦繡接回府以後，您這個當婆母的讓她來您面前好好立立規矩，就是他鎮國公府也挑不出錯來！」吳嬤嬤替蔣氏撫著背，低聲說。

蔣氏長長呼出一口氣，挺直了脊背說道：「你說的對！不過我們還是要拿出伏低做小的態度給人看！吳嬤嬤你去備份厚禮，明日我們從宮裡出來，去拜訪大長公主順道去接白錦繡回府，你親自去庫房挑，上好的千年人參……不拘什麼越貴重越好！」

「還是夫人大度，身為婆母屈尊去看兒媳，這滿大都城也找不出夫人這麼仁慈的婆母了！老奴這就去準備！」吳嬤嬤忙出去讓人開庫房。

蔣氏端起茶杯喝了一口，只盼著白門男兒死在南疆的消息趕緊傳來，等看到鎮國公世子夫人董氏哭天抹淚的樣子，那個時候她才能暢快。

當初做姑娘時，董氏家世才貌樣樣都壓蔣氏一頭，蔣氏迫於母族式微只能對董氏低頭，一直盼著一朝翻身。後來她嫁入高門忠勇侯府，即便是續弦也總算是能壓董氏一頭了，結果不知道這董氏燒對了哪路香，沒過兩年竟然嫁給了鎮國公府的世子，爵位比她夫家還要高。

她入忠勇侯府兩年無孕，董氏倒是一進鎮國公府門就懷上了。十月懷胎董氏一朝產女，她可算是鬆了一口氣，可誰知鎮國公和大長公主跟魔障了似的竟把個女娃娃當成寶貝，比府裡的男兒還要疼愛！蔣氏鼻子都氣歪了。

這些年她憋著一口氣，不想和董氏差的太遠了，就盼星星盼月亮的指望著秦朗能行差踏錯，自己的兒子成為忠勇侯世子，可天不遂人願！如今老天爺有眼，讓董氏的丈夫兒子都死在南疆，鎮國公府一門男兒盡損，往後這大都城再也沒有她白家立足之地，她可算是出了一口惡氣。想到往後董氏的可憐，蔣氏心裡痛快了些，決定當下還是得忍忍，就讓鎮國公府再倡狂幾天。

蔣氏算盤打得倒是響，可不等她牌子遞到宮裡，皇帝就准了秦朗去世子位並讓宣旨太監送上豐厚的賞賜。

「忠勇侯之子秦朗，不願靠祖蔭碌碌無為終了此生，一腔熱血一身忠膽自求功名為君分憂，當是士族之子表率。賜黃金百兩、宅院一棟，望秦朗勤勉苦讀，來年殿試之上，朕……翹首以待。」

跪在忠勇侯府眾人最前端的秦朗，頓時熱淚盈眶，鄭重叩首接旨謝恩。

宣旨太監笑容滿面看著站起身眼眶發紅的秦朗，笑道：「公子壯士斷腕之氣度讓人欽佩！皇后娘娘讓老奴轉告公子，陛下很是看重公子，望公子切莫辜負陛下所期，當為士族之子典範，住新宅走新路，日後前程似錦指日可待。」

秦朗一聽是皇后娘娘傳的話，當即跪下又是鄭重一叩首：「多謝陛下、皇后娘娘掛懷！秦朗……必不辜負陛下、娘娘所期，定當勤勉自立！」

忠勇侯臉色鐵青，雖然皇帝親下旨嘉獎秦朗，可是秦朗自請去世子位不是跟自己這個做父親的商議，反倒是請大長公主幫忙。再者，陛下賜宅，皇后娘娘叮囑秦朗住新宅走新路，這便是把他們忠勇侯府不睦的事情抬到明面兒上來，他明日怕是會被滿城勳貴臊死。

忠勇侯回頭凌厲駭人的目光瞪向蔣氏，蔣氏立時臉色煞白，抖如篩糠。

蔣氏知道這次不但讓丈夫忠勇侯丟了顏面，她的名聲也徹底完了，她盼了多少年希望秦朗行差踏錯，世子位就落在她兒子的頭上！可如今秦朗真的不要了世子位，這個位置反而成了燙手山芋，她羞於讓自己兒子接手。

秦朗將聖旨奉於香案，正準備回自己院中時，被忠勇侯叫住，揚手就是一耳光打得秦朗半張臉都是麻的。

「你這個忤逆不孝的東西！自請去世子位這樣的大事，說都不說一聲！這世子位對你來說難道是蘿蔔青菜嗎？說不要就不要！還驚動了大長公主！你這是踩著我們侯府的臉面為你自己爭前程啊！」

秦朗眼眶發紅，喉頭翻滾，沉默半晌退後一步，對忠勇侯行叩首大禮：「自母親去後，父親再娶續弦。不知何以謹守孝道總為繼母不喜，懸梁苦讀亦是讓父親不滿，兒百思不得其解。直至金秋時節，兒見幼弟繞父母膝下，父親感慨幼弟才學驚豔出口成章，繼母落淚稱何以幼弟非長子，祖訓禮教待幼弟不公，兒才知父母鍾意的世子人選乃是幼弟！兒無大才，也知不能解父母憂慮為不孝。兒反躬自省，自請去世子位，以求自贖一二，實非不孝。不日兒將搬出侯府，愚願……侯府和睦，父母康健，妻室平安，求父親諒解！」

忠勇侯瞳仁顫抖，看著秦朗起身再次長揖到底轉身離開，他唇瓣囁嚅著抬手……到底沒有能喚住秦朗。

白卿言用過晚膳後練武又出了一身汗，身體隱隱有了適應的跡象，不似前兩日那般痠痛。

沐浴後，春妍正給坐在燈下看書的白卿言用帕子絞頭髮，就見春桃端著熱茶進來。

「大姑娘，您吩咐表哥的事情已經辦妥了，夜深他不便入後宅，讓奴婢稟姑娘一聲。」春桃將熱茶放在白卿言手邊。

陳慶生是個極有慧根的人，對陳慶生白卿言現在已經沒有什麼不放心的，即便今天她把話說的含蓄，但事情應該怎麼辦想必陳慶生很清楚。

白卿言視線從書本上挪開，問：「你表哥是怎麼辦的？」

春桃原本不想讓白卿言傾聽這些髒爛事情，可白卿言既然問春桃也沒有瞞著的道理：「表哥請了盧平護院帶著人殺到忠勇侯府蔣氏的莊子上，亮出身契強行將明玉給搶了出來，就那麼捆了明玉敲鑼打鼓一路進城，把人送到了明玉家裡，說……明玉背主，雖然二姑娘念在明玉伺候多年的分兒上不計較，但也斷斷不敢再用，所以讓人把明玉送回家，准許明玉家裡人用錢把人贖回，日後好自為之。」

陳慶生很聰明，這做的很漂亮……白府的名聲可不能有汙點。

白卿言心情舒暢合了書本放在雞翅木的小几上，知道還有後續，端過茶喝了一口：「你繼續說……」

「明玉的兄長懼怕鎮國公府威勢，七湊八湊還找錢莊借了點錢，才把錢還給咱們府上！我表哥走之前，暗地裡敲打了一下明玉的兄長！後來錢莊的小廝又去明玉兄長那裡提點了一下，明玉兄長就以家門不幸為由，打斷了明玉雙腿，將明玉賣到私娼窯子裡去了！」

白卿言放下茶杯，陳慶生果然是個寶。她眼底有了笑意，又問：「還有呢？」

春桃耳根一紅，還是說了：「我表哥說讓姑娘放心，他已經打過招呼，明玉現下是最下等的窯姐兒，只要喘著一口氣就得……」春桃已然說不下去。

聽明白話的春妍打了一個冷顫：「這……陳慶生平時看起來那麼溫和隨性的一個人，怎麼下手這麼毒辣?!好歹……和明玉也算是舊相識。」竟然讓明玉成了最下等的娼婦，只要能喘一口氣就要不停的接客，真正的千人枕萬人騎。

春桃小心翼翼望著白卿言，也怕白卿言覺得陳慶生太殘忍冷血。

「你表哥做的很好！也好讓那些心存他念的下人們看看，背主是個什麼下場。」白卿言對春桃笑了笑，「明日拿一百兩銀子去賞你表哥。」

「奴婢替表哥謝過姑娘。」

白卿言回頭看了眼面色慘白的春妍：「你去小廚房看看羊乳羹好了沒有，給二姑娘送去。」

「是！」

春桃十分有眼力介兒接過帕子替白卿言絞頭髮。

春妍一走，白卿言便道：「你告訴你表哥再替我做兩件事……」

「但憑姑娘吩咐。」

白卿言拿起書本，隨手翻了一頁：「蔣氏命人溺死二姑娘陪嫁丫頭的事，可以鬧起來了！」

前有白錦繡受傷落水，性命垂危被鎮國公府接回。後有鎮國公府大張旗鼓將背主的明玉，從蔣氏陪嫁莊子上揪出來，送回她家。現下滿大都城的百姓同權貴人家，早已經對白錦繡落水一事猜測紛紛，偏偏鎮國公府上下口風緊的不漏一絲風聲。得不到一點確鑿音訊，閒來無事的後宅婦人，酒肆閒漢早就抓耳撓腮好奇得不行。

此時再將被蔣氏口稱發賣的陪嫁丫頭之死抖出來，不僅旁人要給蔣氏編排上一齣大戲，忠勇侯府的聲譽也會被架在火上烤。事情一件一件，不急不緩的往外抖，循序漸進才能讓看戲的人欲罷不能，眼睛都盯在忠勇侯府身上。屆時就端看忠勇侯是要保全蔣氏，還是要保全忠勇侯府名聲了。

「鬧起來之前……派人去五個陪嫁丫頭的里正那裡，消了她們的奴籍，等事畢也好讓她們以良籍身分好好安葬。」

春桃從不質疑白卿言的安排，忙應聲：「是，一會兒伺候姑娘安置，我就去交待表哥！」

「另一件，便是三日後祖母要派人去莊子上接兩個人，我同祖母想試試這兩個人的品行，讓你表哥放手去安排。」

關於二叔這個遺落在外的子嗣，二夫人劉氏聽了雖然氣惱，但也還是接受了。畢竟當初二叔外出遊歷被一個姑娘所救，兩人有了情愫這樣的事情，二嬸是知道的。至於多出來的這個孩子，府上不是沒有庶子，她也都一視同仁，不過是多雙筷子的事情，她不願意計較那麼多。

白卿言扭頭眉目含笑望著春桃，眼神不掩親密溫和：「你表哥的確得用，過了年我打算讓他去外面再歷練兩三年，到時候混個管事綽綽有餘，我也能放心把你交給他。」

春桃一張臉紅透嬌嗔道：「姑娘！」

白卿言看著春桃面泛桃紅，雙眸含春的羞臊模樣，淺淺笑著拍了拍她的手。春桃跟了她這麼多年，她的心思瞞不過白卿言。前世春桃為了護著她跟她去了南疆，還未和陳慶生成親就已經天人永隔，今生……白卿言必定要讓春桃風光大嫁，高高興興和她的心上人廝守一生。

第三章　事有貓膩

第二日一大早，白卿言剛用完早膳，就聽外面小丫頭來稟，白錦繡那五個陪嫁丫頭的家人跪在府門口，哭求白錦繡告知忠勇侯府……將他們女兒賣去了哪裡。他們聽說白二姑娘仁慈，准許明玉家人贖回那個背主的東西，想著女兒還算忠誠，即便伺候不好要發賣，賣給他們自家也好。

貧苦人家多是不願意將女兒送進青樓，又出於無奈才將兒女送進高門大戶當奴才丫頭，只求兒女能有一口飯吃，不至於餓死。鎮國公府世代忠良仁善之家，女兒能跟在白二姑娘身邊也是造化，可若是重新被發賣，他們怕極了女兒會落得和明玉一般，被賣進窯子求生不得求死不能。

她用帕子掩著唇將漱口水吐進痰盂裡，才開口：「春桃你去二姑娘那裡取了那五個丫頭的身契交給郝管家，讓他派個口齒厲害的管事，將身契交還給那五個丫頭的爹娘，就說二姑娘落水之後一直昏迷不醒，我們也不清楚五個丫頭被發賣到了哪裡。如今國公府也正派人打聽……是哪個人牙子敢不見身契就把人帶走發賣的，如果還找不到她們，我國公府頭一個報官求公道。」

「是！」春桃應聲出了上房，疾步往白錦繡的青竹閣小跑而去。

郝管家得了吩咐，立時派管採買的劉管事拿著身契去門前。

劉管事臨走前，郝管家撚著鬍鬚思慮片刻道：「今天一大早我便得了世子夫人的吩咐，專程派人去找城內那幾個人牙子……問二姑娘陪嫁丫頭的下落。世子夫人不問忠勇侯夫人，反而讓咱府上自己查，加上咱們姑爺也已經自請去世子位！這架勢……我們府上必是要和忠勇侯侯府撕破臉，所以一會兒你不必顧忌侯府是親家，只管將二姑娘的委屈說清楚！」

「郝管家放心！」劉管事心裡跟明鏡兒似的。

國公府的劉管事一出門，見國公府門口除了那五個陪嫁丫頭的親娘老子之外，還圍了烏泱泱一堆百姓看客，當下就讓下人把幾個陪嫁丫頭的爹娘扶了起來。

劉管事眼眶發紅道：「各位……真對不住！我們家二姑娘遭了大難，被人砸暈了推進湖裡，生死不明被抬回府後……幾位太醫使出渾身解數，才把二姑娘從閻王爺手裡奪回來！二姑娘醒來得知自小跟著她的丫頭被婆母發賣，又哭暈過去一回！再醒來是怎麼也不信，說這陪嫁丫頭的身契還在我們二姑娘手裡，哪家的人牙子不見身契就敢把人帶走！所以……今兒個大早，我們世子夫人已經派人去找大都城裡那幾個人牙子問話了。」

說著，劉管事又從胸前拿出五位丫頭的身契，讓她們爹娘上前認領。

發還了身契劉管事才說：「我們二姑娘命我將陪嫁丫頭們的身契還與諸位，等找回諸位的女兒，如果還願意留在二姑娘身邊伺候的，二姑娘便把人當做家生子厚愛，不會虧待。若不願意的，二姑娘也會送回各位家中，等她們出嫁時我們二姑娘定會送上一份豐厚的嫁妝，以全主僕情誼。我們大姑娘感激各位的女兒……是為了護著我們二姑娘才被發賣，已經派人去各位里正那裡，幫你們各家姑娘消除奴籍，等你們姑娘回來，就是正兒八經的良籍百姓了。」

「大姑娘、二姑娘大恩大德啊！」幾個丫鬟的親娘老子連忙叩首道謝。

「可……就怕找不到我那可憐的女兒啊！」

劉管事拱手：「諸位放心，怎麼說這陪嫁丫頭都是從國公府出去的，真要是找不到，我國公府定然報官！」圍觀的百姓，一時間讚起白家高義來。

「看看人家鎮國公府，對百姓一片赤膽忠心，對奴僕也如此心存義氣！五個陪嫁丫頭因二姑娘被發賣，人家不但要把人找回來，還消了這五個姑娘的奴籍，這可真是天大的恩德了。」

「這白家二姑娘也太糟心了，竟然攤上這麼個婆家！」

「忠勇侯夫人也真是頂好的人品，那丫鬟可是兒媳婦陪嫁嫁妝，身契都沒有拿到手就敢賣，呸！不要臉！」

「你們知道什麼啊！這裡面定是有內情的！」有看客抄著手故作深沉道，「你們想想看，國公府拼著和忠勇侯侯府撕破臉，也要把半死不活的二姑娘抬回來，再來就是二姑娘那個陪嫁丫頭明玉，竟然被人從忠勇侯夫人陪嫁的莊子上搜出來，六個陪嫁丫頭……就她沒有被忠勇侯夫人發賣！其中貓膩你們還看不懂嗎?!」

「對啊，再就是秦世子負荊請罪，自請去世子位！嘖嘖嘖……這功勳世家的水深啊！」

「都說有了後娘就有了後爹，秦世子也不容易啊！鎮國公府的姑娘們寧折不彎，怕是那忠勇侯夫人害怕拿捏不住兒媳婦，才尋了兩個女兒的由頭，想要……」有人做了一個抹脖子的動作。

「那五個丫頭多半已經丟了性命！你們想想那身契還在白家二姑娘手裡呢！發賣……哪家人牙子敢收？這其中齷齪，也就只有忠勇侯夫人自己知道嘍。」

「還有白二姑娘之前那個陪嫁丫頭，她肯定也知道內情……就是那個背主的，被她哥打斷腿賣進窯子的明玉，可惜已經瘋了，瘋瘋癲癲什麼也問不出來，只逢人就傻兮兮的笑著說，忠勇侯夫人許她做秦世子的妾室。」

「知道的這麼清楚，你去過那窯子睡過了？」看熱鬧的人笑成一團。有眼尖的老遠看到忠勇侯府的車馬，忙嚷道：「那不是忠勇侯的馬車嗎?!」

「喲，忠勇侯府竟然還有臉來人家鎮國公府！」

「噓噓噓！不要命了！忠勇侯府是什麼樣的人家，背後說說也就罷了，要是讓人家聽到，萬一記恨上了，小命沒了都不知道上哪兒哭！還是住嘴吧！」

隨著忠勇侯府車馬停在鎮國公府門前，看熱鬧的百姓都噤聲，用鄙夷的眼神打量著下了馬車的忠勇侯夫人。白錦繡身邊五個丫頭的爹娘更是恨毒了忠勇侯夫人，礙於權勢卻也只能懦懦站在一旁，低頭不敢言。

忠勇侯夫人蔣氏帶著厚禮大張旗鼓登鎮國公府大門，說前來向大長公主請安，也是想將白錦繡接回侯府照料。二夫人劉氏不願見忠勇侯夫人蔣氏，託世子夫人董氏應付，自己安安靜靜窩在青竹閣陪有傷在身的白錦繡。

忠勇侯夫人進門不但沒有主子相迎，反倒是被鎮國公府粗使婆子請進去的，雖說她是來伏低做小的，可這般被怠慢還是心生怨懟，藏不住情緒將滿心的狠戾表露在了臉上，盤算著等鎮國公府男兒皆亡的消息傳回來，要怎麼把這口惡氣出出來。

吳嬤嬤扶著蔣氏往鎮國公府內走，撇著嘴道：「這國公府也太怠慢夫人了。」

大約是聽了吳嬤嬤替自己鳴不平，蔣氏情緒反而平和了下來，她笑著說：「昨兒個你還勸我，今天怎麼反倒是你沉不住氣了？總歸白錦繡是我的兒媳婦兒，他們國公府給我沒臉，我會給白錦繡好臉色嗎？只要今天能把白錦繡接回府，壓著不讓秦朗搬出忠勇侯府，侯爺的顏面也好看些！反正這日子還長……咱們且看著。」

「夫人英明！」吳嬤嬤諂媚笑著，扶住蔣氏往內宅走。

吳嬤嬤跟了蔣氏這麼多年，太瞭解蔣氏的脾性，剛才她若不抱怨，蔣氏一會兒見了鎮國公府的世子夫人，怕是藏不住火。她先開口抱怨……讓蔣氏反過來安撫她，蔣氏便會覺得她自己度量大城府深，是天底下最有能耐的人，才能穩住，把情緒藏在心底。

剛走進鎮國公府垂花門，蔣氏就見鎮國公世子夫人董氏身邊的管事嬤嬤立在那裡，見蔣氏過來，秦嬤嬤笑著福身行禮道：「給侯夫人請安，大長公主剛才遣了丫頭過來說，今日身子不爽利就不見侯夫人了！二夫人忙著照顧我們二姑娘也不過來了，我們世子夫人和大姑娘、三姑娘正等著侯夫人呢，遣我過來迎一迎。」

吳嬤嬤一聽白大姑娘也在，頓時老臉抽抽，心裡怕得慌。要知道那白大姑娘可是上過戰場，真正見過血殺過人的！

蔣氏臉色也不怎麼好看，大長公主不見她也罷了，她劉氏拿什麼喬，打量著給她端架子麼?!雖說世子夫人來接待她也不算辱沒，可那個白大姑娘一點兒禮數都沒有，看著溫和有禮……說話時殺氣凌厲。那日在他們侯府門口，連他們侯爺都被頂撞的啞口無言，讓蔣氏再見她……蔣氏怎麼能不覺瘆得慌?!心裡不樂意歸不樂意，明面兒上蔣氏還是要裝出個長輩的樣子來：「白大姑娘身子弱，怎麼不好好歇著，這倒讓我心裡不安了。」

秦嬤嬤帶頭在前面走著，聽到蔣氏拿白卿言的身子說嘴，心裡翻了一個白眼，表面不顯卻也沒有搭腔，只自顧自挺直了脊背在前方帶路。

蔣氏討了個沒趣，甩了甩帕子，不再吭聲。

秦嬤嬤一直帶著蔣氏進了屋，也不見董氏出來迎一迎，進門見董氏和白卿言、白錦桐正在說笑，怠慢之意明顯，頓時火冒三丈。

「倒是我今日來的不湊巧，想給大長公主請安，大長公主身子不爽利，連親家母都要照顧錦繡不得脱身！」蔣氏笑盈盈進門道。

董氏聽到這酸話，一雙鳳眸朝蔣氏望去，想起四姑娘白錦稚說，那日在忠勇侯府這蔣氏拿白卿言的身體和年齡擠兌白卿言，董氏心裡已然恨上了蔣氏，也沒給什麼好臉。

董氏抽出帕子壓了壓唇角，看著蔣氏，沉著臉開口：「聽侯夫人這話的意思，我母親病的不是時候，專挑您來的時候病了？我二弟妹也沒有輕重，放著您這麼大尊侯夫人不來覲見，偏偏要去照顧自己奄奄一息的女兒？」

蔣氏喉頭一哽，被懟了一個沒臉，笑意再也掛不住。

董氏賢德又溫厚的名聲在外，一向都是宗婦表率。可白卿言卻知自己母親一向厲害又護短，旁的事董氏都大度能忍，可誰要是欺負了她的兒女，那董氏可是什麼都不懼怕的。

禮，白卿言和白錦桐還是要守的，她們起身草草對蔣氏行了一禮。

白卿言落座，便笑著問：「侯夫人今日上門，難不成是為了讓我鎮國公府上下正門迎接顯擺您尊貴的身分？一進門就連珠炮似的問我祖母和二嬸兒的罪?!」

一聽白卿言說話，蔣氏心就直突突跳，想來還是那日忠勇侯府門前被白卿言給嚇到了。

蔣氏手心裡都是汗，她來之前就清楚今時不同往日，他們忠勇侯府被拿了錯處，得狠狠撇下臉面伏低做小才能先讓鎮國公府出了這一口惡氣，可這董氏和白大姑娘說話也太可恨了些。

蔣氏指甲都要掐斷了，才服軟道：「我豈敢問大長公主的罪！」

「侯夫人這話的意思，就是怪罪我二伯母了……」白錦桐當即冷下一張臉，「我還以為今日侯夫人登門是來賠不是的，沒成想竟是來問罪的！」

蔣氏本就度量小，只覺國公府一個庶出的小蹄子都敢把蹶子撂到她臉上，頓時黑了臉：「一個庶出的也在我面前大呼小叫，董氏你也不管管？傳出去不怕別人質疑你們國公府的家教?!」

董氏重重放下茶杯，不悅朝蔣氏瞪去：「夫人還是多關心關心你們侯府的家教吧！你兩位嫡出的女兒，不過同新嫂生了齟齬，動輒就要害新嫂性命！侯夫人又將手伸到兒媳婦嫁妝裡，在兒媳婦傷重昏迷之際發賣兒媳婦陪嫁丫頭，這事已經傳遍大都城，滿城的清貴人家都拿這當笑柄談資！侯夫人不思量如何挽回你們侯府聲譽，還厚顏指點我鎮國公府家教，好大的臉！」

董氏這話可是將蔣氏的臉面踩進了泥裡。

「你！」蔣氏心口起伏劇烈，氣得渾身發抖說不出一個字來。

吳嬤嬤知道今日來的目的是接回白錦繡，阻止秦朗搬出忠勇侯府的，忙笑著打圓場和稀泥。「哎喲，世子夫人您誤會了！我們夫人真不是這個意思！我們夫人就是再怎麼著……也斷不敢讓大長公主來迎我們夫人啊！我們夫人這是關心大長公主和我們大奶奶，心好嘴拙不會說話，怎麼能是問罪呢？」吳嬤嬤賠了笑臉，又不動聲色扯了扯蔣氏的衣袖：「我們夫人是聽說大奶奶醒了，今天是專程來接大奶奶回府的！這不是既然來了就斷斷沒有不給大長公主請安的道理，聽說大長公主病了覺得自己來的不是時候，這才說了這麼一嘴！世子夫人您和我們夫人也算是自小的交情了，您還不知道我們夫人嗎?!」

蔣氏按捺下心頭怒火，幾乎絞碎了手中的帕子才壓下脾氣，道：「可不就是這個理兒！世子夫人咱們自小相識，我就是這麼個脾氣，都是誤會了。」

董氏根本就不接蔣氏這一茬，帶著上好翡翠手鐲的手搭在扶手之上，當家主母的氣派真要提起來，不知道比蔣氏高了多少個格調：「這麼說，今日侯夫人登門，是來致歉？」

「也是想接錦繡回府，畢竟錦繡已是我秦家婦，不好總待在娘家，沒得叫人笑話。」蔣氏說。

「蔣逢春，你也別在這裡和我繞圈子了！」董氏連名帶姓直呼忠勇侯夫人名諱，「昨日聖上下發明旨賜了秦朗宅子，秦朗一旦搬出去住，就等於將忠勇侯府不睦，將你兩個女兒對我們錦繡動手的事情挑到明面兒上來！你這邊眼看著沒有辦法了，這才登我國公府的大門想把我們錦繡接回去，企圖轄制秦朗不許秦朗搬出侯府，來全你們侯府的面子，是也不是?!」

陡然被董氏不留顏面戳穿，蔣氏臉色越發不好看，吳嬤嬤忙接話：「世子夫人，我們侯夫人這也是為了一家子著想，一家人不說兩家話！您說……這好好的父母親都在呢，怎麼能搬出去住！您看鎮國侯府如此興旺，還不是因為不分家，所以才有了白家十七郎這樣的福氣！這……父母在世就搬出去，將來我們世子爺仕途上，怕是要被人拿孝道說事了。」

一個嬤嬤，犯不著董氏自降身分搭腔，董氏只端起茶杯喝茶，白卿言不緊不慢開口問：「這話是侯夫人的意思？」

蔣氏也不願和白卿言搭話，想端茶喝口水，這才發現董氏連杯茶也沒給上，頓時火冒三丈甩了甩帕子：「我這也是為了秦朗他們倆口子好。」

「侯夫人真是好大的口氣，皇后娘娘叮囑姐夫住新宅走新路，您竟說不讓姐夫搬出府是為了姐夫好，難不成您比皇后娘娘還英明?!」白錦桐抬眉問。

「你休要胡言！」蔣氏心裡咯嚓一聲，給她一萬個膽子，她也不敢質疑皇后娘娘的話。

白卿言目光灼灼，聲線輕漫：「侯夫人今日來，沒帶侯府兩位姑娘來向我二妹妹請罪，擺譜進了我鎮國公府的大門，嘴皮子一碰就想要把我二妹妹接回去！侯夫人是覺得我們白家怕您忠勇侯府，還是覺得我白家蠢到……會將我二妹妹送回忠勇侯府任您磋磨?!」

「不怕明著和侯夫人說……」白錦桐也慢條斯理開口，「那日姐夫上門負荊請罪，我二姐姐告訴姐夫，我二姐生受了您女兒那一石頭不還手，為得就是拿命給姐夫出府鋪路，倘若姐夫沒有搬出忠勇侯府分家的勇氣，便配不上我白家女兒，和離是免不了。即便拼到魚死網破，一紙休書求去……我二姐也斷不會再和姐夫過下去了！」

蔣氏和吳嬤嬤都睜大了眼，怎麼也想不到白錦繡看起來柔柔弱弱的一個人，竟然能用這樣的毒計！和離?!清貴人家哪有和離的！蔣氏氣得手都在抖，白錦繡好惡毒的心腸，這分明就是要把她往死裡逼啊！

白卿言涼薄的視線掃過吳嬤嬤，冷笑：「如今陛下下發明旨，皇后娘娘殷殷叮囑，誰敢用孝字說嘴秦朗前程，就是指責陛下和皇后娘娘！秦朗已然收拾箱籠只等搬出侯府，大好的日子等著我二妹妹。倒是侯夫人……這麼多年暗室欺心、不擇手段，要的不就是這個世子位嗎？如今秦朗光明正大讓出來，侯夫人怎麼又不敢磊落接著了？」

吳嬤嬤驚了一身冷汗，剛才她就在拿孝字說嘴。

「董婉君，我今日好心親自上門接白錦繡回府！你滿大都城打聽打聽有我這麼大度的婆母嗎？我竟半分好沒落下?!一杯茶還沒有喝上，反倒被你鎮國公府兩個孩子把臉按在地上踩！」蔣氏也是氣得不行，連名帶姓的直呼董氏，把茶几拍得啪啪直響，「我就算是繼母，可秦朗的父親我們家侯爺總還在吧！父母在不分家，你們白家二女兒剛成親就攛掇秦朗搬出侯府，還有沒有孝道可言？傳出去不怕千夫所指嗎？」

董氏徐徐往茶杯裡吹了口氣，懶得和蔣氏饒舌，只道：「你以為我不知道你是怎麼想的，你自以為我們白府把姑娘嫁到你們侯府，你又是正經的婆母，就算顧忌著往後錦繡的前程，我們白府上下也得敬著你！可蔣逢春……我們白家世代硬骨，不是誰想啃就能啃得動的，還是回去掂量掂量你的牙口想清楚再來吧。」

「董婉君！」蔣氏拍桌而起，摔了帕子就要走，「我們走著瞧！日後有你哭著倒楣的時候！」

吳嬤嬤連拉帶扯才堪堪將怒火沖天的蔣氏攔住，一個勁兒的使眼色：「夫人，大奶奶受了傷，世子夫人是娘家人，難免生氣說話不好聽您也多包涵包涵！您這脾氣太直，要是真走了兩家誤會怕是解不開了！」

白卿言抬眼瞅著要甩帕子走人的蔣氏，慢條斯理開口：「說到我二妹妹的傷，敢問侯夫人，我二妹妹落水昏迷之後……您將我二妹妹的陪嫁丫頭賣給哪家人牙子了？那五個陪嫁丫頭的爹娘正跪在我們國公府門前求問，我也好奇哪家的人牙子後臺如此硬，那五個陪嫁丫頭身契還在我二妹妹手中，就敢從侯夫人手中把人帶走！還是……她們同明玉一樣，被侯夫人養在了莊子上？」

吳嬤嬤一顆心撲通撲通亂跳。吳嬤嬤是等蔣氏發落了那幾個丫頭之後，才想起身契之事，可惜到現在都沒能從白錦繡的嫁妝抄檢出那幾個丫頭的身契。

原本留下明玉是打算到時等鎮國公府追究起來，就讓明玉這個貼身大丫頭站出來，說是白錦繡自己讓明玉把身契拿給蔣氏的。可誰知，鎮國公府居然命人拿了明玉的身契，從蔣氏的莊子上將明玉強行捆了出來，那不用說，其他五個陪嫁丫頭的身契肯定也還在鎮國公府。

不等吳嬤嬤斟酌開口，心虛不已的蔣氏已經藉故發火：「白錦繡剛進秦門不思孝順公婆，不恪守婦道，反用奸計煽動夫婿分家，你們國公府還有臉問我那幾個丫頭！就是白錦繡本人……我這個做婆母的打死她，滿天下也沒有人說一個錯字！吳嬤嬤還不走！」

吳嬤嬤滿頭汗跟上蔣氏。

「侯夫人，今日出了這道門，要是打著宣揚我二妹妹攛掇秦朗搬出忠勇侯府，把汙水潑到我二妹妹身上的主意，我勸您還是省了！我們鎮國公府肯定是一概不認，我母親也勢必是要替我二妹抱屈解釋。」白卿言起身，笑盈盈開口，「我母親是聖上親口稱讚的大都城宗婦表率，侯夫人想想憑您縱女害人性命，擅動兒媳嫁妝的聲譽，若是再添詆毀兒媳婦名聲，那可就真妙不可言了。」

關於白錦繡同秦朗說的那番話，傳出去不利於白錦繡的名聲。

白錦桐立在白卿言身側，故作無奈地搖了搖頭：「我將二姐的話說給侯夫人聽，就是指望著侯夫人給她這已經被架在火上的名聲添一把柴，澆一碗油！長姐也太好心了，何苦提醒她。」

董氏懶懶抬眼：「你那兩個女兒險些害死我國公府二姑娘，你還敢在我國公府跟前要臉?!」

「董婉君，你們鎮國公府這是要和我們忠勇侯府撕破臉嗎？」蔣氏目眥欲裂絞著手中的帕子。

白錦桐負手而立，勾唇涼薄笑著：「忠勇侯府的臉皮難不成是城牆嗎？我們國公府大張旗鼓把我二姐接回來！還沒撕破?!」

「你們……好！你們白府且囂張著吧！」蔣氏怒火攻心，氣得全身都在顫抖，口不擇言道，

「用不了多時有你們好哭的！吳嬤嬤我們走！」

白卿言視線抬起，幽深的目光凝住蔣氏的背影。

立在門口的秦嬤嬤見蔣氏帶著火氣從廳內風風火火出來，規規矩矩笑著上前引路把人往外送，蔣氏一肚子邪火全撒在了秦嬤嬤身上：「怎麼著，出個府還要監視嗎？怕我偷了你們鎮國公府的東西不成！」

忠勇侯夫人一走，董氏就丟下茶杯，滿目厭惡：「蔣氏這德行，總以為全天下就她最聰明，旁人都是個傻子任憑她算計！」

當初白卿言的婚約，是在秦朗的母親病重垂危時定下的。早年秦朗的母親還雲英未嫁時，因曾被董老太君和董氏從山匪手中救下一命保住其貞潔，秦朗的母親感念萬分和董家來往密切，更

與董氏意氣相投結為姐妹。後來秦朗的母親病重，自知時日無多，便將秦朗託付給董氏，私下跪求董氏將來若得嫡女許給秦朗，如此董氏便是秦朗名正言順的母親了。將死之姐妹跪求，年幼心軟的董氏膽大包天一口應下，將隨身玉佩當做信物贈給了秦朗的母親，私自將此事定下。

秦朗母親一片拳拳愛子之心，自知和忠勇侯秦德昭無深厚情誼，怕來日繼母進門忠勇侯世子之位改弦更張，為穩固秦朗世子之位，只能以託孤為由，連金蘭姐妹都算計其中。若非是秦朗母族日漸式微，若非知道董氏得了鎮國公府大長公主青眼，只等董氏祖父三年孝期一過便上門提親，秦朗母親哪會如抓到一根救命稻草似的，跪求還未嫁人的董氏定什麼婚約。再後來秦朗母親去世，忠勇侯迎娶蔣氏續弦。蔣氏是個什麼東西，董氏心裡一清二楚，自白卿言出生之後，心裡便一直都替白卿言捏了把汗。

豈料，白卿言初長成便受腹傷子嗣艱難，國公爺要退掉國公府和忠勇侯府的婚約，是忠勇侯親自上門來遊說將秦朗婚約的對象換成了白錦繡，本來國公爺也不同意，可不知道忠勇侯和國公爺說了些什麼，國公爺就同意了。董氏作為兒媳婦也不好說什麼，也怕說多了讓二夫人劉氏以為她是不滿將婚約換給了白錦繡，勸了兩句不見效之後，索性閉口不言。沒想到多年後白錦繡成親，竟然讓這孩子吃了這麼大一個虧，早知道當初她就應該極力反對。

「母親也莫氣了。」白卿言出言安撫董氏，「沒去忠勇侯府之前，我以為忠勇侯夫人多厲害的人物，現在看來也不過如此。眼下秦朗搬出忠勇侯府勢在必行，回頭您和二嬸兒給錦繡多挑一些得力的嬤嬤僕人送過去，沒有婆母拿捏，何愁錦繡日子過不好？」

董氏歎了一口氣，點頭，好在皇帝下發明旨皇后也開了金口，就算她蔣氏三頭六臂，這事兒也是板上釘釘更改不得了。想到剛才白卿言追問蔣氏那五個陪嫁丫頭的去處，董氏猶豫了片刻，還是照實對女兒說：「昨日你二嬸兒託我遣人去尋你二妹妹餘下的五個陪嫁丫頭，想弄清楚事情的來龍去脈以求心安。雖說今早我派了人去詢問城內人牙子，可心底清楚那五個陪嫁丫頭多半已經沒了。你二嬸兒性子潑辣耿直，又不知蔣氏那個人的毒辣，怕沒往這方面想，我也不知該如何同你二嬸兒說。」

五個陪嫁丫頭怎麼說都是國公府出去的，打狗還得看主人，大都城哪個人牙子不要命了，敢在沒有身契的情況下動鎮國公府出去的人？也就二夫人劉氏信這話。「母親何苦要和二嬸兒挑明瞭說，這五個陪嫁丫頭我們國公府找不到，那就報官，讓官府來找。」白卿言主意很正。

董氏抬頭看向面沉如水，從容自若的女兒，頓時眉開眼笑：「我兒說得對！是娘癡了！自家的下人找不到自然是要報官了！還得讓管事帶著那五個姑娘的身契和生身父母一起去報官！」

白卿言面色深沉從廳內出來，反覆琢磨忠勇侯夫人臨走前怒急攻心那句——用不了多時有你們好哭的。這話像是別有深意，她垂眸凝視著腳下的石板路，不免猜測忠勇侯夫人是否知道些什麼，所以才敢在白錦繡剛入門就下手？

那日在忠勇侯府，蔣氏侯夫人的款兒十足，絲毫不懼自家女兒傷了人。一向謹小慎微的忠勇侯……即便是因為他白家不給他們侯府留臉，挪走白錦繡惱火，但在是非對錯已見分曉的情況下，何以還那麼強硬？她只覺脊背發汗，白家的事情……這大都城內到底有多少權貴牽扯其中？

白錦桐緩步跟在白卿言身側，一臉痛快：「看著那惡婦氣到發抖的樣子，可算是出了一口惡氣！」不見白卿言搭腔，白錦桐又不免想到那五個陪嫁丫頭，她抱了一絲希望問：「長姐，那五個丫頭真的如大伯母所說……凶多吉少嗎？」

白卿言聞聲回神，倒也沒瞞著：「你二姐姐的陪嫁丫頭，除了明玉之外，全部被溺死。這位侯夫人怕丫頭身上的衣飾容易露了身分，便命人扒了五個丫頭的衣裳，大雪之夜一卷草蓆丟到亂葬崗了。」她摩挲著手爐，低頭，眸色冷清：「這個時辰，京兆尹府應當已經接到報案，派人前往大都城郊外亂葬崗查看那幾具女屍了。」

眼下整個都城人的目光都聚在忠勇侯府和鎮國公府身上，光她知道的，就有不少清貴人家明裡暗裡在他們兩個府邸打探消息。忠勇侯府蔣氏自然是一股腦的委屈訴苦，鎮國公府世子夫人董氏這邊兒一問三不知，只說要等著找到被蔣氏發賣的那五個陪嫁丫頭道明事實，二夫人劉氏為女擔憂誰都不見。可這些世家和百姓，越是打探不出什麼，就越是會杜撰猜測，然後眼巴巴等著那五個陪嫁丫頭被找回來，以正自己多英明。

饒是上過戰場的白錦桐都被蔣氏這乾淨俐落的手段驚到，她看向白卿言：「長姐，你這是都查清楚了，所以才讓大伯母報官把事鬧大的？」

白卿言慢條斯理踱著步子：「京兆尹府接到五具無名女屍的報案，我們府上恰巧在找被忠勇侯夫人發賣的五個陪嫁丫頭，京兆尹都不用細查，便能想到被忠勇侯夫人口稱發賣的五個陪嫁丫頭，定會讓我國公府派人過去認屍。」

「可長姐……」白錦桐單手負於背後，頗有幾分男子英氣，「在我朝，這丫鬟僕人，向來只能算是主子的私產會動的物件兒罷了，就算鬧到官府那裡，也只能說這忠勇侯夫人手伸到了二姐的嫁妝裡，已經坐實的名聲鬧這一遭，傷不了忠勇侯夫人皮毛，划算嗎？」

「所以，今早府上已經派人去消了那五個陪嫁丫頭的奴籍，你二姐姐也把那些陪嫁丫鬟的身契，發還給了那五個丫頭的父母。」

白錦桐眼睛一亮，雙手纏上了白卿言的臂彎：「消了奴籍就是良籍百姓了，隨意殺了百姓可是要償命的！上次長姐同二姐姐說，好好留著這些丫頭的身契有用處，就是為著今天嗎?!那……此次真能要那個毒婦償命？不若我們再想想辦法，將這案子的結果按死？反正那毒婦就是千刀萬剮也不冤枉了她。」

白卿言望著白錦桐雙眸明亮的模樣，只覺隱隱擔憂，眼看白錦桐就要離家，可這性子還略微欠缺些穩重。既然同白錦桐說了這些，也好趁著這個機會用這件事，將道理掰開揉碎了同白錦桐說得更通透些。

白錦桐是她們所有姐妹中最為聰慧機敏的，只是年紀尚小有時難免義氣用事，可她最大的好處便是只要道理講明便立時通透。

「我們一開始要的，是你二姐不受婆母轄制，侯府那兩個姑娘不敢再招惹你二姐，不是忠勇侯夫人的命，對嗎？」白卿言牽著白錦桐的手，一邊往前走一邊柔聲細語同她道。

白錦桐點頭，不明白白卿言這話何意。

「那便只有將蔣氏趕出忠勇侯府，你二姐姐方能徹底不受這位婆母的轄制掣肘。否則即便是分府而居，這位忠勇侯夫人今天頭疼明天腦熱，孝道壓著讓你二姐姐侍疾，你二姐姐不能不去。再說那忠勇侯府的兩位姑娘，她們母親不在，長嫂如母，你二姐姐為長嫂，將來定是要操持這兩個姑娘的婚嫁，屆時侯府兩位姑娘敢在你二姐手中翻出什麼么蛾子？是不是這個理？」白錦桐想了想，頷首。

「所以，案子審出什麼結果來不重要！忠勇侯夫人判死，對我們來說可喜，但不是目的所在。我們要的是忠勇侯夫人牽扯上人命官司之後引發的後果能如我們所願。一旦沾上人命官司，就算最後不能讓忠勇侯夫人為那五個陪嫁丫頭償命，她的名聲也會蒙上殺人的汙點。權貴世家沾上人命官司，必會驚動御史台，御史們眼明心亮必定摩拳擦掌盯著，少不了要參奏彈劾，這是其一。教養在忠勇侯夫人身邊的兩女一子，母親名譽受損他們在大都城也難抬頭，這是其二。」

「你再想想……以忠勇侯逐利捨義的本性，他還會讓名聲接二連三受損的忠勇侯夫人留在忠勇侯府，再連累他的兒女？我們的目的眼看著要達成……倘若這中間你使了手段欲至蔣氏於死地，弄巧成拙又如何說？」

見白錦桐臉龐還略顯稚澀，白卿言站定替白錦桐攏了攏披風，柔聲道：「過一陣子你就要獨自出門在外，長姐借這件事同你講這些，是想讓你明白……做事不論用何種謀劃都要記清楚你期望達成的目的，所有手腕伎倆皆為此鋪路，萬不可為謀得更多再使手段，以免卵覆鳥飛。再者凡事不能單看結果，拿這個案子來說，審出什麼結果不重要，要多想想這後果是不是你要的。結果、後果，二者看似相近實則乾坤之差。」

白錦桐陡然想起那日在白錦繡房中，白卿言的一番話。

【要想讓她們乖覺，就得一次出手便打斷她們的脊梁，按死她們的靠山！讓她們知道什麼是疼，什麼是怕，以後聽到你二姐的名諱腿就哆嗦，如此……你二姐才能得安生。】

白錦桐自譽頗有才智，雖知不如長姐，可也覺得差的不會太遠。如今看長姐收拾忠勇侯府這一番乾淨俐落的作為，毫無贅疊，行一步，前望九十九，心思縝密讓人追之莫及。

白錦桐此刻這才知道，她要同長姐學的實在是太多了。

「錦桐謹記長姐教誨，銘記於心，必不敢忘。」白錦桐恭恭敬敬對白卿言一拜，心悅誠服。

白卿言將白錦桐拉起來，攥著她的手說：「你即將離家，外面世界之大不比家中，長姐這才多說了幾句，望你行事慎之又慎。」

「錦桐知道了！長姐放心！」白錦桐紅著眼握了握白卿言的手，笑開來，「我送長姐回內院。」

她剛和白錦桐走了兩步，老遠看到在國公府養傷的秦尚志立在不遠處似在看她，輕笑著福身行禮。不明所以的白錦桐也跟著福了福身。

秦尚志望著白卿言皺眉，欲言又止，最終抱了抱拳轉身離開。

秦尚志曾對白家大姑娘言，要想保全鎮國公府得退，可觀白家大姑娘這兩天的言行舉止，像是因白家二姑娘被傷一事沖昏頭腦，拼著和忠勇侯府寧為玉碎不為瓦全的架勢，全然是將鎮國公府也架在了火上烤。秦尚志本想提醒她月滿則虧，水滿則溢。可觀白卿言眉目清明，怕是另有打算。他也就不再贅言，但願這位白大姑娘真的能保全這白家滿門忠骨。

「長姐，那人是……」

「是我們府上的一位客人！」她說。

回到清輝院，她屏退左右，閉眼立在火盆之前，來回想忠勇侯夫人蔣氏走之前那句話。忠勇侯夫人一個後宅婦人自是攪弄不起什麼風雲，可忠勇侯秦德昭呢？秦德昭如今在戶部任郎中，後來南疆的消息傳回來，白家落難，南燕、西涼合軍直逼三棱關，祖父的副將劉煥章請命出戰，秦德昭擢升戶部尚書負責糧草之事。

她陡然睜開眼，想起兩個月前送往南疆前線的那批軍糧輜重，頓時渾身發麻。

兵馬未動，糧草先行。糧草，兵之基本也。

忠勇侯負責糧草籌備，怕早知這批糧草會出問題，甚至糧草出問題便是秦德昭動的手腳。

二夫人劉氏聽說今日為了白錦繡，董氏已然和忠勇侯夫人撕破了臉，心中難以言喻的感激，如今才想起來當初董氏勸她好好思慮這門婚事，真真兒是為了她們家錦繡好，是她不識好歹還以為董氏心裡存了什麼怨懟故意挑撥。

當天晚上，二夫人劉氏安頓好白錦繡，帶著厚禮去了董氏那裡，妯娌兩人一直聊到深夜，二夫人劉氏才紅著眼從董氏這裡出來。大約是得了董氏的提點，二夫人劉氏現下也顧不上一股腦生氣，已經想著怎麼張羅秦朗新宅的事情來。

她長長舒了一口氣，對身邊的管事羅嬤嬤道：「羅嬤嬤你明兒個吩咐龐嬤嬤讓她去從家生子裡挑出一些踏實肯幹老實的丫頭、僕婦，先送到陛下賜給姑爺的新宅裡去張羅，再讓萬嬤嬤去找王人牙子，挑些好的也送到新宅去！」

「二夫人放心，老奴一定辦妥當！」羅嬤嬤扶著二夫人劉氏往自己院裡走。

「羅嬤嬤，有件事兒我得和你商量，我知道你在我身邊伺候多年，你的男人和孩子都在鎮國公府，可錦繡……我真的不放心，你說我這當岳母的又不能一頭紮到女婿新宅，所以我想讓你暫時跟在錦繡身邊，幫襯那孩子一把！除了你……我誰也信不過！也只有你能拿捏得住之前給錦繡的陪嫁婆子管事們。」二夫人劉氏停下步子，拍了拍羅嬤嬤的手。

羅嬤嬤被二夫人劉氏說得眼眶發熱，連連點頭：「二夫人放心，二姐兒是我看著長大的！我定會替夫人守好二姐兒！再說了您看大長公主、世子夫人還有咱們大姑娘、三姑娘都是會拼死護著咱們二姐兒的！」

二夫人劉氏用力握了握羅嬤嬤的手，主僕倆踩著雪一腳深一腳淺回去了。

雪下了一夜，密密的雪花覆蓋了國公府古樸的青磚碧瓦。天還未亮，大廚房已是炊煙嫋嫋，僕婦婆子忙得熱火朝天。來給國公府送菜、送肉的農戶聚在國公府燈火通明的後門進進出出，寒暄說笑，拐著彎兒打聽國公府和忠勇侯府的蜚短流長。

卯時，各院內下人房挨個亮了燈。打著呵氣的粗使婆子從屋內一出來，被這隆冬寒風吹得一個機靈，見春桃陪著白大姑娘一如往常在院子內紮馬步，大姑娘整個人跟從熱水裡撈出來一般頭頂蒸騰著熱氣，婆子習以為常地行了禮，不敢出聲打擾拿了掃把出院門灑掃。

白卿言用完早膳，正倚窗靠在金線繡織的祥雲大迎枕上看書，母親董氏身邊的聽竹就來了清輝院。

聽到外面婆子笑著同聽竹打招呼，春桃忙迎了出來，見聽竹已經立在簷下，笑著問：「聽竹姐姐一臉喜氣，可是有什麼好事兒啊?!」

聽竹是真的高興，搓了搓發涼的雙臂，笑著同春桃道：「今年登州董家的老太君同董家二爺來大都城過年，昨兒個傍晚就進了城。老太君怕咱們夫人心急就沒有派人過來，今兒個一大早，老太君讓董二老爺和董二夫人帶著厚禮給大長公主請安，這會兒正在長壽院說話，專程讓我來請大姑娘過去。」

「那可真是好事！咱們夫人幾年都沒見董老太君了，這下可該高興了！」春桃替聽竹挑起厚氈簾。

「可不是麼！」聽竹笑著進了門。

聽到隔扇外聽竹的話，白卿言合了書本，吩咐春妍給她更衣。

她記得，前生二舅舅董清嶽就是在臘月十九帶著外祖母到了大都城，只是那時白錦繡新喪，她大病一場，二舅舅登門那日她渾渾噩噩不曾見過。

後來，國公府出事，其他嬸嬸的母家避之不及。她的二舅舅登州刺史董清嶽，冒死上表替白家求公道。她的大舅舅鴻臚寺卿董清平攜全家，披麻戴孝為白家滿門收屍。

上輩子無數的過往湧上心頭，白卿言眼眶發熱，整個人像被泡在酸澀之中，迫不及待想前去拜見唯一為他白家出過頭的舅舅。

隔著羊脂玉和翠玉鑲嵌的錦屏，聽竹見春妍已經給白卿言披上狐裘，笑著上前行禮：「大姑娘，登州董家二爺同董二奶奶來給大長公主請安，夫人遣我來請大姑娘。」

白卿言笑著拿過丫鬟剛裝好碳的手爐頷首：「我聽到了，走吧！」

一進長壽院，白卿言顧不上去暖閣換鞋襪直直往上房走，穿著湛青色棉襖的婆子忙給白卿言打了簾，向裡通傳大姑娘來了。白卿言立在門口，一手將暖爐遞給春妍，一手去解大氅，春桃剛上前替白卿言脫了白狐大氅，就見白卿言抬腳進了上房。

春桃還從未見過白卿言如此著急過，忙將懷裡的大氅遞給春妍，跟了進去。

上房內，大長公主倚在金線繡製的祥雲大引枕上，笑著道：「阿寶今日來的如此快，想來是想舅父舅母了！」

第四章 董家提親

白卿言一身淡黃色繡折枝紋的襖裙，越發襯得髮黑如鴉羽，明豔清雅，窈窕無雙，通身的嫡女氣質。

二舅舅董清嶽今年三十有八，不同於大舅舅董清平那般看起來斯文儒雅隨性平和。他皮膚黝黑，生得十分威武，明明是董家幼子卻比大舅舅更顯不怒自威，也比大舅舅更穩重。

白卿言一看到董清嶽就忍不住紅了眼，當初二舅舅為白家上表，卻被誣衊是鎮國公府同黨，奪了官職發配邊疆。

二舅舅頭戴枷手臨行前曾高呼，「忠魂被誣，英烈不存！這大晉江山我且看它如何覆滅！」

「祖母！母親……」白卿言對大長公主和董氏行禮之後，又鄭重對董清嶽夫婦行大禮。

二舅母崔氏忙起身扶住她：「阿寶這是幹什麼？」

她反握住崔氏的手，扶著她坐下：「多年未見，外祖母可好？舅舅、舅母可好？」

董清嶽放下茶杯笑開，唇角露出虎牙略損他一身威儀，倒顯出幾分和煦來：「都好！尤其是你外祖母十分惦念你！一晃三年，阿寶一下就長大了。」

今日，董清嶽和崔氏一起來，是得了董老太君的吩咐來白家為她的嫡次子董長元提親的。

一開始崔氏並不樂意，即便是她再喜歡白卿言，可這兒媳婦要比兒子大了三歲不說，子嗣方面還艱難，娶回去可該怎麼辦？在登州的時候崔氏哭也哭過了，鬧也鬧過了。可董老太君和丈夫皆說，正是因為白卿言子嗣艱難，恐怕為人繼室都艱難，只有娶回自己家裡放在自家人身邊才不會被婆家欺負了，到時候給長元納一房妾室，生的孩子都記在白卿言名下，這樣白卿言不會受婆家欺負，老來有子，董長元也有了後。可就算是如此，那孩子到底根子上也是庶出的，這清貴人家誰不想多要幾個嫡子？然而就算崔氏再不願意，董老太君和丈夫拿定了主意她也沒有辦法，今日只能乖乖前來。

崔氏笑著拍了拍白卿言的手，面上帶笑眼底苦澀，真真兒是有苦難言。

董氏聽聞這事自然是高興的不行，雖說白卿言嫁入自己母家算是低嫁，可如此一來董氏就再也不怕白卿言在婆家受欺負。白卿言上有外祖母護著，下有親舅疼著，左不過要給董長元取一房妾室傳宗接代而已，就算是白卿言子嗣上沒有什麼磕絆，這也是旁人求都求不來的好姻緣。

「你外祖母今日命我和你舅母先來，一是來給大長公主請安。二是，你外祖母想你，可奈何舟車勞頓今日實在是走不動了，特讓我們來接你去你大舅父府上。」董清嶽笑著說。

在白卿言還沒來之前，董清嶽夫婦已經和大長公主說了結親的意圖，這次接白卿言過去，是為了讓白卿言見一見董長元，看白卿言是否滿意。

只要白卿言點頭，董家老太君立刻請嫡長子董清平的岳母壽山伯夫人上門說媒。

這事兩家人都已心知肚明，只瞞著白卿言。大長公主見兒媳婦董氏一臉滿意，自然點頭放行。只叮囑白卿言早去早回，又讓蔣嬤嬤開庫房尋了些滋補藥品，讓白卿言給董老太君帶了去。

「老大媳婦兒，你也多年未見董老太君了，隨阿寶一起去吧。」大長公主笑著轉頭看向董氏。

董氏壓住眼底的高興，想了想又道：「可……今日還得給二姑爺新府挑選僕人婢女，人牙子那邊兒我也打了招呼，巳時便會帶人過來。」

「讓老二媳婦自己去看吧，你若是不放心，留下你身邊的秦嬤嬤幫老二媳婦把把關就是了！」

大長公主發話。

董氏忙起身道謝，更高興了。

馬車上崔氏又忍不住拿帕子抹眼淚，董清嶽攥住崔氏的手安撫：「你也看到了，阿寶出落的更漂亮不說，言行舉止進退有度，氣質斐然，除了子嗣方面……不論是家世還是人品，都是咱們元哥兒處處都配不上阿寶！」

崔氏瞪著董清嶽：「就你那個外甥女最好！你當我不知道你這是為了給你姐姐解決難題，也是為了報你姐夫的提拔之恩！可憐我的元哥兒……」

見崔氏又哭了起來，董清嶽臉一沉：「這事兒不管你願意也好，不願意也罷，董長元也都得娶！沒得商量！這話你莫要再說了，把眼淚收一收，省得回頭讓母親知道了罰你！」

見丈夫臉沉了下來，崔氏咬著唇，眼淚掉得更凶了。

青鍛綴墨藍頂的四駕馬車上，董氏將外祖母董老太君的打算說與她聽。

「你外祖母自知道你受傷之後，就總是夜不能寐！思來想去只有把你放在眼皮子底下才不怕婆母將你欺負了去！你二舅舅剛說……這些年元哥兒的房裡，連個伺候丫頭都沒有！雖說元哥兒是比你小三歲，可那孩子少年穩重，又是個讀書的料子，再好不過了！」

董氏眉開眼笑拉著白卿言的手端詳了她片刻，又紅了眼：「你這終身大事有了託付，阿娘就是死也能合眼了。」

白卿言這才明白，剛才在大長公主那裡，何以崔氏見了她臉上笑著，眼底卻盡是無可奈何的苦澀。她握住董氏的手，心中柔腸百結卻不知道該如何開口：「阿娘，元哥兒是二舅母親生骨肉，也願意她的嫡子娶一個無法生育的正妻？」

「元哥兒到底是嫡次子不是嫡長，你二舅母一向對你疼愛有加，應該……不會介懷吧？」董氏說得也不甚肯定。

跟在馬車一側的春妍，伸長了耳朵，聽到馬車內董氏的話一張臉都白了，腳一軟就跟不上馬車了。

「春妍！幹什麼呢?!快點跟上！」春桃皺眉呵斥。

春妍這才抬腳，她心裡揣了一肚皮的官司，腿發沉得跟不上春桃的腳步，只能在隊尾小跑。要是大姑娘嫁給了舅老爺家的嫡次子，那梁王殿下該怎麼辦？她該怎麼辦？她怕此生便再也見不到梁王那謫仙般金尊玉貴的人了。想到這兒，春妍眼眶子都紅了，心裡盤算著得抓緊時間給梁王殿下報個信。

白卿言瞧著董氏一臉喜氣的模樣，不想說終身不嫁的話來惹董氏傷心，只道：「我剛瞧著二舅母眼眶通紅，來之前必是哭過。二舅母疼我，是因為我是外甥女，可不見得二舅母會喜歡一個子嗣艱難的兒媳。外祖母和舅舅是為我好，但不能強按牛頭喝水，到底後宅媳婦還是要在婆母手上討生活的，阿娘說是不是這個理？」

董氏不說話，細細思量。

「阿娘，外祖母和舅舅待您和我如此好，您忍心為了我的婚事，攪得外祖母晚年和兒媳不睦？人生在世又不是只有嫁人這一條路，這話還是阿娘您以前寬慰我的。」

董氏那話都是在女兒受傷時的安慰之語，她心裡不願放過這門親事，唇瓣囁喏：「要不，還是見過元哥兒再說？萬一……元哥兒願意呢？」

白卿言沒有反駁董氏。

母親說外祖母早在她受傷的時候，就開始打算她和董長元的婚事，可上輩子她並沒有聽說過。

白卿言閉眼想了想，很快就想到其中關節。

上輩子外祖母和二舅舅、二舅母來大都過年時，的確將嫡次子董長元從登州帶了過來。只是那個時候白錦繡在新婚當日意外身亡沒多久，想必外祖母也不好意思提自家親事，再後來除夕夜白家男兒盡數折於南疆的消息就傳了回來……

她知道外祖母疼愛她，如此她更不願讓外祖母和二舅母婆媳之間因她生了嫌隙。

馬車還沒到，頭髮花白的董老太君就已在大兒媳婦宋氏，和四個孫子、兩個孫女的陪同下，立在董府門前迎接女兒和外孫女。

董老太君穿著件栗色繡金的灰鼠皮毛襖子，手上纏著佛珠，不停的朝長街右側張望。

董長元站在董老太君身側負手而立，身穿一身石青色直裰，腰間掛著一枚墨玉玉佩，風華正茂的少年郎十分英俊，只是清雋的臉上沒什麼情緒。

「來了來了！」有僕婦喊道，「我看到二爺的馬車了！」

董老太君纏著佛珠的手拎起襖裙下擺，在兒媳宋氏攙扶下往前走了幾步。

「母親別急，婉君妹妹和阿寶又不能飛了！」董大夫人宋氏同董老太君玩笑。

董大夫人的次女董葶珍亦是笑著扶住董老太君：「祖母別著急，您要是磕了碰了姑姑和大表姐該擔心了！」

很快，馬車停在董府門前，董氏先一步從馬車上下來，看到頭髮花白的母親眼淚一下就湧了出來：「母親！」

「婉君！」董老太君眼睛一濕什麼都顧不得，疾步往臺階下走。

一直跟在馬車兩側的春桃、春妍扶著白卿言下馬車，她福身行禮：「外祖母，大舅母！」

「我的婉君，我的阿寶啊！」董老太君一手摟著女兒，一手抱住外孫女，眼淚止不住的掉，弄得白卿言也跟著眼眶發紅。

幾個表兄弟姐妹都上前見禮，只有董長元立在高階之上，死死攥著腰間玉佩垂眼不願看人。見立在馬車旁的董清嶽表情肅穆瞪著怵在那裡不肯動彈的董長元，崔氏忙喚了董長元一聲，董長元這才一臉不情願的走下高階，長揖到底：「長元見過姑母，表姐。」

他眼神一絲都沒有往白卿言的方向瞟。

「元哥兒都長這麼大了！當真是翩翩少年郎！」董氏用帕子擦著眼淚讚了一句。

大舅母宋氏忙說：「這哪有站在府門外說話的道理，阿寶身子不好本就畏寒！母親……還是帶著婉君妹妹和阿寶進屋說話吧！」

「對對！咱們進府說話！」董老太君拉著女兒和外孫女的手往府內走，不肯鬆開，眼裡除了女兒外孫女誰都容不下了。

一進屋，董老太君懷裡摟著白卿言，一通心肝肉的疼愛，眼淚就沒有斷過，白卿言出門前新換的衣裳都被董老太君淚水沾濕了。

董長元坐在最後面的杌子上自顧自喝茶，誰也不看誰也不瞧，不鹹不淡的，抗拒之意連董老太君都察覺出來了，更別說董氏和白卿言。

操心女兒終身大事是真，可真把女兒嫁給一個不把她放在心上的夫君，董氏也不願意。再看神色蔫蔫顯然在馬車上哭過的崔氏，又瞧著雙眸通紅的女兒，董氏也不願強人所難，心裡盤算著回頭還是同母親說說，婚事就算了吧。

「元哥兒我有些年沒有見，一下就長成大人了。」董氏放下茶杯笑著點了董長元的名字，回頭示意聽竹把給董長元的見面禮拿出來。

董長元這才起身上前，對董氏作揖行禮。

董老太君懷中摟著白卿言，看著一表人才的嫡次孫，只覺得和自己的外孫女天作之合。

「去歲你祖母來信，說你鄉試拔得頭籌，得了解元公的名頭！姑母也替你高興！」董氏示意聽竹上前把禮物送給董長元，「這兩塊壽山石，放在姑母這裡也是糟踐，送給元哥兒倒是可以雕兩塊印章。」

董長元忙作揖推辭，壽山石太過貴重他著實不敢收。

「長者賜不能辭！你姑母贈予你，你就好生拿著，將來不要辜負你姑母對你的好才是！」董老太君話中有話。

低頭作揖的董長元臉色越發難看，更不想收這份厚禮。

董大夫人宋氏也用帕子掩著唇輕笑：「瞧，妹妹這禮物太貴重，都把元哥兒給嚇住了！」

被董老太君摟在懷裡的白卿言見二舅母崔氏眼眶愈紅，不願讓二舅母和董長元再打肚皮官司為著她的親事惴惴不安，便道：「母親這也是希望長元表弟能夠再奪頭籌，為董氏光耀門楣，母親臉上也有光。」

聽到一道清亮柔和的嗓音傳來，董長元雖然不厭惡，卻也將頭垂得更低。

白卿言立在董老太君身旁，笑著道：「今日初見長元表弟，我亦為表弟備了一份見面禮。」

春桃聞聲，連忙將白卿言命她準備的極品徽墨和歙硯恭敬送上。

董長元一看這墨和硯臺就驚到了，他是個愛舞文弄墨的，立時就對這徽墨和歙硯愛不釋手。

可一想到這是祖母以死強逼他迎娶之人送的，歡喜之情如被潑了一盆冷水，心裡活似吞了蒼蠅般難受，低著頭只道：「表姐送的禮物也太過貴重，長元無功……萬萬不敢收。」

只聽那清明含笑的嗓音，慢條斯理道：「長元表弟不必如此客氣，我家中十七位弟弟啟蒙練字時，我都曾贈予徽墨和歙硯。舅舅、舅母待我如親骨肉，我自當視長元表弟為親弟弟！只是長元表弟已是解元公，所以才在徽墨和歙硯的品相上斟酌了一番，若表弟認我這個姐姐，就莫要推辭了。」

聽聞白卿言這話，崔氏猛地朝白卿言和董氏望去，心裡一時間說不上是喜還是悲。

董氏雖然沒有料到白卿言會當著所有人的面兒來這麼一下，可心裡到底已經有了數，沒有董老太君與旁人那般失態，只端起茶杯抿了一口。

董長元怔愣片刻，才恍然抬頭，第一次正兒八經朝自己那位表姐看去。

只見身著月白素色羅衣裙的白卿言，眉目清澈，笑容疏離又親近的恰到好處，沒半分扭捏做作。鴉羽似的黑髮半挽了個俐落的髮髻，橫叉一根白玉長簪，如此素雅簡單的裝扮掩不住桃羞杏讓的美貌，明明生得極其驚豔奪目，偏偏又讓人覺得通身的清雅恬靜，從容淡然。

董長元心跳莫名快了一拍，慌忙低下頭，耳朵紅了一片，隱隱生出幾分羞恥來。

之前他怨恨祖母以命相脅硬逼他娶這位表姐，滿心的憤懣和不甘，故而還未見過這位表姐便已然心生厭惡，今日更是全然沒有給過白卿言一個正眼。誰成想，他這位表姐根本就沒有要嫁於他的意思，一派霽月風光之姿，反倒襯得他小人之心氣量狹小。

當日在董府用過午膳，董氏和董老太君母女倆單獨說了一番私房話，便啟程回府。

心不在焉的春妍伺候白卿言換了身常服，假裝隨口說道：「二舅老爺家那位嫡次子不過中了個解元公就眼睛放在頭頂上，奴婢冷眼瞧著在董府大門口，他連看都不看大姑娘，分明就是對大姑娘不敬！」

白卿言正倚窗靠在金線繡織的祥雲大迎枕上看書，聽到這話眼皮子都沒有抬：「你這又是為了什麼，在我面前給長元表弟上眼藥？」

春妍被戳穿，臊紅了臉。經過上次，春妍學乖了，這次不敢再提梁王，索性只說：「奴婢就是覺得二舅老爺癩蛤蟆想吃天鵝肉，以我們大姑娘的家世美貌以後什麼樣的高門嫁不得，他們倒是好肖想！」

見白卿言表情沒什麼變化，春妍按捺不住又往前挪了一步，得寸進尺為梁王說好話：「梁王殿下那樣的龍子不嫌棄姑娘，對姑娘一片真心那是姑娘天大的福氣！姑娘可不要不惜福啊！」

呵……是她天大的福氣?!白卿言覺得自己上輩子竟是個傻子，春妍背主之心如此明顯，她每每聽了春妍稱讚梁王對她有情義的話都信了。

她合了書本，隨手將書丟在雞翅木的小几上，撞翻了小几上海棠凍石蕉茶杯：「春妍好大的心氣兒，竟想做我婚嫁的主了？誰給你的膽子給你的臉？」

春妍腿一軟跪在了地上：「大姑娘，奴婢不敢！奴婢不是這個意思！奴婢就是覺得……就是覺得大姑娘配二舅老爺家的嫡次子太委屈了！奴婢這是為了大姑娘啊！」

春妍抖如篩糠，嚇得眼淚大滴大滴往下掉：「奴婢只是為大姑娘不甘心，梁王殿下那樣的皇子對姑娘都那般謙遜，他一個解元憑什麼不拿正眼看姑娘！」

春桃打簾進來本是要同白卿言說，京兆尹府已經遣人去請忠勇侯夫人問話了，誰知一進門就看到這副光景，忙用抹布收拾小几上翻了的茶水。

白卿言胸腔內怒氣翻騰：「滾出去！」

春妍哭著從上房出去，春桃讓人重新給她上了八寶茶，笑著勸她：「姑娘和春妍生氣不要緊，要是摔了這極品海棠凍石蕉葉茶杯，您最愛的一套茶具可就毀了。」

她壓下怒火，重新拿起書本翻了一頁：「派人悄悄盯著春妍，任何動靜隨時來稟……」

春桃面有不忍，應了一聲後，才打起精神說：「大姑娘，今兒個一早，二姑娘五個陪嫁丫頭的爹娘已經去京兆尹府認領了屍身。不到晌午，京兆尹府便派人去忠勇侯府，詢問忠勇侯夫人將這幾個丫頭賣給了哪家人牙子。忠勇侯夫人半天攀扯不出，只能承認二姑娘那五個陪嫁丫頭照顧我們二姑娘不周，故命人將那幾個丫頭打死了。眼下京兆尹府的差役正堵在忠勇侯府門口，和忠勇侯府的護院僵持住沒法拿人。」

「忠勇侯夫人的事情，自有京兆尹府頭疼，我們且看著就是了。」白卿言道，「就是不知道這事兒，會不會耽誤明日秦朗搬出忠勇侯府。」

因著秦朗是奉旨搬出忠勇侯府，忠勇侯不好阻攔心中煩悶不已。

忠勇侯秦德昭費盡心機才在戶部領了一個戶部郎中差，好不容易在這大都城的勳貴中立住腳，這下誰都能拿他府上繼母和嫡子齟齬的事情來說上兩嘴，當真是臊得慌。

還好梁王派府上的參贊親自過來安撫他，許諾等南疆大事了結，定會向陛下進言擢升他為戶部尚書，居要職，到時候看滿大都城的勳貴誰還敢瞧不起他！

酒樓裡雅間內，喝多了的忠勇侯秦德昭想起遠在南疆的鎮國公府和鎮國公世子，倒了一杯酒舉杯向天：「國公爺，世子！別怪我……你們國公府功高震主，今上容不下你們，整個朝廷都容不下你們！我也只是聽命行事，欠你們的糧草輜重，我來世再……嗝……」

秦德昭打了個酒嗝，突然癡癡笑了起來：「來世，我怕也還不起！」說完，秦德昭仰頭將杯中烈酒仰頭灌下。

「侯爺！侯爺！府上出事了……」秦德昭的長隨推門而入，火急火燎道。

「慌慌張張成何體統！」秦德昭一肚子的火，重重擱下酒杯，凌厲的視線朝長隨看去，「不就是秦朗搬出侯府，還有什麼大事？」

「不是的侯爺！京兆尹府的差役堵在咱們侯府門口，要拿夫人！」

「什麼?!」秦德昭自知酒醉，以為自己聽錯了，「京兆尹是吃錯藥了嗎？無緣無故敢上我忠勇侯府抓拿有品階在身的忠勇侯夫人？」

「大奶奶那被夫人發賣的五個陪嫁丫頭，屍身在城外亂葬崗發現了，那幾個陪嫁丫頭的爹娘認領了屍體。京兆尹這才來咱們府上拿夫人的，府上的僕人正到處找侯爺，等侯爺回去做主呢！」長隨哭喪著臉道。

醉酒的秦德昭拍桌而起，眸底盡是凌厲，大怒道：「左不過打死了幾個丫頭，京兆尹府是瘋了還是要與本侯為敵？」

「不是的侯爺，這幾個丫頭已經脫了奴籍是良民了，夫人這是沾上人命官司，京兆尹府這才來拿人的！侯爺快回府吧！」長隨頭冒冷汗，就差哭出來了。

秦德昭的酒醒了大半，這國公府是有什麼毛病，陪嫁丫頭用良民？他秦德昭活了半輩子還從未聽說過陪嫁良民的！

「回府！」

長隨忙取下秦德昭的灰鼠皮大氅替秦德昭披上，扶著秦德昭下樓。

剛出酒樓門檻，秦德昭正要上馬車，就見表兄御史中丞司馬彥的車駕停在了他馬車前面，司馬彥抬手撩開馬車車簾望著秦德昭。

秦德昭忙拱手：「表兄……」

司馬彥臉色不愉：「尊夫人牽扯上人命案的事情半個時辰前已經傳到了御史台，德昭還有心情在這裡喝酒?!」

秦德昭脊背汗毛都豎了起來：「德昭這就回府！」

「如今功勳世家風氣實為今上所不喜，德昭聽為兄一句勸，讓你夫人速速隨京兆尹府差役去府衙答話，切莫仗著侯府尊貴和京兆尹府對抗！如今你侯府繼母嫡子不睦已然抬到桌面兒上，嫡子秦朗自請去世子位又受聖上讚譽，難保不會有迎合今上的朝臣參你侯府一本。屆時……今上奪了你侯府尊貴也猶未可知！切記……」

寒風迎面一吹，秦德昭整個人立時汗漿涼透。「多謝表兄提點！」秦德昭態度恭敬。

司馬彥歎了一口氣，看著秦德昭搖頭：「年關了，讓你那夫人安生些，別淨給你惹亂子！」

說完，御史中丞司馬彥放下車簾，讓車夫駕車離開。

秦德昭忙吩咐車夫速速回府。

從蔣氏縱女傷了剛嫁入忠勇侯府的白錦繡開始，厄運就如同纏上了他們侯府一般，秦德昭此時也惱恨上了蔣氏。

大門緊閉著，侯府正門已然被看熱鬧的百姓，和京兆尹府的差役圍住。

秦德昭避開風頭，讓長隨把馬車停在了角門，陰沉著一張臉進府。一進內院秦德昭就聽到蔣氏在房內打罵下人無用的吼叫聲，他額頭青筋直跳，撩起下擺進門。

「侯爺……」吳嬤嬤見秦德昭進門忙福身行禮。

秦德昭腳下生風，一把扯住蔣氏責打婢女的藤條，揚手就是一個耳光打得忠勇侯夫人匍伏在軟榻上：「你這個成事不足敗事有餘的無知毒婦，捅出了天大的簍子還在這裡打人罵狗！」

吳嬤嬤一干丫頭嚇得全都跪了下來，匍伏著不敢抬頭。

蔣氏捂著臉，睜大了眼回頭看向怒火中燒的秦德昭，原本欲發火，可一想到府門外等著抓拿她的差役，忙跪行至忠勇侯腳下：「侯爺！侯爺你要救妾身啊！這是國公府要害妾身啊！我昨日上門他們還說那幾個丫頭的身契在白錦繡的手裡，可一轉臉怎麼那五個丫頭就成了良民！國公府這是想要致妾身於死地，侯爺你不能不管！」

秦德昭眉頭一跳，整個人反倒是冷靜了下來，他略略思索了片刻，眼底透出濃烈的寒意：「你說……昨日他們說了那幾個丫頭的身契在白錦繡手裡?!」

「千真萬確，妾身若有虛言，讓妾身五馬分屍而死！不信……侯爺你問吳嬤嬤！」蔣氏抱著秦德昭的腿，哭得毫無貴婦儀態。

抖如篩糠的吳嬤嬤重重一叩首：「侯爺，昨日老奴陪著夫人登國公府門要接大奶奶回府，來緩和世子爺出府這件事！可白家三姑娘說大奶奶生受咱們姑娘那一石頭，就是為了拿命給世子爺出府鋪路。白大姑娘還說那五個陪嫁丫頭的身契都在大奶奶手裡，不知哪家人牙子敢不見身契把人帶走！這些都是千真萬確的！」

鎮國公府……秦德昭咬緊了牙關，凌厲的目光讓人心驚，吳嬤嬤被嚇得連頭都不敢抬。

秦德昭閉了閉眼，酒勁兒已經全都退了去：「你且先和京兆尹府的差役們去，我會託人打點，必不會讓你含冤！可你如今要是不去……就會連累我們整個侯府和你的兒子。」

聽到秦德昭這話，蔣氏面無人色一下癱坐在地上。

忠勇侯府亂作一團，忠勇侯夫人下獄的事情，當天晚上就經由白錦繡留在忠勇侯府的管事嬤嬤傳回鎮國公府。

這光景一如白卿言所料，她倒沒什麼可喜的。

在白卿言安置之前，春桃猶猶豫豫來稟，說今天一直悄悄跟著春妍的小丫頭銀霜來報，春妍今日去前院見了一個小廝。

「見那小廝出府，銀霜那個小丫頭不知輕重也跟了出去，結果看到那小廝直奔梁王府後門和梁王府的下人耳語，二話不說就衝過去一拳把人打暈扛了回來。剛才她把人丟到了盧護院那裡，又喜滋滋跑來清輝院門口，朝我邀功討松子糖吃……」春桃哭笑不得道。

坐在銅鏡前的白卿言本還滿腔怒火，立時就被逗得笑出聲來：「銀霜今年有十四了吧？」

「回姑娘，是十四了，姑娘還記得……」春桃拿過白玉梳子替白卿言梳髮。

銀霜被沈青竹帶回府的時候才十歲，瘦弱不堪不說，腦子也不大靈光，可卻有著一把子好力氣，就因為飯吃的多家裡養不起，這才被爹娘給賣了。

銀霜跟了沈青竹這麼多年，也不知道身手怎麼樣。

「明日你去稟了秦嬤嬤，把銀霜調來清輝院，讓春杏她們好好教教規矩，以後就留在清輝院了。」白卿言說。

春桃唇瓣動了動，想著和春妍一起長大的情分想為春妍求情：「大姑娘，春妍她……」

「放著不用管，派人盯著就是了。」

「姑娘……」春桃放下手中白玉梳子，鄭重跪在白卿言身側，紅著眼哽咽道，「春桃知道，春妍背主就是打死都不為過，奴婢只求姑娘能饒春妍一命，不是奴婢心軟，奴婢只是想全了春妍曾救過奴婢一命的情誼。」

她看著純真溫厚的春桃，半晌歎了一口氣將春桃扶了起來：「罷了，只要她不做出害我白家之事，看在你的分兒上我饒她不死，但願她不會辜負你為她求情的這分心意。眼淚擦一擦，去告訴平叔將銀霜抓回來的小廝先悄悄看管起來，別漏了風聲。」

春桃眼淚汪汪望著白卿言：「是！多謝大姑娘！」

還在府上養傷的梁王得了消息，閉眼靠坐在軟枕上，捂著心口，棱骨分明的俊臉蒼白的沒有一絲血色，聲音冷得像藏屍的冰窖般：「這個董長元查清楚了嗎？」

「董長元師從大儒魯老先生，少年解元公，曾有人斷言董長元將會連中三元。這些年說媒的幾乎要踏破登州董家的門檻，可董老太君似乎一心將自己這位嫡次孫留給自己的外孫女，誰都沒有答應。且這位解元公房裡連一個通房丫頭都沒有安排過，十分乾淨。」梁王的屬下照實稟報。

梁王睜眼，幽邃鳳眸裡透出濃烈的寒意，急火攻心，他忍不住輕咳了一聲，胸口撕心裂肺得疼，他緩了半晌才喚道：「童吉……」

童吉忙端著冒熱氣的苦藥進來：「主子！」

「明日一早，你拿著本王御賜的玉佩去鎮國公府找春妍，叮囑她將玉佩轉交白卿言！告訴白卿言，本王欲以王妃之位求娶她，請她千萬等本王。」

梁王算計的明白，他如此行事，一來是以皇子之尊壓一壓董家，讓他們不敢提親。二來，只要春妍收下了玉佩，就證明白卿言和他有私，白卿言名節有了瑕疵，子嗣有艱難，誰人還敢娶?!

童吉眉頭擰成麻花：「可王爺當初不是說側妃嗎？王妃之位那麼尊貴，那白家大小姐子嗣……」

「本王的話你也敢不聽了？咳咳……」

童吉被梁王的目光看得心驚膽寒，連頷首稱是。

第二日，董長元一大早陪同董老太君帶著厚禮登門，一是來探望大長公主，二是昨晚董長元同董老太君長談後悔不已，求董老太君再來一次國公府，看看和白卿言的婚事是否還有商量的餘地。

並非是董長元為好色貪美之徒，而是他見表姐白卿言一派霽月風光，冰壺秋月，瑩徹無瑕。只要思及白卿言嫁作他人婦因無嗣被婆家嫌棄，就覺得明珠暗投，心痛難當。

大長公主同董老太君兩人熱熱鬧鬧閒語了一會兒，蔣嬤嬤便奉命來清輝院請白卿言。

送走蔣嬤嬤的春妍臉耷拉的老長，活像別人欠了她似的立在門口，手指絞著帕子嘟囔：「昨日剛在董府見過，那個登州表少爺又湊到我們府上來做什麼？」

昨兒個春妍遣人去給梁王殿下報信，也不知道梁王殿下收到消息了沒有，有沒有什麼對策。要是大姑娘真的嫁到登州去，她日後……還怎麼見梁王殿下？

見白卿言已經更衣出來，春妍忙上前要扶，就聽白卿言道：「春桃跟著就行了。」

春妍一聽，縮回了手，紅著眼立在一旁。

她看都不看春妍，扶著春桃的手出了清輝院。

手裡捧著松子糖吃的津津有味的銀霜看到眼眶發紅的春妍，低頭瞅了眼自己的糖，頗為肉痛的皺了皺眉上前將松子糖遞給她：「吃糖。」

春妍瞪了銀霜一眼，揚手打翻了銀霜手中的糖：「誰要吃你這個傻子的糖！」銀霜看著撒了滿地的松子糖，隨手就將春妍推了一個大馬趴，春妍轉過頭怒視銀霜：「你……」

銀霜仰著下巴一副天不怕地不怕的樣子，春妍自知自己不是銀霜的對手，爬起來拍了拍自己身上的灰，惱恨道：「我不和你一個傻子計較！」

見春妍離開，銀霜這才彎腰將春桃姐姐給她的松子糖一顆一顆撿起來，吹淨了灰塵重新包好，坐在屋簷下又高高興興吃了起來。

大長公主和董老太君在屋內說話，董長元耐不住立在簷下，不住往長壽院外眺望。

只見，朝陽金光映雪的一片璀璨中，那纖瘦頎長的白色身影款款而來，董長元心頭發熱，忍不住走下臺階迎了兩步，長揖到底：「表姐……」

她笑著還禮：「表弟怎麼立在廊下，可是屋內悶了？」

「特意在這裡等表姐。」董長元雙耳通紅再次作揖，「一來，是為昨日長元怠慢表姐致歉。」

「無妨。」她淺淺頷首。

「二來……二來……」董長元不肯直起身，心如擂鼓，呼吸滾燙，「可否請表姐借一步說話？」

白卿言回頭看了眼春桃，春桃立刻識趣立在遠處。

所幸這是在長壽院，滿院子的僕婦看著，倒也不算逾矩。

「表弟請講。」

董長元這才面紅耳赤直起身：「長元知表姐婚事因無嗣的緣故讓姑母操心不少，表姐淑質英才，蕙質蘭心，是能與琨玉秋霜比質之人，怎能……」怎能如祖母說得那般，只能因為子嗣不順將就婚姻，屈嫁於他人。

董長元咬了咬牙，信誓旦旦：「長元不願見表姐明珠蒙塵，不才斗膽，請表姐考慮一二。」

看著董長元這一本正經的模樣，她片刻錯愕後，低低笑了一聲：「多謝表弟好意，我此生……並未有嫁做他人婦的打算，且祖父、父親已替我安排好退路，表弟不必替我憂心。長元表弟襟懷坦蕩，璞玉渾金的端方君子，當與美玉無瑕的淑女相配，怎可因同情屈就。只是……終身不嫁這樣的話說來怕傷了我母親的心，還望長元表弟替我保密，莫讓我母親知道了。」

董長元能看出白卿言並不想嫁他，卻還是冒險說了，不料白卿言是有著終身不嫁的打算。

屋內大長公主和董老太君搖頭歎氣，董老太君道：「看長元這臉色，想必阿寶不願意。昨日長元這孩子跪在我面前，求我為他捨了這張老臉再來一次，說不願意看到阿寶那樣冰壺秋月，瑩澈無瑕的女子，因為子嗣屈嫁將來被婆家刁難。」

董氏揪著手中的帕子，心中已然感動不已，恨不能一口答應下來。

董老太君歎氣看向大長公主：「到底是自己的孫子和外孫女兒，有什麼捨不捨臉的？可這婚事阿寶不點頭，我們總不能強逼。只是阿寶這終身大事，我一想起來就揪心的很啊！」

「娘！」董氏望著董老太君急了眼，「可……」

「老大媳婦兒，你自己的女兒是個什麼性子你還不清楚嗎？你逼著她嫁了，她心裡能痛快？」

大長公主截斷了董氏的話頭。

大長公主是白卿言的祖母，自然同董老太君一般擔憂白卿言，只是白卿言寧折不彎，絕不會違心屈就。

董氏用帕子沾了沾眼淚：「罷了！罷了！就算阿寶一輩子不嫁，只要她能痛快。」

後來，董長元同白卿言進屋，面色如土立在董老太君身旁，再未發一言。

董老太君略坐了坐，便帶著董長元回府。

董氏和白卿言親自將董老太君送至門前，董氏和董老太君又依依不捨了一番，這才將老太君送上車。

目送董老太君的馬車離開，白卿言又被蔣嬤嬤請回長壽院。

大長公主同她說起二叔那個要被接回府的兒子。

「你放手去試那兩人品性，若是那小子的生母還算老實本分就一併接回來，要是個心大的，你可當場把人送回去！」

「祖母放心，孫女兒知道！」白卿言點頭。

蔣嬤嬤端著八寶茶打簾兒進來，笑著說：「大姐兒院子裡那個叫春妍的小丫頭，不知道有什麼事在長壽院外探頭探腦的團團轉，一張小臉急得發紅，翠兒出去也沒問出什麼來，大姐兒要不要把人傳進來問問？」

她心中譏笑，能讓春妍著急又不能對他人言的，除了那位金尊玉貴的梁王還能是什麼?!

白卿言岔開話題：「剛聽母親說，秦朗今早來同二妹妹說了一聲，今日是他搬出侯府的日子，他會在府中靜待二妹歸家。」

大長公主點了點頭：「秦朗也算是有決斷的，不枉你費心為他鋪路……」

白卿言在長壽院伺候大長公主禮佛，用了午膳之後才出來。

在雪堆裡窩了半天的春妍忙迎上前，一張臉凍得通紅：「大姑娘……」

她涼薄的視線朝春妍看去：「回去再說。」

春妍一雙腿發麻，咬著牙追在白卿言身後，一進門便獻寶似的將捂在懷裡半晌的玉佩拿出來遞給她：「大姑娘，這是梁王讓童吉送來的玉佩，梁王說將來會以正妃之位求娶大姑娘！」

一股血氣直沖腦門，她冷戾入骨的視線看向春妍，她怎麼都沒有想到春妍這個背主的東西竟如此大膽，敢替她收下梁王貼身玉佩！

春桃睜大了眼，臉色漲的通紅，胸口起伏劇烈：「春妍你怎麼敢！你真是瘋了不成?!」

她怒火攻心，手指用力扣住小几邊緣，憤怒直視春妍：「春妍可真是厲害啊，這就替我的親事作主將我定給梁王了！沒讓你當鎮國公府這個家當真是委屈你了！」

春妍立刻跪下：「春妍不敢，大姑娘！春妍這是為了大姑娘啊！大姑娘想想那可是王妃之尊……登州表少爺不過是一個解元公，憑什麼肖想我們姑娘！」

她差點兒忍不住揚手給春妍這背主的東西一個耳光，可想到留著春妍才能細查府上哪些宵小是梁王的人，就硬是忍了下去，簡直不能再噁心。

她閉著眼，只覺太陽穴直突突：「一日之內，這東西怎麼來的，你給我怎麼送回去！否則別怪我不念情分打折你的腿！滾！」

春妍哭著出了上房，春桃也氣得差點兒哭出來，就這樣的東西她還在大姑娘面前求情，她簡直是瘋魔了。見白卿言閉著眼被氣得氣息不穩，春桃愧疚的不行，連忙給她倒了杯水：「大姑娘，奴婢一會兒定會狠狠教訓春妍。」

半晌，她平靜了心緒，閉著眼說：「去問問今日是誰叫春妍出府的，讓管家找個由頭將那人也拘起來，就說管事給派了差事出府，以免引人懷疑！

「是，奴婢這就去辦！」春桃連忙應聲。

趕在日頭西沉前，鎮國公府的馬車穩穩停在滿江樓門口。

和馬夫坐在一起的陳慶生一躍跳下馬車，跟馬車裡的白卿言說了一聲，便先行進滿江樓安排。

滿江樓夥計見了陳慶生，忙招呼掌櫃：「大掌櫃，陳二爺到了！」

大掌櫃見了陳慶生眉開眼笑從櫃檯急急出來：「陳二爺到了，照您的吩咐，最好的雅間兒今兒個一大早我就著人打掃乾淨了，爐火燒得旺旺的，一天都沒進客，就等著大姑娘呢！」

陳慶生忙快行兩步對掌櫃行了個俐落的半揖禮，恭敬遞上銀子：「多謝大掌櫃，若不是大掌櫃允准羅家餛飩攤子的羅娘子用您酒樓的後廚，我們家大姑娘怕是吃不上剛出鍋的羅家餛飩，回頭得了我們家大姑娘賞，我必請您吃酒！咱們說好了您可不能推辭！」

「陳二爺這話說的！您的事兒就是我的事兒！」大掌櫃打包票之餘又親親熱熱將銀子推了回去，感激道，「再說我能不知道，你是為了讓白大姑娘順道嘗嘗我們家的菜，鎮國公府白大姑娘要是說好……那清貴人家不都知道我這滿江樓了！我都懂陳二爺的好意，您放心……今兒個一定把大姑娘伺候好。」

春桃、春妍已扶白卿言下馬車，怵在門口的店小二竟一時看傻了，這店小二也好歹身在大都城不是沒有見過富家小姐，可卻是頭一次見到白卿言這樣眉目驚豔，如同臨凡仙子般的人物。

「咱們一碼歸一碼！」陳慶生忙把銀子塞進掌櫃手裡，又急忙往回走了兩步，親自迎白卿言，大掌櫃也跟在陳慶生身後，手裡攥著銀子彎著腰笑迎。

兩人這麼一擠，倒是把春妍給擠到了後頭。春妍晌午被白卿言訓了一頓，可她已經將梁王贈予的玉佩託人送了回去，難道大姑娘還要對她不依不饒？不然為什麼沒有訓斥這陳慶生和掌櫃占了她的位置。春妍立時委屈的不行拉長個臉跟在後面，嘴上都能掛茶壺了。

白卿言觀剛才陳慶生和掌櫃打交道的行事章法，對陳慶生越發滿意。將來三妹妹從商……陳慶生定會成為三妹妹的左膀右臂。

她側頭對盧平和隨行護衛道：「平叔，你們就在樓下不要輕舉妄動，聽我吩咐行事。」

盧平抱拳稱是。

「大姑娘，掌櫃已經安排好了雅間兒！滿江樓是新開的店，雖說不如隔壁的燕雀樓名氣大，可勝在清淨。」陳慶生引著白卿言往樓梯口走，「大姑娘小心腳下。」

「對對對！最好的包間兒今兒個一大早就給大姑娘打掃出來了！等日頭落下去，大姑娘推開隔扇，倚著回廊的美人靠看這滿長街的紅燈夜景，絕對是絕佳的好地兒！定不比隔壁燕雀樓雅間兒觀景位置差！」大掌櫃笑盈盈跟隨在後面。

「掌櫃的有心了！您去忙吧……我們伺候大姑娘就好。」春桃笑瑩瑩道。

「哎哎哎！」掌櫃的站在樓下連連點頭。

陳慶生替白卿言推開雅間的門，知道白卿言畏寒忙先進去將迎面的兩扇窗戶關上，道：「大姑娘，這雅間兒的位置雖好，可這窗戶和燕雀樓雅間兒的窗戶離的太近，小的先替您關上。」

陳慶生安排的極為細緻，大約是怕白卿言在雅間裡枯坐無趣，那扇雕花木窗之下擺了一盤棋，小几上放著一本棋譜。

白卿言解開大氅便徑直走到棋盤前，目光略掃過棋盤，這陳慶生不知從哪兒找來的殘局，她倒是第一次見，頗有興致。

雅間燭火明亮，內設五個火盆炭火燒的極旺，哪怕剛才窗戶開著，人一進來都感覺暖融融的。見送茶的小二立在門口，陳慶生忙快步上前接過，給了小二賞錢。

他一邊替她倒茶一邊道：「滿江樓是掌櫃半個月前才將這家店盤下來的。約莫半年前，隔壁燕雀樓的東家和督理街道衙門的司官成了親家，後來燕雀樓擴建後占了和滿江樓相鄰的這條小巷一半，這窗戶的光就被擋住！為這事兒滿江樓的原東家和燕雀樓扯起了官司，後來家財散盡也沒扯明白，一氣之下就回祖籍了。」

陳慶生對這大都城的大情小事，果然是知道的一清二楚。

「大姑娘略坐，小的在樓下盯著……馬車一進城，小的立刻來回稟大姑娘。」陳慶生對白卿言長揖到地。

「春桃，剛下車時我見路邊有捏面人兒的，你和陳慶生去給府上的姑娘們買些，一會兒帶回府。」她端起茶杯喝了口茶，笑盈盈道。

平日裡，陳慶生和春桃兩人一個在內院一個在外院，能碰著的機會實在少，白卿言心裡知道，也想給兩人一個單獨相處的機會，只願兩人此生能好生相知相守，不要如上一世那般因她錯過彼此遺憾終身。

陳慶生和春桃兩個人都鬧了一個大紅臉，忙低頭匆匆退出雅間。

偌大的雅間裡只剩下白卿言和春妍，她不看春妍那副受了天大委屈的模樣，只道：「你去門口守著。」

春妍眼眶霎時就紅了，福身行禮，抽嗒嗒出了門。

屋內爐火太旺，白卿言略坐片刻便已有薄汗。她推開兩扇窗，抬眼視線便撞上對窗內男子幽沉如井的深眸。

她一臉錯愕。

對面臨窗而立的蕭容衍亦是頗為意外，摩挲玉蟬的手不經意頓住。

身著白色直裰身姿挺拔修長的蕭容衍迎光而立，目光平靜似水，明明一副溫潤矜貴模樣，四目相對那一瞬，她卻分明看到了蕭容衍眸色中沉穩高深的城府。轉瞬，蕭容衍眼底已被溫潤之色取代，風淡雲輕對她淺淺頷首，與剛才那威懾力強大且冰冷的掌權者，判若兩人。

兩扇窗，不過三尺之距，前世今生，她從未和蕭容衍離得如此近過。

草草闔了窗未免太露怯又沉不住氣，她便僵直著脊背，略略福身。

燕雀樓內的雅間裡，傳來呂元鵬跟人爭得臉紅脖子粗的聲音：「我說的都是真的！不信你們問蕭兄白家大姑娘是不是當真容顏無雙，那白大姑娘可比那個有第一美人兒之稱的南都郡主柳若芙驚豔太多了，是不是蕭兄?!」

蕭容衍並未回頭，一派淡然從容凝視白卿言精緻如畫的五官，極淡的笑意幾欲隱沒在墨黑的眸裡，應聲：「的確是……傾城無雙。」

沉穩醇厚的溫潤低語，讓她一張臉瞬間燒了起來。這人……怎能如此放浪?!

「看吧！看吧！」呂元鵬拍了下桌子興奮起來，「還說我言辭誇張！那蕭兄的話你們該信了吧！你們不知道，那白雪紅燈下，白家大姑娘一身白毛狐裘立於廊中，入畫了般……」

她忙將兩扇窗關上，衣袖掃落一地棋子，滿室都是劈裡啪啦的聲響。

春妍忙推門進來，見耳根頸脖通紅的白卿言正俯身撿棋子，忙快步上前：「姑娘奴婢來撿吧！」

白卿言頷首，用帕子擦了擦汗津津的手，下意識轉頭朝已經關上的窗望去，窗外似模模糊糊中還能看到蕭容衍的影子，她心跳更亂了。

春妍撿起了棋子，見坐在杌子上的白卿言臉色通紅，將棋子放入棋盒中，笑著道：「姑娘滿臉通紅的可是熱了，奴婢替您開窗通通風。」

她心如擂鼓，一把拉住春妍開窗的手，聲音不免嚴厲：「不用！」

「姑娘?!」春妍還是頭一次見她們姑娘這麼沉不住氣，被嚇了一跳。

她喉頭發緊，收回抓著春妍胳膊的手，掩飾好心底的惴惴不安，繃著臉道：「去外面守著吧！」

想到這幾日白卿言對她的疾言厲色和疏遠讓春妍更委屈了，她哽咽著對白卿言行了禮退下立在門外。

雅間內再次剩下白卿言一個人，她這才又回頭朝窗外看，察覺對面窗口的人已然不在，這才稍稍平靜下來。

可對面窗戶未關，呂元鵬那群大都城紈褲嬉鬧的聲音還是不間斷傳過來，一會兒一句「蕭兄……」入耳，不知為何竟讓她心神不安。

白卿言閉了閉眼，半晌才靜下心來，從棋盒裡撿了一枚棋子。

春桃和陳慶生買了面人兒，在樓下略微說了一會兒話就趕忙上樓伺候她們家大姑娘。

「大姑娘，奴婢買了好些面人兒，給姑娘也買了一個！姑娘看看……」春桃拿了一隻小面人兒彎腰湊到白卿言面前，笑容明麗，「大姑娘你看這個騎馬的將軍，像不像姑娘？威風凜凜的！」

白卿言看著春桃手中，勒馬舉劍的小面人，心中百般滋味。

如今她這身體想重新披掛征戰，怕是還得幾年。

夜幕臨城，鐘樓點亮明燈後，各家商戶亦是跟著點亮長街紅燈，被皚皚白雪覆蓋的大都城籠罩在一片火紅暖意之中。

茶坊、酒樓，燈火輝煌富貴，門庭若市。長街人來人往，熱鬧又喧囂。

陳慶生見一輛雕繪著鎮國公府白家家徽的榆木馬車，過了城門盤檢緩緩朝長街駛去，一溜煙往滿江樓跑。

陳慶生提著衣擺匆匆上樓，進門對正在用餛飩的白卿言道：「大姑娘，馬車進城了！」

「知道了，你去吧！」她提起精神，用帕子壓了壓唇角，吩咐，「春桃把隔扇都打開。」

春桃應聲，將二樓隔開回廊的雕花隔扇全都推開。

這位堂弟上輩子她雖未曾蒙面，可事情倒是聽了不少，白家積累的名聲皆被他敗壞乾淨。

白卿言拿起茶杯，用力握在手中，眸色冷清凌厲。

此生，這位堂弟還沒有被梁王攥在掌心裡，不知道品性如何。如果他品性本善，那麼……她便悉心將他往正途引導。如果他生性惡劣，她就藉此機會踩著他為白家聲譽添一把火，也算他為白家出了一分力。

「姑娘，大氅！」春妍將大氅拿來為白卿言披上。

春桃重新更換了素銀鏤空雕梅花手爐裡的炭火，遞給白卿言。

她握著手爐立在回廊的幾盞紅燈籠下，見陳慶生正立在樓下和盧平說話，便朝遠處的鎮國公府馬車望去，目色清明。

坐在馬車內的樣貌姣好婦人抬手撩起簾子，眼瞅著車窗外燈火輝煌的大都城，被這繁華景象迷了眼，心怦怦直跳。

「兒子，咱們終於……進大都城了！」婦人回頭看著單手撐著腦袋躺在車內長坐上，嘴裡咬了根稻草的少年，「只要進了鎮國公府，你的名字記入二夫人名下，你以後就是鎮國公府的公子了！都說鎮國公府十七兒郎厲害，以後……就是十八兒郎了！」

白卿玄拔出嘴裡的稻草，單手撐起身子，睇了睇眼：「我才不想上什麼戰場，當什麼十八郎！我就喜歡美人兒，娘你說國公府裡的丫頭們是不是都個頂個的漂亮？」

「你可住嘴吧小祖宗！」婦人慌忙放下簾子，白著張臉盯住白卿玄道，「進了國公府你可得把你的臭毛病收一收！國公府不是咱們待的那個莊子，佃戶的女兒被你折騰死了我們可以塞銀子了事！可要是讓你祖母大長公主和國公爺知道你禍害府上丫頭，你這條腿肯定就保不住了！」

白卿玄一聽，咬著稻草，雙手抱著頭又躺了回去，翹著二郎腿：「那回國公府有什麼趣味，還是在莊子上自在！」

「你能不能有點兒出……」

婦人的話還沒有說完，馬車突然停住，婦人一個趔趄摔倒在車廂裡撞到了頭，疼得哎呦直叫。被用力摔在車廂內摔疼的白卿玄，吐出嘴裡稻草，眸色陰狠。他顧不上扶自己的母親，推開馬車雕花木門一把扯住馬夫的頭髮，用力將馬夫的頭撞向欄杆，怒目橫眉惡聲惡氣喊道：「不長眼的狗東西怎麼駕車的？誠心摔死爺嗎?!」

馬夫頭立時見血，再看白卿玄惡鬼般要吃人的猙獰表情，人一軟從馬車上跌了下去，忙跪著叩首求情：「公子饒命啊！公子饒命啊！不是小的不長眼，只是……這小兒突然衝出來，小的這是怕傷了人！」

立在樓上的白卿言攥著手爐的指節泛白，頓時怒火中燒，二叔……怎麼就生了這麼個東西？就算人性本惡，就算知道前世這白卿玄所作所為，她也斷斷料不到白卿玄這個年紀就已經如此兇暴殘烈。一時間，白卿言覺將這麼個玩意兒接回鎮國公府真錯得離譜，她就應該在重生回來那天，便命沈青竹將他立時絞殺，不留後患。

白卿言殺氣不經意外泄，春桃都被驚著了：「大姑娘？」

「我們下樓……」白卿言深深看了白卿玄一眼，轉身。

蹲跪在馬車上的白卿玄看了眼被老婦人護在懷中嚇哭的小兒，瞇了瞇眼一躍跳下馬車。

馬夫捂著不停冒血的頭，忙跪著給白卿玄讓開路，生怕被波及。

白卿玄走至老嫗和孩童面前，居高臨下，唇角笑容陰森瘮人。

「小兒……咳咳咳……小兒是為了給老婦撿藥材，咳咳咳……怕車輪碾裂用牛皮紙包的藥材就用不得了，這才冒犯公子！還望公子海涵……」病弱不堪老嫗說著就要抱孫子走，誰知剛起身就被白卿玄一腳踹倒，老婦人懷中幼童跌在地上滾落出去，老嫗驚慌失措喊了一聲孩子的乳名，還沒爬起來就被白卿玄狠狠踩住脊背，用力碾了碾，那老嫗承受不住竟噴出一口鮮血，劇烈咳嗽起來。

灰頭土臉的幼童懷裡抱著藥材包，嚇得哇哇直哭：「祖母！祖母！」

白卿玄全部力道都用在踩著老嫗的右腳上，彎腰，面如羅剎道：「為你撿藥小爺我就得白白受傷嗎？誰給你的狗膽！小爺我可是鎮國公府的公子，若是傷了分毫，你一個賤民……九族上下的命加起來都賠不起！」白卿玄雙眸通紅暴虐已顯，生生將圍在周圍看熱鬧的看客嚇退兩步。

已然下樓的白卿言聽到白卿玄這番言論，怒火攻心，她真是鬼迷心竅了，竟然想把這個麼東西引到正途上來。白卿言走下樓梯至最後一個臺階，臉色鐵青喚道：「陳慶生！」

陳慶生身上有幾分身手，見白卿言面沉如水，立刻會意上前，三招便拿住白卿玄把人按住。

「哪兒來的賤民竟敢和我動手！」白卿玄沒料到來了一個身手比他好的，死死將他按在馬車上讓他動彈不得。

白卿玄一雙眼睛通紅，一邊掙扎一邊罵：「我是鎮國公府公子！你這個賤民敢和我動手，等我祖父回來我讓祖父誅了你九族！」

白卿言眸裡肅殺之氣森然，誅人九族這樣的話都敢說！真要把這個毫無人性豬狗不如的東西留在白家，怕是要給白家招來滅頂之災。

「你放開我兒子！」婦人掀開車簾，潑婦似的跳下車用力拍打撕扯陳慶生，「你這個賤民！我兒子可是鎮國公府最尊貴的公子！你敢傷了我兒子，等國公爺回來了定要殺你滿門！」

婦人到底是白家二爺的女人，陳慶生沒有得令斷斷不敢對婦人動手，臉上生生挨了夫人一爪子，只能狼狽撇開臉躲閃。

白卿言跨出門檻，握緊了手中的手爐，心如同被火烹一般怒不可遏，這對母子……簡直是又蠢又卑劣惡毒。她閉了閉眼，壓下沸騰的殺氣，吩咐道：「陳慶生，放開他！先著人送車夫和老人家去對面醫館！」

「是，大姑娘！」陳慶生領命，交代白府護院送人去對面醫館。

被人攙扶起的馬夫忙對白卿言作揖道謝：「多謝大姑娘！多謝大姑娘！」

「你給我等著！我定要拉你去見官！」婦人瞪了眼陳慶生忙扶住自己的兒子，含淚詢問：「玄兒，那個賤民有沒有傷到你哪裡?!」

隨著白卿言走至滿江樓門前，湊在門口看熱鬧的客官小二忙讓開路。

正扶著脖子準備喊疼的白卿玄看到白卿言，一怔……隨即滿目驚豔，露出讓人脊背發毛如餓狼見食般幽森目光一把推開婦人，瞇起眼笑盈盈朝白卿言走來：「好漂亮的小娘子……」

「你放肆！」春桃被這混話氣得心口血氣翻湧。

陳慶生怕這廝傷到春桃，忙上前護在白卿言和春桃身前，阻止白卿玄再近身。

白卿玄視線又掃過陳慶生，又緊盯著五官冷清如雪的白卿言，圍在她周圍轉了半圈，像打量貨品一般眼裡全都是興奮，躍躍欲試想上前細觀白卿言的美貌。

陳慶生目光一沉正要動手撩倒白卿玄，就聽白卿言開口：「陳慶生，你去對面醫館看看那位老夫人和馬夫怎麼樣了，那孩童有沒有傷著。」

陳慶生咬了咬牙稱是，順從讓開。

「這就對了！還是這位漂亮小娘子明事理，我祖父鎮國公……那是連皇帝都不敢惹的！」白卿玄以為眼前的絕色小娘子是懼怕鎮國公府的威名，越發得意。

她瞳仁微微縮起，若不是攥緊了手中手爐，她都怕自己忍不住抽劍將眼前的人活劈了。

白卿玄上前，離她不過三步之遙，再次詳細打量之後，白卿玄笑道：「你是哪家的小娘子，等我祖父鎮國公凱旋回來，我便讓我祖父去你家要了你！我還從沒見過如此漂亮的美人兒，要是做成美人壺……定是世上絕無僅有的美人壺！」

提起美人壺，她因為怒火沸騰的熱血霎時凝結成冰，連眼神都冰涼陰沉的像淬了毒。

她幾乎按捺不住欲動手將這蠢貨畜生碎屍萬段，可她現在卻只是一個武功全失的廢人，什麼都做不了，她緊咬牙關將手中手爐握得越發緊。

立在燕雀樓二樓觀景回廊上的蕭容衍負手而立，聽到這話墨黑的眸色如墨濃稠。

「蕭兄，那位是國公府的嫡長女吧?!」呂元鵬急得扯蕭容衍衣袖。

蕭容衍不動聲色，從呂元鵬手裡端著的小碟子裡捏了一顆花生米……

「撲通——」

白卿玄膝窩不知道被什麼擊中，竟直直在白卿言面前跪了下來。

一直隱藏在人群中等候白卿言命令的盧平，還以為白卿玄要對大姑娘出手，立時護在白卿言身前，朝著白卿玄的心口上就是一腳，踹得白卿玄立時滾下臺階。

「給我拿下！」

隨著白卿言一聲令下，盧平帶來的護院立時就將白卿玄死死按跪在地上，讓他動彈不得。

「你們放開我兒子！」婦人衝了上來對白家護院抓打，又指著白卿言怒罵，「你是哪家的小賤蹄子竟如此不知禮，竟敢讓你家下人對鎮國公府公子動手！不想要你們全家的狗命了！」

白卿言咬著牙，這種心腸惡毒不知輕重的狗東西，不踩著他們為白家名聲造勢，當真枉費他們來這世上一遭。

「你放肆！」春桃氣得臉都青了，「鎮國公府嫡長女也是你能出言侮辱的！」

婦人一聽眼前的小娘子是鎮國公府嫡長女，驚得向後退了兩步，若不是扶住了馬車，險些腿一軟跪下。自打白卿言那日在忠勇侯府門前一鬧，鎮國公府嫡長女的名頭別說大都城……就連鄉下都傳遍了。都說這位嫡長女從小教養在鎮國公和大長公主膝下，深得鎮國公和大長公主喜愛不說，也當真是一身的白家傲骨，氣度非凡。

白卿玄抬頭，詫異的目光看向一身雪白狐裘，立在滿江樓燈火輝煌之中神色肅穆的白卿言，只覺白卿言幽靜的目光裡藏著濃烈的厭惡和殺氣。

「當年二叔遊學，得你母親相救！祖母派人遍尋你母子二人而不得，如今接你二人入鎮國公府，是祖母慈悲施捨！誰給你的膽子拿鎮國公府之威，成為你為非作歹的底氣？」

白卿玄心底不甘卻又不得不對白卿言服軟，咬緊了牙：「不過一個賤民！又沒打死！長姐又何必小題大做?!」

再次聽到「賤民」二字，她眉心突突直跳，心口怒火愈盛，耐不住三步並作兩步上前一腳將白卿玄踹翻在地，鎮國公府護衛忙上前又重新將白卿玄按跪回原地。

「賤民?!」她怒氣填胸，掩不住滿眼的憎惡，言辭激憤，「你口中的賤民，正是我白家世代甘赴戰場灰軀糜骨的因由所在！大晉百姓以賦稅供養，我白家生怕不能償還百姓一二，祖父已花甲之年仍披掛上陣帶走我白家滿門男兒……最小的不過十歲！我白家皆視大晉國百姓如骨肉血親，在你這狂妄豎子口中，他們倒成了賤民?!」

白卿言一番話，讓圍在滿江樓前看熱鬧的百姓，頓時熱了盈眶，滿腔激昂。他們憶起，鎮國公府白家子嗣的確是年滿十歲者，皆同鎮國公沙場歷練。

想起半年前鎮國公出征，白家兒郎中還沒有馬高的第十七子，亦是一身鎧甲……獨自乘一馬。包括眼前這位鎮國公府嫡長女，也是十歲隨軍出征，後來十六歲那一場惡戰以至於身負重傷，這輩子連子嗣都沒有什麼希望了。

再聽白卿言這番視百姓為骨肉血親的言辭，聽白卿言說白家兒郎生怕不能償還他們賦稅供養的謙卑！有這樣的鎮國公府在，有這樣的鎮國公府兒郎為他們前線捨命，百姓何能不感激澎湃？何能不感激明明身在高位，卻未將他們視如草芥的鎮國公府？

白卿言聲音沉穩清明，擲地有聲：「一個國公府未記入族譜的庶子，不曾保家為國血戰疆場！不曾建功立業為民請命！哪來的底氣自稱鎮國公府公子！哪來的底氣仗國公府之威……動輒打殺我大晉國子民？」

這番話無疑是將白卿玄的面皮，用腳按進泥裡踩。

整條長街，擠滿了百姓，各家酒樓對著長街的觀景回廊樓上亦是立滿了人。

大都城最出名的紈褲，都立在燕雀樓二樓回廊上，聽了白卿言這番話竟都愣住。原來……白家竟是如此教養子女的！就連一個女子都心懷家國天下錚錚鐵骨，盡失武功卻不失硬骨，彰顯白家傲雪欺霜之姿，難怪百年將門鎮國公府白家從不出廢物。

蕭容衍凝視立在燈火闌珊處，傲骨嶙嶙又沉潛剛克的白卿言，攥緊了手中玉蟬，眉目間的幽邃彷佛只容得下那抹頎長清瘦身影。

「這……白家姐姐，可真是一身的正氣！」呂元鵬喉頭翻滾，打從心底裡生出敬意，再無之前因白卿言美色而起的輕瀆之心。

「大姑娘……」陳慶生急匆匆從對面醫館出來，對白卿言長揖到底才開口，「對面回春堂的劉大夫說，老人家剛才被踹了這一腳，淤積在心肺處的血吐出來，倒是因禍得福！咱們府上馬夫的血已經止住了。小童也只是皮外傷擦幾天藥就能好。」

白卿玄已然對白卿言恨之入骨，再做不出俯首低眉的模樣，怒目切齒對壓著他的國公府護院吼道：「不是都沒事了，還不放開我！」

護院沒有得白卿言的命令不敢鬆手，將急於掙扎的白卿玄按得更用力。

見白卿玄一副死不悔改的強硬模樣，她一顆心沉到谷底，再無教導之意。

「祖父定下家規，白家軍軍規便是家法！欺凌百姓者……軍棍三十，白家子嗣若有犯者，罪加一等！棍五十！」白卿言目光灼灼如青天明鏡，咬牙切齒道，「平叔，向滿江樓掌櫃借棍，就在這長街，給我打！」

白卿玄睜大眼望著白卿言。

「不可啊！」婦人連跪帶爬至白卿言腳下，叩首哭求，「玄兒還小啊大姑娘！這五十軍棍下去就是要了玄兒的命啊！打不得！打不得啊！」

「白家嫡子白卿瑜十二歲那年，為追賊寇馬踏麥田，生受六十軍棍！白家二女白錦繡十歲隨軍出征，行軍途中坐騎誤傷樵夫，領五十鞭！他們受罰時哪一個不比你兒子年紀小？」白卿言對婦人這作為深惡痛絕，聲聲拔高。

「大姑娘，棍已經借到了！」盧平拿棍回來。

婦人看到那麼厚實的木棍，驚慌失措哭出聲來，忙爬回面色慘白的白卿玄身邊，用力把人抱住：「玄兒是鎮國公府的骨肉身分尊貴，這五十棍……我來替玄兒受！求大姑娘成全！」

「怎麼，年紀小推搪不過去，你又要來和我談尊貴?!」白卿言冷笑一聲不急也不惱，只慢條斯理說，「宣嘉三年平城之戰，西涼大軍困城，我軍糧絕三日。我父鎮國公府世子為守住平城一線以免西涼大軍入境屠殺我大晉子民，擅取城內百姓家牲畜為將士充饑終等來援軍。平城大勝，我父向百姓叩首告罪，雪中赤身領兩百軍棍！曾言國法軍規面前無貴賤！要說尊貴我父不尊貴嗎?!你兒子一個庶子，又有什麼碰不得打不得的？」

白卿言握緊手中手爐，嚼穿齦血：「把人拉開，給我狠狠地打！一棍都不能少！」

在婦人的哭喊聲中，白卿玄被護院壓倒在地，盧平親自執杖，實實在在木板擊肉的悶響伴著白卿玄的慘叫響徹整個長街。

三十棍時，白卿玄臀部已然沁出鮮血，慘叫的聲音都有氣無力。

樓上的紈褲們看得觸目驚心，那板子好像落在自己身上似的，跟著一起牙疼。可偏偏白卿言立在那裡，表情冷冽的沒有任何變化。

五十棍畢，白卿玄已然不省人事，婦人掙脫護院衝過去抱著白卿玄撕心裂肺的哭。

白卿言心頭那股恨意還未全消，但也不能當真在長街殺人，只淡漠開口：「讓人把他抬回府中，請大夫好生醫治！」

「是！」盧平應聲，吩咐人去請大夫，又將白卿玄抬上馬車。

「陳慶生你留下，送被傷了的老夫人和孩童回家，好生致歉安撫！」白卿言道，「回府吧，我乏了！」

見白府大姑娘的馬車過來，圍觀的百姓自發分開一條道讓馬車通過。

上了馬車，白卿言單手搭著迎春枕，疲憊地閉上眼，喉頭翻滾，眼角似有淚水瑩瑩，悲涼荒蕪的情緒填滿了胸腔。

她今日在這裡說起兄弟妹妹和父親的過往，腦海裡也不由浮現出祖父、父親各位叔叔席地坐在營前篝火暢快擬戰模樣。

白家兄弟出征前生龍活虎鬥志昂揚的景象，在白卿言眼前一幕幕掠過，白卿言克制不住全身都在發抖。

今日，明明遠比白卿言預計的要順利，勢必會將白家聲望推向更高點，可說起白家祖訓，憶起白家的忠君為民……為這大晉國為大晉百姓所做，卻落得主疑臣誅的下場，她便恨如飲血。

是大晉皇室，負了白家的世代忠骨。

蔣嬤嬤早早便在國公府門處候著白卿言，試白卿玄品行的事是得到大長公主允准的，畢竟倘若鎮國公府男兒當真全部死於南疆，國公府就僅剩這一子，有大長公主在，此子承襲鎮國公之位的可能性極大。

人心隔肚皮，又不是從小在國公府長大，不試大長公主亦不能心安。

坐在軟榻上的大長公主聽完白卿玄所作所為，撥動佛珠的手一個勁兒的抖。若不是白卿言在，今日鎮國公府百年名聲跌進泥裡不說，動輒稱鎮國公連皇帝都不敢惹……要誅人九族，這話傳入皇帝耳朵裡，怕是要讓皇帝對白家生疑。

大長公主閉了閉眼：「阿寶做的很好！此子暴虐成性，怕是要費些功夫教養……先讓人看著他，把他拘在府中莫讓他闖禍就是了。」

祖母到底是年紀大了，即便知道白卿玄是個劣貨……也狠不下心把人送回莊子上。

她心有不服，卻還是頷首稱是，明顯已不願再多言。

從長壽院出來，白卿言注意到院門燈下堆著兩個半人高的雪人，雪人的嘴巴是用花生米擺成的一彎笑。

想起今日在滿江樓門前，擊中白卿玄膝窩迫使白卿玄跪下的那粒花生，白卿言緊攥著手爐垂眸，心頭忐忑不安。蕭容衍身手居然如此厲害，可他……為何要出手助她?!

她記得，上一世隨梁王出征，大晉大燕兩軍對峙，白卿言設計想活捉蕭容衍，卻只生擒了蕭容衍身邊前鋒將軍岳全勇。岳全勇曾言……若不是蕭容衍曾受重傷傷了心肺，以蕭容衍的武功能耐他們斷斷不會中了白卿言的詭計卻不得脱身，看來並非虛言。

蔣嬤嬤見白卿言望著雪人出神，笑盈盈道：「這是今日五姐兒和六姐兒給大長公主堆的！」

白卿言點了點頭：「嬤嬤回去伺候祖母吧，不必送我。」

蔣嬤嬤打簾進來見大長公主有些晃神，輕著腳步走至大長公主身側，輕輕替大長公主捏肩膀。

大長公主望著隔扇的方向低聲問蔣嬤嬤：「嬤嬤……你説阿寶是不是怪我那日質問她是否有反心？如今在我這裡阿寶都不如往日那般親熱了。」

「大長公主寬心！大姐兒是您親自教養長大的，大姐兒的孝心您還不知道嗎？」蔣嬤嬤笑著替白卿言説話，「咱們府上這陣子發生了太多事，大姐兒到底還是個孩子，難免力不從心，大長公主要多多心疼心疼大姐兒才是，怎麼反倒要個孩子回頭來哄您了。」

聽蔣嬤嬤這麼說，大長公主疲憊閉上眼長長呼出一口氣，低笑一聲：「你說的對，是我不好，你一會兒將我庫房裡的那副帝王玉棋子找出來，明早給阿寶送去，她就喜歡擺弄這些。」

「一會兒伺候大長公主安置，老奴就去庫房找。明日一早正好天繡坊要來給府上姑娘們送小年夜進宮赴宴的新衣和首飾，回頭老奴將棋子一併給大姐兒送去。」蔣嬤嬤說。

大長公主點了點頭，又撥弄起佛珠：「魏忠今日去看過暗衛隊回來後怎麼說？」

「魏忠說，暗衛隊雖說養在大長公主的莊子上不曾動用，可暗衛隊的隊長萬若重按照規矩，還是每人取一徒，考教人品德行後，傳授畢生所學。萬若重讓魏忠傳話回來，新成的暗衛隊可用，靜候大長公主吩咐。」蔣嬤嬤道。

大長公主閉眼略作思索之後道：「正月十五一過暗衛隊回城，派兩個去護著阿寶，但……別讓阿寶知道了。」

蔣嬤嬤一怔頗為意外，卻也沒有多問，只低頭稱是。

讓暗衛暗地裡保護白卿言，是保護也是監視，大長公主還是害怕白卿言生了反心。

大長公主眼角沁出些許濕意，她想起父皇在世時叮囑她替大晉皇室看住鎮國公府的殷殷囑託，想起自己親手帶大的孫女眼底盡是反意，整個人如油煎火燒一般。沒人知大長公主心頭亦是苦如黃連，一面要拼死守住白家骨肉血親，一面要全力護住林家皇室，她當真舉步維艱。大長公主這幾日時時在想，骨肉親眷同林家江山比孰重孰輕，可到今日也沒有理出頭緒。

第五章　暗中示警

白卿言從大長公主那裡回來，春桃替她換上練功服，手臂大腿綁上沙袋。

練功時，她仔細盤點前世蕭容衍的生平。

似就是在今年，小年夜皇帝宮中設宴眾臣及其家眷時，蕭容衍作為齊王府座上賓亦是在宴席之列，可他卻在宴會間密會齊王側妃女婢被人撞破，齊王側妃婢女當場自認大魏細作，蕭容衍也被捕入獄嚴刑審查。

前世，白家蒙難，白卿言不知蕭容衍是何時從獄中出來，也不知蕭容衍是此次入獄傷了心肺，還是後來那幾次死裡逃生中受了傷才和她一般成了個武功盡失的廢人。

白卿言閉著眼，寒風中整個人熱氣蒸騰。或許是因為前世兩人都武功盡失同病相憐，她竟對蕭容衍生出幾分惺惺相惜之情。

再想起前世她識破梁王面目之後蕭容衍多番相助的緣故，她難免起了惻隱之心。

從小廚房裡出來的丫鬟用水桶拎著燒滾的沸水魚貫而出，在春妍帶領下低著頭動作麻利踏進主屋內，將熱水倒入浴桶中。

「大姑娘，時辰到了！」春桃快步上前，扶住白卿言，「水已備好，大姑娘沐浴吧！」

白卿言借春桃的力道站起身，腿明顯不如之前剛開始練時那般綿軟如泥。

沐浴出來，白卿言攤開宣紙，蘸墨、提筆……猶豫片刻又將筆放了回去。白卿言這裡用的都是大長公主讓人送來的貢品澄心堂紙，墨也是貢品，容易讓蕭容衍看出消息出處。

她吩咐春桃去取普通的白麻紙和帳房用的尋常墨，換了左手握筆，落筆……

寫完，白卿言將墨吹乾疊好交給春桃：「拿好，明日一大早，你把這個交給你表哥，讓他想辦法把這封信在後天……小年夜之前送到城南蕭府管家手中，叮囑他小心些，別讓人查出他的身分。」

曾經蕭容衍助她良多，她從未報償一二，如今能幫則幫吧。

春桃也不問為什麼，只將紙張疊小小心放入袖中，鄭重頷首：「姑娘放心。」

「大姑娘。」春妍挑簾進來，福身道，「護院盧平前來稟報，說從莊子上接回來的公子已經安置在清明院，只怕是大半個月都下不了床了。」

只是半個月，倒便宜他了。

「嗯。」白卿言頷首，「我知道了，轉告平叔讓他派人守好清明院，任何人不得隨意進出，以免小四不知道輕重，用鞭子招呼那母子倆。今日辛苦他了，讓平叔早些回去休息。」

盧平從內宅出來，拎了兩瓶酒和藥去了秦尚志那裡，給秦尚志換藥之餘說了今日在滿江樓前的事情，滿目擔憂。「之前在忠勇侯府門前那鬧得那一遭，你便搖頭說大姑娘那番話雖是維護鎮國公府名聲，可只怕讓今上更不喜！如今滿江樓前這一鬧……我真有些擔心國公府……」盧平歎氣喝了一口酒，「你說，有沒有什麼辦法勸勸大姑娘？」

秦尚志握著酒瓶的手突然收緊，抬頭腦中電光石火之間抓住了什麼，如被醍醐灌頂，雙眸發亮，以手拍桌，突然暢快笑出聲來：「好一個白大姑娘！」

盧平望著秦尚志：「你笑什麼?!」

「你們國公府的白大姑娘，眼界格局不一般啊！」秦尚志仰頭痛飲了一口酒，目光灼灼豎起大拇指，話說得又快又急，「我才只看到了往前十步，她竟已經看到了後九十九步！你們家大姑娘這一步一步，循序漸進算得一清二楚！她要將白家的聲望在百姓中推至頂峰，她這是要為白府造勢，為白府奪民心啊！」

在盧平懵懂的眼神中，秦尚志長歎一口氣：「善戰者，求之於勢，不責於人，故能擇人而任勢！你們家大姑娘用的是兵法！她想要的……竟是讓當權者迫於形勢，迫於民心不敢動白家分毫！身居高位者，他們看似權柄在握，卻還是會怕民情、民怨、民言，怕百年後史官的那根筆！」

秦尚志又是一大口酒，重重將酒瓶放下，他滿腔沸騰澎湃著熱血，卻又不免為自己的懷才不遇生出幾分惆悵：「好生厲害的女娃娃！可惜啊……你們家大姑娘要是個男兒，白家滿門榮耀至少能再延續三代不成問題！」

如果白卿言不是女娃娃，日後那至高廟堂定會有白卿言的一席之地！

如果白卿言不是女娃娃，就白卿言這樣的大智慧，他秦尚志就甘願俯首入白府做他白家門下參贊！只可惜……她身為女子，哪怕是有臥龍鳳雛之大才，也只能被困於後宅罷了。

「可惜啊！」秦尚志心口作痛，仰頭將酒飲盡，這一聲低歎不知是為他自己還是為白卿言。

第二天一早，白卿言晨練完正用早膳時，春妍笑盈盈進來福身道：「真讓大姑娘料中了，四姑娘聽說了昨日在長街的事，一大早提了鞭子就氣沖沖去清明院，鞭子舞得虎虎生威，新栽的小樹苗都被四姑娘打成了兩截，嚇得躺在床上那位和他姨娘縮成一團，躲在房裡不敢出來！要我說大姑娘就不應該讓護衛攔著……就該讓四姑娘把他們打開花，好叫他們知道我們大姑娘不是他們得罪得起的！什麼東西！」

白卿言低著頭喝粥沒吭聲，春桃皺眉說了句：「那位再不是，也是二爺的庶子，二爺的姨娘，我們做奴婢的，這話說不得！你日後不要再說了，以免給姑娘惹禍。」

春妍不服氣的撇了撇嘴立在一旁。

白卿言剛用完膳，蔣嬤嬤便帶著天繡坊的人到了。

「這是帝王玉棋子還是大長公主像大姐兒這麼大的時候，先帝賞的。」蔣嬤嬤將棋盒放在一旁，「大長公主心疼大姐兒，讓老奴把這棋子拿來給大姐兒。」

「多謝祖母！」她摩挲著玉質絕頂的棋子，知道蔣嬤嬤這是在替祖母安撫她，「嬤嬤，我知道祖母是怕我多心，我不會的！」

蔣嬤嬤眼眶泛紅：「老奴知道大姐兒不會！大姐兒是大長公主和老奴看著長大的……什麼心性大長公主和老奴都知道！」

送走蔣嬤嬤，春桃輕撫著華美衣衫上的暗紋刺繡，感慨不已：「大姑娘天繡坊做的衣服就是不一般，您看多好看啊！姑娘您去宮宴的時候打算穿哪一套？」

她看著天繡坊送來的五套衣裳，指了一套素白色的，撚起一枚棋子，問：「沈青竹……走了幾天了？」

「回大姑娘，沈姑娘已經走九天了。」春桃道。

白卿言頷首，那沈青竹至少應該已經到障城了。

前世白家兒郎皆折損南疆的消息，是在除夕夜時傳回來的，她重生回來是在臘月十四，算時間她心裡清楚恐怕已經來不及救她白家男兒，可她還是派沈青竹去了。只求上天憐她白家，哪怕讓沈青竹能趕得及救下……白家一個男兒也好！她疲倦閉眼，穩住濕熱滾燙的呼吸，含淚將棋子放入棋盒中，現在還不是悲傷的時候，很快就要除夕，留給她做事的時間不多了。

春桃剛讓管理白卿言衣裳的丫頭把衣服收好，打簾從屋內出來就見春妍一臉不高興，不免問了一句：「這是怎麼了？一大清早又撅個嘴？」

春妍皺眉壓低聲音同春桃說道：「剛才我遠遠看到秦二姑爺，對著咱們院子的方向作揖拜了一拜走了，莫名其妙的！」

白卿言給手腕纏上沙袋開始磨墨，心裡鬆快了幾分，連唇角也帶上了清淺的笑意，秦朗沒讓她失望，是個通透人……昨日，秦朗已經搬出忠勇侯府住進陛下御賜的宅子，秦朗本就是個仁厚聰明的，等白錦繡康復就會搬進他們新府邸，日後日子必定安生。

「你管的也太多了……」春桃理了理自己的衣袖，無奈道，「那二姑爺又沒有來打擾大姑娘。」

春妍正欲辯上兩句，見一看門婆子在清輝院門口探頭探腦，忍不住面露欣喜，乖覺對春桃福了福身：「知道了春桃姐姐！我突然想起……昨日聽竹姐姐讓我今兒個去找她拿幾個繡花樣式，我先去了！」說完，春妍就急匆匆跑出清輝院，正坐在房裡吃松子糖的銀霜見春妍出門，連忙將松子糖揣進懷裡，跟上。

那看門婆子見春妍出來，一臉諂媚迎了上來：「春妍姑娘！」

春妍扯著看門婆子的胳膊走至偏僻處，四下張望不見有人才道：「是不是殿下那裡有什麼吩咐？」

「童大爺說，殿下親自來了，馬車正在角門外等候，說殿下想要見大姑娘一面，勞煩春妍姑娘同大姑娘好好說說……」看門婆子道。

春妍一顆心撲通撲通亂跳，急得臉都紅了：「殿下不是傷重嗎？怎麼親自來了?!要是再染了風寒可如何是好?!」

「如此可見殿下對大姑娘真心，姑娘快去稟報了大姑娘，讓大姑娘速速去吧，天寒地凍的，要是殿下在咱們府門口出了什麼事，我們可真是擔待不起！」看門婆子道。

「我知道了！」春妍一顆心全都撲在了梁王身上，心裡不免惱恨白卿言，都是大姑娘讓她把梁王殿下給的玉佩退回去，這才讓殿下著急帶傷趕來，要是殿下有個三長兩短，她們家大姑娘就是死一萬次也難贖罪。春妍又氣又惱幾乎要將手中的帕子扯爛，轉頭就火急火燎往上房跑。

春妍前腳剛跑，後腳銀霜就從牆上跳了下來嚇了那傳話婆子一跳，那婆子按著心口瞪了銀霜一眼正要走，就被銀霜一拳打暈了過去。

銀霜看著暈死在腳下的婆子，便將這婆子扛在肩膀上進了清輝院。

「大姑娘！大姑娘！」春妍匆匆忙忙進了上房，繞過錦屏見白卿言雙腕纏著沙袋練字，撲通跪了下來，「大姑娘，奴婢知道大姑娘不喜歡奴婢提梁王殿下，可昨日大姑娘讓奴婢將梁王殿下的玉佩退了回去，梁王殿下今日就親自來了，殿下他傷的那樣重連命都快沒了，為了姑娘還是來了咱們國公府！姑娘……奴婢求您了，殿下對您一片真心！您就見殿下一面吧！」

春妍將頭碰的直響，淚流滿面當真是情真意切。白卿言前世今生兩輩子加起來，也不曾見春妍對她這般忠心過，她心底除了惱怒之外，更多的是悲涼。

門外，正準備打簾進上房的春桃見銀霜扛著一個婆子進來，先是嚇了一跳，隨後便反應過來春妍又去見梁王的人被銀霜給逮著了。銀霜隨手將那暈厥過去的婆子丟在地上，又笑咪咪伸著手找她討糖吃：「又逮著一個！姐姐，糖……」

春桃滿心羞懣，想起那日她在大姑娘面前替這個骨頭輕賤的春妍求情，頓時臊得慌。

她面上不顯，抬手戳了一下銀霜的腦門兒：「你個憨貨！在這裡等著！」

春桃打簾進門，看了眼伏跪在地上叩首的春妍，疾步走至白卿言身旁，抬手壓低了聲音耳語：「姑娘，銀霜又打量了一個看門婆子，扛進了院子裡。」

春妍不知春桃同大姑娘說了些什麼，只眼巴巴望著白卿言，希望她能去見梁王：「大姑娘……」

白卿言從頭至尾未看哭聲不休的春妍，寫完最後一字，才擱下筆：「抓住了正好，就趁著今天……清理國公府門戶。春桃，你遣春杏去母親院裡告訴母親一聲，讓秦嬤嬤請了郝管家，再交代讓各管事和所有不當值的下人、僕婦至前院集合。」

春桃福身稱是匆匆出門，吩咐春杏。很快，春桃用銅盆端了盆水回來，一邊幫白卿言擰帕子一邊問：「大姑娘，奴婢讓銀霜扛了那婆子和春杏一起去世子夫人院裡了，姑娘要過去嗎？」

她點了點頭：「嗯，自是要去的。」

聽到這話，春妍便忙膝行幾步，哭求道：「大姑娘，就當是奴婢求您了！清理門戶什麼時候都行，見梁王殿下要緊啊！」

「春妍！你……」春桃被嚇了一跳，她還以為春妍是跪在這裡悔罪的，沒成想竟然是求著大姑娘去見梁王。

見白卿言毫不在意，只慢條斯理將腕上的沙袋拆了下來，凝視著剛寫好的那副字活動手腕，春妍心急如焚，聲音也拔高了幾個度，挺直了腰板一臉憤恨指責白卿言道：「大姑娘！天寒地凍的，殿下還在國公府後門，要是有了什麼閃失姑娘你擔待得起嗎?!」

春妍「擔待得起」四個字頓時讓她火冒三丈，凌厲的目光如刀子似的直視春妍，身上屍山血海中拼殺出來的戾氣逼人，霎時讓春妍驚了一身冷汗，脊背發寒。

「擔待?!」她將春桃遞過來的擦手帕子摔在書桌上，頓時熱血直沖頭頂。

「春妍你是不是鬼附身了！還是魔障了！是姑娘拖著梁王大雪天在我們國公府後角門等的？我們姑娘需要擔待什麼?!姑娘是未出閣的國公府千金，難道隨便一個人等在國公府後門，姑娘就必須去見！這是哪家的道理？佟嬤嬤教的規矩都學到狗肚子裡去了！」

「那怎麼能一樣呢?!那可是梁王殿下！」春妍梗著脖子和春桃槓上了，一想到梁王傷重就噬心般難受。白卿言已然對春妍心寒到了極致，強壓下心頭怒火道：「當著國公府的奴婢，操著梁王府的心！春妍……委屈你了！今日國公府清理門戶，你自去梁王那裡求出路吧！」

「奴婢不是這個意思！」春妍急忙叩首，「奴婢……奴婢是實在擔心梁王殿下的身體！求大姑娘開恩啊！奴婢從小跟著姑娘，生生世世都是要跟著姑娘的！」

她冷笑：「生生世世跟著我?!你敢跟我可不敢要……動輒安排主子的婚事，脅迫主子去見外男的奴婢，我擔待不起！」

「姑娘！姑娘！春妍知錯了」春妍這才害怕哭出了生聲，惶惶不安求饒。

「平時姑娘念著你年紀小待你寬厚，縱得你不知道天高地厚，一而再再而三的以姑娘之名和外男牽扯！如今竟敢脅迫姑娘去見梁王……你這是要害死姑娘啊春妍！」春桃氣得哭出聲來，恨得不能給春妍幾巴掌打醒這個渾貨。

她繞過書桌，吩咐春桃給她拿狐裘大氅。春桃忙抹了把眼淚，給白卿言披上狐裘，出了門才猶猶豫豫問了一句：「大姑娘，這春妍怎麼處置?!要不然……打發了？」

她深深呼出一口氣，才勉強壓住自己心頭的怒火，還沒有到時候，春妍留著還有用。她太瞭解梁王那個人的毒辣，也瞭解梁王身邊的謀士杜知微的手段。她若前腳打發了春妍，後腳杜知微和梁王便會找國公府其他人誘之以利，人性這東西最經不起考驗，在這個緊要關口她賭不起。

枉她前世自命機慧，真是瞎了眼，相信春妍這吃裡扒外的東西是為了她這個主子好，才拼命在她面前為梁王說好話。她立在廊廡下，緊緊攥著手中的手爐，思索了片刻，抬眼面露寒光：「我不會要她的命，你帶她來前院。」

春桃一聽這話立刻淚眼汪汪，以為是自己那次求情讓白卿言為難了，哽咽道：「大姑娘，我……」

她頭疼的厲害，強烈的倦意襲來，不欲再糾纏春妍的事情，緊了緊大氅打起精神抬腳朝前院走去。梁王這又是遣人送玉佩許以正妃之位，又是重傷未癒便親自登門，看起來對於利用她謀軍功這件事是不會罷手的。她一介病弱之身也是難為梁王對她如此「鍥而不捨」，可她現在寧可一頭碰死，也絕不甘願再為他牛馬！

為了杜絕梁王那個心狠手辣寡廉鮮恥的小人，梁王見溫情招數不頂用，便用下作手段以她名節做筏子強行逼她入梁王府，今天她就得把梁王買通他們府上僕從，三番兩次請見她的事搬到明面兒上來，而且要搬的人盡皆知且不留餘地，讓所有人看到她對梁王這無恥之徒手段伎倆的憎惡，才能把梁王這檔子心思踩死捻滅，讓他不敢妄動。

國公府後角門外，一輛看似普通的馬車停在樹旁，馬車裡時不時傳來咳嗽的聲音。

童吉雙手抄在袖子裡，腦袋貼著國公府的後角門，眼巴巴透過門縫兒往往裡面看，不見有人來的跡象又急又冷，直跺腳。

馬車內又傳來一陣撕心裂肺的咳嗽聲，童吉又急吼吼回來上了馬車，輕手輕腳給梁王順背，一臉不高興：「這白家大姑娘也真不識抬舉，殿下的正妃之位許給她一個可能連子嗣都沒有的人，她竟然還敢推脫！殿下您真的想要這白大姑娘……便求皇后娘娘下個旨意給她個側妃之位也就是了，您傷得這麼重，何苦今天親自來一趟！抬舉得她不知天高地厚！」

梁王單手攥拳咳了幾聲，攏住蓋在身上的錦被，伸出一隻手烤了烤火，低聲道：「你懂什麼！」不到無計可施之際，他斷不可強行將白卿言抬入梁王府，他需要白卿言那一身的本事，就得讓白卿言心甘情願對他俯首貼耳。

昨日白卿言在長街乾淨俐落收拾那個國公府未記入族譜的庶子，現在外面盛傳白卿言巾幗不讓鬚眉，錚錚鐵骨，他便越發不能怠慢了白卿言。思及這一陣子白卿言對他的疏遠，梁王總覺得有什麼蹊蹺，不親自和白卿言見一面他不能安心。

梁王還在後角門的馬車裡等，國公府不當值的管事、僕人、婆子、婢女都聚集到了前院不說，前院還備著板子，下人們惶惶不安你看我我看你不知道出了什麼大事，如坐針氈。

有管事上前詢問郝管家，郝管家卻只是站在高階之上閉口不言。

關於梁王幾次三番交託下人約見白卿言於後角門還有贈玉之事，白卿言沒有瞞著，全都告訴了董氏。董氏乍一聽還覺得頗為高興，可細細一想，如果梁王真的對她有意，大可堂堂正正來國公府徵求了長輩意思，確認白卿言沒有婚約便遣人說媒，這是對白卿言的尊重，可他這樣頻繁買通國公府下人相邀私下見面，這是在輕賤她的女兒，若是事情鬧大白卿言必定名聲不保，董氏頓時驚了一身冷汗。再說到國公府門戶，董氏作為當家主母，太清楚其中厲害，向來都是禍起蕭牆，雖說已經將近年關，該嚴懲的還是要嚴懲。

董氏當機立斷，直接讓人去請了幾個人牙子過來，這才同白卿言一起來了前院。

下人、僕婦、婢女烏泱泱站滿了偌大的前院，見秦嬤嬤扶著世子夫人董氏，身後跟著大姑娘白卿言，忙慌忙請安。

董氏凌厲的鳳眸掃過滿院子的僕人、丫頭，在廊下的椅子上坐下，問：「人牙子可來了？」

郝管家上前對董氏行禮：「回夫人，已經候著了。」

董氏頷首，側頭吩咐郝管家：「把人帶上來吧！」

很快，之前去梁王府後角門通風報信的小廝，給春妍遞玉佩的婆子，連同今日被銀霜一拳打暈的婆子，三個人被五花大綁捆了上來。

那小廝看到這陣仗，腿肚子打顫，一下就跪了下來，哭求：「世子夫人開恩啊！是奴才財迷心竅，除了幫梁王府和春妍姑娘間傳個消息外，奴才當真沒有做損害咱們國公府的事情啊！」

今早被打暈的婆子一聽這話，頭在地板上叩得碰碰直響：「老奴……老奴也只是收了梁王的銀子，替梁王的小廝給春妍姑娘傳個話啊！」

「老奴也是替梁王殿下身邊的小廝喊春妍姑娘而已！老奴也只是喊過春妍姑娘那一回而已！」給春妍遞玉佩的婆子，跪行了兩步，「春妍姑娘！春妍姑娘你說句話啊！」

站在白卿言身邊的春妍想起剛才春桃說起明玉的話，腿一軟立時跪了下來，汗出如漿：「夫人，大姑娘！奴婢……奴婢……」

董氏端起秦嬤嬤遞來的茶，鳳眸睨了眼春妍，怒火中燒，若不是女兒來之前求了情……她今天非要讓人將春妍這賤婢拖下去亂棍打死！

「你們都給春妍傳過什麼話，春妍又託你們給梁王府傳過什麼話？你們都一一如實道來。」白卿言不見半分惱火，款款落座慢條斯理問。

這三個軟腳蝦竹筒倒豆子，一股腦吐了個乾乾淨淨。只是這三個人知道的也不是頂要緊的，要緊話梁王和春妍也不會讓這三人傳，他們三人頂多就是收了銀子幫忙請春妍去角門見人。

「除了他們三個，還有誰幫你傳過信？」白卿言側頭問哆哆嗦嗦跪在她腳下的春妍。

春妍咬著下唇，眼淚吧嗒吧嗒往下掉。

她放下手爐端起熱茶杯，徐徐吹了一口氣道：「這是個贖罪的機會，你若不說，這次就算春桃再跪下來求我，我也不能容你了。」

被捆了跪在院中的婆子忙道：「還有劉婆子！我看過劉婆子也傳過信！」

被點名的劉婆子立時跪了下來：「世子夫人、大姑娘開恩啊！老奴……老奴就傳了那麼一回信！就那麼一回啊！我也是看著王婆子收了銀子，這才心動的！」

拔出蘿蔔帶出泥，又一個。王婆子忙慌跪在地上，抖如篩糠。

董氏重重將茶杯放在小几上：「我國公府對下人從無苛待，沒成想竟然還有那起子見錢眼開的！還有誰自己站出來，我尚且可以饒他一命！倘若讓別人指出來，立即打死絕不容情！」

董氏治家一向恩威並濟，國公府被管理的相當好，否則當初董氏下了嚴令不許外傳二姑娘白錦繡歸家後的事情，外面怎麼就能硬是一點兒風聲都沒有？

梁王為了白卿言，確實下了大功夫……可不過也就買通了一個看門小廝，四個看門婆子而已。

春妍眼淚掉得更凶了，一副豁出去的架勢跪爬至董氏腳下：「夫人！梁王殿下對我們姑娘一片真心，奴婢這也是為了姑娘好啊！梁王殿下聽說登州老太君有意想替表少爺求娶咱們大姑娘，那麼重的傷都親自來了……就是希望見大姑娘一面，如此情深義重，滿大都城的男兒哪個能這般掏心掏肺對大姑娘啊！」

秦嬤嬤雙手交疊放在小腹前，板著臉：「春妍姑娘這話好沒道理！既然梁王對我們姑娘這般情深義重，大可請了哪位夫人來我們府上……探口風也好說項也好，何以要買通下人偷偷摸摸行事？這等小人行徑同壞我們姑娘名節有什麼區別?!你是大姑娘身邊的貼身丫頭，卻和梁王的小廝來往密切，若不是大姑娘機敏讓銀霜跟著你，讓旁人發現了……你一個婢女的死活不要緊，我們姑娘的名節還要不要了?!」

「夫人！梁王殿下是真的愛重我們大姑娘啊……」

「看起來春妍吃著我們國公府的飯，當的是梁王府的差啊！」董氏低低笑了一聲，不急不緩道，「秦嬤嬤，一會兒你就拿了春妍的身契，把人送到梁王府上去，梁王要是不收，那正好就在梁王府門外，直接打折兩條腿讓人牙子領走，賣到窯子裡去。」

春妍頓時臉色大變，求救似的爬回白卿言的腳下，涕泗橫流：「大姑娘！大姑娘救奴婢啊！奴婢哪兒都不去，奴婢只想跟著大姑娘！奴婢……奴婢以後再也不敢了！」

雖說春妍蠢，可她也知道……梁王能見她的緣故，無非是因為她是大姑娘的貼身侍婢，如果她被大姑娘厭棄，梁王要她何用，肯定不會要她，那她定會落得和明玉一個下場。

想到明玉，春妍打了一個冷戰，哭得更加淒慘。

白卿言看著滿目惶惶的春妍，淡淡道：「我的事情，你都將什麼說與梁王了，今日……便一五一十的說清楚，否則就是大羅神仙也救不了你！」

「奴婢，奴婢……就是同梁王講了大姑娘的喜好，還有大姑娘小時候一些事情。」春妍十分心虛哭聲小了些。

「說清楚，都有什麼事！一件都不許漏！」她漫不經心端起茶杯道。不是她小人之心，前生梁王對她的事情瞭若指掌，連她身上哪裡有疤，哪裡的疤痕下雨時會發癢這樣的細枝末節都知道，倘若今生梁王利用了春妍同他說的這些事來毀她清白，她可真是有嘴都說不清。她今日若不大大方方在這裡處置了，他日就算梁王真動了什麼卑鄙念頭，白卿言也就無任何憂患。

春妍也是真被唬住，抽抽嗒嗒將這日子以來同梁王或者童吉說過些什麼，一股腦吐了個乾淨。

秦嬤嬤一聽，春妍連白卿言在戰場上受過傷，肩膀陰天下雨便會發癢的事情都說與外男聽，氣得手都在抖，沉不住氣上前就是一個耳光：「來人！給我把這個賤婢拖下去打死！立刻打死！大姑娘這樣私密的事情你都敢往外說！」

一向沉穩的董氏氣得兩眼發黑，差點兒坐不住暈過去。

「大姑娘！大姑娘！」春妍抱住白卿言的腿，「大姑娘救我啊！我什麼都說了！」

「把這個賤婢給我拉開！沒得汙了大姑娘的衣裳！」董氏咬牙切齒，恨不能生吞活剝了春妍。

「阿娘……」她對董氏搖了搖頭，又低頭問春妍，「還有什麼說與梁王了？」

「沒有了！真的沒有了……」春妍哭著搖頭。

半晌，白卿言放下手中茶杯，喚了春桃一聲：「春桃……」

聽著春妍都同梁王講了那麼多大姑娘的隱私，春桃氣到渾身顫抖面色煞白，她立時跪了下來：「春桃在！」

「那日你跪在我面前替春妍求情，今日我饒春妍一命，便當你已經還了春妍的救命之恩！可春妍死罪可免活罪難逃，打春妍五十大板，降為三等丫頭！罰你半年月例銀子，你可服氣？」她這話問的是春桃。

春桃重重一叩首，頓時羞愧難當，淚流滿面：「姑娘也打我一頓吧！我不該為這個爛心肝的輕賤東西求情！」

她將春桃扶了起來，攥著春桃的手說：「你忠心，又有情有義，這樣的品性是我國公府的人！」她冰涼入骨的視線轉向春妍：「春妍你可服氣?!」

春妍哆哆嗦嗦不成樣子，只忙著叩謝：「謝大姑娘饒命！謝大姑娘饒命！」

春妍已經被拖下去當著眾人的面兒行刑，寬厚的板子悶聲打在臀肉上，春妍慘叫連連痛不欲生。不多時鮮血就將衣服染紅，春妍活生生被打暈了過去。

那五個收了梁王府好處傳話的婆子和小廝，看到春妍的下場，早已經抖得不像樣子，只顧著磕頭求饒。

董氏被春妍氣得胸口悶疼，咬著牙道：「郝管家，按照規矩辦事，不能輕饒……」

郝管家立刻上前，俐落發落了這五個見錢眼開的，利利索索打斷了腿讓人牙子把四個婆子連同這個小廝五人及其家眷全部領走發賣。

將近年關，鎮國公府世子夫人董氏因著國公府門房下人和梁王府牽扯不清，將府內重新整治了一通，該打的打，該發賣發賣，就連幾個管事都受到了牽連無妄受災。董氏大刀闊斧重新更換調整了管事，門房更是到了「重兵把守」的地步。董氏深知國公府的門戶是國公府的第一道關卡，萬萬不能再出事。

梁王一直在角門外候著，童吉聽到角門裡熱熱鬧鬧換了守門的婆子僕人，忍不住叫門卻沒有人來開門。過了幾刻鐘後，有人來稟報梁王說國公府發賣了好些下人，還有血淋淋被抬出來的，梁王心頭一緊，知道今天怕是見不上白卿言便讓人打道回府，走前吩咐童吉：「你留下，想辦法聯繫上春妍，問問國公府出了什麼事。」

「小的明白！」童吉點頭。

回去後梁王坐臥不安，童吉回來說國公府看門的婆子和僕人都換了，他塞了銀子請人叫春妍也沒人敢收，都稱世子夫人剛整治了府內，誰也不敢在這時觸霉頭。梁王只能閉上眼再想辦法。

當晚，頂了春妍大丫頭位置的春杏乖巧立在白卿言身旁，說起忠勇侯府夫人蔣逢春被京兆尹府放回去的事情：「後來結案給的說法，是說因著那五個陪嫁丫頭是先身死後才消了奴籍，所以死時還是奴，忠勇侯夫人不算有罪，便把人放了。」

白卿言聽著，在棋盤上落下一子，點了點頭：「知道了，你去忙吧！」

春杏頷首稱是，見春桃紅著眼打簾進來，便退出了上房。

「姑娘，奴婢伺候您安置吧！」春桃鼻音濃重。

白卿言問：「春妍怎麼樣？」

春桃又吧嗒吧嗒掉眼淚，愧疚之情在心中翻湧，羞恥的恨不能一頭碰死：「大夫說估計得養上半個月，行刑的嬤嬤還是打得輕了，就算打斷她的腿都不算冤枉！」

她只覺這樣的春桃可愛，拍了拍春桃的手：「好了！我都不生氣了，你也別懊惱了！就算是你不求情我也不會將春妍怎麼樣，留著春妍我還有用處，好好照顧她，這事你心裡有數就好！」

春桃眨巴著眼淚的眸子，一聽大姑娘留著春妍還有用，立刻跟活了過來似的，連連保證：「大姑娘放心，我面上肯定不顯，不會讓春妍察覺。」

今日春桃聽春妍將姑娘那麼多的隱私都告訴了梁王，便連對春妍那半分同情都沒有了，自然是白卿言說什麼她便遵從什麼。

一直窩在清明院的白卿玄母子倆，聽說今日國公府好大的陣仗，打賣了五家子一共三十多將近四十個下人。婦人嚇得不行，一個勁兒的用帕子抹眼淚：「早知道還不如安安生生待在那個莊子上，好歹我們是個主子。以為到了國公府能享福，誰知道還沒進府門就先把你打成這樣，現在還讓人看著咱們！這樣動輒打殺的人家……」

「行了娘！你別說了！」白卿玄傷口難受，人只能趴在床上早已煩得不行，他目露凶光，「等我好起來，咱們走著瞧！」

幾天前陛下大張旗鼓賞賜抬舉秦朗，明旨秦朗是士族之表率，滿大都城的世家望著風向將自家紈褲拘在家中苦讀。連日來，大都城的酒樓、茶肆和花樓、畫舫的生意一天比一天慘澹，那些玩鬧慣了的世家公子哥在家中也是苦不堪言。直至小年夜宮中夜宴，這些紈褲才名正言順聚在一起，彼此訴說這幾日在家中苦悶。同樣在夜宴之列的秦朗，被平時玩鬧在一起的紈褲抱怨個沒停，秦朗都憨笑著一一作揖罰酒致歉。

白卿言被大長公主帶在身邊，坐於皇帝、皇后高座右下側，正對面的齊王、齊王妃立即起身對大長公主問安，白卿言規矩立在大長公主身後福身行禮。

記得宣嘉十六年三月也就是明年，齊王被封太子入主東宮第一件事便是主審鎮國公白威霆叛國一案。有劉煥章證詞，又有從白家搜出鎮國公和南燕郡王書信，白家的罪，便在齊王手中定了下來。後來，已是太子的齊王上表求情希望從輕發落白家女眷，被皇帝訓斥，關在東宮面壁思過。那時的她也恨毒了齊王，如今想來前世證據確鑿齊王身為太子也有他的無可奈何。

她扶著大長公主落坐，抬眼便看到坐在齊王背後席位上的蕭容衍，見從容而坐的蕭容衍淺笑淡然對她略略頷首，她手心收緊垂眸端坐，也不知道蕭容衍收到消息了沒有。

蕭容衍坐於齊王身後席位，可見齊王對蕭容衍器重。

「春桃……」她側頭用帕子掩唇壓低聲音問，「你表哥可把信送到了？」

春桃跪於她身側，低聲道：「姑娘放心，我表哥說他讓一乞丐去了蕭府門前，只言有信給管家，他親眼見小乞丐把信送到了管家手裡！那小乞丐也不知表哥身分。」

陳慶生辦事她放心，前生蕭容衍幫她良多，這次……希望能償還一二。

聽到太監高唱皇帝、皇后駕到，她忍住心底切齒之恨，扶著大長公主起身叩拜迎接。

似乎是因為重傷臥榻的梁王身體已大有起色，皇帝心情看起來格外愉悅。

落座後她也跟著舉杯，一雙清亮灼灼的眸子……望著舉杯滿口的仁義道德、賀太下太平的皇帝，目光深沉。

蕭容衍見白卿言看向大晉皇帝的沉著目光絲毫不帶敬意，只覺有趣，垂眸想起臨入宮赴宴前，管家給他看的那張八字紙條——宮宴埋伏，齊府有鬼。

他舉杯同大晉皇帝一起飲盡杯中酒，摩挲著酒杯，抬眼看向正朝他淺笑的齊王，報以微笑。八珍玉饌、觥籌交錯，悅耳絲竹中推杯換盞，鼓樂齊鳴，大殿內一派歌舞昇平盛世繁華的景象，如此盛筵滿天下恐也難再尋得。

白卿言坐在台下的舅舅董清平被同僚嘲笑眼角抓痕，稱其懼內……再縱容妻室蠻橫下去，恐怕妻室要成為下一個大燕姬后把持他們董家，給董清平帶綠帽子了。

蕭容衍倒酒的手稍稍一頓，便不動聲色將酒續上，端起酒杯……視線朝高階之下看去。

見蕭容衍視線落在董清平身上那一刻，她不寒而慄，蕭容衍是大燕姬后最小最疼愛的兒子。

記得前生……十五年後舊貌翻新，大晉國敗落大燕躋身強國之列。大燕、西涼南北兩面夾擊大晉國，她隨梁王在西涼死戰騰不出身，大晉只能向大燕求和。蕭容衍稱可以罷兵，不要割地不要賠償，只要大晉國將曾經言辭侮辱過姬后之人交出來即可，那些人的下場可想而知。

董清平日常能言善道長袖善舞，倒還沉穩，可每逢喝多了酒便收不住的輕狂放縱。此時醉意上頭，竟也侃侃而談：「《通正燕史》有載，常在姬氏絕色妖嬈，妲己狐媚所不能及，驪姬美貌所不能比，以色侍於肅王側先得貴妃之位統領後宮，輾轉重臣之間取皇后之尊母儀天下，地位無雙權謀四海，史稱——權后。我家婆娘宋氏，一根筋的直腸子，脾氣是爆了些，可怎能和那種放蕩的蛇蠍毒婦相比?!」說著，董清平打了個酒嗝看向白卿言的母親董氏：「你說是不是妹妹?!」

她因董清平的話心驚肉跳，手心一緊下意識朝蕭容衍看了眼，只見蕭容衍唇角含笑飲盡杯中美酒，笑意冷冽不達眼底。

不等董氏開口，她已經先一步道：「千夫所指唾罵不斷，心如蛇蠍也好，妖媚惑主也罷，當時的姬后一介小小后妃，宮內無權前朝無勢，攜癡傻皇帝波譎雲詭中求存，又將大燕推上霸主地位，其心智何其堅韌？」

蕭容衍抬眼幽邃高深的視線朝她看來，她故作不知只看董清平，手心已然是一層膩汗：「之所以被萬人唾棄，不過是成王敗寇，這麼個無趣的道理還是舅舅教的，怎得舅舅今日吃多了酒便胡言亂語了?!」

皇帝倚著身側軟枕，視線落在白卿言的身上。

「姬后牝雞司晨，導致國運衰敗！當年的一代雄主……現在還不是地處一隅，連國都大都城都讓給了我們大晉，攀附我們大晉而活！你們說……是不是啊！」有人起哄笑道。

同為女子，她對「牝雞司晨」這四個字尤為痛恨，原本只為讓蕭容衍不要記恨舅舅出言維護姬后，眼下倒多出幾分真心來。「人人皆說大燕姬后擅權專政蛇蠍心腸，可就是這樣一個毒如蛇蠍的女人，把大燕從一個窮弱之國，變成了那時可與我大晉、西涼鼎立的強國。那時大燕朝政清社稷明，文臣死諫武官死戰。爾後大燕皇帝從癡傻中清醒，掌權，殺姬后……大燕人人皆稱快，然隨後大燕卻進入極速衰落，落得攀附我大晉的下場，何其悲哉！」

蕭容衍緊緊攥著手中玉蟬，望向白卿言的目光越發深沉，曾經披風烈馬的女子，眉目清明跪坐於燈下，在他母親修建的大都皇宮內，為他母親正名。

宮內無權前朝無勢，攜癡傻皇帝波譎雲詭中求存，白卿言一席話，道盡了他母親的酸楚無奈。

蕭容衍垂眸斟滿了酒，替他母親飲盡一杯，以酬謝白卿言這位知己。

皇帝突然笑道：「姑母，您這嫡孫女兒可是厲害得很啊！朕原本還不信，聽說……那日忠勇侯府門前，一番言辭將忠勇侯逼得啞口無言，今日算是見識了。」

白卿言起身，恭敬俯首，低眉順眼立在坐席處。

皇帝打量了白卿言一眼，瞇著眼像是在回憶，側身問身邊的大太監：「白大姑娘那句話是怎麼說的？學得是……」

大太監忙彎腰恭敬接上：「回陛下，白大姑娘說學得是保家衛國與千軍萬馬浴血廝殺的本事！學得是寧馬革裹屍粉身糜骨……也絕不能使我晉國百姓國君受辱的硬骨忠膽！」

大長公主笑了笑道：「我這孫女兒自小跟在國公爺身邊，被教養了一身男兒氣。」

「微臣記得，鎮國公府大姑娘也曾年少入軍旅隨國公爺上過戰場！這些話旁人家的女兒說不得，鎮國公府的姑娘那是絕對能說得！」李茂端著酒杯笑盈盈起身，似玩笑道，「這百年將門鎮國公府白家軍兒郎女兒家皆能征善戰，且從無敗績，立下蓋世之功，可當真是把咱們大晉國的軍功都給搶的一乾二淨，不給別人留一絲一毫啊！」

李茂還真是時時都不忘記在皇帝面前給他們白家上眼藥。他當著她的面給鎮國公府給白家使絆子，如同將一把刀插入她的心口，讓她頓時怒不可遏，一腔憤懣和憤怒如同燒開的沸水般沸騰，如何能忍?!

她轉頭，脊背挺得筆直，直視高階之下含笑舉杯的左相李茂，面沉如水，冷冷開口：「原來左相的眼裡就只有軍功！我白家百年將門不假，可左相聽聽我白家先祖英靈在上，臨死之前哪一個是為軍功權位捨命的?!左相去我白家祠堂對著那數百牌位看一看，他們哪一個是因為在這繁華帝都爭權奪利而亡的?!我白家連十歲孩童亦在戰場拼殺！全族男兒刀山火海，要的是軍功嗎?!我白家要得是保境安民！要得是國泰民安！要得是大晉國祚昌盛綿長！」想起陳年往事，白卿言心口絞痛，句句拔高，字字珠璣，一言一句都擲地有聲，震耳發聵，響徹寰宇。

大殿內，死一般的寂靜。李茂臉色不甚好看，難堪又氣憤立在那裡。原本還在推杯換盞的紈褲，聽聞白卿言的話頓時也都感慨萬分。鎮國公府白家乃是大晉國世家之首，可白家男兒不求祖蔭庇護，十歲便已隨鎮國公沙場歷練，他們卻在這大都城花天酒地，無所建樹。

她眼中帶淚，每說一個字都是血肉淋漓，五指併攏指向左相李茂，提高了聲量：「若左相有保家衛國的風骨，願世代捨命守我們大晉百姓，護我大晉江山！這軍功……我白家送與左相！白家軍……亦可改弦更張俯首聽從左相號令！軍功?!左相想要，拿去便是！我白家日日夜夜所求，不過是我白家男兒能全須全尾歸來，僅此而已！」

跟隨有品階在身的董氏坐在高階之下的白錦桐、白錦稚、白錦昭、白錦華都紅了眼，抬頭望著高階之上挺立如松柏的白卿言，攥緊拳頭。

就連大長公主亦是雙目含淚，哽咽難言。

想起前世白家男兒馬革裹屍的結局，她痛得全身發抖。

良久，她吞下淚水，轉過身對皇帝鄭重跪拜：「已至年關，臣女一家還未收到南疆消息，過分擔憂，殿前失儀，還望陛下恕罪。」

皇帝瞇眼手指摩挲著酒杯，半晌才不急不緩笑道：「白家果然是滿門忠骨啊！可白大姑娘話裡話外……你白家忠的都是大晉子民，白家心裡可有朕這個皇帝？可忠朕這個皇帝？」

殿內針落可聞。坐在高階之下的白錦桐猛然攥緊了自己的衣擺，她想起那日在清輝院白卿言告訴她……今上已視白家為臥側猛虎欲除之而後快的事，再聽到皇帝今日這番話，頓時通體生寒。

白卿言閉了閉眼只覺心寒無比，這就是她祖父、父親誓死效忠忠心不二的皇帝！

眼見西涼、南燕虎視眈眈，大樑、戎狄心懷叵測，大晉能拿得出手的武將寥寥可數。大晉但凡武將封侯得爵後，皆不願子孫去邊疆吃苦，讓子孫棄武從文。她的祖父、父親為替大晉培養後繼足以震懾列國之將才，不留餘地不留後路，將白家滿門男兒盡數帶去前線，這樣的赤膽忠心大晉皇帝視而不見！反暗室欺心，疑心臣子，算計猜疑、蠅營狗苟……

她再拜：「陛下的皇權是大晉子民給的！若無百姓萬民何來天子？我白家守衛邊疆，保大晉百姓，從無僭越行事，如此還不算是忠於陛下，敢問陛下……何所為忠？」

為君王者，登至高之位心無社稷萬民，沒有攬天下入懷的氣魄也就罷了，國之銳士戰場上拼死與覬覦大晉的敵軍浴血廝殺，他們的君王卻在這繁花錦簇的大都城內，算計著同室操戈，顧忌臣子功高蓋主，做盡奸同鬼蜮的勾當，還配為人君嗎?!

這朝堂，再已不是祖父曾對她描述的那個……正義昭昭，乾坤清明的朝堂了。武將在外死戰，朝內卻再不見文臣死諫的正氣崢嶸景象。直如弦，死道邊；曲如鉤，反封侯！看這滿朝的諂佞奸徒，看這滿座的趨炎附勢，阿世盜名之輩，封侯拜相極盡榮華！他白家忠烈、磊落，滿門頂天立地與浩然正氣，卻落得滿門皆誅的下場！何其諷刺？

前生，大晉被他們一向蔑視的大燕滅國，當真一點都不冤枉。

「陛下……」大長公主怕皇帝遷怒白卿言，忙跪了下來，「這孩子被我寵壞了，還望陛下恕罪。」

皇帝被白卿言問住，亦是因白卿言身上毫不掩飾的怒意意外。

片刻，皇帝才低笑一聲抖了抖衣擺上並無的灰塵，陡然轉了話題，散漫道：「昨日有御史參奏忠勇侯的夫人打死了白家二姑娘的陪嫁，這幾個陪嫁卻是良民之身。秦德昭……這件事你知道多少，細細說來。」

忠勇侯連忙上前跪下，滿頭大汗，猜測不出皇帝突然讓他說這件事的用意，便道：「回陛下，微臣已經去細細問過賤內，賤內說因為兒媳白錦繡陪嫁丫頭的身契在國公府，她一介內宅女流，不知這是要往侯府送陪嫁丫頭還是送別的什麼，不料理了她身為侯府主母不能安心。」

白卿言冷笑，忠勇侯真是擅於顛倒是非。

「陛下，臣女有一言問忠勇侯，可否？」她恭恭敬敬詢問皇帝。

見皇帝頷首，她轉過身筆挺如松，如炬目光將朝臣或酣醉，或戲謔，或輕蔑的神情盡收眼底。在座的，多少人怕都在等著想看白家的笑話，想看這百年將門鐘鳴鼎食的鎮國公府傾塌。

她面色冰涼望向忠勇侯，冷聲問道：「敢問侯爺，侯夫人是抄撿了我二妹妹的嫁妝後，知道了幾個陪嫁丫頭的身契還在我們侯府，還是侯夫人為女中諸葛能掐會算？」

早就領教過白家大姑娘的厲害，忠勇侯秦德昭已經和夫人蔣氏套好了詞，心裡有準備：「陛下，身契之事，是兒媳白錦繡的陪嫁丫頭明玉告訴賤內的，也是因此賤內才饒了那個丫頭一命！」

秦德昭想過，明玉的事情鬧得那麼大，也只有這個說法才能解釋為什麼白錦繡的陪嫁丫頭會在蔣氏的陪嫁莊子上。

白四姑娘白錦稚咬緊牙關，正要起身怒罵忠勇侯，卻被三姑娘白錦桐死死按住。

「三姐！他放屁！」白錦稚狠狠瞪著秦德昭道。

「別衝動，這是在大殿之上！」白錦桐壓低了聲音警告白錦稚。

「身契事關重大，侯爺莫不是覺得我二妹妹是個傻子，竟將身契之事告訴一個丫頭？侯爺怕是知道明玉已經瘋了……便想拿明玉搪塞過去吧？」白卿言語調中帶著明顯的戲謔。

秦德昭心裡慌了一瞬，便立刻穩住，一本正經道：「白大姑娘何必小人之心揣度本侯？婢女明玉曾明言她是不小心發現兒媳並未將她們身契帶過來，心裡害怕會被人用身契要脅，於是才告知於我夫人！」

「侯爺可知欺君何罪？當著陛下的面，侯爺倒是和我說說……一個連自己名字都不認識的丫頭，自小被我二妹妹買回，連自己的身契長什麼樣子都沒有見過，侯爺竟張口便稱是明玉發現並告發的？這話說出來……侯爺是覺我等心智不全容易糊弄，還是侯爺黔驢技窮打算掩耳盜鈴啊？」

秦德昭被氣得肚腸打結，飛快盤算如何應對，唇瓣囁喏遲遲張不開口。

皇帝卻在此時，滿不在意地回頭問白卿言：「聽說……你棋下的極好？」

她手死死攥緊，垂眸不語，皇帝維護忠勇侯的姿態竟做的如此明顯，朝內大臣必將望風而動，等白家戰敗消息傳回來，那些善於揣摩皇帝心意之佞臣，還不趁機踩上幾腳？難怪，前生人人皆知白家忠勇，卻無人敢在朝堂為白家據理力爭。上行下效，皇帝已對白家不滿至此，朝臣誰又敢再為白家仗義直言？

她俯身叩拜：「略懂而已。」

「你姑姑……棋也下的極好。」皇帝視線落在白卿言的身上，似是陷入了某種情緒中，想從白卿言的身上看到另一個人，慢吞吞開口，「得空隨你祖母進宮，陪皇后坐坐，皇后也喜好此道。起來吧！」

皇后笑著頷首，衣袖中水蔥似的指甲陷入掌心，她同皇帝夫妻多年，自然知道鎮國公白威霆唯一的女兒白素秋……乃是皇帝心口抹不去的朱砂痣。白素秋人雖然已死，卻成為皇帝心中不可取代之人，如今皇帝讓白卿言得空進宮這是什麼意思，難不成動了納白卿言的心思？皇后百慮鑽心，只覺心口發悶，如今皇帝對白家的態度曖昧不明，看似厭棄又似留情，當真讓人捉摸不透。

只聽的「咣噹」一聲，宮女立時跪地求饒：「求先生恕罪！奴婢不是有意的！」

「無妨……」蕭容衍舉止從容抖了抖衣襟上的酒漬，儒雅清然的眉目含笑，嗓音溫醇深厚，讓人如沐春風。

皇帝回神，朝齊王身後清俊驚豔的男子看去，只覺男子通身堪比當世大賢的儒雅氣質，雍和從容，沉穩又溫潤頓時心生好感，道：「你……便是齊王常在朕耳邊提起的魏國義商蕭容衍。」

蕭容衍神色自若起身，對皇帝長揖行禮：「蒙殿下不棄，草民有幸進宮，得以目睹陛下之風姿，感激不盡。」

哪怕是溜鬚拍馬之言，由這般清雅之士口中說出來，更讓人心生愉悅，皇帝一掃心頭陰霾爽朗笑出聲來：「蕭先生乃大魏義商，又才名在外，一月前在聞賢樓，所做《平川夜雪》美輪美奐，讓朕亦對平川美景心生嚮往啊！」

皇帝突然稱蕭容衍為先生，欣賞之意毫不掩飾，高臺之下百官心中各有盤算。

「酒後拙作，陛下謬讚了。」蕭容衍不卑不亢，自有讀書人傲然風骨在，一身酒漬卻絲毫不顯狼狽，神色坦然自若，倒顯得猶若謫仙，凡世紅塵不能沾染他分毫。

「大魏國風流文士聞名天下者居多，先生當為佼佼者，美名列國皆知，何須如此自謙！」皇帝一向喜歡文采斐然的名士，難免多問了蕭容衍幾句，「先生小年還未歸國，是否留於大都過年？」

「聽聞大都城十五燈會為大晉國歷年盛會，文人墨客鬥志昂揚，各顯其能，熱鬧非凡，故而留於大都過年。待十五燈會之後，便啟程返鄉。」

皇帝點了點頭，注意到蕭容衍身上的酒漬，道：「蕭先生且先去更衣，回來後可與朕講一講平州美景。」

蕭容衍行禮含笑稱是。

白卿言見本侍奉齊王側妃的婢女不見，心中已然有數，暗自替蕭容衍捏了一把冷汗，視線不由朝蕭容衍看去。

視線隔空撞上蕭容衍平和明銳的目光。她手心收緊又緩緩鬆開，見蕭容衍目光犀利幽沉，想必已知有詐，只是……他能否躲過這一劫？

蕭容衍眸色鎮定，電光石火間便挪開眼，從容隨宮女去更衣。

不過兩刻鐘的時間，換了一身直裰的蕭容衍更衣而歸，她一顆忐忑的心才放了下來。

宮宴結束回府的路上，大長公主滿心後怕，她死死握住白卿言的手，厲聲呵斥：「你瘋魔了不成?!平時看你行事穩重，怎得今天如此沉不住氣?當著皇帝的面說那些話，皇帝若真的發怒，你有幾顆腦袋擔當?!你要是也出了事你讓祖母怎麼活?!」

榆木精製的馬車，四角懸掛著搖搖晃晃的燈籠，將馬車箱內映得忽明忽暗。

白卿言垂眸掩住眼底通紅，她承認今日她那些話，都是有意說給皇帝聽的，她就是要讓那個剛愎猜忌的皇帝知道，讓這天下知道！她白家在前線為大晉國為這天下數萬生民浴血奮戰之德，是他這滿腹算計的君王幾輩子也比不上的！

那些話，那些事，堵在她的心裡，就像札在她喉嚨裡時時割人的利刃，她不吐不快！

見白卿言低著頭一副什麼都不願意說的模樣，大長公主閉著酸脹的眼，哽咽道：「祖母知道，那日祖母問你是否有反心，傷了你的心，你這個孩子……什麼都好，就是和你祖父一樣生了一副寧折不彎的脾性！可阿寶……皇室是祖母的家，祖母姓林！你體內留著祖母的血！所以大晉誰都能反……唯獨我的子孫不行！你懂嗎?!」

大長公主護皇室之心，如同白卿言護白家，她怎麼能不知道？

可這大晉皇室，早已經腐朽，它已然被喜好弄權逐利和陰謀詭計的朝堂君臣從根部玷汙，內裡潰爛糜臭，除非江山換血皇權更迭至真正的大能之手，否則……怎能不亡？

「我問你懂嗎？明白嗎?!說話！」

面對大長公主聲聲拔高的逼問，她再也壓不住心底窒息的絕望疲憊，還有深沉的酸澀。

她自幼長於祖母膝下，蹣跚學步是牽著祖母的手邁出去的。

啟蒙描紅的第一個字，是祖母手把手教的。

她高燒不退祖母徹夜不眠抱著她，佛龕前跪拜祈求折壽十年換她順遂平安。

祖母在她生命裡舉足輕重，重要程度不可估量。曾經的她和祖母無話不說，而如今……她們祖孫兩人有著相同的目標不同的立場，相互攜手又相互防備。本該是這世上最親近的依靠，此時近在咫尺又南轅北轍遠在天涯。她很是懼怕在不久的將來，她和祖母間深重的骨血親情，會隨著彼此的戒備防範消磨殆盡，漸行漸遠，甚至……變得面目可憎。

心頭涼意爐火都捂不熱，她壓下滿腔的憤言，低頭道：「阿寶明白！」

你死我活的仇恨，遠沒有這種摻雜著親情與悲戚的背道而馳，來得更讓人心灰意冷，如同鈍刀割肉，疼得食難咽，寢難眠。

大長公主喉頭脹痛哽咽，半晌才含淚將白卿言摟在懷中，閉上眼心疼不已，只覺整個人被夾在家國之間左右為難。

年少時大長公主也曾對能征善戰的英俊將軍白威霆賦予真心，可在賜婚旨意送入鎮國公府前夜，最疼愛她的父皇紅著眼告訴她允許她下嫁鎮國公世子白威霆，一是為了成全她的少女情懷，二是為了讓她在白威霆枕畔盯著白威霆。她的父皇給予了鎮國公府無上兵權，便需要有人替大晉皇室看住了鎮國公府，不能讓鎮國公府擁兵自重生了反心。

所以，她嫁入鎮國公府，成為白家婦，除了為白家綿延子嗣之外，還有作為大晉國公主的使命。她決計不能看著自己傾盡畢生之力教導的孫女兒……最心愛的孫女兒，生了反心。

祖孫倆回府路上各懷心思，終未再發一語，再說一字。

自宮宴結束那日，大都城街頭巷尾、茶樓酒肆，談論的都是鎮國公府白家，那群吃喝玩樂驕奢淫逸的紈褲，竟也都說起白家來，熱議沸騰。

就連呂元鵬那樣只會招貓逗狗的紈褲，都說出「白家之風，垂範我輩！」的話來。

開國以來，大晉國哪裡有戰事，那裡便有忠勇的白家軍。時至今日彷佛大晉國舉國上下都習以為常，只覺鎮國公府就是大晉國的一把刀，生來就是應該保家衛國忠勇捨命。

可白家大姑娘在忠勇侯府門前那番言辭，在滿江樓前處置國公府庶子，在國宴上那番期盼白家兒郎平安歸來的言辭，讓所有人都意識到，白家有著不敗神話的兒郎們，也是血肉之軀……他們也是娘生爹養有人殷殷盼歸的。

只是為了大晉國，為了大晉百姓……他們才不得不捨命相搏，戰場廝殺。

好似一夜之間有人揭開了層層面紗，讓世人看到鎮國公府世代薪火相傳的忠義之心，對鎮國公府有了新的認識，越發心存敬畏。

鎮國公府採辦出府採買，可城內商鋪、城外農夫竟都不約而同不肯收取鎮國公府毫釐，甚至有農夫每日將新鮮瓜果送於府門前，府上採辦管事向董氏回稟，弄得董氏哭笑不得。

「夫人，如今農夫商戶堵在後門處爭相著往我們府上送東西，這該怎麼辦？」採買劉管事低眉順眼請示董氏。

董氏端著茶杯略作思索之後，道：「東西收下，按市價給銀子，告訴他們我鎮國公府既食陛下俸祿，得萬民稅糧供養，已然知足，絕不能多取百姓分毫！」

董氏放下茶杯，遲疑了片刻又說：「你再去告訴郝管家一聲，讓他吩咐下去……我國公府眾人，出府行走絕不能多拿百姓商戶一分一厘，如有違者發現後即刻打死不用來稟！」

雖然現下鎮國公府的名聲如烈火烹油，可稍有行差踏錯，就會為日後埋下隱患，董氏執掌鎮國公府中饋多年，其中利害關係看得很清楚。

劉氏盯著大夫給白錦繡額頭換了藥，想著以後女兒頭上留疤揪心不已，紅著眼從青竹閣出來，剛走了沒幾步，就見羅嬤嬤一臉喜氣匆匆而來。

羅嬤嬤行了個禮道：「二夫人，喜事！今兒一大早外面都在傳，說小年夜宮宴結束當晚，忠勇侯連夜便將忠勇侯夫人蔣氏送往靜心庵帶髮修行！我專程讓人去打探了一下，消息確鑿無疑！咱們姑娘再也不怕婆母轄制了！」

靜心庵向來去的都是家族待罪女子，去了便永無回府之日，被磋磨致死的大有人在。

二夫人劉氏聽聞後，直呼痛快，感慨蒼天開眼：「羅嬤嬤，你整治一桌席面，今兒個晌午我要請大嫂吃飯，好好謝謝大嫂連日來的幫扶！」

席上，二夫人劉氏笑著說：「我現在只要聽到那蔣氏倒楣，我這渾身就舒坦的如喝了一壺熱酒一般，能多吃五碗飯！」

五夫人齊氏撫著肚子，笑著提了一嘴：「二嫂這哪裡是應該感謝老天爺啊！應該感謝大嫂……如若不是大嫂仁厚消了那五個丫頭的奴籍，哪能將事情鬧大？哪能讓御史參忠勇侯一本，又哪能讓蔣氏倒楣。」

「二嫂要謝大嫂是肯定的，不然你以為二嫂今天整治這一桌席面，是為了請咱們不成?!咱們啊……只是陪客罷了！」三夫人李氏用帕子掩著唇直笑。

劉氏高興讓羅嬤嬤去拿了一壺酒，斟滿了一杯敬董氏：「不管是姑爺搬離新府的事，還是蔣氏的事，大嫂真的費心了！」

「一家人說什麼兩家話！」董氏喝了酒，高高興興拉著劉氏坐下，「等錦繡養好了傷到了新府，就是當家主母，再也不怕被人拿捏，你也可安心了。」

劉氏想到白錦繡當下就紅了眼，點頭。

隆冬臘月，青磚碧瓦的宏偉古宅，被鵝毛般的雪花片覆蓋，自成一景。

四夫人王氏眼見外面又開始飄雪望向窗外，紅著眼歎氣：「也不知道遠在南疆的孩子們都怎麼樣了，今年過年能不能回來……」

「有國公爺、世子爺和他們爹爹在，不打緊的！少年郎應當要多多歷練，才能擔當大任。」董氏話雖這麼說，可心裡也惦念起自己的嫡親兒子來。

小年夜宮宴梁王雖然沒有去，可白卿言之言辭第二天便傳的整個大都城沸沸揚揚，他如何能不知？眼見白府和白卿言的名聲日盛，梁王惶惶不安起來。

白府如今如此聲勢愈旺，連他的父皇都過問了白家二姑娘陪嫁被溺死的事情，讓忠勇侯好生處理。外面都在傳忠勇侯回府當晚，就派人將忠勇侯夫人蔣氏送去靜心庵帶髮修行贖罪祈福了。

不知道，等到南疆戰報傳回來，民情民心皆向著白家，他的父皇還敢不敢動鎮國公府。

梁王披著厚重的大氅坐在旺盛的爐火前，通紅的爐火將梁王慘白若紙的臉色映的發紅，一雙鳳眸陰沉沉不知道在想些什麼。

梁王門下參贊杜知微在臨死前為梁王謀劃好了一切……讓他先打著為信王做事的旗號，鼓動信王上前線和鎮國公爭軍功，當今聖上早就對戰功赫赫的鎮國公府不滿，果然立刻允准他最疼愛的兒子上前線監軍，還給了信王金牌令箭。

後來他暗中讓劉煥章同南燕君王互通訊息，為的就是趁著這次白家男兒全部被鎮國公帶在身邊時，將白家一鍋端了。屆時，大晉國最能征善戰的白家將領皆滅！再給鎮國公府扣上通敵的帽子，以此將白家連根拔起！

南疆再起戰事，他的父皇便無將可用，便只能啟用劉煥章，他的人便可把控軍權這是其一。

之所以對白卿言如此籠絡，也是因為杜知微說梁王所長並不在行軍打仗之上，所以讓梁王務必將連鎮國公都誇讚過的「將星」白卿言留在身邊，將來為他謀戰功、登大鼎鋪路，這是其二。

等爭奪儲君之位的齊王、信王，你死我活兩敗俱傷後，他這個戰功赫赫的皇子歸來，便可坐收漁翁之利。

原本一切都在杜知微的計畫之內穩步前行，可不知為何從白家二姑娘白錦繡出嫁，杜知微身死開始，事情便不似杜知微在時進行的那般順利。

白卿言遠在登州的外祖家打算讓嫡次孫迎娶白卿言，他送去玉佩許正妃之位白卿言皆不理會，親自去見白卿言他也不見，這可如何是好？

梁王下意識想詢問杜知微該怎麼處理，剛準備叫人喚杜知微過來，張了嘴才想起來杜知微在那日長街遇襲為了護他已經死了……他激烈的咳嗽了幾聲，正在煎藥的童吉聞訊，立刻跑了進來給他倒了杯水：「殿下，您喝口水！」

「咳咳咳……你出去吧！」梁王攏了攏大氅。

他生母地位卑微又早亡，他從小寄養在佟貴妃身邊，佟貴妃和已逝的二皇兄待他如至親一般，他們卻被鎮國公那些所謂國家脊梁朝廷柱石害死，落得那樣的淒慘的下場。

所以那個位置，他一定要爭！只有坐上那個位置才能替佟貴妃和二皇兄雪恥申冤，不論用何種下作卑劣的手段。

盯著火盆沉吟良久，梁王突然啞著嗓音喚：「高升！」

高升聞訊進來，抱拳行禮：「主子！」

「你去把紅翹叫過來……我有事吩咐她。」

很快紅翹冒雪前來，她聽了梁王的吩咐先是錯愕不已，而後又跪下叩首，一副報了必死決心的模樣道：「奴婢是曾經受過二皇子恩惠的，二皇子不在了本就應該殉主，是殿下讓奴婢看到了復仇的希望才活了下來！奴婢知道殿下的意思，別說捨了這身名節……就是付出這條命也在所不惜，奴婢一定會把事情做到最好！」

梁王輕輕咳了兩聲之後，搖頭：「你要活著，正如你說的你要替皇兄看著大仇得報，等到大仇得報，你下去才能對皇兄有所交代！依計行事切不可妄為。」

紅翹眼眶發紅，重重對梁王叩首。

「去吧！」梁王攏了攏大氅，垂下陰沉的眸子，看著炭盆中的忽明忽暗的炭火。

臘月二十六，各家各戶已經開始置備年貨，殺豬割年肉。

動貴人家的採買處也都忙碌起來，鎮國公府雖說今年男子都在南疆回不來，可卻比以往更加熱鬧，那屠戶菜農只管把好東西往國公府送！因這之前國公府世子夫人下令，他們前腳把東西送去，後腳國公府就遣人來送銀錢。一時沒法表達對鎮國公府白家感激之情的百姓，半夜偷偷摸摸拉著東西堆在後角門，又偷偷溜走！

公府的採買劉管事一個頭兩個大，又急匆匆去稟了郝管家。

這一次，郝管家作主都讓收了下來，說等回頭等臘月二十九遣了人給平時和國公府有往來的商戶、屠戶、菜農送對子再備一些禮，厚重一些就是了，再者讓劉管事多備一些細碎銀子，用紅紙包起來，若是見到家裡有孩童，就當提前給壓歲了。

郝管家祖祖輩輩都在白家，知道白家主子都厚道，往往你對我好一分，我便對你十分好，他這樣安排並不過分。

如今住在鴻臚寺卿董府的董老太君過完年就要回登州，老太君原本是想要接了白卿言過去住幾天過年，可奈何白家男兒都不在，董老太君也不好和國公府搶人過去過年讓白府冷清，只能隔天就把白卿言往董府請。

董氏覺得母親董老太君單單把白卿言一個人叫過去不合適，便讓白卿言將幾個妹妹一起帶上。

這一日，除了養傷的二姑娘白錦繡和偶染風寒的七姑娘白錦瑟之外，白家姐妹都湊在了董家。

白卿言在董家的表姐表妹雖說不如白府的女兒家英氣，但都不是那些刁鑽之輩，倒是和白家的幾個姑娘處的很好。

臨走時五姑娘和六姑娘兩個年紀小的懷裡抱滿了長輩和表哥表姐們給的小玩意兒，愛不釋手，貼身丫頭都不讓碰，剛馬車上就忍不住的擺弄。

「董家表姐怎麼這般手巧，這鳥兒做的像活過來一樣！」白錦稚拿著一對紙雀直感歎，「年紀小真好！我也想要這紙雀來著，可年紀大了不好意思……」

白錦昭一聽，立時將白錦稚手中的紙雀奪了過來，抱在懷裡：「四姐是大人了，可不興和妹妹搶，二姐姐養傷……七妹妹染了風寒，她們今日沒能和表姐們玩耍，這些都是我給二姐姐和七妹妹帶回去的！」

白錦桐和白卿言被逗得直笑。

突然馬車前方傳來勒馬的聲音，國公府的馬車也緩緩停了下來。

「大姑娘！」

聞聲，白卿言撩開馬車簾朝外面看去，只聽國公府的下人道：「大姑娘咱們國公府門口來了一個姑娘，說是梁王府上的婢女正在府門口跪著求見大姑娘，郝管家派我來同大姑娘說一聲。」

聽到梁王二字，白卿言瞳仁驟然一縮，肅殺的寒意霎時蔓延開來。

白卿言還沒來得及問，白錦稚就急吼吼掀開簾子，壓不住暴脾氣問：「他們梁王府的婢女來我們府上鬧什麼呢？」那日國公府鬧出那麼大的動靜，發賣了五家一共三十九口人，就是因為梁王買通了門房婆子，見天兒的和長姐身邊的春妍勾搭，梁王府上的婢女還敢正大光明來。

「梁王府的婢女說要見大姑娘求情，請大姑娘容她一條生路！郝管家派了婆子和管事去詢問，那姑娘卻一口咬定不見大姑娘絕不說，也不願意進府，就在咱們國公府門前跪著哭！現在咱們府門口圍了好多看熱鬧的。」

白卿言冷著張臉問：「什麼時候的事，有沒有驚動母親。」

「一刻鐘前，郝管家還沒敢讓驚動夫人。」國公府下人忙回道。

「你回去，告訴郝管家這事不必驚動母親，既是對著我來的，咱們就正正經經從正門回去，我也好問一問……她梁王府的婢女怎麼就得讓我容她生路了。」

說完，她放下簾子，面色沉沉。

白錦桐一向機敏，很快就察覺出其中不同尋常的意味：「梁王府裡來的？長姐，梁王府先是買通長姐身邊春妍，探知長姐私密！後又派出這個婢女，我猜……怕是要拿長姐的名節做筏子！

長姐心裡可是有數了？」

她勾唇望著白錦桐不做聲，那日國公府才大張旗鼓整治了一番，她還想著就當是自己小人之心防著梁王用些不入流的手段，沒想到這才不過四天，梁王就迫不及待的遣人來了。

她還真是高看了梁王的品格。

「一個小小婢女怕她做甚?!兵來將擋水來土掩！她要是敢亂來……看我不一鞭子抽死她！長姐你一會兒儘管回府，我保證堵死她的嘴，叫她一句話還沒說出來就被我噤聲！」白錦稚咬牙切齒的攥住了自己腰間的鞭子。

「堵不如疏，且先看看那婢女說什麼，再想對策……」她抬眼笑看著白錦稚，「小四一會兒你就立在看熱鬧的人裡，眼睛亮一點兒，千萬別讓那姑娘當著我的面兒尋了短見。」

「長姐放心！」白錦稚拍著胸脯保證。

白卿言一句話白錦桐就明白了其中意思：「對，不能讓她弄出什麼梁王忠僕以命相逼求長姐去見梁王的事情來，不知道還以為咱們長姐和梁王真的有了什麼私情。」

白錦稚點頭，心裡越發鄭重起來。

「長姐那我呢！」

「還有我！還有我！」

見小五和小六也躍躍欲試等著她給安排任務，她忍不住低笑一聲，抬手點了點兩個孩子的額頭，眉目間全都是溫情：「你們兩個……隨馬車回府，去和你們七妹妹玩兒，不許在外面看熱鬧，否則長姐為你們生辰準備的那兩匹汗血小馬駒就沒有了！」那些骯髒齷齪的東西，她不想讓兩個還小的妹妹看到，她們的世界該是乾淨的，她願傾畢生之力守之、護之。

一聽說白卿言要送她們汗血小馬駒，兩人澄澈的眸子頓時放亮，興高采烈保證絕不看熱鬧。

白卿言還未下馬車，就看到了正兒八經跪在國公府門前的紅翘，她正瞇起眼來。

前世白卿言在梁王府見過紅翘，這丫頭對梁王十分忠心。後來梁王奉命前往平山剿匪，紅翘委身暴虐成性的山匪頭子，才助梁王一舉滅了平山匪患，可紅翘最終卻埋骨於平山。

也難為梁王看得起她，竟派來了紅翘這樣的心腹。

眼見精緻的青幃馬車緩緩停在正門前，紅翘身側的雙手收緊。

春桃扶著白卿言下了馬車，白錦桐緊隨其後。

「白家大姑娘來了……」看熱鬧的人群低聲議論。

見白卿言看也不看地上跪著的紅翘直徑走上國公府高階，紅翘這才著了急，跪行幾步忙喚道：「白大姑娘，我是梁王府上的丫頭紅翘！我知道白大姑娘是因為我恬不知恥伺候了殿下，所以才生了殿下的氣，惱怒之下才斷了和殿下的聯繫！殿下的玉佩不肯收……殿下受了那麼重的傷親自來求見姑娘也不見！」

白錦桐瞪大了眼正欲開口，卻被轉過身來的白卿言按住了手。

紅翘哭得更加凄慘：「大姑娘……奴婢只是一個小小的婢奴，雖然愛慕殿下，可也只是希望能在殿下身邊伺候而已，沒有別的奢望！殿下心裡只有大姑娘，大姑娘怎能因為奴婢這麼卑微的賤人傷了和殿下的情分？因著姑娘不肯見殿下，殿下急火攻心回去就吐了一口血，奴婢真的是沒有辦法，求姑娘救殿下一命！今日奴婢以命相贖……絕不會在姑娘和殿下面前礙眼，只求大姑娘原諒殿下！」說完，紅翘拔下頭上簪子就往自己心口插去。

擠在人群中的白錦稚眼疾手快，鞭子破空聲響起，穩準狠抽在紅翘的手腕上，簪子應聲跌出去老遠！紅翹人也被白錦稚制住。

白卿言心頭蹭蹭冒火，眼神透著凜然寒意。這紅翹為了梁王真是什麼都能豁得出去，口齒如此伶俐不說，還企圖用命按死了她和梁王有私情這事。

「好歹毒的手段！」白錦桐咬緊了牙關，要不是長姐有所準備讓白錦稚在人群中防備，這紅翹真的死在國公府門前，長姐就是有一萬張嘴也說不清了。

「大姑娘，殿下不能沒有姑娘啊！奴婢是個蠢笨的不知道該怎麼辦！賤命一條只能以死讓姑娘洩憤！求姑娘原諒殿下吧！」紅翹歇斯底里哭出聲來。

看客議論紛紛，都似發現了驚天秘聞。這看似剛直不阿的白家大姑娘，居然和梁王有私情。

紅翹的話把春桃氣得臉色鐵青，大庭廣眾之下這丫頭話裡話外的意思是說她們家大姑娘和梁王有私情啊！春桃不免又怨恨起春妍來：「你再胡說信不信我撕了你的嘴！」

「讓她說，不說我還不知道怎麼回事兒……」白卿言側頭看了眼門口婆子，坦然從容笑著，「給我端把椅子來。」

紅翹心突突直跳，她早就知道白家大姑娘厲害，本來想要說完就死讓白卿言無從辯白，誰知竟然被制住了，她心底有些慌張。

白卿言在門房婆子端來的椅子上坐下，將手爐遞給春桃吩咐她去加塊炭後，這才慢條斯理開口：「聽你這話的意思，是想誣衊我和梁王有私情？」

紅翹心跳的厲害，也不接白卿言的話只顧著哭：「大姑娘，殿下為了姑娘吃不好睡不好，四天前不顧重傷親自來了一趟，您還是不見！再這樣下去我怕殿下就活不成了啊！」

「錦桐，吩咐府裡管事去一趟梁王府，就說梁王病不重的話……就煩請梁王親自來一趟，他府上的丫頭在我國公府正門大鬧。梁王要是病重挪動不了，那我就只能請了大長公主親自登門，在梁王府大門口解決這件事了！」她態度強硬對白錦桐說完，又回頭笑盈盈看向紅翹，一派襟懷洒落的坦蕩姿態，「這事關乎我的清譽，總得對質清楚了！」

紅翹正要開口，話頭就被白卿言截斷：「不過，既然紅翹姑娘說四天前梁王就來了我們白府，想必傷也沒有什麼大礙，必是能來的。」

白卿言如炬的目光暗藏鋒芒，紅翹被她冰涼入骨的笑意駭得脊背發寒，慌成一團。

梁王是派人跟著紅翹一起來的，那人見情況不妙立時腳底抹油回去稟報梁王。

可國公府的管事去的比梁王預料的要快的多，他的人剛和他說完國公府門口情況，外面就通傳國公府管事來請梁王。

梁王坐在火盆前閉著眼，惱恨紅翹沒有依計行事，她太急於用命按死白卿言同他有私情之事，反倒弄巧成拙了。

雖然梁王知道這是紅翹能為他捨命的忠誠，可太急躁把事辦砸了還是無能。

想起這段時間白卿言忠勇侯府門前氣歪了忠勇侯的鼻子，在長街處置她二叔那個庶子，再加上宮宴上的事，讓他現在就這樣去同白卿言對質，梁王心裡很是沒底。

如果這個時候杜知微在就好了，他還能問問杜知微該如何處理！梁王只覺傷口緊繃，好像又沁出血來，頭也疼得厲害。

冷靜下來細細思量後，梁王讓童吉給他更衣。

他如今要做的應該是和白卿言修復關係，而不是強行讓白卿言和自己綁在一起，反正他軟弱無能的名聲早就無人不知，他也不怕在白卿言面前伏低做小，只要咬死了稱自己對白卿言一往情深，是紅翹不知輕重冒犯了白卿言就是了。

原本梁王不想在明面上和鎮國公府有什麼牽扯，以免到時被連累，可如今……也顧不了那麼多。將他「心悅」白卿言的事情過到明路上來也好，大不了利用「軟弱」之態進宮哭求陛下賜婚，白卿言天大的膽子也不敢抗旨！

梁王披上大氅，這才意識到自己對杜知微的依賴太過嚴重，以至於杜知微一死他便如同被折了一雙翅膀。還是要找一個機會，再找一個合適幕僚才是。

很快，梁王府的管家和梁王身邊的童吉、高升，三人匆匆趕到國公府門前。

眼見鎮國公府門前圍了那麼多看熱鬧的人，梁王府管家忙對白卿言行禮：「白大姑娘對不住，老奴是梁王府管家，是老奴沒有管教好府上下人，給白大姑娘添麻煩了，老奴這就把人帶回去！」

「慢著……」她望著梁王府管家笑著問，「梁王殿下呢？」

「我們殿下剛才馬車走到一半吐了一口血，已經被送回府了！怎麼難不成白大姑娘還非要我們殿下來領人嗎？殿下出了事十個白大姑娘怕是也擔待不起！」童吉鼓著腮幫子瞪白卿言，惱恨這女人的鐵石心腸。

她連看也不看童吉，梁王身邊一個小卒，她本就不放在眼裡。

「既然梁王傷重來不了，那就勞煩老翁替我將話轉告梁王殿下！」她攥著手爐站起身，站在高階之上居高臨下對梁王府管家道，「四日前，我國公府發賣下人一共三十九人，我身邊的貼身侍女春妍被打了五十大板現在還下不了床，旁人都不知道是何原因！今日我便在國公府門前同老翁說清楚……」

她視線凝著梁王的得力幹將高升，繃著臉道：「因為梁王殿下買通我國公府五個下人，同我院內的婢女通信打探我的隱私，所以我母親打斷了那五人的腿全家發賣一個不留。春妍……則是念在她同我自小一起長大，又救過我最看重的婢女一命，所以我才饒了她一條命。」

梁王府管家滿頭是汗，童吉心虛地立在那裡。

「這位姑娘剛說，梁王送我玉佩我不收，重傷前來我也不見！為何?!」她提高音量，面色冷淡鄭重對梁王府管家道，「我雖為女子，可自小也讀過聖賢書，知曉何為禮義廉恥！凡事要走陽謀正道！若殿下心悅於我，大可請長輩上門詢問我是否訂親，倘若沒有訂親……再請媒人上門！屆時父母之命媒妁之言，我白卿言絕無二話！這叫敬叫重！」

「可您看看殿下的所作所為，買通我白家下人，暗地從我身邊丫頭處探聽我的隱私，三番四次托我的丫頭請見！為著不讓祖母和皇室顏面為難，我一忍再忍！以為發賣了下人殺雞儆猴後，只要我國公府、我白卿言自重，便也什麼都不懼！可我著實是想不到，殿下居然會用這齷齪骯髒的手段，命府上丫頭以命來誣衊我清譽！」

「你……」童吉聽了白卿言的話氣急了，只道，「白大姑娘也太自視甚高了，我們殿下可是當朝皇子，要誰不行！難不成還非你不可了?! 白大姑娘子嗣艱難我們殿下都沒有嫌棄你，你端什麼架子裝什麼清高！」

「童吉！退下！」梁王府管家臉都白了。

「這麼說梁王殿下這是認為我白卿言子嗣艱難……要是被毀了聲譽就只有入梁王府一條出路

了?!」她臉色陰沉，氣勢逼人，「煩勞老翁回去轉告梁王，我白家人的骨頭，寧斷不彎！白卿言今日將話放在這裡，這輩子就是嫁豬嫁狗冥婚一場！也絕不委身這樣小人作為的奸詐之徒！」

「好！」

看熱鬧的人中不知道誰忍不住叫了一聲好，連忙縮回腦袋，生怕被梁王的人看到得罪梁王。

白卿言這番話，讓人看到了白家人的傲骨和耿直。窺一角可知全貌，可見國公府白家有著怎樣的錚錚風骨。有這樣心懷百姓，頂天立地，一身浩然正氣的國公府匡翼大晉，大晉國民如何能不安心？

「白大姑娘！殿下萬萬沒有這個意思！都是這個丫頭自作主張啊！」梁王府管家對白卿言鄭重彎腰作揖，「白大姑娘不可因為這個丫頭，傷了國公府和梁王府的和氣。」

「即是如此，便煩勞梁王府管束好下人，莫再來我白府攀誣鬧事！梁王殿下身為皇子，當為天下百姓表率，立身端直，修身正心，行事磊落，知何可為何不可為。莫做買通他府僕從探聽閨閣女兒隱私的小人行徑，為皇室聲譽抹黑。」白卿言冷笑睨視童吉，「小四！放人！」

「便宜你了！」白錦稚滿心不忿，咬著牙一把推開被她按跪在地上的紅翹。如果不是長姐攔著……她非抽這個賤奴一百鞭不可。

少言寡語的高升見紅翹似是要撿了簪子再自盡，立刻將人攔住。

「高侍衛，你讓我去死吧！原本就是我知道殿下屬意白大姑娘，以為白大姑娘是知曉我伺候了殿下才不見殿下的，沒想到給白姑娘和殿下之間造成了這樣的誤會！白大姑娘不是殿下讓我來的，是我自己來的……您不能誤會我們殿下啊！」紅翹哭得十分淒慘。

「不管你來國公府門前鬧是梁王命令還是你自己的私心！總歸……買通我們府上僕從，又是送玉佩，又是私下請見我長姐的……是你們梁王殿下！」白錦桐冷冷說完，對梁王管家一拱手開口，「還請老翁管束好梁王府下人！再鬧下去怕要驚動我祖母大長公主了……」

「是是是。」梁王府管家忙回頭對高升道，「高侍衛，把這個賤婢帶走！」

高升頷首。

白卿言就立在鎮國公府正門前，看著走遠的高升，眸色冷清。

一個高升是梁王最厲害的侍衛，一個杜知微是梁王最擅謀劃的謀士。不知道今日紅翹這齣戲是不是杜知微安排的，如果是……她可真是高看了杜知微。

「回吧！」她對白錦桐和白錦稚道。

白錦稚看著梁王府管家作揖告辭，眼底不掩憤恨，緊握著鞭子回府。

第六章　驚天慘烈

離除夕越近，白卿言的心就越是不安，午夜常常被前世前線傳來白家男兒皆滅的噩夢驚醒。

臘月二十九寅時剛過，萬籟俱靜，窗外北風颳卷落雪聲亦簌簌可聞。

有人叩響清輝院院門，睡得清淺的白卿言聞聲驚醒，只聽窗外北風呼嘯。她噩夢驟醒，驚魂未定心跳得極快，不見身邊守夜的春桃，她啞著嗓子喚了一聲：「春桃……」

院門口，春桃臉色煞白，聽到白卿言喚她回頭朝主屋看了眼，對門口的盧平道：「姑娘醒了！您稍後，我這就去稟了姑娘！」

春桃顧不得身上的落雪和寒氣，一步一滑疾步跑進了主屋。

見白卿言已然坐在床邊，春桃福身開口：「大姑娘，沈青竹姑娘派吳哲回來給姑娘送信，吳哲血流不止怕是命不多時，盧平護院怕耽擱姑娘大事，只能深夜來請姑娘！」

她頭皮一緊，猛然站起身，聲音制不住的顫抖：「拿我大氅來！快！」

白卿言一身雪白中衣，披上大氅便迎風疾步出門。寒風如刀，裹雪迎面撲來，立時將她整個人穿透。

「大姑娘！」盧平長揖行禮。

她一把拉起盧平：「人你安置在哪？速速帶我去見！」

盧平見白卿言面沉如鐵，不敢耽擱挑燈前方帶路，她死死攥著春桃的手，三步一滑，冒雪和盧平三人一路快步趕往院角門。

疾風夾雪打在臉上、眼睛裡……像刀割一般她都不覺疼，只覺心亂如麻。

三人行至角門，冒風雪而來，白卿言已然凍得全身僵硬臉色發青。

在床邊守著吳哲的護院看到她，掙扎起身：「大姑娘！」

「大……大姑娘！」吳哲掙扎著要起來，每說一字嘴裡都冒出一口口鮮血，看得人觸目驚心。

她雙眸發紅，顧不上男女大防的禮儀疾步上前，冰涼入骨的手一把扶住吳哲：「我在……」

盧平忙在吳哲身後放了一個墊子。

吳哲稍作平息之後，急急道：「我們日夜兼程一路直奔南疆，剛過崇巒嶺就遇到被人追殺的白家軍猛虎營營長方炎，咳咳咳！我等拼死只救下方炎將軍所護……隨行史官記錄戰事情況的竹簡！方炎將軍說了一句奸佞害我白家軍……咳咳咳，便沒了氣息！殺手源源不絕而來，沈姑娘為護竹簡，帶紀庭瑜、魏高引開殺手，叮囑我等就是死也要將竹簡送回大都，務必親交姑娘手中！」

吳哲說著低頭，血痂已經乾結的手，顫抖著解開衣裳，被他鮮血染紅的竹簡扎扎實實捆在他的身體上：「吳哲，幸不辱命！」

春桃捂著嘴，看到竹簡幾乎嵌進吳哲模糊的血肉裡，渾身起了一層雞皮疙瘩。

「兄弟們用命護下來的竹簡平安送到，吳哲也有顏面去地下見他們了！咳咳……」

她咬緊了牙，目光從竹簡上移開，心頭酸辣難當，看向唇角含笑的吳哲。

「大姑娘，吳哲不懼死，只求大長公主和大姑娘，千萬不要放過害死我白家軍的奸佞！」

她唇繃成一條線，眼淚克制不住如同斷線，艱難穩住情緒，顫抖的手輕輕拍了拍吳哲的肩膀，哽咽開口：「我替數萬白家軍謝你！好好休養，我定會讓你看到惡者得惡報！」

吳哲有氣無力笑了笑：「大姑娘，來生……吳哲還做白家僕！」

剛說完，吳哲口就噴出一口血來。

她扶住吳哲，頭皮發緊，喊道：「平叔！去請洪大夫！立刻去請洪大夫！」

吳哲人歪在白卿言懷裡，模糊的視線看到白卿言被他鮮血噴濺弄汙的白色狐裘，張嘴想致歉，最終卻是什麼都沒有說出來，便散了氣息。

「大姑娘，吳哲走了！」盧平單膝跪在地上，仰頭望著白卿言哽咽道。

春桃緊緊捂著嘴哭出聲來。

她攥緊了吳哲的肩膀，一陣血氣湧到心口，心口絞痛如撕心裂肺般，恨不能宰了那些要害他白家之人。她閉上眼，淚還是爭先恐後的往外冒，眼睛疼得無法睜開，想喊又不能喊出聲，怒火滔天彷彿要衝破九霄，又痛到絕望。

半盞茶後，雙眸通紅的春桃死死抱著吳哲用命保住的那些竹簡，跟在失魂落魄的白卿言身後往回走。

鎮國公府青瓦紅光與白雪相映，一派燈火輝煌在這闃寂無聲的黑暗中，竟那般冷清落寞。

春桃見走在紅燈廊下的白卿言腳步虛浮踉蹌……想伸手去扶，又騰不出手怕摔了竹簡，眼淚吧嗒吧嗒往下掉：「大姑娘……」

白卿言雪白的大氅帶著刺目鮮紅的血跡回了清輝院，沙啞著聲音讓春桃將竹簡放在書桌上。

春桃望著全身僵硬，凍到臉色青紫的白卿言開口：「大姑娘，讓奴婢伺候大姑娘換下這身血衣，您先暖和暖和吧！」

她咬牙對春桃擺了擺手，凝視著搖曳燭火映照的竹簡，吩咐春桃出去候著別進來。

溫暖如春的上房內，雕花鏤空的銅爐裡銀霜炭爆出微弱的火花聲，她才回神，整個人如同置身於冰窖中，渾身凍得發麻。

她滿腔悲憤在書桌前坐下，充血的雙眸死死盯著竹簡，嗓子疼得一個字都說不出來，唇齒之間的血腥味，久久不散。

眼前的竹簡，記載著白家男兒南疆一戰的軍況，甚至是死前情況，她前世總盼著能拿到手以還白家公道，可如今它在眼前了，她竟有些不敢看。

有些事情，沒有得到確切的消息，就還有希望，一旦看了就再無可期可盼……白卿言閉上眼。

良久，她深吸一口氣，拿過竹簡展開……這染了血的五冊竹簡，一字一句躍然於她眼前。

春桃紅著眼守在門外，看著茫茫落雪中逐漸泛白的天空，聽到屋內時而傳來白卿言拼盡全力壓抑著的椎心飲泣，心如刀割。

白卿言死死攥著竹簡，喉嚨發緊，幾乎要透不過氣來。

她閉著眼淚如泉湧悲憤填膺，滿腔的怒火幾乎要將她整個人燒成灰燼，看到書桌上被春桃擺在顯眼處縱馬執劍的小面人，她發瘋似的掃落了一桌子的筆墨紙硯。

她當初重傷歸來之後，若是能勤勉如前拼命練習，此次能隨祖父他們去了戰場該多好！為什麼旁人覺得她身體孱弱，她就真的將自己當做病秧子對待，整日心安理得的養著，軟弱著！

她留在這鎮國公府有什麼用！她到底有什麼用?!

她死死揪住胸前的衣裳，嚼穿齦血以全身之力也阻止不了自己為她白家英靈痛哭……

信王！

她前生自以為信王庸碌膽小但還算有分寸，即便是信王跟隨祖父他們上戰場，她白家男兒盡折，信王也是九死一生歸來，沒成想居然是他輕信劉煥章，用金牌令箭逼著祖父冒進。

她恨不得此刻便手持長劍將信王碎屍萬段！將那些害她白家軍數十萬英靈的魑魅魍魎心刨出來看看！看那些心是不是黑的！

五冊竹簡，寥寥數字，卻將她摧折的肝腸寸斷，五內俱焚！她緊咬牙關，忍著撕裂刀絞之痛，拼命抱住竹簡，腦海裡全都是祖父、父親、叔叔和兄弟們死時的慘狀。

記錄戰況的竹簡隻言片語，卻記載著她白家兒郎是何等驚天慘烈！

她父親被困鳳城，糧食耗盡，為拖住敵軍助鳳城百姓，對守鳳城殘餘一千兵士言：「家中獨子有高齡父母者退後一步，未成家留後者後退一步，餘下……敢為我大晉百姓而死者，隨我出戰迎敵！」

白家年十歲的第十七子白卿楝，執劍上前，稱敢捨血肉隨伯父上陣為大晉百姓死戰，絕不苟活！白家軍深受十歲小兒所感，紛紛拔劍，稱寧死戰，不苟活。

她胞弟白卿瑜不過年十七隨五千將士戍守大營，信王見五萬雄兵來襲，夾尾而逃，白卿瑜決意死守防線與將士共飲送行酒：「諸位將士，我等生不同時，今日為我大晉萬民同袍而戰，便皆是血親兄弟，一酒飲盡，諸位……來生再會！」

她堂弟白卿琦死守靈谷要道，以一萬兵力對陣西涼南燕合軍八萬，拼死一搏前曾道：「數百萬生民在後，白家軍能退否！敢退否?!」白家軍忠勇，三呼不退。

她三叔白岐鈺，在白家所有男兒戰死被迫退至天門關，背水一戰高呼：「我軍元帥將軍皆已戰死，我等乃我大晉平城百姓最後的防線！本將願身先士卒，誅殺辱我大晉賊寇！敢死者隨我來！」

她白家男兒臨死之前，滿心裝得還是大晉百姓……

白家滿門的忠骨，可蒼天何逼我白家男兒如斯?!何逼我白家男兒如斯啊！

血仇上頭她忍住不哭，一雙眼宛如地獄惡鬼，誓要殺盡這天下佞臣暗鬼！可一想到竹簡內的字字句句又宛如剜心椎骨痛不欲生捶地痛哭，腦子混混沌沌，哭哭停停，如同瘋魔。哪怕她早已知道白家男兒結局，可不親眼看到這竹簡所書，當真無法想像他白家男兒竟是如此悲烈。

她懷抱竹簡，披散的頭髮散亂，紅煞如血的眸子望著窗外已經亮起的天，整個人彷彿被一刀一刀凌遲，處在渾渾噩噩悲痛之中，恨不能以刀剖心止痛。

如果不是她命沈青竹奔赴南疆，途中遇到猛虎營方炎被追殺，這五冊竹簡怕是和上一世一樣永不見天日。她白家便如前世一般，明明忠勇英烈卻被釘在叛國的恥辱架上。

那洶湧滔天的恨，密密麻麻的痛，似萬蟻噬心啃食她的骨她的肉，叫她生不如死，整個人油煎火燒一般絕望痛苦。痛至極致，她渾身麻木抱著竹簡哭哭笑笑……

勇略震主者身危，功蓋天下者蒙誅！

世間英雄多枉死，佞臣賊子亂乾坤！

她白家滿門男兒何辜?!這滿門的忠骨，滿門的熱血……竟這樣被盡數葬送在南疆。

春桃原本聽著屋內白卿言沉重隱忍的時有時無的哭聲，淚如雨下卻不敢進去勸慰，此時再聽到白卿言讓人毛骨悚然的笑聲，頓時如熱鍋上的螞蟻不知如何是好。

春杏聞聲，著急忙慌的穿上衣裳，一邊繫盤扣，一邊從耳房內匆匆出來，問春桃：「姑娘這是怎麼了?!你怎麼守在門外不進去看看！」

春桃擦去滿臉淚水，攥住春杏的手：「你在這裡守著，別讓任何人進去！我去請三姑娘來！」

「好！」春杏臉都嚇白了，連連點頭。

春桃踩雪一路滑一路跑直撲白錦桐的院子，一進院子春桃就跪在了上房門口，哭道：「三姑娘！三姑娘快去看看我家大姑娘吧！」

剛晨練完的白錦桐聞聲掀了簾子出來：「長姐怎麼了?!」

春桃一雙眼紅腫的厲害，哭成了淚人兒：「求三姑娘去看看吧！」

白錦桐臉色煞白，披風也顧不上疾步往院門外走。

白錦繡的青竹閣同白錦桐的碧桐園離得極近，習慣早起正倚窗看書的白錦繡也聽到了動靜，她連忙吩咐二夫人劉氏留在青竹閣照顧她的青書出去看看，發生了什麼事。

青書一出院門，便看到春桃和白錦桐身邊的丫頭疾步跟在白錦桐身後飛奔往清輝院方向去了。

青書連忙折返回來稟告白錦繡：「二姑娘，我看到大姑娘身邊春桃跟在三姑娘身後，一路疾行好像往大姑娘那裡去了。」

白錦繡攥著書的手一緊，想到白卿言的寒疾，想到這些日子白卿言的奔波，白錦繡頓時脊背寒意叢生，掀開錦被：「青書給我更衣，我要去長姐那裡！」

「二姑娘外面還下著雪，您這頭上的傷……」

「不打緊，我已經大好了！給我拿布料厚些的帽子即可！」白錦繡心急如焚擔憂大姑娘，青書也不敢再勸，忙讓人準備大氅、帽子，扶著白錦繡一路踏雪前往清輝院。

白錦繡剛到清輝院門口，就聽白錦桐立在門口輕喚：「長姐，我是錦桐，我能進去嗎……」得不到白卿言的回應，白錦桐立在門外不敢擅入，只能轉過頭問春桃：「長姐到底怎麼了?!」

春桃知道事關重大，只能咬著唇含淚搖頭。

「錦桐，長姐怎麼了?!」白錦繡攥著青書胳膊的手起了一層細汗，疾步走至屋簷下，「可是寒疾犯了?!」

「二姐，你……你怎麼也來了？」白錦桐忙迎了兩步扶住白錦繡。

只聽得上房隔扇吱呀一聲，春桃忙打簾，只見一身白色中衣被血染透了一半的白卿言立在兩扇門中間。

白錦繡腿一軟，差點兒摔倒：「長姐！」

白卿言蒼白的面色沉靜如水，雙眸血紅，凌亂的髮絲已經整理好，整個人氣場暗潮洶湧，凌厲的如同來自地獄的羅刹惡鬼。

「白錦繡、白錦桐進來，其餘人……守在清輝院院門之外，任何人不得靠近！」

「長姐你身上的……」

她先行朝內室走去：「不是我的血，進來吧！」

白錦繡、白錦桐讓下人都離開清輝院守在門口，兩人攜手進了上房，見白卿言背對她們立在爐火前，白錦繡輕喚道：「長姐……」

白卿言閉著酸疼的眼，她重生回來是為了護住她的親人她的長輩她的妹妹們！所以……她不能崩潰！不可瘋魔！不能倒下！便再恨也不能自亂陣腳逞匹夫之勇殺人報仇。

已經是前世經歷過一次的人，她是鎮國公府白家之女，她得撐住，得親眼看著那些奸同鬼蜮者下地獄去向她白氏滿門男兒贖罪！

半晌，她才沙啞聲音道：「錦桐把門關上，我有事要說。」

白錦桐將門關上，和白錦繡一起走至白卿言的身後：「長姐。」

她抬眼看著書桌上五冊染血的竹簡，濕熱的氣息紊亂，閉了閉眼她才道：「之前沒有和你們說，是因為沒有得到確切的消息……」

白卿言轉過身來，望著面色緊繃不知所措的白錦繡和白錦桐，哽咽開口：「祖父、我父親、二叔、三叔、四叔、五叔……連同我白家十七兒郎，全部……戰死於南疆。」

白錦繡睜大了眼，一口氣沒有上來險些暈過去，只覺天塌了一般，額角傷口直突突，血液激動到似要衝破那血痂。

「怎麼能……全部……全部……」白錦桐淚水如同斷線，哽咽難言，「長姐消息怕是有誤！」

上一世消息傳來，白家人也是這般不能相信。

她走至書桌前，手按在那五冊竹簡之上，手背青筋脈絡跳動，悲憤的情緒幾乎噴薄而出，又硬生生被她咽了回去，她兩世為人，豈能隨隨便便被擊潰。

「這是白家軍隨行史官記錄的……行軍情況和戰事情況。」她拿起兩冊竹簡，「白家軍猛虎營營長方炎，和沈青竹、我白家護衛吳哲拼死救下這五冊竹簡。如今沈青竹下落不明……方炎、吳哲身死，竹簡上這血，是吳哲的……是方炎的，也是我數十萬白家軍的！」

白卿言將一冊竹簡放入白錦繡的手裡，一冊放入白錦桐的手中。

看著兩個雙眸含淚，表情沉重的妹妹，她說：「也好叫你們知道，我白家男兒不是死於同他國殺伐的兵刃之下，而是死在大晉皇帝的猜忌，死在……大晉國自己人之手！」

白錦繡眼淚如同斷線，顫抖著展開手中那冊竹簡。

白錦桐也不敢耽擱將竹簡展開，一目十行含淚往下看……

看完一冊，白錦桐淚水決堤，踉蹌衝至書桌前，展開另一冊，全身顫抖不成樣子，哭聲狼狽。

白卿言全身僵硬緊繃立於火盆之前，哪怕她已發了瘋的哭過宣洩過，可酸澀雙眼依然熱淚盈眶。她只覺全身冷到澈骨發抖，哪怕立火盆如此之近也不能緩解，全身冷到發麻。

立在書桌前的白錦繡，顫抖著拿起竹簡，悲憤絕望的只覺呼吸困難，狼狽抱著竹簡跌倒在地：「小十七……他才十歲！他才十歲啊！」

隱忍著哭聲的白錦桐，將滿腔的悲痛化作憤怒，一雙眼冒著火，拳頭攥的咯咯直響，轉身就往外走。

「站住！你想幹什麼去！」白卿言頭也沒回，就將白錦桐喊住。

「蒼天對我白家不公！我白家世代忠良保家為民，何以落得如此下場！我拼了這條命也要去殺了那個狗皇帝！殺了劉煥章全家！」白錦桐恨意滔天，恨不能連天都捅出一個窟窿，讓這大晉國為她白家滿門男兒陪葬。

「拼了你這條命能為白家滿門男兒報仇?!」她轉過頭，充血的眼望著白錦桐，「然後呢?!」

「然後?!」白錦桐咬牙切齒。

「殺了劉煥章全家？然後你真能去殺了信王？真能殺了皇帝？即便你驍勇無敵真得手了，我們白家剩下的滿門女眷該何去何從?!弒君大罪……你難道要我白家女眷也隨你洩恨的匹夫之勇葬送嗎?!我知道你不怕死……你怕不怕死後無顏去見祖父！無顏去見你父親！」

看著白錦桐唇瓣囁喏滿目絕望惆悵的樣子，她深有所感，硬是壓下心頭滔天的恨和怒火，含淚循循勸道：「祖母是當朝大長公主，你殺了信王和皇帝怎麼面對祖母?!」

白錦桐那漲了滿腔的滔天憤怒，如同洩氣一般，整個人扶著門軟綿綿跪坐下去，涕泗橫流：「可我白家憑什麼要落得如此下場！白家救大晉萬民，誰來救我白家一門忠骨啊！」

「莽夫之勇，人皆可得……」她彎腰撿起掉落地上的竹簡，小心翼翼卷好放置在紅木書桌上，

「殺人最易，也最愚蠢！」

「長姐，心中有章程？」白錦繡壓著心口悲痛，啞著嗓子問。

「兵法有雲，善戰者，求之於勢。我們朝內無權，勢單力孤，只有利用形勢和民心，為我白家英靈討一個公道。」

她將騎馬執劍的面人丟進火盆裡，火花四濺之餘火舌猝然竄起，映紅了她冰涼入骨的墨黑瞳仁。

眼底燃燒著滔天恨意的白卿言已然冷靜鎮定下來，白錦桐和白錦繡滿腔怒火恨天怨地的悲憤情緒，也隨之緩緩平穩。

已有主心骨，人便不覺那麼手足無措一籌莫展。

望著火苗將那小面人吞噬的乾乾淨淨，她才壓低聲音道：「在清輝院，哭過也就罷了！我們上有年邁的祖母、下有幼妹！五嬸又有孕在身！所以不能……也不可軟弱如泥，倒地不起！必須站著幫扶母親、嬸嬸們，撐起白家！」

白錦桐和白錦繡只覺明明病弱清瘦的白卿言眼神燙得灼人，力量大到讓人覺得足以信賴依靠。

「錦桐知道了！」白錦桐咬著牙。

「錦繡知道！」白錦繡哽咽應聲。

「我母親那裡，我去說！二嬸錦繡去說……三嬸那裡錦桐你去！」白卿言聲音虛浮。

白錦桐雖然是庶出，可這些年同白錦稚一起教養在李氏身邊，早已經將李氏當成親生母親。

「不要提起竹簡的事，這是我白家最要緊的底牌。」她沉吟片刻，又道，「明日除夕之夜祖父他們戰死的消息就會傳回來，早作準備吧！」

她閉上眼……就是前生除夕夜消息傳回來時，白家在漫天璀璨煙火中的絕望哭聲！閉上眼，便是整個鎮國公府被淒慘籠罩的頹喪不振。

姐妹三人抱成一團，淚如棉線。

一個時辰之後，白錦桐和白錦繡渾渾噩噩從清輝院出來，清輝院的一眾丫頭也都連忙回了院內，燒水、舉盆伺候白卿言洗臉、更衣。

今早春桃瘋跑去碧桐園請白錦桐，後又將一眾婢女婆子趕到清輝院外的事情，到底是傳開了。白卿言還沒來得及去找董氏，董氏人就已經到了清輝院。

進了上房，見白卿言安然無恙正在更衣，董氏當下鬆了一口氣，用帕子按著心口道：「今兒個一大早是不是出什麼事了，怎麼急忙慌讓春桃去找錦桐？」

白卿言看著在軟榻上坐下的董氏，擺手讓春桃她們退下。

「阿娘……」白卿言挨著董氏坐下，挽住董氏的手臂眼眶又紅了，話到嘴邊她沉吟未決，不知該如何開口，只一個勁兒的喚著董氏，「阿娘！阿娘……」

「怎麼了你這是？」董氏看著女兒吞聲忍淚的黯然模樣，笑容有些僵，心中隱隱有了不好的預感，畢竟她的長女一向沉漸剛克，何曾在她面前眼紅落淚過？

「阿娘……」她深吸一口氣抬頭，淚水已然斷線，只拼盡全力抱緊董氏的手臂，哽咽道，「祖父、爹爹……還有弟弟，回不來了！軍報大約明日便會傳回來。」

董氏被這天塌了的消息震得半天緩不過神來，腦中空白，面無人色，尾椎骨都被震酥了，差點兒從軟榻上滑下去。

「阿娘……」白卿言一把抱住董氏，「阿娘你別怕！還有阿寶在！」

她泣不成聲，在阿娘面前她還是忍不住，她以為她回來了……占了先機至少能和閻王一戰，不求打個平手，至少救回一個……哪怕一個！

董氏聽到白卿言的聲音，略微回神，漲紅的眼睛動了動，緊緊攥著手中帕子，克制著淚水，半晌才伸出手將白卿言摟入懷中，啞著嗓子說：「你爹爹、弟弟生於武將功勳之家，他們奔赴戰場時，阿娘就有這樣的準備。曾經你父攜子大勝歸來，阿娘能為他們擺宴慶功，如今馬革裹屍，阿娘也能為他們操辦身後事！阿寶別怕……阿娘是這國公府的當家主母！阿娘撐得住！」

前世，消息傳來，祖母暈倒……嬸嬸、妹妹們哭成一團，她的阿娘就是這樣撐起白家塌下來的天，時至今日她記得一清二楚。

阿娘雖然不會武功，未曾上過戰場，可比那些鐵血男兒更堅韌剛強，否則……也不會留下那封《問皇帝書》帶嬸嬸們決然自盡。可母親的丈夫和親子都命喪南疆，她心裡得多苦多難受?!她知道阿娘心裡拼著一口氣，她不是撐得住……而是知道作為主母她必須撐住。

白卿言抱住董氏：「阿娘，沒事的……在阿寶面前，阿娘不用強撐！阿寶陪著阿娘……永遠陪著阿娘。」

董氏緊咬著牙關，輕輕拍了拍白卿言抱著她的手，鼻翼煽動，閉上眼，淚水立時如斷線一般。

宣嘉年臘月二十九，大雪，鎮國公府主母世子夫人董氏、二夫人劉氏、三夫人李氏、四夫人王氏、五夫人齊氏相繼得知鎮國公府男子皆損於南疆，悲痛不已。

在整個大都城都充溢著年節喜氣之時，鎮國公府卻被籠罩於陰霾之中，府內不知情的妾室和婢女、婆子敏銳的察覺到了不同尋常，謹守本分不敢喧鬧。

大長公主長壽院上房內，世子夫人董氏還算穩得住，她緊緊握住庶女白錦瑟的手安撫她莫怕。

二夫人抽抽嗒嗒正抹著眼淚，三夫人丟了魂一般坐在那裡面無人色。

四夫人本就性格軟弱，要不是五姑娘六姑娘這對雙胞胎庶女立在她身側緊緊握著她的手，她早就撐不住倒下了。

只有五夫人同世子夫人董氏一樣強撐著，挺直脊背坐在那裡，眸色通紅雙手護著肚子，咬緊了牙關一語不發。

白卿言、白錦繡和白錦桐、白錦稚、白錦昭、白錦華、白錦瑟都挨著自己母親坐著。

大長公主撥弄著手中佛珠，閉著眼，眼角藏不住的淚光終究從臉龐滑下來。

「老五的媳婦兒大著肚子，老四媳婦兒性格軟糯頂不上用場，這輝煌了百年的鎮國公府如今走到這一步，來路……還要靠老大媳婦、老二媳婦兒和老三媳婦兒撐著！」大長公主盡顯疲態，「該準備的準備起來！別等……別等消息傳了回來我們措手不及。」

「是，兒媳知道了！」董氏含淚點頭。

「國公爺、老大、老二、老三和老四、老五，還有……十七個孩子！運回來棺槨肯定都是臨時湊合！」大長公主一直閉著眼，眼淚還是不斷往外冒，「國公爺的棺槨是早就備下的！今兒是臘月二十九恐怕棺材鋪子都關門了，老大媳婦兒……」

不等大長公主說完，白卿言已然開口：「那就等消息傳回來，我們去借，向這天下借……」

大長公主微微睜眼，燭光刺得她酸脹的眸子生疼。

「祖母，唯有將英烈至於慘地，讓這天下看到我白家為這江山，為這萬民做了什麼，方能讓那些害我白家者心虛，讓今上念我白家功績，優待我白家遺孀，護我白家遺孀免受戕害。」

白卿言心裡清楚，在不造反這個前提之下，只要是對白家有利的祖母都會同意。

大長公主望著白卿言，點了點頭：「就按阿寶說的做。」

「等大事過後，家中妾室如有想另尋前程的，發還身契，人許五百兩，讓她們走吧！你們各自安頓各自房中，就不要辛苦你們大嫂了。」大長公主本著那一點點慈心，猶豫了良久又道，「你們若也不願意在這個家守下去，屆時也可自行離去！你們也別怕……就算你們離開了國公府，只要我在一天，國公府也永遠是你們的家。」

大長公主一番話觸動二夫人劉氏、三夫人李氏和四夫人王氏情腸，三人捂著嘴又哭了起來，為她們的丈夫也為她們的兒子，即便已痛哭過好多次，可想起丈夫兒子，還是絞得人肝膽俱裂。

「母親，我答應過大郎，他為民守大晉，我為他守白家，榮辱與共，生死相托，此生不負。」董氏提到丈夫聲音難以言喻的溫柔，「他雖已死，誓言猶在，我此生不負白家，生是白家宗婦，死亦白氏亡魂。」

長公主點頭閉上眼，淚水漣漣，已哽咽難言。

白卿言握住董氏比她還冰涼的手，輕輕搓著試圖溫暖董氏，上一世……她的母親董氏，是真的做到了她所說的。

其實，她的母親和諸位嬸嬸能有她祖母這般明事理的婆婆，也是有幸。

此生，她再也不想看到母親和嬸嬸們以自盡為白家求公道的場面。

或許是她胸襟太窄，前世今生都無法放下祖父、父親、叔叔、兄弟們的死。

重生歸來……她活著就只為報仇討債！所以她很是希望母親、嬸嬸們可以走出喪夫失子的陰霾。甚至可以再嫁。

白家的所有仇恨的泥潭……有她足矣。

從臘月二十九到除夕這天，格外漫長。

就像死囚已經知道必死，卻不知道懸在頭頂的那把刀何時落下。

白卿言坐在假山涼亭之上出神，直到盧平前來對她回稟吳哲身後事，她才回神。

「按照大姑娘吩咐，屬下除了將兩百畝上好水田的地契給吳哲的父母送去，還去帳房支了五百兩銀子一併給了吳哲父母妻子，告知吳哲是奉命出行遇到了強盜，其喪葬一應花費都由國公府撥付。吳哲的媳婦兒二月份就要生了，也算是留了後，大姑娘不必太難過！」盧平說道。

白卿言點了點頭，表情略顯疲態：「辛苦平叔了……」

盧平知道吳哲因何而亡，自然也知道了南疆戰場的事情，他眸子發紅。

見白卿言這副模樣，盧平一個粗人也不知道該怎麼安撫，只道：「大姑娘，秦尚志說大姑娘眼界格局不一般，他看到了十步，大姑娘就已經看到了九十九步。他還說大姑娘要是個男兒，白家滿門榮耀至少能再延續三代不成問題！這話盧平信！國公爺他們雖然……雖然去了，可大姑娘您得撐住。」

白卿言怎麼也想不到竟能得到秦尚志的稱讚，此人恃才倨傲，上輩子也沒聽他誇過幾個人。

「我知道，平叔放心，我撐得住！」

她兩世為人，經歷了兩次，要是撐不住就枉費蒼天讓她回來的這一番好意了。

盧平見春桃帶著陳慶生從假山下而來，這才長揖到底對白卿言行禮退下。

陳慶生和盧平在假山臺階處相遇，笑著行了禮，便匆匆前往涼亭。

「大姑娘！」陳慶生行禮。

「今日是除夕，原本該讓你舉家團聚，可我這裡有件要緊事要著信得過的人去辦，只能辛苦你！」她緊握著手爐，眉眼低垂，聲音沙啞。

「大姑娘請講！小的萬死不辭！」陳慶生忙道。

她抬眼望著陳慶生，慢條斯理開口：「今夜可能會有南疆的戰報傳回來，你多帶些人守在城門口，一旦看到背插令箭八百里加急的戰報傳回來，務必讓大都城百姓都知道，想辦法把百姓引來鎮國公府門前。」

大晉國自古以來，若是捷報信使會在進入大都城門便高呼捷報戰況，要讓百姓知曉同慶。若是凶訊，信使在入宮面聖之後才會呈上軍報。若主將身死，則宮中會派人通報戰將家眷備喪。

經過白卿言前番一鬧，如今整個大都城的百姓對白家和南疆戰局都異常關心，若信使入城不報，再有人有心引導……百姓們自會來鎮國公府門前等待宮中派人來向鎮國公府通報戰情。

白家滿門男兒盡亡的消息傳來，她要大都城的百姓親眼看到他們白家為護大晉做到了何種地步，要讓百姓們看到白家慘烈……和白家人同悲！

如此，皇帝只要稍對白家有所動作，必定激起民怨民憤。

皇帝向來愛虛名，他只要還忌憚史官公筆，還畏懼民怨滔天，即便有斬草除根之念也必不敢對白家遺孀下手。

陳慶生雖然不知道白卿言這是要做什麼，還是點頭應了下來：「大姑娘放心。」

「另有一件事，你盡力去查，若查不清楚也不要緊。」她睨著不遠處的雪中紅梅，道，「兩個月前由忠勇侯負責籌備送往南疆的糧草，都經了誰的手，我想知道名字。」

事涉朝堂，陳慶生當下很是意外，可因知道這批糧草大約和南疆戰事有關，想也沒想便一口應了：「大姑娘放心，小的定不辱命！」

除夕的天還沒有黑透，空中已綻開一朵朵璀璨煙花。

白卿言立在廊下，靜靜仰頭望著天，等待消息傳回來。

眼眶發紅的春桃抱了件厚實的大氅走至白卿言身後，替她披上道：「大姑娘，表哥已經照您的吩咐親自帶人守在城門口了，不過現在這個時辰大都城城門已經都關了，今日怕是不可能會有消息了，您多想無益！還是先去大長公主那裡吃年夜飯吧……」

「走吧！」白卿言攏了攏大氅，扶著春桃的手，在一眾低眉順目的丫頭簇擁下踏出清輝院大門。誰料，剛出來，就見白錦桐獨自一人立在清輝院門口，仰頭看天上的煙火出神。約是聽到院門打開的動靜，白錦桐回神挪了兩步走到白卿言面前，張口音調沙啞：「長姐……」

她抬手拂去白錦桐肩膀上的落雪，勾唇對白錦桐笑了笑：「在這裡等我？」

白錦桐點了點頭，泛紅的眸子險些攔不住眼淚，忙低頭掩飾。

她只是想起去歲時，鎮國公府燈火通明，因為人多孩子多充滿著繁盛興旺，僕婦、婢女和下人忙忙碌碌在角門進進出出，到處都是喧嚣的嬉笑聲。

大人把酒言歡，她和白錦稚帶著小十七和一幫孩子提著燈籠在白卿言這清輝院裡鬧，白卿言和白錦繡坐在廊下談天笑著，一派欣欣向榮、生機勃勃的景象。

今年，整個鎮國公府依舊是燈火通明，但……僕婦、婢女觀主子情緒不好連大聲說話都不敢，少了嬉鬧聲，國公府安靜的讓人覺得冷清。

知道白錦桐心裡難受，白卿言笑著攥住白錦桐冰涼的手：「走吧……」

望著從容平和的白卿言，白錦桐只覺得長姐身上好像充滿了不驚不懼的力量，一顆心也跟著平穩了下來：「好……」

她和白錦桐剛走出兩步，就瞧見不約而同來了清輝院的白錦繡、白錦稚。

白錦繡和白錦稚，也是來白卿言這裡找主心骨的。

姐妹四人相對而立，白錦繡紅著眼，用帕子掩唇笑出聲來：「好巧，我們竟然都來尋長姐。」

火紅的燈籠，雪中映著四位姑娘含淚帶笑的樣子，格外的暖心也格外讓人難受。

「走吧！去祖母那裡……」白卿言聲音比平日裡更沉重，也更堅定。

春桃上前扶住白卿言，柔聲叮囑：「雪天路滑，四位姑娘小心腳下。」

白錦繡見白卿言已經抬腳前行，淚眼朦朧，柔聲細語道：「有長姐在前領路，再滑……我們也不怕。」一路風雪怕什麼，姐妹攜手砥礪前行就是了。

白錦桐頷首，攥住白錦繡伸出的手，哽咽不能語。

「我們姐妹同行，什麼也不怕！」白錦稚抹了把眼淚，快步追上白卿言，和白卿言並肩而行。

白卿言雙目被霧氣模糊，前世她獨行，此生有姐妹相伴前路再難又有何懼?!刀山火海、熔岩漿火她白卿言也敢闖。

剛進大長公主的長壽院，守在長壽院上房門前的小丫頭突然手指天空：「那是什麼?!」

她回頭，見空中悠悠升起一盞明燈，緊隨其後……第二盞、第三盞、第四盞……

漫天炸開的絢爛煙花之下，無數明燈升空，將整個夜空映成一片暖色火海，燈面上寫滿了「凱旋而歸」、「得勝回朝」、「百戰百勝」、「平安歸來」等字樣。

剛還一片死寂的鎮國公府，突然就熱鬧了起來，丫頭僕婦們都停下手中活計，擠在廊下院中看著漫天燈火。那橘色的光線，照得人心裡暖洋洋的。

白卿言轉過身，吩咐身邊的春杏：「去問問怎麼回事兒？」

春杏還沒走，就見門口婆子匆匆而來，看到幾位姑娘立在門口，笑著福身道：「大姑娘、二姑娘、三姑娘、四姑娘！百姓被我們白家忠勇所感，自發在長街、庭院裡放明燈為遠在南疆的白家軍祈福呢。」

聞言，白卿言喉頭翻滾哽咽，將手爐遞給春桃，鄭重長揖到底……以謝滿大都城的百姓。

誰說英雄無人記？這被白家世代守護的百姓記得他白家！

前生，他們白家便是做的太多，說得太少，才會被人遺忘……

白錦繡、白錦桐、白錦稚雙眼含淚緊隨其後，亦是對這漫天明燈深深一拜。

鎮國公府僕婦突然喧鬧的嬉笑聲，到底驚動了長壽院上房裡的長輩。

大長公主在兒媳婦們的簇擁之下走了出來，亦是被這漫天高飛的明燈驚到。

年幼的五姑娘和六姑娘倚在大長公身邊，指著天上的明燈問：「祖母，那是什麼?!」

「回大長公主、五姑娘、六姑娘！」院裡的婆子笑盈盈回答，「那是百姓自發為我們白家軍祈福放的明燈。」

大長公主心頭百般滋味，哽咽道：「大都城百姓，沒忘我白家軍啊……」

白卿言姐妹四人見大長公主立於廊下，行了禮，陪大長公主看這漫天的明燈。

直到明燈散去，白卿言正要扶著大長公主回屋時，盧平隨守垂花門的婆子匆匆進來。

見主子們人都在院中，盧平上前行禮「大長公主，各位夫人、姑娘，剛傳來消息，南城門被叩開，背插令箭的信使快馬飛騎直奔皇宮！」

背插令箭是軍報，從南城門入……來自南疆。

入城門不報，快馬直奔皇宮，不是好兆頭。

白卿言頭皮一麻，整個鎮國公府的神經都繃了起來。

該來的，總是會來。她用力握緊大長公主的手，轉頭看向脊背僵直的大長公主，說：「祖母，該看您、母親，還有諸位嬸嬸了……」

白卿言話音一落，幾個嬸嬸便已經淚如雨下，挺著肚子的五嬸更是死死絞住帕子，雙腿發軟。

大長公主呼吸錯亂了片刻還是穩了下來，她緊握手中虎頭杖，挺直脊梁：「該來的總是要來，走吧！我們去門口等消息！」

大長公主為首，帶著白家滿門女眷一路行至國公府門前。

鎮國公府外已經聚了不少提燈撐傘的百姓，他們聽聞背插令箭的軍報信使快馬飛騎直奔皇宮沿途未喊捷報，紛紛冒雪而來聚到國公府門前等宮中傳信，私語寒暄。

「二叔！這麼冷的天您咋也來了呀……」

「聽說有軍報回來了，沒聽見信使報信，就趕來國公府等消息，你咋也來哩?!」

「我也是聽說軍報的信使直奔皇宮，怕有什麼不好的消息過來等著聽聽！」

「巧了！我也是聽信兒過來的，信使進城門不報，不是什麼好事！只求老天爺開眼，可別讓國公爺和白府兒郎有事啊！」

突然，掛著一排氣派紅燈的鎮國公府朱漆紅門緩緩打開，只見大長公主攜白家女眷在白府護衛保護之下，親自出來等消息。

「咦！國公府門開了！」

「國公府也出來等消息了吧！」

「虎頭杖！那不是大長公主嗎?!」

百姓忙跪下叩首：「大長公主……」

大長公主想到剛才漫天的明燈，心中一酸，將虎頭杖遞給蔣嬤嬤，帶白家女眷對百姓一拜。直起身，白卿言見陳慶生立於百姓之中對她點頭示意一切辦妥，她略略頷首。

「郝管家！」董氏回頭吩咐管家道，「讓廚房備上熱湯肉餅，分給大家！宮裡消息還不知道多久送出來，大年夜的大家都陪我們在這裡守著，別凍壞了！」

「是夫人！」郝管家忙轉身回府，命人準備。

沒過一會兒，只見有兩匹飛馬朝鎮國公府的方向而來，所有人都提起了心，卻見下馬的是白卿言的兩位舅舅，董清平和董清嶽。

董清平將馬匹韁繩交給國公府下人，看了眼立在門口的百姓，董清平、董清嶽踏上國公府臺階，對大長公主行禮。

「哥哥、清嶽，你們怎麼來了?!」董氏眼眶發紅。

「剛才得了消息，說令箭信使叩開南城門，進門而不報戰況，母親不放心讓我和弟弟過來看看！」董清平手裡攥著馬鞭，說話時嘴角緊繃。

白卿言心頭發熱，恭恭敬敬對兩位舅舅福身行禮。

董清平對白卿言笑了笑，陪著白家女眷立在一旁等消息。

董清嶽倒是走到白卿言的面前，抬手摸了摸白卿言的髮頂：「放心，你爹爹和弟弟們不會有事的！」

白卿言點了點頭。

半盞茶不到的時間，秦朗也策馬而來，他恭恭敬敬對長輩行禮之後，走至白錦繡的面前扶住她，看著白錦繡雙眸通紅的模樣，柔聲安撫。

除夕之夜，原本紅燈長街應該無人，人人都應該在家中團聚守歲。

可鎮國公府門前，時不時就有聞訊而來的百姓，或是世家子弟替家中祖父或是父親打探消息，定勇侯世子來到白府門前的時候，著實是想不到，鎮國公府門口已經站了這麼多人……

沒過多久，明達伯的第三子也到了。

白卿言看著這些冒雪而來的世家，看著這滿城陪他們站在風雪中的百姓，她知道……她所能依仗護住白家，逼迫今上的形勢……已經來了！

天香樓二樓隔窗，蕭容衍負手而立，望著長街盡頭一片燈火之中的鎮國公府，樓下時不時便有三三兩兩的百姓提燈而過，或有駿馬飛馳直奔鎮國公府。

他手裡摩挲著那枚玉蟬，眉目深沉。蕭容衍從不相信什麼深得人心、眾望所歸，若非有人殫精竭力，費盡心機布局，哪來白家這般氣勢如虹的萬眾歸心？

白家如今這民心所向的局面，到像是那位白大姑娘一手做出來的。從白卿言勸秦朗自請去世子位開始，蕭容衍就知道這位白大姑娘是成大事者。只是可惜啊，白家滿門將才……被這大晉昏聵的君王和無能的皇子害死在了南疆。倘若他大燕能有白家這樣忠勇的世代忠良，何愁不興盛？

真是可惜……

「主子，屬下無能，主子給的期限已到，可消息來源屬下只查出來一個大概！」

蕭容衍聞聲並未回頭：「說……」

「給管家送信的乞丐說不認識讓他送信之人，但是他曾遠遠瞧見過滿江樓的掌櫃同那人打招呼，看樣子是熟人。屬下前去詢問滿江樓的掌櫃，那掌櫃眼神閃爍稱說不知道屬下說的是誰，後來屬下派人一直守在滿江樓，今天下午見滿江樓的掌櫃同一人神神秘秘說起這事兒讓那人多加小心，屬下便向店小二打聽，店小二說那位是鎮國公府上的，不清楚那位爺是不是管事，只知道是替白家大姑娘辦事的。」

蕭容衍摩挲玉蟬的手一頓，轉過頭來，深邃的眼廓中目光極為寡淡，深斂著一絲不可察覺的詫異：「你是說……白家大姑娘？」

「正是！本來屬下還想拿到白大姑娘的筆跡來比對，可白府下人不太容易買通，也……不容易混進去。」蕭容衍屬下單膝跪了下來，「請主子恕罪。」

窗外簷角描繪梅花的懸燈被隆冬風雪吹得搖曳，身著天青長衫的蕭容衍風輕雲淡立於窗前，負手而立攥緊玉蟬，晦暗莫測的眸色幾欲隱沒在燈下暗影中。

他閉著眼，想起小年夜宮宴他起身隨那宮婢去更衣時，白家大姑娘忽而朝他望過來的視線，四目相對她瞳仁緊縮，還有更衣回來後，她稍稍放鬆的脊粱。

這位白大姑娘知道他的身分了？

「主子，不論是不是這位白家大姑娘給的紙條，您的身分怕是有走露的危險，屬下斗膽請主子先退離大都城，以防萬一。」

寒氣夾著雪花從窗外撲來，蕭容衍轉身視線落在長街紅燈處，道：「遞紙條之人若想害我，又何必費神將紙條送到管家處，等等再說。」

隆冬寒風中大長公主和白家眾人已經站了一個時辰，手中的手爐都已經換過一茬，熱湯肉餅也都分給來鎮國公府門口等消息的百姓手中。

大長公主拄著虎頭杖都站的搖搖欲墜，白卿言扶住大長公主吩咐人給大長公主拿椅子來。

大長公主卻搖了搖頭，握住白卿言的手，又攏了攏白卿言的狐裘，問：「阿寶你身子弱，可還撐得住?!」

白卿言鍛練了也有一段時間，每日捆著沙袋紮馬步一個時辰已經不在話下，只是立在這裡對她而言不算難。

她搖了搖頭：「祖母寬心，阿寶沒事。」

正在喝熱湯的百姓隔著氤氳著羊湯香味的熱氣，看到遠處有飛馬而來，立刻放下碗指著遠處：「來了！來了！這次好像真是宮裡來人了！」

大長公主身子一僵，下意識挺直脊梁，白家眾人匆匆向前挪了幾步，伸長脖子往一長街的紅燈盡頭望去。

馳馬而來的太監，遠遠就看到國公府外提著燈籠的百姓，當下心裡就咯噔一聲，等靠近才發現大長公主居然攜白氏女眷在鎮國公府門外等候。

太監不敢耽擱立刻下馬疾步衝上臺階，重重朝大長公主跪下：「大長公主，南疆軍報，國公爺剛愎用軍致使我軍慘敗，鎮國公、世子爺……和白家一眾男兒，全部葬身疆場！五日後信王扶櫬而歸……」

白卿言猛地抬頭，心底翻滾著濃烈的怒火和殺意，國公爺剛愎用軍?!

驚天的消息傳來，大長公主一個不穩，險些摔倒，多虧白卿言和蔣嬤嬤扶住。

董清平和董清嶽頓時脊背發麻，他們想到了或許白家有人戰死疆場，可卻從未想過會是全部……

「你放你娘的屁！」四姑娘白錦稚長鞭揮起，用力一甩死死纏住來報信太監的頸脖，三步並作兩步，上前死死踩住那太監的胸膛，雙眸充血發紅，怒火將她整個人的理智全部燃盡，「我祖父諄諄教導我等凡事都應當小心謹慎，博采重長，不可冒進貪功！祖父謹慎了一輩子！何來剛愎用軍之說?!」

白卿言雙手握得咯咯直響，好一個剛愎用軍！皇帝和皇后嫡子信王平庸不堪難當大任，為拿軍功逼祖父冒進，到頭來倒成了祖父剛愎用軍了?!

將所有過錯推至為大晉國鞠躬盡瘁一生，血灑疆場，馬革裹屍的忠勇之臣頭上，信王就不怕午夜夢迴白家英靈找他索命嗎?!

她險些忍不住立刻就拿出行軍記錄為祖父和白家正清白，可……現在還不到時候。謀定而後動，需得厚積薄發才能物盡其用出奇制勝。這累累血債，刻骨深仇，她白卿言記下了！

滔天的怒火沖上來，她咬緊了齒關，連同心口湧上來的腥甜一起咽下去，喊道：「白錦稚！給我退下！祖母話未問完誰允許你動手！」

白錦稚差點忍不住失聲痛哭，她收了鞭子，淚水如決堤般再也忍不住。

來傳訊的太監險些被勒死，劇烈咳嗽之後，慌忙忙跪爬至大長公主腳下以求庇護。

大長公主一張臉慘白，顫抖著唇瓣，滿懷了最後一絲希望，問：「全部?! 我是不是聽錯了！

我十歲的小孫也去了南疆，他才十歲……」

一向柔弱的四夫人王氏雙腿發軟踉蹌上前跪倒在地，揪住太監的衣裳，悲痛欲絕泣不成聲：「十七……我的小十七也沒了?!我的小十七那麼小才十歲！十歲啊！他怎麼也會死?!他只是去見識的……怎麼會死！你騙我！你騙我！」

「大長公主！十七公子也回不來了！」太監哭著重重一叩首。

「不可能的！二郎答應我會護著我們兒子的！」二夫人劉氏的哭聲震天，一把揪住了報信太監的衣領，「你胡說！你胡說！」

一瞬間，剛還安靜的鎮國公府門口，炸開了鍋，亂成一鍋粥，哭聲震天。

「我的兒啊！三郎……你好狠的心啊！你怎麼能把兒子全都帶走！你讓我怎麼活啊！」三夫人李氏捶地痛哭。

兩個雙胞胎圍著哭到被兩個丫鬟攙扶都扶不起身的母親四夫人身旁，咬緊牙關求母親撐住。

五夫人齊氏死死咬著唇，捂著腹部……眼前一黑，整個人直挺挺朝後倒去。

「五夫人！五夫人！」董清嶽眼疾手快接住了暈過去的五夫人。

「五嬸！」白錦桐從董清嶽手中接過五夫人，死死抱住，「五嬸你醒醒啊！」

百姓們被白家女眷悲痛欲絕的情緒所感，竟都哭著跪地喊「國公爺」、「白將軍」，哀嚎震動大都城。

「快！請洪大夫！」白錦繡含淚催促喊道，「郝管家快著人將五嬸抬進去。」

白卿言回頭，看僵直著身子立在那裡已面無人色的董氏，上前扶住母親，哽咽喚道：「母親?!」

董氏回神，眼淚如同斷線，她緊咬著牙關，轉身面對鎮國公府正門內……

「蔣嬤嬤扶母親回長壽院！各院子的管事嬤嬤將你們主子扶好站起來，我鎮國公府不論什麼時候都不能折了脊梁，天塌下來站著接住就是！二夫人、三夫人、四夫人隨我去母親長壽院商量我白氏男兒身後事！白卿言、白錦桐去照顧你五嬸，命人拿著我的名帖去請黃太醫、鐘太醫、劉太醫過來！白錦繡、白錦稚、秦朗照顧好你們的幼妹。盧平立刻命人快馬飛騎回朔陽祖籍報我白家喪訊。郝管家約束家僕、喪儀之事由你來準備。護院均聽從郝管家調遣，白家大事當前任何人不得生事，生事者不論妾室、僕婦、下人、小廝，郝管家可直接打死不必來稟！」

董氏的聲音又穩又快，一絲不亂。

白府護院、下人、僕婦、丫鬟，齊齊稱是，迅速行動起來。

董氏安頓好府內之事，轉過頭來望著還立在鎮國公府門口的世家，鄭重福身道：「各位對不住，辛苦諸位陪我們白家女眷在這風雪裡站了這麼久，可我白家大事當前，實在是顧不上請各位進府飲一杯熱茶！萬望恕罪！」

白家突逢大難，當家主母董氏挺直腰板，條理清晰安排府上諸事，讓人敬佩不已。

在場的多是晚輩，他們也都明白此時白家如同天塌地陷，怎麼有心情請他們進去喝茶，忙作揖還禮。

「還望世子夫人節哀！」

「世子夫人節哀啊！」

董氏再抬眼已是淚流滿面。

「妹妹！我和弟弟留下來幫忙吧！」董清平紅著眼對董氏道，「要我和弟弟做什麼？」

董氏強撐挺直脊梁，聲音裡盡是綿軟無力的哽咽哭腔：「今日已是除夕，我白家滿門男兒身死歸來……我竟不知上哪兒找那麼多棺材。」

聞言，白卿言已然心如刀絞。

望著還守在白家門口未曾離開的世家子弟和百姓們，她跪下行大禮叩拜，忍著心中劇痛，哽咽道：「我祖父鎮國公的棺槨壽材是早就備下的！可卻不曾料到我白家男兒盡數以身殉國！五日後信王送我白家男兒屍骨回城，眼下又是年節，我父、叔叔們和弟弟們的棺槨來不及備下，諸位家中若有合規制的棺槨，白卿言斗膽請借！讓我白家男兒體面下葬。」

說完，她再次恭謹叩首，白錦繡、白錦桐、白錦稚……亦追隨白卿言降膝跪拜。

白家一門忠烈，為國血灑疆場，大晉國百姓豈能讓英雄落得無棺槨下葬的下場?!

那夜，除夕佳節，大都城哭聲一片，為英雄離世，為白家忠勇，也為這將無鎮國柱石守護的大晉江山。

而被看管在清明院的白卿玄，聞訊驚起，連身上的傷都顧不得了，一把扯住自己母親的手腕，追問：「什麼?!全都死了?!祖父、父親……都死了?!」

「是啊！這可怎麼辦啊！」婦人驚慌不已，「數十萬軍隊盡數死在了南疆，皇帝肯定要怪罪的！早知道就不回來了！萬一被連累了滿門抄斬可怎麼辦呀！不行……我得好好想想辦法，我們得逃出去！」

白卿玄錯愕之後，眼底突然迸發出詭異的光彩，他用力攥緊了婦人的手腕兒，聲音輕的詭異：「娘！你說……這白家滿門的男兒都死了！這鎮國公的爵位，是不是就落在我的頭上了?!」

婦人眼瞼一跳，喉頭翻滾了一下，狂喜便被驚懼強壓在了心底：「可是，我聽說……是鎮國公剛愎用軍才導致全軍覆沒，萬一皇帝怪罪下來，就是潑天大罪，萬一連累滿門呢？命要緊還是這爵位要緊？咱們還是先逃再說！」

「那萬一皇帝不怪罪呢?!」白卿玄唇角勾起笑意，「娘！富貴險中求！你想想看……皇帝要是不怪罪，這偌大的鎮國公府，可就是我們母子的了！」

婦人被白卿玄說得心動不已，捨不下這鎮國公府滔天富貴卻又貪生怕死，猶豫不決。

第七章 生死無悔

正月初一。一直被陰霾籠罩消沉了兩天的鎮國公府，隨著主母董氏的振作，忙碌了起來，準備喪事的下人僕婦在角門匆匆忙忙進出。

天還未亮，忙了一夜的郝管家便來了大長公主的上房，除了大長公主撐不住被勸著歇下，鎮國公府的世子夫人董氏、二夫人劉氏、三夫人李氏、四夫人王氏都在。

白家十七兒郎、加上國公爺和國公爺五子，二十三口棺材白家正廳儼然擺不下。

「搭天棚……」董氏強撐著精神，沉著對不知如何是好的郝管家道，「就擺在院中……府門大開！讓大都城的百姓，讓高居廟堂的百官，都看看我白家為大晉慘烈到了何種地步。」

「稟世子夫人，二夫人、三夫人、四夫人，門房來人稟報說……府門外好多人送來了棺材！」

董氏喉頭翻滾，站起身道：「我出去看看，三位弟妹累了一夜回去休息休息吧！養足了精神，初五……迎我們的丈夫和兒子回家。」

四夫人又哭了出來，難受的喘不上氣直搖頭。

聞訊而來的白卿言，幾乎和董氏同時到達門口。

此時白府的紅燈籠已經換成白燈，院內的紅綢也都換成了黑白布，暮氣沉沉。

大開的府門外，百姓立在雪中牽著牛車、馬車、帶著自家上好的棺材烏泱泱堵在門口，也有世家派人送來棺槨。

花甲年紀的老翁，牽著牛車，對董氏和白卿言拱了拱手道：「世子夫人、大姑娘……老朽這這是好的棺木！不知道合不合規制，能不能給府上世子……將軍們或者小公子們用啊？」

「我這才是上好的棺木！頂頂好！世子夫人……大姑娘！用我這棺木吧！」

「我的好！我的好！我這可是正兒八經的松木棺材！結實著！」

「世子夫人我家是棺材鋪子的！我拉來的這幾口棺材都是顯貴人家年前定下的，我都拉來了！都是楠木做的！雖說不是上好的楠木！可絕對配得上白府公子們……」

董氏和白卿言含淚立在門口，福身對爭相送棺的百姓福身行禮。

隨後，定勇侯府的下人護著定勇侯府管家從群中擠出來，管家行禮道：「世子夫人、大姑娘，老奴是定勇侯府的管家，我家侯爺讓我將他備下的棺槨用馬車拉了過來，世子爺和各位將軍都功勳在身，用了也不會不合規矩。」

「替我多謝定勇侯！」董氏帶著白卿言行禮。

「我家侯爺和鎮國公自幼便相識，應該的！夫人、大姑娘節哀。」管家行了一禮。

世家裡見自家有符於規制之內的棺槨，幾乎也都送到了白家。

董氏帶人親自挑選出可用的讓人抬進鎮國公府內，命郝管家著白府管事逐一登門拜謝，剩下用不上的，也都道謝客氣送回。

董氏原本想在院子裡盯著搭天棚布置靈堂，硬是被白卿言勸著回去休息，後面還有一堆事情等著董氏，白家誰都能倒下唯獨大長公主和董氏不能倒下。

她立在院中盯著下人們齊心合力搭天棚，看著那二十多口棺材，心中悲恨交加，心底眼底翻湧著酸痛。

上一世，回來的只有祖父、五叔和她堂弟白卿明、小十七的遺體，她白家其他男兒都留在了南疆。不知道此生，會不會還是一樣的結局。

陳慶生從府外回來，正巧看到立於廊下的白卿言，隨即快步走了過來。

春桃看到自家表哥，低聲對白卿言說：「姑娘……我表哥來了！」

「大姑娘！」陳慶生白著一張臉行禮。

白卿言回頭，見陳慶生行禮，說道：「不必多禮。」

「大姑娘，剛才小的回府時遇到了滿江樓留下看店的店小二，店小二說……有人朝他打聽小的身分，小的思來想去就去找了之前讓給蕭府送信的乞丐，果不其然那乞丐說，有人找到他，斷了他一根拇指追問信的來路，他便照實說……那天看到滿江樓掌櫃同小的打招呼了！」陳慶生汗津津的抬頭看了眼白卿言，又忙垂下頭去，「這事是小的疏忽，請姑娘責罰！」

白卿言手心收緊，蕭容衍厲害她上一世就知道，陳慶生到底還年輕缺少歷練，能做到這一步已經很好了。

「你起來吧！」白卿言抿著唇，「也不一定就查到你這裡，如果有人問你，你就推說也是有人給了你錢讓你辦這件事，你怕給國公府惹麻煩，才託乞丐幫忙，不打緊！你是國公府的人，想必那些人也不敢真用什麼雷霆手段來逼問於你。」

陳慶生長長舒了一口氣：「小的明白了！以後小的辦事會更謹慎，不給大姑娘添麻煩。」

陳慶生是個聰明人，知道白卿言提拔他是看中了他有幾分能耐，他要是小事都辦不好，那也就不配留在大姑娘身邊聽差遣了。

她握緊手爐，喚了聲陳慶生的名字，抬腳朝偏僻處走了幾步，陳慶生會意連忙跟上。

只聽白卿言徐徐開口：「國公府上白事辦妥之後，祖母會以為大晉國祈福為由，帶著三姑娘去寺廟中常住祈福。祈福……是個幌子，三姑娘要女扮男裝隱姓埋名出門經商施展她所長，我打算讓你跟在三姑娘身邊出去歷練幾年。」

陳慶生聽完這話略驚了片刻，女扮男裝出門經商如此離經叛道之事既然得了大長公主的支持，那便是天大的事情，這樣的事若非心腹豈敢坦言?!

一向敏銳的陳慶生明白，大姑娘披心相付，他已然被大姑娘當做自己人，否則如此秘事怎能輕易告知於他？

陳慶生滿腔激動得熱血，他穩住心神，跪下表忠誠：「大姑娘信得過，小的自當肝腦塗地。」

她轉過頭看著陳慶生，叮囑：「以後辦事更謹慎些，我信得過你！」

「小的明白！小的謝大姑娘提拔之恩！」陳慶生叩首。

「回去準備準備吧！該怎麼和你父母說，你心裡應當有數。」她道。

「小的明白！」

一大早，輾轉一夜未眠的董長元聽到大伯董清平和父親董清嶽回府，急忙趕過去詢問情況，得知鎮國公府滿門男兒為國捐軀，董長元滿心驚懼，再想到白家那位，待人溫潤如玉的表姐立時就坐不住了。

他滿腹官司，猜測白卿言該是怎麼樣惶恐？她身子骨本就羸弱單薄，白家逢此大難，她該有多煎熬，是不是惶恐不安，悲慟欲絕，以淚洗面?!

忐忑不寧的董長元立刻快馬而來，還未踏入白府正門，便看到白卿言一身素白孝衣立於廊下同陳慶生說話。董長元立在貼著「奠」字的白綢燈籠下，靜靜等著望著。

白卿言並沒有他意料之中的淚水漣漣，悲痛到臥床不起。她雖面有疲色，雙眸通紅，但眉目清明，甚至還在條理清晰吩咐下人行事，可見心志之堅韌。

雲破初曉，晨光透過薄霧，漸漸落在那風骨峭峻的女子身上，白家突逢塌天大難，她悲而不哀，痛藏於心，毫無徬徨。明明柔弱女子卻韌如碧絲，內蘊剛強，宛若似任何方式摧折都不能將她擊垮、擊倒。

董長元來之前滿腹的安慰之語，盡數消散在胸腔之內。

是他癡忘了，他的表姐即便外表柔弱，可她也是上過戰場，斬過敵軍的！她的膽魄和鐵骨，意志之堅定，是他們這些錦繡書堆裡的男兒難以望其項背的。

春桃餘光看到立在白家正門口的董長元，忙上前低聲對白卿言道：「大姑娘，表少爺來了！」

她轉過身來，見董長元對她長揖到底，淺淺福身還禮。

董長元立於白卿言面前，唇瓣囁嚅半晌道：「若……有什麼是長元能略盡綿薄之力的，還請表姐不要見外。」

她望著院中已經搭起來的天棚，道：「長元表弟替母親和我多陪陪外祖母吧！她老人家好不容易來大都過年，母親和我卻不能陪伴身邊。」

董長元點了點頭，再次看向眼前敦默沉靜的女子：「表姐，節哀！」

「長姐！」四姑娘白錦稚腳下生風急急跑來，草草對董長元揖手行禮後，便壓低聲音在白卿言耳邊道，「長姐，祖母吐血了！」

白家如今遭逢大難，滿門男兒皆亡，若再傳出大長公主病重怕白家人心要散，蔣嬤嬤已經交代過白錦稚切莫聲張，白錦稚知道輕重自然不敢宣揚。

前生祖母得知消息口吐鮮血撒手而去的情景陡然出現在眼前，她頓時全身發麻，像有隻手攥住了她怦怦直跳的心，疼得心口如被絞碎。

「長姐?!」白錦稚見白卿言臉上血色盡褪，忙喚了一聲。

她回神冷靜下來，轉過身對董長元福身：「府上事多，長元表弟自家兄弟，恕招待不周。」

「表姐有事儘管去忙！」董長元忙道。

她頷首，拉住白錦稚的手疾步前往後宅而去。

白錦稚一邊走一邊對白卿言道：「幸而昨夜洪大夫和黃太醫都守著五嬸兒，蔣嬤嬤已經遣人去請洪大夫和黃太醫了！讓我來知會長姐一聲！」

「吐血是怎麼回事?!」白卿言咬著牙關問。

「還不是清明院裡那對奸詐母子！」白錦稚咬牙切齒，發紅的眼眶裡盡是痛恨，恨不得再給那潑婦幾鞭子，「那潑婦聽說太醫院院判黃太醫在五嬸那裡，鬧著要讓黃太醫去給那個庶子看傷，說……說我白家僅剩她兒子一個男兒，她兒子就是將來的鎮國公！祖母本就悲痛不能自已，蔣嬤嬤都吩咐了不要提這事兒，那母子卻到處嚷嚷！祖母一聽這話，氣得臉色發紫吐血！」

白卿言怒火衝冠死死攥住手爐，只想立時活剮了那對母子！他們果然是禍害，看來留不得了。

兩人疾步進了長壽院，僕婦婢子見大姑娘和四姑娘疾行如風，忙打了厚氈簾子。

內室裡，面色慘白的大長公主正倚窗靠在金線繡製牡丹大迎枕上，腿上搭著件細羊絨氈毯，接過蔣嬤嬤遞來的藥丸和水，仰頭咽下。

黃老太醫將脈枕放入藥箱內，抬頭就見呼吸急促的白卿言和白錦稚進門，他忙揖手道：「大姑娘、四姑娘勿憂，大長公主已無礙！怒火攻心反倒讓大長公主將心口鬱結之血吐了出來，這也算是好事吧。否則這汙血不易察覺，長久淤積怕傷了心肺，就是扁鵲在世也無力回天了。只是……

大長公主這身子的確是需要好好調一調，必須靜養。」

大長公主放下手中水杯，瞧見一向老成持重穩如山嶽的大孫女急白了臉的模樣，心頭忽而一軟，眼淚直掉。即便她們祖孫二人有所分歧，可這骨肉血親卻做不得假，聽到自己吐血她還是急吼吼趕了過來。

她紅著眼對白卿言招了招手：「阿寶過來。」

聽黃太醫說祖母無大礙，她這才鬆了一口氣，解開大氅，將手爐遞給婢女走至大長公主身前。

「大長公主、大姑娘、四姑娘，老朽這就告退了！」黃太醫背起藥箱，對大長公主行禮。

「老奴送黃太醫！」蔣嬤嬤連忙笑著在前為黃太醫領路打簾。

白錦稚看出大長公主有話和長姐說，便悄悄退出內室。

大長公主攥著白卿言冰清玉骨的手，見她掌心一層細汗，眼眶更紅了：「你放心，祖母不會有事，祖母還得護著你們這些孩子呢！」

對大長公主的憂心是真的，除卻如今鎮國公府需要大長公主庇護之外，更多的是白卿言無法割捨的親情，她已然不能再失去任何親人！

「剛才在榻上歪了那一小會兒，祖母夢到了好多人，夢到了你祖父……夢到了我的父皇！」大長公主哽咽著紅了眼，抬手將白卿言摟在懷裡，緩慢又悵然說著往事，「祖母十六歲嫁做白家婦，除了心甘情願為你祖父延綿子嗣之外，更有作為大晉公主不可推卸的責任！父皇賜婚前夜……父皇和母后就是這般將我摟在懷中，同我說鎮國公府白家……乃國之柱石大晉脊梁，皇室依仗白家也必須防備白家，父皇年歲已高時日無多，望我替他守住林家皇權，防備白家反心，我若不發誓便不能嫁於你祖父。」

這些事，壓在大長公主心底多年，如今同孫女徐徐說來，那左右為難之感依舊酸楚難忍。所以她決定下嫁鎮國公世子白威霆後，帶著惴惴不安的內疚搬離公主府，如尋常女兒家一般入了鎮國公府白家侍奉公婆，妄圖以此做那麼一點點的補償，來讓自己心安。

祖母難，她知道……她更知道，祖母這麼高高在上清高堅韌的大長公主，今日同她說這些，何嘗不是以低姿態盼她能理解她這個祖母，為了她這個祖母莫生反心。

可真當企圖遮掩不願想也不願意相信的事情，被祖母這麼坦然說了出來，她反而平靜了。

「阿寶，你祖父去了，你父親、叔叔們和兄弟們都去了！我們一家人不可離心啊！」大長公主淚如棉線。

大長公主一番話，怎麼能不讓她傷懷？與至親之人的異軌殊途，才是真正的苦如黃連，如鈍刀割肉讓人寢食難安。

「祖母，孫女兒知道祖母難！祖母是我們的祖母也是大晉的大長公主，白家是我們的家，皇家也是祖母的家！」她抬頭滿目猩紅望著大長公主，一字一句，「孫女兒不敢欺瞞祖母，得知我白家男兒死訊，孫女兒恨不得立刻就反，恨不得血洗大晉朝堂！將坑害我白家男兒的那些魑魅魍魎生吞活剝！」

大長公主全身緊繃，目眥欲裂，嶙峋枯槁的手拼盡全力按住白卿言的肩膀：「你……」

「可我不能！其一……因我無權無勢，武功盡廢，只是後宅小小女流之輩。」她沒有反抗，任由大長公主將她按住，「其二，這大晉的安穩江山是我白家數代人死戰疆場換回來的！浸滿了白家先祖，祖父、父親叔叔們和弟弟們的血！我白家守得是這大晉的河清海晏，百姓的盛世太平！我怎能因泄一己私恨，讓百姓再陷水深火熱之中？怎能讓老者失子，幼童喪母喪父？怎能讓無辜萬民承受血親亡故之痛？怎能讓數萬將士白骨露野?!百姓何辜？將士何辜？他們憑什麼要因我白家私仇埋骨?!」

她這些話發自肺腑，不到萬不得已她不會反。白家忠勇……從不是為了皇室，只為這大晉數萬生民！

大長公主如炬的眸子死死盯著白卿言，疑心未解，生怕她愛之重之的孫女兒欺騙了她。

她握住大長公主的手，徐徐開口：「孫女兒五歲那年，聽祖父與父親談起兩位鴻儒崔石岩老先生與關雍崇老先生於文賢館爭論始皇是明君還是暴君。孫女說假若始皇能使百姓吃飽穿暖，那他便是明君、聖君。」

「孫女八歲那年，祖父拼盡全力將御史大夫簡從文舊案翻出，佟貴妃及其母族因構陷忠臣入獄，御史簡從文得以昭雪，可九族早已誅盡，當年就連簡御史四歲的小孫都跟著上了斷頭臺，懵懂幼童只以為同全家遊戲，被斬頭之前還同母親撒嬌說一會回家要吃糖酥。」

她聲音哽咽：「御史大夫簡從文昭雪那日，祖父又問孫女，阿寶以為何為明君！孫女兒答，仁善治國，不使萬民含冤便是明君！」

「孫女十三歲那年，隨祖父戰場歸來，祖父再問何為明君！孫女見過白骨成山，血流成渠，看過百姓十不存一，妻離子散！知道天下太平之可貴萬金難求，孫女說……還天下以太平的君王，便是明君。」

「如今，大晉萬民暖飽有餘，除卻邊疆百姓還受連年戰火之累，大晉國內尚且安穩太平。若孫女兒因私仇造反……至百姓於何地？至白家世代忠烈於何地？至我白家祖訓何地？孫女要的並非造反，要的是還我白家一個公道！要的……是莫讓那些奸佞之徒將「剛愎用軍」這樣的髒水潑在白家忠骨英烈的身上！要的是讓多疑猜忌的今上，念我白家功勞，放我白家遺孀一條生路，莫趕盡殺絕。孫女錯了嗎？」

她難抑悲痛欲絕的情緒，聲音止不住的拔高，說完已淚流滿面。大長公主心痛難當，用力將大孫女兒摟入懷中，哽咽難言，竟哭出聲來。

她不願意對祖母說假話，可是卻不一定要將所有的真話合盤托出。

是，此時她是不打算反，可她已然在為此鋪路！

她白卿言可以不反，但白家不能沒有振臂一揮……足以讓皇室更迭的滔天之勢來震懾皇室。

祖父要的海清河晏天下太平，她要！

祖父不敢要的威懾主上之權勢，她也要！

她白家可以對這林氏皇權俯首稱臣輔之佐之，可她也要皇室明白，白家是民心之所向……白家之厚德流光，也可將他林姓皇權取而代之！

他皇帝不是害怕白家功高震主居功自傲把持朝政嗎?!那她就把持給皇帝看！讓皇帝懼讓皇帝怕！皇權更替……她白家說了算！天下百姓說了算！

「阿寶沒錯！是祖母錯了！祖母不該疑你！祖母錯了……」

門外，蔣嬤嬤聽到這祖孫倆交了心，抱頭痛哭已然盡釋前嫌，她又難過又高興，用帕子抹了抹眼淚，不知該哭還是該笑。

大長公主年紀大了，哭了一場加上被傷過度已然體力不支，由白卿言和蔣嬤嬤伺候歇下。

白卿言從大長公主長壽院出來，一身素白孝衣的郝管家迎上前道：「大姑娘，我們府上門口突然來了一群自稱白家軍兵士親娘老子的刁民，圍在我府門口哭罵，稱國公爺剛愎用軍致使白家軍數萬將士葬身，致使他們喪子，要讓我白家還公道！」

她腳下步子一頓，雖說昨夜國公府門前陪白家等候南疆消息的百姓眾多，可若不是有心人背後搗鬼，這些兵士的親眷怎敢確定自家兒郎已死在疆場，怎敢昨夜得了消息今日便湊做一團，來鎮國公府門前大鬧？

「那些兵士父母，該如何處置老奴不敢擅自作主。世子夫人剛歇下秦嬤嬤不忍攪擾，老奴只能來大姑娘這裡求個主意。」郝管家眉頭緊皺。

白卿言一向認為，人言雖可畏，可善加利用引導便可成為她可依仗的勢，可以依仗的劍！

如今有人亦想以百姓口舌為刃傷她白家，好得很！只可惜，她手中早已攥住了行軍記錄。她眸色沉了沉，電光石火之間極快抓住了蛛絲馬跡，茅塞頓開……吳哲拼死帶回行軍記錄時曾言，有人追殺護送竹簡的猛虎營營長方炎，陰差陽錯被沈青竹一行人救下方炎又得了竹簡。

信王鷹犬爪牙怕是沒能拿到那五冊行軍記錄正內心惶恐，所以才想到這個方法來試探白家，甚至逼著白家今日就拿出行軍記錄自證清白。背後謀劃之人想必已有手段，只要白家人敢稱行軍記錄在手，今上便會立即逼迫白家交出行軍記錄，不讓這記錄有公諸於世的機會。

她閉了閉眼，如果她是信王幕僚，會怎麼做？

她會讓人至國公府門前鬧事，以此試探白家是否已得行軍記錄之餘，更抹黑白家百年盛譽。心若再狠一點，便會在聚眾鬧事之後暗中殺掉一兩個鬧事者，散布流言推波助瀾稱鎮國公府殘殺烈士家眷！把鎮國公府只許他人言功，不許他人說過這樣的言論論放出來，將鎮國公府置於火上。以保萬一行軍記錄白家已到手，信王扶靈回城時不會被民情民憤遷怒！

郝管家見白卿言閉著眼半晌不開口，像是魂已不在，低低喚了聲：「大姑娘……」

「派人留心周圍看熱鬧的人，有形跡可疑之人，直接抓了審！」

郝管家立時明白大姑娘這意思是說有人指使慫恿兵士親眷前來鬧事，對國公府有所圖謀。

郝管家神色戒備：「大姑娘放心！」

「走，出去看看。」

「大姑娘稍等，我喚上盧平護院，以防萬一。」郝管家謹慎道。

她點了點頭。

當白卿言在郝管家和盧平陪同下到大前院時，就聽四姑娘白錦稚憤怒滔天的歇斯底里從門外傳來。

「連先皇都說我白家滿門從不出廢物各個是將才！我祖父平生行軍最忌諱的就是冒進貪功！什麼剛愎用軍全都是放屁！爾等無知宵小再在我國公府門前滿口噴糞，我一鞭子送你們去西天！」

雙眼通紅的白錦稚握住腰後長鞭，怒火中燒，恨不能把這些在門前挑事的愚蠢小人全部抽死。

眼見圍觀看熱鬧的百姓，早已將鎮國公府裡三層外三層團團圍住，立在白錦稚身旁的白錦繡心頭突突直跳。

「四妹妹不可！」白錦繡忙按住白錦稚要抽鞭的手，「這群人圍在我國公府門前挑事，怕有所圖謀，不可衝動！」

「你們白家是不出廢物！你們白家戰場上是常勝不敗，可你們白家的不敗是我們這些平頭老百姓的兒子……用命換來的。」一個婦人哭天喊地喊道，「一將功成萬骨枯！主將一聲令下，我們的兒子前撲後繼往刀刃兒上撲！丟命的又不是你們！你們怎知道心疼?! 鎮國公只要戰功！只要青史留名，就只管用我們兒子的命去建你們的功業！」

「我可憐的兒子啊！」又有婦人痛哭出聲，撕心裂肺怒喊道，「鎮國公不要臉！活該你們白家男兒都死在了南疆！是你們白家害死了我們的兒子啊！」

「你再滿嘴噴糞！」白錦稚蠻力一把甩開白錦繡，揚鞭就朝那婦人抽去，怒火攻心胡言亂語，「你才活該去死！我今天就抽死你！」

「白錦稚！」白錦繡拼死拉住白錦稚，額頭傷口迸裂，刺目鮮紅順著額角流了下來。

「你是個膿包軟蛋任人欺負！我不是！」白錦稚雙眸猩紅對白錦繡吼完，憤怒推開白錦繡。

長鞭破空，婦人的慘叫聲淒厲。

「小四！不可！」白錦繡本就有傷在身，被白錦稚推開撞於牆上，頭痛難當。

青書急得不行：「四姑娘你怎麼能和二姑娘動手！二姑娘……您怎麼樣？」

白卿言加快腳步，拎著素衣下擺踏上臺階，見雙眼猩紅的白錦稚卯足了勁兒似要將那婦人往死裡抽。

「白錦稚！你給我住手！」她臉色煞白回頭吩咐盧平，「平叔，給我制住四姑娘！」

盧平得令三步並作兩步衝上前，生生挨了一鞭才將暴怒的白錦稚制服住。白錦稚如走火入魔般瘋狂嘶吼，幾度衝開盧平的禁錮，大有要和那群咒罵國公府的小人同歸於盡的架勢。

隨後而來的白錦桐見白錦稚瘋魔的模樣，端起門房方桌上已涼的茶水，疾步走下國公府正門高階，一壺水潑醒了白錦稚。

冷水澆熄了白錦稚衝冠怒火，她如夢初醒，胸口起伏劇烈，哽咽看了眼面色煞白的白錦桐，視線轉向高階之上面色鐵青的白卿言：「長……長姐。」

「老天爺啊！你睜開眼看看啊！鎮國公為了軍功害死了我兒子！這鎮國公府的姑娘如今也要

害死我啊！」

「你胡說八道！我撕了你這張嘴！」白錦稚心頭怒火再次被挑起，掙扎著要上前。

立於高階之上的白卿言，面色沉冷，孝服素衣，脊梁挺直傲然，問道：「敢問這位夫人，如今前線隨軍史官記錄的軍情記錄信王尚未送回，戰報剛傳回來，連我白家如今也只知我軍慘敗……我祖父、父親叔叔、兄弟皆亡，軍隊傷亡統計情況如今還未上報，為何你便一口要咬定，你兒子就已戰死了？」

那被抽花臉的婦人明顯露怯慌張，強梗著脖子道：「鎮國公都戰死了，我兒子還能活嗎?!」

「那便是你在臆測你兒子已死！我自幼隨軍出征，也曾同叔叔們去陣亡將士家屬家中發放撫恤，倒不知哪家兵士的母親……不盼兒生，反在無任何實證之下一口咬定自家兒子已死，來我國公府門前叫囂。」

那婦人縮在那裡，眾目睽睽之下，只能胡攪蠻纏：「我……我這是著急了！我可憐的兒子啊！你死了娘該怎麼辦啊！你說要去軍隊爭爵位……可爵位沒有爭到，國公府的那些將軍們為了搶功，為了青史留名……拿你的屍骨當踏腳石啊！」

「你怎是著急，你這分明就是故意來我國公府門前鬧事！」白錦稚聲嘶力竭，「消息傳回我白家男兒皆亡，哪怕是昨日報信的太監說信王不日親扶靈柩回大都城，我們白家也盼著那消息能有誤！你倒好……消息都沒有就打上門來，癡纏說我祖父害你兒性命，你還是不是當娘的?!你再在我國公府門前胡攪蠻纏我抽死你！」

原本氣勢已經弱下去的婦人，抓住白錦稚最後一句，聲嘶力竭的哭聲又高不知道多少倍：「蒼天你睜開眼睛看看！鎮國公害死我兒子，現在鎮國公府的姑娘還要抽死我啊！我們平頭百姓真的是沒法活了啊！沒法活了！」

「你……你個刁婦！」白錦稚雙眼通紅，激烈掙扎，險些連盧平都按不住她。

「我祖父害死你兒子?!」白卿言聲音冷冽如刀，熊熊之火在胸腔內燃燒，燒紅了她黑亮的雙眼，「你兒，難不成是我祖父用刀架在脖子上逼著從軍入伍的嗎?!沙場征戰立功得爵，哪一個血性兒郎不想保家衛國光宗耀祖？可爵位是白來的嗎?!享得了多大的榮耀富貴，就要經得起多大的磨難凶險！只想要爵位不想遇凶險哪來這麼大的好事?!」

「旁的不說，就說我白家！都說鎮國公府百年榮耀！可這榮耀是我白家男兒用命血戰疆場換回來的！白家祠堂林立的數百牌位，哪一個不是血染黃土馬革裹屍?!能壽終正寢的屈指可數！」

「你說我白家貪功?!白家若貪功……宣嘉三年，我祖父何以上表《功爵論》求陛下恩准使沙場立功的平民士兵也可得爵位光耀門楣？白家軍功自在人心又何須贅言，祖父何須小人做派貪功冒進？」

見那婦人眼睛珠子滴溜轉，她又冷聲道：「我曾問祖父，為何其他侯爵家的兒女可在這繁華都城拜官入仕，享盛世太平！為何白家兒女十歲便要隨軍出征，吃苦殺敵。祖父言，因前線艱險總須有人去！因那裡數萬生民無人護！因不能虛擔鎮國之名尸位素餐無所作為！鎮國二字，當是……不滅犯我晉民之賊寇，誓死不還！」

「白家同高祖開國，已得鎮國公爵！百年之後的青史……不夠留名嗎?!我父、叔父、弟弟們盡數封將！爵位加無可加！榮耀高無再高！什麼樣的軍功，比我白家軍之威名震懾大樑、戎狄十年不敢來犯還高?!什麼樣的軍功需要我祖父爭到滿門男兒皆滅?!我白家子孫就是躺在祖宗功勞簿上，在這大都城歌舞昇平有何不可？」

白卿言指著頭頂黑底金字的御賜牌匾：「生為民，死殉國！白家只為不愧對我頭頂高懸的這鎮國二字！只為護我大晉百姓無憂無懼的太平山河，生死無悔！」

「可到頭來，在這繁華錦繡的大都城內……吟詩作對吃喝玩樂之人得享榮華！而白家死於護國之戰的英靈，卻要落得一個為了軍功坑害將士之名！這是何道理?!」

她側身，五指併攏指向國公府正門內排放的二十多口棺材：「你們告訴我……若是我祖父害死了你們的兒子，誰害死了我祖父?!誰害死了我們白家兒郎?!白家連十歲的孩子都血灑疆場！你們誰家十歲小兒曾奔赴戰場?!誰家十歲小兒能馳馬舉劍殺賊寇?!誰家捨得十歲小兒死戰殉國?!誰家?!」她聲聲拔高，接連數問，字字珠璣，聲震如雷，卻也絞得她心肺撕裂般劇痛難當，全身顫抖發麻。

百姓亦是被白卿言這番話，震得毛髮聳立，熱淚盈眶，被白家之忠義感佩的心頭酸楚難當義憤填膺看著前來鬧事的宵小之徒。

原本暫居國公府養傷的秦尚志，聽聞有兵士家眷在國公府門前鬧事，匆匆趕來意圖替白家解圍以答謝白府收留之恩。沒成想他剛帶傷趕到，便聽到白卿言這一番撼人肺腑，盪氣迴腸的質問，連他亦是熱淚沸騰，恨不能立時提劍與白家男兒同戰沙場，熱血報國。

臉上帶血的白錦繡緊緊攥著胸口衣裳，跪地仰望蒼天痛哭：「祖父，你睜開眼看看……這就是白家拼死守護的民！白家為萬民捨生忘死……長姐為誅殺賊寇身受重傷！白家男兒滿門皆死！換來的竟是汙名！祖父……你教導我們為民捨生忘死，愛民護民！可誰來護我白家啊！」

聽到二姑娘白錦繡跪地痛哭的呼聲，白錦稚死死咬著牙，忍耐了多日終於痛哭出聲。

身著孝衣的白家家僕，早已經熱淚滾滾，有的跪地痛呼著國公爺，有的緊攥手中的木棍恨不得將那些鬧事者亂棍打死。

圍在國公府門前原本看熱鬧的百姓已然淚流滿面，為白家風骨，為白家這分護天下萬民之心。

百姓們用衣袖抹淚，咬牙切齒怒罵在國公府門前鬧事的那群兵士家屬。

「剛才鬧事的那個是王二狗的後娘，就是個見利忘義的……王二狗不是她親生的她當然盼著王二狗死了！人家鎮國公府保家衛國滿門男兒都死了！她倒是好大的臉，竟敢來國公府門前鬧！分明就是想要訛錢！沒心沒肺的狗東西……」有百姓怒罵道。

「呸！不要臉的東西！鎮國公府護我大晉百姓，人家家裡天大的喪事，她還好意思來訛錢！就應該把這些跪在國公府門前鬧事的都丟到邊疆，讓他們一家子受受西涼南燕大軍的折磨！他們才知道國公府的好！」

「鎮國公府兒郎皆身死，如今西涼南燕聯軍大破南疆，大樑、戎狄虎視眈眈，以後……有誰能護我大晉啊！」

「什麼！國公府兒郎女子都是頂天立地好樣的！還有曾和國公爺上過戰場的大姑娘、二姑娘、三姑娘在！大姑娘更是曾手刃蜀國大將軍龐平國，踏平辱我大晉的蜀國！」

那人話說完，百姓看向高階之上的白卿言，只見白卿言雙眸含淚面如冰霜，頭上帶傷的白錦繡緊捂心口，哭得兩個丫鬟扶住才勉強立住，百姓心裡亦是難受不已。

白家大姑娘和二姑娘、三姑娘再厲害，也只是未及桃李之年的女子……

「這群狗東西都不知道什麼叫死者為大，這個時候來國公府門前鬧，都不怕寒了國公府遺孀的心！」一有百姓已經哭出聲來，百姓們情緒互相感染，漸有群情激憤之勢，狠狠瞪著那群跪在國公府門前鬧事討公道的人，跪在最後方的已然悄悄往後挪準備趁人不備溜走。

那位鬧得最凶的王二狗繼母，惶惶不安，抖成一團。

看著那些眼神恨不得將她吞之入腹生吞活剝的眾人目光，她左瞧右看竟然無處可躲，故作強硬道：「你們國公府功勞是大！可誰還會嫌功勞太多太大！當然是越多越好！」

雙眸含淚的白錦桐，上前一步，咬牙切齒：「你敢提軍功！是什麼樣的軍功，要我白家陡增二十多口棺材廳堂擺都擺不下，只能委屈放在這光天化日之下？你告訴我什麼樣的軍功要我年邁祖母痛失丈夫，痛失兒子和孫子?!你們既來我國公府門前大鬧，那你們告訴我……我祖父想要的是什麼樣的軍功?!」

在場百姓被白錦桐的話所感，情緒越發激動，有壯年男子已然擼起袖子嘴裡罵娘，恨不得將鬧事者活撕了。

「娘的！人家全家男兒為國為民而死，你們還沒完沒了在這裡鬧事！信不信老子抽死你！」

呂元鵬同蕭容衍帶著一行護衛，押著兩個被繩捆住渾身是血的賊人，牽著馬慢悠悠往國公府走。兩人正議著一會兒怎麼同鎮國公府說這件事時，呂元鵬便遠遠瞧見國公府門前烏泱泱圍了好些人。

「蕭兄！我先行一步去看看！你帶人隨後過來！可別搶我的功啊！」呂元鵬說完一躍上馬，腿夾馬肚疾馳而去。

蕭容衍唇角帶著淡淡的笑意，眼神卻極為犀利深沉，他已然注意到立在國公府門前一身孝服的白卿言，側頭吩咐：「先派兩個護衛先將那兩人帶過去。」

「是！」蕭容衍屬下應聲。

想起字條之事，蕭容衍暗斂的眸色越發深不見底。

雖不知字條是否出自白大姑娘之手，亦不知這位白大姑娘是否已知他身分。可如今既然送紙條之人按兵不動，不曾挾恩提任何要求，亦沒有拆穿他身分，他便以不變應萬變，靜待便是。不過他猜，紙條之事約莫同這位手段城府頗深的白大姑娘脫不了干係。

「白家姐姐！」呂元鵬馳馬快逼近人群時，勒馬跳下馬，手裡握著馬鞭擠出人群疾步衝上高階，恭恭敬敬對白卿言長揖到底，又轉過身看了眼跪在國公府門前鬧事的人道，「今兒個一早，我和蕭兄得到消息，有兩人買通了一些兵士家眷，要來國公府門前鬧事，想來就是這些人了……」

聽到蕭兄二字，白卿言抬眼。

不遠處，披著灰鼠皮大氅的蕭容衍，在十幾名侍衛護衛下，牽馬緩緩步行而來，風度翩翩從容悠然。

湊熱鬧的百姓聽到侍衛呼和聲，回頭。

只見人高馬大面無表情腰間佩刀的侍衛，拎著兩個全身血淋淋的男人朝國公府走來，百姓紛紛避讓出一條路。

「白家姐姐！今兒個一早，我聽聞白家十七兒郎的事情難過不已，來國公府的路上遇到了蕭兄，正巧蕭兄家裡的老管事正在同蕭兄稟報，說今早替蕭兄給幾戶困苦人家送銀子，沒成想路過城郊破廟時聽到有人給兵士家眷分發了銀子，說讓他們來國公府鬧事，讓這群人說國公爺剛愎用軍為青史留名，貪功拿兵士的命不當命！說鬧完事之後再給他們每人五十兩銀子！」

「好陰毒的手段！這是要致我鎮國公府遺孀於死地啊！」白錦桐身側拳頭緊緊攥在一起。

那群來國公府門前鬧事的兵士家眷抖成一團，呂元鵬連地點都說得如此清楚，看來是事情已經敗露，有人想要遁走卻被百姓和侍衛攔住，撲通一聲就跪在了地上，磕頭跪求什麼都抖了出來。

「大姑娘饒命啊！就是這兩個人給了我們一人二十兩銀子，讓我們來國公府門前鬧事的！」

「大姑娘！大姑娘我銀子不要了！我全都給您！我知道錯了！再也不敢了！您饒命啊！」

「白家姐姐，你猜怎麼著？」呂元鵬甩開大氅下擺，用手中馬鞭指著地上全身血糊糊的男人，「這兩個男人，就在破廟等著這群蠢貨回去，準備把這群貪財忘義的蠢貨全都宰了！然後再誣賴到鎮國公府的頭上，以此來抹黑國公府！」

鬧事的兵士家眷一聽頓時嚇得面無人色，惶恐不已，跪爬上前幾步，磕頭求饒：「白大姑娘！是我們豬油蒙了心才收人錢財來國公府門前鬧事，可是……可是小老兒家中只有那麼一子！孩子若是死了，我也想要多拿點兒錢財好養老啊！」

「是啊！我們也是迫於無奈啊，要是兒子真的死了，我們這些老太婆老頭子要怎麼活啊！」

白卿言脊梁挺直立在高階之上，望著原本前來鬧事言之鑿鑿說祖父害死他們兒子的人，此時正淚流滿面跪地求饒，心中並無多大波動，反倒看著那兩個被侍衛死死按壓住的賊人，問：「何人指使你們？」

那兩人被壓得反抗不得，其中一個道：「拿人錢財替人消災，江湖人有江湖人的義氣和規矩，我們本應已死，技不如人被人生擒，我們認栽！白大姑娘要殺要剮悉聽尊便。」

「這幫狼子野心之輩攀誣為國捐軀的忠勇英烈，意圖構陷國公府遺孀不仁，你等也配提這義字？」她聲音沙啞，似已筋疲力竭，心如寒冬，閉了閉眼後道，「如今白門忠骨未寒，便有冷箭欲致我白家於死地者！罷了！白家一門忠骨，人神共鑒！祖父已死，白門男兒盡損，我白家也算能對得住鎮國二字了！」

那不悲不喜的淡漠冰冷，充滿心力交瘁之感，同剛才滿腔義憤，與這圍攻鎮國公府的貪財之徒據理力爭的風骨女子判若兩人。卻是道不盡的悲涼，如同哀莫大於心死一般心灰意冷。

她福身同呂元鵬行禮：「白府大事繁忙，管事、僕從抽不出身。可否勞煩呂公子，將這二人交與京兆尹府，白府深信京兆尹能還白家公道。」

呂元鵬沒反應過來，癡癡應了一聲：「當然沒問題！」

她目光看向從容不迫立在人群之外的蕭容衍，他身後十幾名帶刀護衛，身披件大氅一件青白暗繡團雲紋直裰，翠玉金絲鑲邊的腰帶，清雅至極。

他原本五官生得輪廓極為深邃驚豔，偏偏周身盡是讀書人的風雅氣度。嘴角總噙著淡淡的笑意，目光沉穩而內斂，儒雅之風韻是連當世大儒都少有的溫醇深厚。

她不蠢，相反眼明心亮，今日這兩人是蕭容衍借呂元鵬之手送到國公府門前的。

白卿言向蕭容衍頷首致意，這分情……她白卿言承了。

「四姑娘白錦稚對百姓揮鞭，平叔收繳四姑娘長鞭，押回府，請家法。」

說完，她轉身，含淚扶住臉上帶血的白錦繡，無聲對白錦繡笑了笑。

「長姐……」白錦繡哽咽，淚如雨下。

「不哭了，走吧！」白卿言聲音如同歎息，緊緊將妹妹護在懷中，抬腳朝白府內走去。

白錦桐對呂元鵬行了一禮，親自押著面有不甘怒火未消的白錦稚回府。

呂元鵬看著白卿言意氣消沉的背影，緊握手中的馬鞭，他沒想到將這兩個人帶到白府來向白卿言邀功，竟然讓那有著凌霜傲雪之風姿的女子萬念俱灰，他似被這懸掛在國公府門白綢布燈籠上的「奠」感染，竟生出令他痛心疾首的悲涼和憤怒來。

曾在滿江樓前，這個看似單薄的弱質女流，一身傲骨，發自肺腑忠義之言，拳拳愛民之情，震耳發聵！收拾那個庶子時雷霆之勢，何等的魄力?!

那日大殿之上她消瘦的身姿挺如松柏，一身的浩然正氣，鐵骨忠膽，彷若任何挫折衝擊都不足以壓垮她的傲骨，可今日她竟被她白家幾代人拼死守護的人民百姓擊垮了！

「你們這群不忠不義的無恥小人！」呂元鵬用馬鞭指著國公府外跪做一團的貪財忘義之徒，義憤填膺，「鎮國公府白家用熱血用生命捍衛你等在這繁華帝都的安寧，你們不思感恩，竟然為那些黃白之物往忠烈身上潑髒水！你們還是不是個人?!」

「還有你們！」呂元鵬馬鞭指向那兩個所謂江湖之人，「若無白家邊疆抵禦賊寇，你們談你娘個屁的江湖！江湖義氣?!哪兒來的臉！白家男兒為我大晉戰死沙場，你們就為了銀子……難道連白家遺孀也要逼死嗎?!」

本就已經激化，相互感染的民憤，被呂元鵬這紈褲幾句話催得悲憤難耐，擼起袖子就打……

「這群狗娘養的！打死他們這群不忠不義之徒！」

國公府門前亂成一團，就連呂元鵬也揮著馬鞭加入了群毆的隊伍。

唯獨蕭容衍，若方外高人，孑然而立，半晌才回頭對侍衛道：「去護著那兩個人，別讓死了。」

來國公府鬧事的兵士家眷，同那兩個所謂「江湖人」被百姓連毆帶打，一路扭送到了京兆尹府。京兆尹本就因為南疆慘敗國公府男兒盡亡的事情，預見到這個年不好過。沒成想這大年初一剛到晌午，右相最疼寵的小嫡孫呂元鵬便夥同大都城內百姓，給他送來了這麼大一個年禮。

為不驚擾大長公主，和各位剛剛歇下的長輩，白錦桐將白錦稚壓入了白卿言的清輝院。

白錦稚跪在清輝院青石磚上，梗著脖子，她不怵家法，可她不服。

盧平手握家法軍棍，立在一旁尤覺不忍，到底今日是別人先到國公府鬧事，四姑娘是為了維護國公府的聲譽才和人動手。

立在白卿言身邊的三姑娘白錦桐負手而立，看了眼兩淚汪汪的白錦稚，壓低了聲音求情：「長姐，小四知錯就行了，今日說到底也是別人挑釁在先。」

見白卿言緊抿著唇，目光如炬望著白錦稚，白錦桐忙道：「小四！給長姐認錯！」

剛換完藥的白錦繡被青書扶著，匆匆踏入清輝院大門，她看了眼跪在院中的白錦稚，走至白卿言身旁，福身行禮為白錦稚求情：「長姐，小四有錯，但事出有因，小四也是為維護家聲。」

「長姐要打，小四認！可小四不服！」白錦稚咬緊了牙關，含淚直視立在廊下的白卿言，「小四為護我國公府聲譽！沒錯！」

白錦稚瞪向白錦繡：「反倒是二姐……那起子貪財忘義之徒誣衊我國公府，二姐就那麼眼睜睜看著無所作為！二姐懦弱慫包！小四不恥！」

看著表情倔強的白錦稚，她難耐心中心痛和失望，道：「平叔，你們先在院外等候。」

偌大的清輝院內，只剩下他們姐妹四人。

「你二姐慫包？你二姐若是慫包，能為救你三哥險些被砍斷一條手臂，仍手刃敵軍前鋒?!從小到大你二姐為你頂錯，累積挨過至少不下兩百軍棍，她慫包了嗎?!剛才國公府門前，若不是你二姐掐好了時機痛哭，你以為如何能激得百姓忘了你揮鞭之事擁護我白家？就是在忠勇侯府秦家你二姐不出手則已，一出手……便將秦朗逼得不得不破釜沉舟搬出忠勇侯府！你二姐是慫包，你動輒傷人逞兇耍狠就是英雄了嗎?!」

白錦稚偏過頭去，還有不服。

「你二姐攔著你的時候，有沒有告訴你那群人圍在我國公府門前挑事，怕有所圖，不可衝動?!」她厲聲質問，「門前揮鞭，口口聲聲叫嚷著殺人！真是好生威風啊！今日若不是呂元鵬生擒那兩個賊人，來國公府門前說出那兩人圖謀，你可想過後果?!」

白錦稚想起呂元鵬說，那兩個人要將那些兵士家屬滅口，然後栽贓到鎮國公府的頭上，心神不安，卻倔強的不肯認錯。

白卿言指向國公府正門的方向：「那群人若回去後盡數被滅口，京兆尹府怕第一個就得來我國公府抓你！」一想到這事會將之前白家的大好聲譽和民心摧毀，她就覺不寒而慄，形勢和民心是她如今唯一能依仗來救白家的利器。

「我身正不怕影子斜！抓就抓！我不怕！大不了入獄一遭，京兆尹查清楚總會還我清白！」白錦稚一副視死如歸的強硬模樣。

她雙目如炬看著眼前這個自負又爭強好勝的妹妹，頓時怒火中燒：「天真！此事是有人費心布局設套，你以為你進了京兆尹府還能得清白?!他們只有把罪名坐實扣死，才能毀了向我白家之民心！滅了護我白家之形勢！你厲害……你二姐提醒不聽，偏要往裡鑽，還同你二姐動手！」

「今日之事……若無呂元鵬擒賊人上門，那些兵士家眷被誅，就單單為洩憤戕殺兵士家眷這一罪……便足以將白家數百年功績毀於一旦！百件善事，不及一惡過的道理你學到狗肚子去了?!你一旦入獄，謀劃此事的背後之人必會加以煽動，製造流言，再借勢栽贓汙扣白家一個滅族之罪，白家男兒皆戰死，我們朝堂無人本就舉步維艱，若再無民心擁護，那就是萬劫不復！這……便是操縱此事的背後之人要看到我白家的結局！」

白錦稚死死攥著身側衣裳，一身的冷汗，咬著牙不吭聲，垂眸不敢再直視白卿言那雙清明雙眼。

她恨鐵不成鋼，聲音止不住拔高：「做人也好，做事也罷！可以鋒芒畢露，但前提是你必須有能力和城府將局面把控在你的掌握之中！可你看看你……同潑婦比凶鬥狠！與見利忘義之人徒爭長短！不顧大局，為泄一己私憤盛氣凌人，逞一時痛快揮鞭，昏頭昏腦全無後招！」

見被白卿言如此嚴厲訓斥的白錦稚直掉眼淚，白錦繡看著心疼不已，低聲勸道：「長姐……小四年紀還小個性直率，此次也是為維護國公府聲譽才率性而為，只要小四知錯，教訓過就算了吧！」

她緊緊盯著僵硬跪在院中死不認錯的白錦稚，心口劇烈起伏：「所有不計後果的率性而為，都是草包之人束手無措下的無能放縱！祖父、父親、叔父和弟弟們身死南疆，朝中奸同鬼蜮者對我白家虎視眈眈，白家如今是絕處求生，如夜半臨淵，你以為還有餘地容得她率性而為？」

清輝院內氣氛隨著白卿言高昂的聲音落下，變得壓抑而沉重，姐妹四個人抿唇不語。

除卻白錦稚，白卿言、白錦繡、白錦桐三人都看過記錄著行軍記錄的竹簡，白家危在旦夕她們三人如何能不知？

白錦繡眼眸立時酸脹難當，轉過頭淚水漣漣。

白錦桐緊緊攥著拳頭，垂眸落淚。

隆冬寒風打旋颳過，豔陽耀目之下，比以往下雪時更冷。

她本就酸脹的雙眼受不住光照積雪的耀目，閉了閉眼瞼，略略平靜了心口翻湧的滔天情緒，啞著嗓音問：「你可知……為何你十歲那年求祖父讓你去前線歷練，祖父未曾准許？」

白錦稚已無剛才嘴硬爭辯強硬姿態，緊緊攥著身側的衣裳道：「不知。」

「祖父曾說，我們姐妹中，你二姐外柔內剛，看似柔順，胸中自有乾坤手段。你三姐最為聰慧機敏，心有丘壑內有計謀。而你……是眾姐妹中武功悟性天賦最高的一個！也是最像年輕時祖父的一個，爭強好勝，睚眥必報又不計後果，你骨子裡是桀驁不馴四個字，祖父怕你本就定性不夠，沾過血，會變得更加肆無忌憚，這才讓你留在大都……同先生多學幾年聖賢書。」

白錦稚被白卿言一番話說得臉上血色盡褪，僵直著脊背。

她睜眼望著白錦稚，語氣中帶著心痛，低聲道：「騎術、劍法、槍法、箭術、鞭法！你樣樣比別人學得快，樣樣比別人精通，你年僅十五放眼這大都城可有幾人是你的對手？你理應按行自抑，深圖遠慮，謀定後動！率性於外，沉穩於內。理應以女子之身揚名疆場，成為祖父那樣讓後人敬仰的將軍，成為我國公府乃至大晉國最耀目的女子！而不是爭強好勝逞一時之快，陷自己和白家於萬劫不復！」

白錦稚原本傲然挺直的脊梁微微塌了下去，表情亦是變得凝重，緊攥的拳頭用力到發抖。

她心頭難忍情緒，無力道：「今日你若知錯，自去找平叔領這五十棍！若你還是自覺無錯……那便算了。」不知錯，打了又有何用？

白錦稚說不出話來，只死死咬著牙，起身離開清輝院去找盧平領棍。

「錦桐，你去告訴平叔，念在白家大事當前，手下留情。」她壓低了聲音說。

白錦桐頷首，轉身疾步去追白錦稚。

「長姐……」白錦繡攥住她的手，用力握了握，「小四會明白，長姐疾言厲色是因為對她存了厚望。」

白家男兒盡損，徒留滿門女兒家，想要撐起白家本就艱難。

白錦繡嫁入秦家，不日白錦桐將會出門經商，她並非覺得白錦稚年紀小所以未做安排，而是想等白家大事過後，再將白錦稚放在身邊慢慢管教一兩年，便如她所願讓她金戈鐵馬盡展所長。

可她忘了如今白家已是如履薄冰，前路坎坷緊迫，已沒有漫漫時光容白錦稚這個單純恣意的少女隨心放縱。經歷失親之大悲大痛，白錦稚須迅速成長成一個肩有擔當，心智剛強，能撐起白家一角的白家女兒郎。

她望著今日這天高雲淡、晴空萬里，幽沉眸底殺氣騰騰。信王鷹爪敢在背後搗鬼，計畫鋪排意圖推波助瀾意圖顛覆白家，如今被戳穿……若還想指望全身而退風平浪靜，她可不會給他們這般便利。

白卿言武功盡失，便以民言為劍。同是欲用民情民言為利器造勢，那便鬥鬥看……孰優孰劣。

她看向立在清輝院門口，惴惴不安不敢進來的僕婦、婢女，喚道：「春桃……」

春桃聞聲，疾步進來，見白卿言扶著白錦繡要進屋，忙打簾。

「去叫你表哥過來，我有事吩咐他。」

「哎！奴婢這就去！」春桃點頭。

上房內，白卿言同白錦繡坐在火爐旁，親自為白錦繡揉胳膊。

在國公府門前，白錦繡攔著四姑娘白錦稚時全無防備，被那丫頭不知輕重推撞在銅鑲邊的門框上，正正好撞在舊傷口上，疼得胳膊都抬不起來。

或許是房間內太過安靜，或許是因為在長姐身邊就覺安寧踏實，白錦繡不由自主開了口……

「長姐……」白錦繡垂著眉眼，鼻音尤其濃重，「今早我母親身邊的羅嬤嬤替我外祖家傳話，說……白家滿門男兒皆滅，我父親和哥哥弟弟都已身亡，我也已嫁人。今上對白家態度未明，讓我母親早做打算，向祖母討一封和離書，省得受白家連累。」

鎏金瑞獸香爐裡，輕煙飄渺，滿室彌漫著一股極為淺淡的馨香。

「二嬸不會走的。」她聲音很低，卻十分肯定，因為上一世……便是如此。

她的嬸嬸們，雖說是在國公府榮耀時嫁入，可在國公府蒙難時，沒有一個是軟骨頭，沒有一個……棄白家而去，甚至為了替白家求公道，以命相逼今上。

「我知道。」白錦繡低低應聲，「我只是覺得世事無常，以前……外祖母總教導母親要恭順和善，好生侍奉公婆，可為什麼白家一出事，便在父親屍骨未寒之際，讓母親去討和離書，真的……好生涼薄。」

「慈母心腸，皆希望兒女餘生安康順遂！俗語有言……生兒一百歲，長憂九十九！你莫怪你外祖母。」

白錦繡心中的那點點憤懣和羞恥，因為白卿言一番話消彌，她轉過頭望著給她揉肩膀的白卿言，淚流滿面：「不知道其他嬸嬸的母族，會不會要她們在這個時候離開白家。」

「嬸嬸們，都不會走的！」她握住白錦繡的手，語重心長，「所以，我們要幫著我母親和嬸嬸們，撐起白家！讓天下之人看到，即便我們的祖父、父親，所有的白家兒郎都不在了，也絕無人可以輕賤我白家門楣，無人可以輕賤我們的母親和嬸嬸們！」

白錦繡點頭：「只盼五嬸能一舉得男！好歹能夠支應白家門庭！」

白錦繡說到得男二字，難免想起清明院那個庶子，如鯁在喉：「我爹那個庶子……長街之事我已聽說，簡直是個混帳東西！怕是指望不上！」

白卿言不願再提那個庶子，只道：「那個庶子你不必當回事，翻不出什麼大浪來！五嬸生男生女乃天意，強求不得！我們需按最壞結果來打算。」

「那日後，我白家該怎麼辦？」白錦繡哽咽。

「等祖父……他們回來，祖母會去求皇帝准許我們舉家回朔陽祖籍，祖母會以為我大晉祈福為由自由清居慶安寺禮佛，留你三妹妹錦桐在身邊。祖母命三妹妹女扮男裝出門行商，為我白家暗中積財……」

白錦繡聽到白卿言交底，頓時心驚肉跳。

她同白卿言相握的手收緊，心中頗為混亂，言語上也冒失起來：「舉家回朔陽？我也想一同回去！秦朗已搬出忠勇侯府……朔陽人傑地靈適合讀書！我……」

比起留在大都，白錦繡總覺得姐妹齊心在一起，才更讓人覺得安穩溫暖。

她拍了拍白錦繡的手，將白錦繡穩住，才對她搖頭：「先不說你已經嫁給秦朗，就單說我們白家……能不能安然退回朔陽兩說，若真能安然退回去，那大都城這裡……我們絕不能全瞎全盲，你可懂我的意思？」

白錦繡一怔，隱約察覺白卿言似乎在部署謀劃著什麼：「長姐……」

白卿言用力握住白錦繡的手：「此次，我白家若能全須全尾退回朔陽，大都這裡需要有人來經營。你一向內秀，穩重。有你在大都城……長姐才能放心。」

白錦繡抿著唇，陡然明白了白卿言的意思，長姐這是為白家將來打算，白家……退回朔陽只是暫時，將來長姐還要帶著白家回來！

既已知白卿言有所打算布局，白錦繡絕不會做那個拖後腿的，她抬眼眸色沉穩，頷首：「長姐放心，錦繡必不辜負長姐期望，在大都城內等著長姐回來。」

「大姑娘，我表哥來了！」春桃在門外低聲道。

白錦繡聞聲用帕子擦乾了眼淚，整理儀容端坐在雕花銅罩的火爐旁。

「讓陳慶生進來。」白卿言開口。

陳慶生進門，見白錦繡也在，忙行禮，低著頭規規矩矩不敢抬起：「大姑娘安，二姑娘安。」

白卿言坐於軟榻小几旁，沒有避開白錦繡便問：「今日國公府門前的事情聽說了嗎？」

陳慶生眼明心亮，大姑娘喚他過來既然不避二姑娘，必是不怕二姑娘知曉，老老實實應道：「聽說了，大姑娘只管吩咐！」

她垂著眸掀開鎏金香爐蓋子，手裡捏了根素銀籤子去撥弄香爐的香灰，克制著眼中滔天的駭人殺意：「剛愎用軍這四個字，是信王傳回來的！背後之人敢對我白家出手，無非就是希望替兵敗回都的信王將罪責開脫至白家身上，再坐實白家戕害兵士家眷的罪名，推波助瀾擊垮白家聲譽。既然他們出手又未成功，那接下來我白家就該有所作為，好讓他們知道這潭水他們既然出手攪動起來，想要風平浪靜沒那麼容易。」

「大姑娘放心，小的知道該怎麼做！他們想用流言攻擊我們國公府，我們國公府大可以牙還牙，這種事小的在行，熟門熟路！必不會讓大姑娘失望……」陳慶生保證。

白卿言蓋上香爐蓋子，鄭重望著陳慶生：「辛苦你了！去忙吧！」

白錦稚領棍，雖說盧平手下容情，可還是難免皮開肉綻。白錦稚到底硬骨，心底知錯，咬著牙一聲沒吭領完了棍，也不讓人抬起身便自己走回了院裡。

拿了金瘡藥去看白錦稚的三姑娘白錦桐進門時，見白錦稚正趴在軟榻上偷偷掉眼淚，聽到門響她忙低頭用枕頭悄悄蹭去淚水。

「長姐讓平叔手下留情，你這傷算輕的了。」白錦桐淨了手在床邊坐下，將火盆挪近揭開被子給白錦稚塗藥。

「長姐今日罰你，你可服氣？」白錦桐看了眼趴在那裡偷偷掉眼淚的白錦稚問。

不知道是不是白錦桐擦藥的手重了，白錦稚身體一僵，悶悶應了一聲：「嗯，我知道！我會改這衝動行事的毛病！以後當謀定後動。」

「你可理解長姐那句……率性於外，沉穩於內是什麼意思？」白錦桐有意提點白錦稚。

白錦稚單臂撐在枕頭上，回過頭望著白錦桐。

白錦桐替白錦稚擦好藥，蓋上被子，一邊用毛巾擦手一邊道：「長姐沒有讓你改行事作風的意思！旁人皆說外圓內方乃處世之道，但你大可反其道而行之！大都城人人皆知你俠義直腸，行事衝動，你若能以此來偽裝扮豬吃老虎，便可行旁人不可行之事，旁人也不會對一個心無城府之人多加提防。」

聽到心無城府四字，白錦稚險些發怒，眉頭緊皺。

「外人如何看你不重要，只要你自己心裡清楚你是何人，清楚你是鎮國公府白家四姑娘！我們既無謀士之大智慧，內裡便更需謹慎沉穩，謀定後動。外方……內圓，做到心中有數，你便大有可為，好好悟一悟你該怎麼做！」

「沉舟側畔千帆過，病樹前頭萬木春！雖然白家男兒都不在了，可還有長姐……還有我們！我們雖為女子但也得撐起白家門楣！我白家人可身死，但……精氣不可滅，硬骨不能折，銳氣不可沉！」

白錦桐一雙同白卿言極為相似的眸子泛紅，抬手用力捏住了白錦稚的肩膀：「三姐知道，白家上至祖父下至十七弟都回不來了，你心裡害怕、無措，也恨毒了那些意圖誣衊祖父的宵小之徒！其實三姐同你一樣！可如今我白家危如懸卵，搖搖欲墜，我們不能怕不能亂，更不能如同莽夫只顧洩憤！我們要給大伯母和長姐幫忙，不要添亂。」

白錦稚心事被戳穿頓時熱淚盈眶，再想到今日之事險些給白家釀成大禍，羞愧爬上心頭，用力攥緊身下床單：「三姐放心！錦稚知道了！」

白府四姑娘在府門外對貪財忘義的鬧事者揮鞭，領家法五十軍棍的消息在市井間流傳開來。

有人讚國公府高義，寧天下人負我，不負天下人！

也有人覺得國公府太軟弱，怎得旁人欺上門自家女兒郎反抗，還要領受家法。

可提起此事，百姓便不免想到國公府門前，白家大姑娘震耳發聵的怒問，一時間……鎮國公剛愎用軍致南疆慘敗的言論遭人唾棄。

有百姓想到活命而歸的信王，不知是誰先猜測起……這國公爺剛愎用軍的說法，約莫是信王為自保，將敗軍過錯推至已故英烈身上。

還有人懷疑，今日買通那些兵士家屬前去國公府門前鬧事的背後之人，便是信王。

傳言愈演愈烈，三人成虎，百姓篤信此為真相。

不過半天的功夫，大都城各家各戶時時能聽到有百姓壓低聲音唾罵信王，言辭十分激烈。

還有膽子大的漢子，專程跑到信王府門前啐一口，才憤憤抄袖離開。

信王府留在府中的幕僚如熱鍋螞蟻，聚在議事廳半天商討不出一個章程。

「不過好在已經試探出，白家如今也沒有得到行軍記錄！目下……我們得好生找到行軍記錄才是！」信王府幕僚立在明燈之下皺眉道。

「只能先這麼辦了！還是讓人加緊盯住國公府，有什麼形跡可疑的人進出，立刻來報！」

立在燈下的青衫老者搖了搖頭：「此番上報軍情，信王急於遮掩過錯，用了『剛愎用軍』四字，推脱之心太顯眼，失策！太失策了啊！」

初五信王便要扶靈而歸，鎮國公府突逢大喪，所幸董氏平日治家嚴謹，白家上下齊心，雖是年節，除夕夜裡得了消息至今不過三天的功夫，國公府該準備都已準備妥當。

只是關於靈前摔盆一事，大長公主和母親還有諸位嬸嬸，遲遲定不下來。

如今白家滿門男兒皆亡，只剩一個還沒有來得及記入族譜的二房庶子，五夫人肚子裡的是男是女還猶未可知。

一旦讓這庶子白卿玄摔盆，就表示白家承認了白卿玄的身分，甚至……將白家滿門的榮耀託付交給白卿玄，鎮國公之位若是能保住便必是此子繼承。

可此子出手便見血，個性暴虐，毫無仁義之心，不論是大長公主還是董氏和其他夫人，都不甚放心將白家交於白卿玄之手。

幾位夫人在大長公主的長壽院商討了一個下午，也沒能拿出一個章程來，可那些心思活絡的下人倒是見微知著，巴巴跑到清明院去獻殷勤。

就連白卿玄的母親也端起了未來鎮國公生母的款兒，在國公府白事當前的節骨眼而上，無視世子夫人董氏國公府上下食素的禁令，一會兒要廚房給她兒子送血燕，一會兒又要吃蜜汁蒸火腿，一會兒又要胭脂水晶肘，一會兒嫌糖蒸酥雲糕太膩，一會兒又嫌伺候的婢女不夠漂亮白白汙了她兒子那雙尊貴的眼。

偏偏就是有下人有心討好這對母子，變著花樣似的偷偷往清明院送山珍海味。

也有聽說白卿玄貪好顏色的婢女，動了不該動的心思，仗著有幾分美貌便往清明院湊。

白卿言立在銅罩火爐前，聽著被她安插在清明院的管事嬤嬤規規矩矩立在面前，說起這幾天清明院的事情。

「二房那位姨娘在清明院中放話……說誰讓她兒子傷了，等將來定都要一棍不少的討回來。」管事嬤嬤心裡清楚，這話說的是大姑娘，她不能不報。

「嬤嬤辛苦了，清明院還需嬤嬤多多看著，不能在這個當口鬧出什麼亂子來。」她抬頭望著那位老成的管事嬤嬤，叮囑。

「大姑娘放心！有什麼事，老奴會立刻遣人來報大姑娘。」管事嬤嬤道。

春桃將管事嬤嬤送到門口，正要打簾進去伺候白卿言，就見佟嬤嬤臂彎裡挎著包袱匆匆踏入清輝院大門。

春桃眼眶一熱，忙快步迎上前，福身行禮，紅著眼哽咽道：「佟嬤嬤，您可回來了！」

雖說，平日裡清輝院裡佟嬤嬤不苟言笑規矩也大，將她們一眾下人管的死死的，可佟嬤嬤到底是老薑，越是遇事越是沉穩。如今國公府出了天塌般的大事，佟嬤嬤回來她們這些下人也就有了主心骨。

佟嬤嬤一把將春桃扶起，眼眶發紅，本就生硬的五官越發肅穆：「大姑娘怎麼樣?! 身體可還撐得住?!」

「嬤嬤放心！大姑娘一切都好！撐得住！」春桃眼淚吧嗒吧嗒掉。

佟嬤嬤不在這段時間事情一件接著一件，春桃看起來同大姑娘一般撐得住，可佟嬤嬤一回來她就撐不住了，再想到春妍那個骨頭輕賤的下作東西，想到國公府滿門男兒結局，春桃就忍不住哭了起來。

佟嬤嬤還沒回來時，在外面已經聽到了很多關於大姑娘的傳聞，可心裡還是惶惶不安忍不住擔心，如今聽春桃這麼說才放下心來。

「我先整理一下，再去見姑娘！」佟嬤嬤說完，進了偏房整理衣容，立在火盆前驅散了一身的寒氣這才進門給白卿言請安。

佟嬤嬤驟聞國公府出了大事，風塵僕僕而歸，一見白卿言便紅了眼，好生將白卿言看了一番，見白卿言好似比她走時身子骨還強一些，這才放下心來。

她讓春桃扶著佟嬤嬤坐在繡墩上，問：「嬤嬤匆匆回來，家中可安頓妥當?」

佟嬤嬤的兒子病重，這才回去照看兒子，原本她已讓人帶話給佟嬤嬤讓她過完年再回府，想來是聽說了白家男兒盡損的事，立刻匆匆趕回來，忠心可見。

「已經安頓妥當了大姑娘莫要擔心，老奴此次回來，還受大姑娘乳母金嬤嬤託付，將您的兩位乳兄一起從莊子上帶了回來！金嬤嬤說如今白家大事當前，正是用人之際，讓您的兩位乳兄回府來為世子夫人和大姑娘效力。金嬤嬤讓我轉告大姑娘……大姑娘莫怕，白家忠僕都在，聽憑世子夫人同大姑娘調遣。」

是啊，此生……白家忠僕都在！他們還沒有為了護送她們姐妹逃生，天涯分散。

她眼眶發紅，前生母親得到劉煥章要回大都城告祖父通敵叛國的消息，就是兩位乳兄肖若江、肖若海，護白錦稚離開大晉國去了大魏國。

白錦稚投身大魏，成為大魏最曉勇的戰將，肖若江、肖若海兄弟倆，亦是白錦稚身邊最得力的智囊和戰將。

「這個時辰我不便見兩位乳兄，煩請嬤嬤先替我好生安頓他們，您連夜趕路風塵僕僕，先好生歇息！一切明日再說。」白卿言看著佟嬤嬤帶著血絲的雙眼，便知她這一路怕是沒休息好。

佟嬤嬤頷首，為趕路一天一夜都沒睡，到了國公府看到白卿言安然無恙鬆了一口氣，倦意就上來了，到底年紀大了經不起折騰。

出了門，佟嬤嬤看到院子裡的生面孔銀霜正坐在廊下吃松子糖，皺眉著只覺好沒規矩，側頭問春桃：「咱們院子裡添人了？」

春桃帶著幾分愛憐望著銀霜忙道：「忘了同嬤嬤說……銀霜是大姑娘讓進清輝院的，這孩子腦子不大靈光，可卻有一把子好力氣，之前一直跟在沈青竹姑娘身邊當差。大姑娘的意思是只要不犯大錯，不必用規矩約束那孩子。」

佟嬤嬤點了點頭，心裡卻不大贊同。無規矩不成方圓，即便是大姑娘有心抬舉也不能這般坐在院中大大咧咧吃東西，叫旁人看去了還以為清輝院內連個規矩都沒有。

佟嬤嬤面上不顯，心裡盤算著回頭還是得和大姑娘講講，等得了大姑娘的首肯再開始教這孩子規矩。在佟嬤嬤看來，銀霜腦子不好不打緊，規矩學的慢也不打緊，慢慢來多教幾遍就是了，可不能因為憐憫就放縱，這反倒是害了那丫頭。

「你去伺候大姑娘吧！」佟嬤嬤對春桃道。

春桃點頭，進門時見白卿言拿出狐毛大氅，忙替白卿言穿好：「大姑娘要去哪兒？」

「去祖母那裡看看。」

白卿言踏入長壽院時，見大長公主同蔣嬤嬤正立在屋簷燈籠之下，她將手爐遞給春桃疾步上前：「祖母怎麼在外面立著？」

大長公主雙眸發紅像是哭過，見白卿言前來唇角勾起一抹笑意，伸手將白卿言攬入懷中，指著院中那顆松樹笑道：「那棵松樹，是你祖父親手種下的！那年我和你祖父遷入這長壽院……」

大長公主說到這兒，低頭望著懷裡的孫女兒，笑中含淚：「那時這兒叫榮壽院！可你祖父說……他不求榮壽，只求我們夫妻倆能夠如松柏長壽，大筆一揮改了院名叫長壽院。」

立在一旁的蔣嬤嬤忍不住別過臉去，捂著嘴眼淚如同斷線。

大長公主鼻翼煽動，整個人如同嚼了酸李子一般，綿綿苦澀襲上心頭。

「祖母，回吧……院內風大。」她垂著濕潤的眼眸，將大長公主扶回上房內，擺了個熱帕子讓大長公主擦了臉，大長公主這才緩過來。

「這麼晚冒風過來，是不是有什麼事？」大長公主將熱帕子遞給蔣嬤嬤，拉著白卿言的手讓她坐在自己身邊，又讓蔣嬤嬤去給白卿言端一碗熱薑湯來。

「關於二叔的那個庶子，如今闔府上下都在傳白卿玄會繼承鎮國公之位，祖父、父親、叔父和弟弟他們還有三日就回來了，孫女兒來問問祖母對此子有何打算。」

大長公主心裡一團亂麻，想起今日幾個兒媳婦在這裡商討不下的情景，反問白卿言：「阿寶以為呢？」

她握著大長公主的手，徐徐開口：「此子……性情暴戾，心無仁義，當不起鎮國二字不說，若將他放在這個位置上，怕白家百年名聲毀於一旦，甚至還會為我白家招來滅頂之災！」

大長公主點了點頭，可白家數代灰軀糜骨換得鎮國公的爵位，難道就這麼捨了?!

「那日有人買通兵士家眷來我國公府門前鬧，反倒是給我們國公府提了醒，有人暗處盯著我們白家，意圖栽贓白家置白家於死地！孫女兒私以為，白家榮耀自在人心，自請去鎮國公爵位，保全白家才是當務之急！」

「自請去爵位……」大長公主不是沒有想過這個。

她點頭：「在其位謀其事，白卿玄沒有這個能耐。與其將鎮國公變成一個虛爵，不如急流勇退遷回朔陽祖籍，讓陛下看到我們白家俯首甘退的姿態，以保全我白家眾人性命，保全白家百年聲譽。」

「至於白卿玄，若祖母有這個精力……可以留在身邊教養，若將來他能有所成就，能憑本事爭得前程，那我白家今日之退成就的好名聲，必會成為他來日仕途上莫大的助力！即便是白卿玄此子無可救藥，那我白家還有五嬸肚子裡的孩子，如若五嬸得男，白家重建輝煌指日可待！」

白卿言一席話，讓大長公主豁然開朗，是啊……她怎麼忘了，還有五兒媳婦肚子裡的孩子！

退，白家的出路多一條！不退……白家拼死一爭即便讓那庶子拿到爵位，他怕也不能延續白家滿門榮耀。

大長公主點了點頭，泛紅的眼睛望著輕聲細語的白卿言，抬手摸了摸孫女一頭烏髮，心裡不住感慨，她的孫女兒要文能文，要武能武！城府手段，謀略胸懷，樣樣超塵拔俗，若大孫女兒是一位兒郎，那白家何愁後繼無人啊？

白卿言從大長公主院子裡出來，本想去陪一陪董氏，走到董氏院子門口，她未讓秦嬤嬤通傳，剛打了簾進門，就聽到母親壓得極低的哭聲。

透過十二幅的碧玉楠木屏風，白卿言隱約看到坐在銅花鏡前的母親，一手攥著父親為賀她生辰親手做的簪子，懷裡抱著今年新為胞弟白卿瑜做好的衣裳，抑制不住低低的哭。

母親的哭聲讓她的心如同被蟄了一般，內蘊剛強的母親，一夜之間痛失丈夫和兒子，心底該是怎樣撕心裂肺。

她不曾打擾母親，只是在屏風後站了半盞茶的時間又從房內出來。

「大姐兒……」秦嬤嬤迎了上來，見秦媽媽雙眸通紅只囑咐讓她好好照顧母親，秦嬤嬤眼淚一下就湧出來了，「大姐兒放心，世子夫人要強，今早上還同老奴說，她是國公府的主母是大姐兒的母親，必須得撐住了……她若連白家都撐不住，她又怎麼護自己的女兒。」

聽到這話，白卿言手心用力收緊，心裡酸辣無比。

她想起爹爹來。

想起曾經踏平蜀國那場血戰，她圍追堵截三日斬下蜀國大將龐平國頭顱，一舉擊潰蜀國戰心。得勝之後，她喜不自勝，爹爹卻說她不得軍令擅自去追龐平國，讓她自去領五十鞭！

她不服氣，擰著脖子和爹爹爭辯，問：「我取下蜀國大將軍首級有功，爹爹為何罰我？」

爹爹雙眸通紅，氣得摔了手中馬鞭，一腳踢飛她手中一杆銀槍，髮指眥裂同她吼道：「因為我是你爹！不論在別人眼裡你是多麼智謀無雙，驍勇善戰，對我而言你只是我丟命都不能捨的女兒！」父母於子女之愛，便是……不論什麼時候都想捨命英勇護在孩子前頭。

可以後，她再也沒有爹爹了！也沒有弟弟了……

她的爹爹，死在了鳳城。

她的弟弟，死在了南疆。

她點了點頭，啞著嗓子同秦嬤嬤道：「嬤嬤別同阿娘說我來過。」

秦嬤嬤替白卿言攏了攏大氅，點了點頭，哽咽難言：「大姐兒這幾日好生歇著，等國公爺和世子爺他們……他們回來，大姐兒還有得忙。」

她頷首，扶著春桃的手，迎著刺骨寒風慢慢走出院子。

望著高懸於廊簷之下的白色燈籠被吹得胡亂搖曳，她攥緊了春桃的手。

風起雲湧，大都城終究還是要變天了。

第八章　英雄歸來

宣嘉十六年，正月初五，大雪。

寅時一刻，大都城南門守正挑著燈籠從營房出來，命人開城門。

守正轉過身，隔著茫茫大雪，有人從長街盡頭一片明晃晃的燈火處走來，越走越近守正便看到那人不止三兩個，立刻戒備按住腰間佩刀。

鎮國公府管事一路小跑先行上前，恭敬對守正一禮，說明了來意：「今日信王扶靈而歸，我們家主母帶著女眷來城門口迎一迎。」

看清楚來人果真身穿孝服頭戴孝布，守正頷首側身讓到一旁。

同是從軍的，雖然他沒能上戰場，心中也有為國為民之心。

那日國公府門前有貪財忘義之徒收了別人的銀子，去國公府鬧事，白家大姑娘一番話，更是激起了男兒一腔沸騰熱血，眼中含淚恨不得隨國公爺一起戰死沙場為國盡忠。

如今國公爺和白府男兒馬革裹屍，白家遺孀出城來迎理所應當。

鎮國公世子夫人董氏，攜二夫人劉氏、三夫人李氏、四夫人王氏，還有挺著肚子的五夫人齊氏，連同大姑娘白卿言、二姑娘白錦繡、三姑娘白錦桐，還有前日剛被行了家法硬撐著爬起來的四姑娘白錦稚，連同白家的二姑爺秦朗，在白家護衛、僕從跟隨下立在大都城南門外，靜候白家英雄歸來。

人群中傳來家僕隱隱的抽泣聲，反倒沒有主子顯得剛強。

茫茫大雪，遮人視線，白卿言視線所及除卻鵝毛大雪，便是漆黑一片。

白家男兒皆身死，這錦繡大都之內畏懼白家惱恨白家的人，怕都高興的睡不著覺了吧！

可前路漫漫，誰知道將來會怎麼樣呢？

白卿言眸底寒光乍現。虺蟲蟄伏，冬眠春獵。不急，不急……

雙目通紅的董氏低垂著眼，側身替白卿言攏了攏大氅，手指克制不住的顫抖：「讓你們幾個孩子留在府中陪你祖母照顧妹妹，就是不聽……」

她輕輕握住母親冰涼的手，不禁眼圈一紅，用力攥住：「我等小輩，已可以替阿娘和各位嬸嬸分擔，不是孩子了。」

前生，她病倒留下母親強撐白府門楣，這一世她不會讓母親孤立無援，只能一人。

二夫人劉氏將女兒白錦繡摟在懷中，眼淚立時斷線，若不是還有女兒她恨不得一頭碰死跟著丈夫兒子一起去了，可女兒已經失去了祖父、父親和哥哥、弟弟，她又怎麼忍心讓女兒再失去她這個娘？

大都城內不知是誰家先亮了燈，聽到後窗有人說國公府遺孀一大早都去南門口迎靈柩去了，匆匆起身穿了衣裳，提燈出門，巧不巧正遇鄰居亦是挑燈踏雪出門。

「你也聽說了？白家遺孀都去南門了！」

「是啊！國公府一門英烈今日歸來，我們受國公府世代守護，也該同去迎一迎！」

兩人剛說了兩句，就聽隔壁木門吱呀聲，和年邁父親一起出門的漢子看到鄰居，亦是問道：「你們也去南門？」南門守正立在城牆之上，見大都城內不知道從哪兒冒出來一盞又一盞燈籠，暖融融的柔光被罩在燈籠內，密密麻麻從四面八方而來，細看之下竟是成群結隊撐傘提燈的百姓，聲勢竟比除夕夜那日更為浩大。

隆冬大雪，天還未亮。

南門守正看著這副場景，心中情緒翻湧，高聲喊道：「將城門大燈燈芯挑高些，為我大晉忠魂明燈引路！」

白家女眷聽聞這聲，都止不住紅了眼，挺直脊梁在這風雪中等候歸人。

朝中諸臣趨利避害，自南疆消息傳回之後，皇帝態度微妙似乎並不打算寬宥白家，得了消息也不敢如除夕夜那日貿然前去南門。

此次勳貴朝臣，能來者寥寥無幾，董清平、董清嶽得知董氏帶白家遺孀去了南門，起身用帕子擦了把臉就騎馬來了。

董氏眼底帶淚，銘感五內，卻又不免勸道：「哥哥、清嶽你們不該來！」

董清平抬手拍了拍董氏的肩膀，笑著道：「無妨。」

出乎白卿言意料之外的，是蕭容衍竟隨同呂元鵬等一干紈褲來了南門口。

呂元鵬恭敬同白家各位夫人行了禮，蕭容衍亦是淺淺頷首，抬頭看向正低眉還禮的白卿言。

白卿言一身孝服，頭戴孝布，絕頂容姿被裹於一身清冷中。其本就白皙的臉今日更是白得駭人，眉目帶著憔悴，目光卻依舊堅毅。

「那日多謝呂公子國公府門前解圍，待我白家大事過後，定當登門拜謝。」董氏柔和道。

「夫人折煞元鵬了！不過是湊巧！夫人不必掛懷。」呂元鵬今日很是守禮。

天初放亮，鵝毛大雪也漸停。就在百姓都要凍僵之際，隱約聽到白霧之中有馬蹄聲。很快，一輛四角懸燈的四駕馬車，在兩側舉信王旗幟的衛兵護送下緩緩而來。

二夫人劉氏雙腿一軟，多虧白錦繡眼疾手快扶住，她用力握住劉氏的手，淚流滿面。

董氏深深吸了一口氣，下意識握緊了白卿言的手。

信王護衛老遠看到南城門口燈籠光芒亮了一片，連忙快馬行至南門前饒了一圈，大概明白什麼情況，急匆匆趕回馬車前，壓低了聲音道：「王爺，白家遺孀和都城百姓都在南門口……」

懷裡摟著美姬的信王一聽，撩開馬車車簾探頭朝南門看了眼，只見熙熙攘攘一片明晃晃的燈光頓時心虛不已縮回馬車內，手心裡一層細汗。

這次他只將鎮國公白威霆，還有白威霆第五子白岐景，和白家六郎、十七郎的遺體帶了回來，為了凌辱白家給朝臣看，信王故意給他們用的是最下等的棺材。

信王用帕子擦了擦手心，盯著貔貅銅質的三鼎香爐，沉臉琢磨了片刻，道：「一會兒就說本王傷重，不宜下馬車，直接進城！」

「是，小的明白！」信王護衛頷首。

馬車裡的美姬見信王面色沉沉，笑著將溫在爐火之上的美酒拿出，斟了一杯送至信王唇邊：「白家男子都已經死光了，不過是一群女人，王爺何必在意。」

正是風情萬種的美人對他笑靨如花，信王瞇了瞇眼，心口那股子不安消散，就著美姬纖瘦玉手飲了杯中酒。是啊，白家男人都已經死絕了，一群女流之輩能翻出什麼浪花來。再說，容不下白家的是他的父皇，古語有言雲君要臣死臣不得不死，白家也算是死得其所，他有什麼可怕的?!想到這裡，信王舒舒坦坦靠在軟枕上，把玩著美人兒白玉雕琢似的小手。

馬車搖搖晃晃到了城門口，董氏帶著白家眾人對著信王馬車行禮：「見過信王。」

「咳咳咳……」馬車裡傳來信王咳嗽聲，「本王已盡力，卻也只能將國公爺和白岐景將軍，同六郎和十七郎帶回！本王身受重傷不便下車，咳咳！便讓兵士將國公爺他們送回國公府吧！」

說完，馬車便動了起來。

所以，董氏的丈夫兒子一個都沒有回來，董氏身形晃動，白卿言忙扶住：「母親！」

望著被打擊的緩不過神來的董氏，白卿言心中絞痛。

二夫人劉氏的丈夫和兩個親生兒子也都沒有回來！

劉氏一聽，整個人直愣愣向後栽，若不是白錦繡眼疾手快扶住，怕是要摔倒，劉氏淚如泉湧，整個人卻如同傻了一般，話都說不出來。她的丈夫和兒子，竟然……屍骨無存了嗎?!

「十七！我的小十七啊！」四夫人王氏已經克制不住朝最後方那最小的棺木踉蹌撲去，下了一夜的大雪，路滑難行，王氏摔倒兩次爬起來又踉蹌撲了過去，終於抱住了那落滿雪的小棺材，整個人撕心裂肺。

「六郎……娘來了！娘來帶你回家！」三夫人李氏被白錦桐扶著哽咽上前，想去摸一摸兒子冰冷的棺木，想扶著兒子的靈柩回家。

挺著大肚子的五夫人齊氏，還似穩得住，她本欲快步上前去丈夫的棺木前，可又硬生生克制住情緒，掌心用力按在腹部，含淚哽咽道：「大嫂……先回去吧！」

身上帶傷的白錦稚被貼身婢女扶著，亦是朝同胞兄長白卿明的棺木走去。

董氏拳頭死死握緊，明明心中恨意滔天，卻還得言謝：「多……多謝王爺。」

白卿言拳頭緊緊攥著，同上一世一樣，回來的只有祖父、五叔，明弟和小十七，可信王這個身受重傷……她看著車輪轉動晃晃悠悠從眼前走過的奢華馬車，聞到從視窗隱約飄出的淡淡酒味和檀香味，直起身凌厲的視線向上望去，馬車車簾被寒風掀起一角，她分明看到了車內嬌如牡丹的美人兒正倚在「身受重傷」的信王懷裡，衣衫不整。

擁著狐裘立在人群之外的蕭容衍一向耳力過人，他耳朵動了動，聽聞精緻馬車內有女人的嬌嗔聲，幽沉眸色越發冰涼，側頭看向護在身側的護衛……

侍衛會意，頷首匆匆離去。

白卿言轉而望向抬棺的兵士，沒有一個是白家軍，都是……信王麾下兵士，她死死攥住藏在袖中的手。

信王的親兵放下棺材，隨著信王的馬車進城，將四具棺材就擱在城門外。

董氏拼盡全力才能維持住莊重沉穩，不崩潰哭泣！

她帶著白家女眷跪下，行大禮叩拜：「白家嫡長媳白董氏，攜白家女眷，恭迎父親與我白家英烈回家！」

白卿言含淚跪下，重重叩首。

百姓亦是跪倒哭聲一片，嘴裡痛呼著國公爺，綿延不絕的哭聲，在這烏雲蔽日的清晨，響徹九霄。

董氏在秦嬤嬤攙扶下站起身，立在祖父棺木最前端，死死咬著牙，含淚高聲道：「抬棺！撒錢！引路！」

白家僕從立刻上前立在四具棺材周圍扛起抬棺木杆，董清嶽是個粗人，他紅著眼扔開一直攥在手心裡的轠繩，上前親自將棺木扛在肩上，聲如洪鐘吼道：「起棺！」

「起棺！」

隨著跟隨而起的聲音，百姓的哭聲越發撕心裂肺。

為官者從沒有人願意替人抬棺，哪怕是自家親眷都沒有這樣的！

可董清嶽不同，他也是國公爺手下出來的兵，他心中熱血還未曾冷。

白卿言接過紙錢，深深看了眼四具棺材，隻身立在最前面，將紙錢高高拋起……

白錦繡跟隨白卿言其後，也親自接過紙錢，為白家英靈撒錢引路。

漫天紛飛的紙錢，和百姓痛心入骨的哭聲中，四具棺材，三大一小……向前行進，進城。

或許是一早就在這裡候著，人早就凍僵了，抬著鎮國公棺材的家僕腳下一滑，只聽「咚」一聲棺材落地，後面三具棺材「嘭——嘭——嘭——」慌亂間都落了下來。

薄如紙板的棺木裂開，最後的小棺木麻繩斷裂棺身一歪，邊角猛地墜地整個棺木炸開，身穿破碎鎧甲的幼童屍身從棺木中滾了出來，被敵軍斬下的頭顱直直滾落至雪堆中，毫無遮掩！

「小十七！」白錦桐含淚飛撲了過去，一把抱住小十七的頭顱，看著弟弟已失去生機的稚嫩小臉，如同一根銀槍狠狠穿透白錦桐的胸膛，她抱住小十七的頭，終於忍不住激烈哭出聲來，聲嘶力竭哭喊，「小十七！」

「小十七！」白錦稚亦是驚呼。

白錦繡睜大了眼：「小十七！」

白卿言轉過身，看著小十七滾落的頭顱，目眥欲裂，肝膽俱碎，似有罡風席捲她胸腔，讓她怒髮衝冠，腦子只剩一片尖銳的呼嘯聲，激得她欲提劍宰了信王：「平叔！給我攔住信王的馬車！」

「啊……」四夫人王氏尖叫著踉蹌跪地搶過兒子的頭顱，如失心瘋一般不斷尖叫著爬回兒子的屍身旁，死死抱著已經有了屍斑傷痕累累的兒子，絕望痛哭。

四夫人王氏最柔弱不過的性子，此時雙眸猩紅猶如地獄歸來的魔鬼，語無倫次歇斯底里怒罵皇室貴冑，千尊萬貴的皇帝嫡子信王：「信王你個殺千刀的！我的兒啊……你竟讓我兒子屍首分離！乾淨衣服都不給他換一身！他還只是一個十歲的孩子！十歲的孩子啊！你個王八蛋！你還有沒有良心！」

四夫人王氏仰天撕心裂肺痛哭一聲，又將臉貼著兒子的身體，像哄孩子入睡似的小聲呢喃：「小十七不怕！小十七不怕……娘在呢！娘陪著你！娘在……娘給你暖暖！我們不怕！不怕……」

盧平看到平時最可愛活潑的十歲孩童，竟然落得屍身分離，早已經雙眸通紅，心中殺意沸騰，不等他帶人去追，董清平已然一躍上馬……直接入城勒馬攔住了信王剛入城不過十米的馬車。

歷來將軍戰死，扶靈回城前，若屍體分離……除非屍骸斷肢找不到，送靈者必然會命人將屍身重新縫合，換上乾淨的衣衫鎧甲，以此讓人全屍下葬。饒是百姓都知道戰場歷來殘酷，可也不如活生生一個十歲孩童被砍殺的屍身出現在眼前讓人來得震撼。

董清平人坐在高馬之上，雙眸猩紅望著已然拔刀的信王府親衛，國公府護院也已拔刀，兩相對峙，劍拔弩張！

此時的國公府護衛因為那個十歲少年屍身滾落出來，各個被激得怒不可遏，恨不能現在就和信王拚命。

「信王！國公府上至國公爺下至國公府兒郎都是國之忠魂英烈，你扶靈回城為何不為他們清洗更衣，為何要讓他們落得身首異處的下場！殺人不過頭點地，信王你怎麼敢如此折辱忠魂！」

董清平瞋目裂眥，用馬鞭指著那輛華貴的四駕馬車，絲毫沒有敬意，只有震天的殺氣。

呂元鵬此等紈褲何曾見到過這樣慘烈的狀況，只覺一腔熱血和怒火被燒的滾燙炙熱，胸口似有岩漿奔騰，幾欲破胸而出，恨不能立時上前和信王撕鬥。

不知是否是老天爺都看不下去了，信王的馬車車軸突然斷裂，車輪撞飛了護在馬車一側的兩個親衛，翻倒在地，馬車內火盆一瞬點燃馬車青圍布，信王和車內美姬尖叫著從馬車內爬了出來。

蕭容衍的侍衛悄無聲息回到蕭容衍身邊，壓低聲音道：「主子，屬下無能，剛才動手，國公府那個護院統領，和馬上那位大人怕是已經注意到我了。」

「無妨。」蕭容衍不動聲色淡漠道。

那侍衛領首沉默不語垂著眸子立在一旁，彷彿什麼也不曾做過。

百姓目瞪口呆看著所謂「身受重傷」的信王，行動自如上竄下跳拍打身上火苗，身邊還有一個香酥入骨瑟瑟發抖環視四周的美人。

「信王殿下真是傷得好重啊！」白卿言雙眸猩紅，周身殺意如同罡風呼嘯，「傷到……馬車內有美人相陪，卻沒有精力派人為我年僅十歲便為國為民捐軀的弟弟縫合、更衣！」

信王眼瞼重重一跳，他怎麼也沒有想到會讓滿城百姓看到他完好無損站在這裡，他身側拳頭緊握，既然暴露了倒也不懼怕做的更絕一些。

他陰沉著臉看向已立在他親兵包圍圈之外的白卿言，冷聲道：「我想給你白家留顏面，才說重傷在身，你們白家真要本王當著眾多百姓的面兒……說出白威霆如何不聽本王號令至我大晉數十萬將士葬生南疆的罪過嗎?!」

「出征在外我祖父為帥，他身經百戰，何須聽你一個在這繁華帝都從未經歷過血戰的黃口小兒號令！」白卿言淚如泉湧，滅頂之怒、錐心之痛燃盡理智，聲音顫抖激憤，「即便是我祖父行軍不當，可白家兒郎他們……為民血戰，為國捐軀！難道死後要落得一個屍首分離的下場！這是哪家的道理！我弟弟年僅十歲！他才十歲！他十歲之身敢上戰場！他是為我晉國而死的少年英雄！豈容你如此作賤！」

一口惡氣堵在信王心頭，他被一個女人逼得啞口無言，死死咬著牙。

「即便我弟弟他只是一個平頭百姓！你信王貴為皇室之子，也當好生對一個孩童的屍身！可你的仁義之心在哪兒?!你簡直畜生不如！國之銳士為民為國而死！你……在這華貴的馬車裡同娼婦苟且，你配為皇子?!配天下萬民以賦稅養嗎?!你這樣不仁、不義、寡廉鮮恥只知享樂的無恥牲畜若是將來入主東宮，我大晉百姓皆為你牛馬且還有活路嗎?!你何止不配為皇室貴冑，你連人都不是！」

信王臉色瞬間血色盡褪，白卿言這番話要是傳出去，讓萬民知曉……勢必將成為他登頂之路上最大的阻礙！好歹毒的女人！信王怒火攻心氣得全身都在顫抖，指著白卿言怒吼：「來人！給我將她亂刀砍死！」

「我看誰敢！」白錦桐拔刀護在白卿言身前，一雙肅殺的眸子掃過那些信王親兵。

「信王慎言！」董氏疾步上前護住女兒，立在最前頭通身的主母威儀，「若我白家戰死之忠勇真有罪，那也自有陛下看過行軍記錄之後定罪！可在陛下定罪之前……他們都是為國捨命的英雄！信王不敬反辱，如今若再殺我白家遺孀，就不怕天下人口誅筆伐嗎?!」

身上帶傷的白錦稚牙齦嚼出血腥味，血淚間全都是滔天的殺意，隨同白家護衛通通上前，一副要護著白卿言同信王血拼的架勢。

可白卿言已然怒不可遏，一把拽回護在她身前的白錦桐，上前兩步……以胸口抵住信王府侍衛刀尖，一身震懾人心的殺氣竟硬生生逼得那侍衛退了一步。

「殺我?!來啊！」她聲嘶力竭，眼裡翻湧著毀天滅地的戾氣，「就在這光天化日朗朗乾坤之下，讓天下人看看，這大晉皇室的皇子是怎麼樣對待烈士遺孤！讓這天下人都好好看看……為晉國血戰身死落得什麼樣的下場！我的魂魄便立在這裡睜大眼看著……看將來誰人敢為晉國而戰！誰人敢為晉國而死！你們林家江山……還有誰敢為你們護！」

立在人群之外宛若局外人的蕭容衍，幽沉的眸子深斂流光。

旁人還聽不明白，可他卻聽得出……今日的白卿言理智在白家十七子頭顱滾落的那一刻灰飛煙滅，言語中欲反的暗芒漸顯，咄咄逼人，凌厲又駭人。

信王被白卿言震懾的一身冷汗，眼看著群情激憤的百姓上前各個都像不怕死似的，大有要同白卿言站立一線對抗他親兵的架勢，信王喉頭劇烈翻滾著向後退：「你們……你們這些賤民是要造反嗎?!」

百姓悉悉索索上前，恨不能將信王扒皮拆骨……各個鬥志昂揚，讓信王心虛沒底，想要故作鎮定強撐，雙腿卻忍不住向後退。人言可畏這個詞，信王不是不知道，今日他以為白家男人盡數已死……狂妄了。

就在信王不知應該如何應對時，突然有內侍監騎快馬而來，尖細的聲音呼喊道：「陛下有旨……信王速速進宮聽訓！信王殿下請速速隨小人進宮！」

信王正愁無法脫身，知道這是自家爹爹派人為他解困，忙恭敬跪地叩首：「兒臣領旨！」

信王站起身，面目陰狠用手指著白卿言的方向點了點，便上了內侍監帶來的馬車，朝皇宮方向而去。

白家上下，雙眼通紅帶著恨意望著信王乘坐離開的馬車，拳頭緊握。

「祖父！我的祖父啊……孫兒才剛回白家，你還沒有看孫兒一眼，怎麼就去了……祖父！」突兀的哭喊聲響起，白卿玄跪地跪行著朝鎮國公的棺木方向一邊爬一邊哭喊，聲音之大彷彿生怕旁人不知道他是鎮國公的孫子一般。

白卿玄是被白家有些巴結的僕從背著來到南城城門口，剛才見白家和信王劍拔弩張，悄悄躲在一旁不吭聲，信王剛一走，這才做出這副悲痛欲絕的姿態。

「國公爺啊！您怎麼就去了！您的孫子白卿玄剛回來認祖歸宗……您怎麼就走了！」那婦人也捶胸頓足哭喊著。

董氏眸色陰沉，冷冷看著做出這般鬧劇的母子倆，厭煩無比：「鬧什麼?!」

「世子夫人這話說的，這怎麼能是鬧呢！我兒子卿玄是國公爺的孫子啊……國公爺不在了，卿玄作為國公爺唯一的孫子自然要來迎國公爺啊！」那婦人捂著心口，一副心痛難當的做作模樣，「世子夫人一大早攔白家遺孀前來南門迎國公爺，為何不叫我兒？難道國公爺和二爺剛去……世子夫人就迫不及待想要將我們母子倆趕出國公府大門了！」

「祖父啊！你不在了孫兒該怎麼辦啊！」白卿玄跪在國公爺棺木之前，拍著薄如紙的棺材，「孫兒剛回家就被打了一頓差點兒一命嗚呼！孫兒到現在也沒有被記入族譜，祖母也不見孫兒！沒有祖父庇護！孫兒怕是不久之後就要去見祖父了啊！」

百姓見狀，不由低聲接耳……

「那也是國公府的公子?!」

「我想起了！那日在滿江樓前……被大姑娘打了的那個庶子！」

「沒想到國公府滿門英豪，竟然也出了這麼個心狠手辣的庶子！」

「再心狠手辣如今也是鎮國公府唯一的男丁了！怕是將來前途不可限量啊！」

剛才最衝動，最暴怒的白卿言看著這出鬧劇，反倒靜下心來，她閉了閉眼不再和信王的親衛對峙，也不欲再看這母子倆的做作姿態。

她開口：「白卿玄，今日之事……你應當也看清楚了信王對我白家態度！將來我白家前途如何還是未知，或許……不知道什麼時候一頂大罪的帽子扣下來，滿門皆滅！既然你們不怕……等我白家白事一過，母親同我便請祖母主持將你記入族譜！鎮國公府將來榮耀也好……滅門也罷！你都不要後悔！」

正在哭嚎的白卿玄渾身一個冷戰，想起剛才信王的態度，如同立時被潑了一盆冷水，嚎啕的嗓音全都堵在了嗓子眼兒裡。

她用力握了握白錦桐的手，看也不看做作的白卿玄，道：「走吧，迎我白家英靈回家要緊！」

她轉身走至雙眸通紅的春桃面前，拿過春桃給她帶的白色狐裘，挺直脊梁走至抱著小十七屍身瘋瘋魔魔低聲哄小十七的四嬸王氏面前，蹲跪下身，用狐裘將小十七的遺體裹住。

「四嬸，我們帶小十七回家！」

四夫人王氏抬頭，充血的眸子淚如泉湧，眼神茫然空洞的萬物不存，聲音哽咽顫抖：「可……可小十七的身體都被刨開了！我也……我也扶不住小十七的頭！我扶不住小十七的頭……」

只這一聲扶不住，竟是絞碎了白卿言的心肝脾肺腎，辛辣酸澀讓人絕望的悲痛情緒沖上心頭，她險些克制不住哭出聲，眼淚如奔湧。她咬著牙道：「扶得住！」

「四嬸，我們姐妹一起扶小十七，一定扶得住！」她拼命攥緊狐裘，手背經絡暴起，死死咬著牙喊道，「白錦繡！白錦桐！」

早已經淚崩的白錦繡、白錦桐聞聲疾步前來，蹲跪在白卿言身邊，白錦稚更是甩開了扶著她的貼身侍婢一瘸一拐朝小十七的方向走去。

「今日！我們姐妹三人……抱著小十七的身體，扶住小十七的頭顱！迎我白家英雄國之英烈小十七……回家！」

十歲小童身穿鎧甲的身體早已經僵硬，白卿言從四夫人王氏懷裡托住小十七的脊背，白錦桐扶住小十七的頭顱，白錦繡抱起小十七的腿……

「還有我！」白錦稚死死咬著牙，雙手托起小十七腰身，含著熱淚高聲喊道，「小十七！姐姐帶你回家！」

「扶起四夫人！」董氏忍住哽咽，強撐著喊道，「回家！」

漫天飄灑著紙錢，鎮國公府主母董氏走在最前面親自灑紙錢為忠魂引路。

董清嶽扛起抬棺杠木，吼道：「起棺！」

除了那口已碎裂的小棺材，三口木棺依次被扛起，在白家護院的護衛下邁進了大都城南門。

剛還哭嚎的白卿玄忙跪挪至一側，心裡惶惶不安。

南門守正同守門兵士，見痛哭悲痛的百姓紛紛跪下，亦是跟著低頭頷首單手攥拳擊胸，對著緩緩入城的忠骨行軍禮。

白卿言懷裡緊緊抱著她最小的十七弟，白錦繡、白錦桐穩穩扶住小十七的頭顱和身體，跟在三口棺木之後，步步穩健朝鎮國公府走去。

白錦稚看著沿途跪拜痛哭的百姓，恨不得立時提起長鞭奔赴邊疆，殺盡害了她白家男兒……害了小十七的賊人。

「信王對我白家的態度便是皇室對我白家的態度，小四……今天你親眼看到他們怎麼對小十七，這麼對我們祖父和叔叔還有弟弟……給他們用的什麼棺木，又怎麼對我們白家！你可明白……白家已經不是你以為的那個白家了，如今的白家危如累卵，已沒有時間再容你慢慢成長！小四……你得長大了！」

白卿言目視前方眼眶酸疼，一字一句對身旁托起小十七腰身和雙腿的白錦稚說道。

白錦稚眼淚越發受不住，哽咽點頭：「小四明白了！」

蕭容衍負手而立，手中緊攥著那枚早已被養的通透無比的玉蟬，視線望著臉色慘白的白卿言，只覺她那雙眼中呼之欲出的鋒芒要藏不住了。

呂元鵬含淚跟著百姓步行一路往國公府走去，可人還沒到國公府門口，就被呂相府的護院強行給請了回去。

百姓一路哭著跟隨到了國公府門口，大長公主早就帶著白家幼女站在國公府門前等候，她亦聽聞了南門城口信王做下的事情，尤其見四個孫女兒抱著小十七的遺體回來，大長公主睜大眼望著孫子的屍身……伸手不敢去碰，放聲痛哭，恨意滔天！

「信王他怎麼敢！他怎麼敢這麼對我白家兒郎！我要進宮面聖！我要……」大長公主強撐著痛呼一聲，人竟暈厥了過去。

「大長公主！大長公主！」蔣嬤嬤嚇得臉色煞白。

白府門前亂作一團，董氏如定乾坤之柱石般立於鎮國公府正門，命人將大長公主送回長壽院。安排重新清理國公爺、國公府五爺和六郎、十七郎遺體，裝殮入棺。而其他沒有能回來的白家男兒，皆以衣冠入棺。白家如此悲慘，可想而知前方戰事怕是已慘如地獄。

鎮國公府敞開的幾扇府門內，搭了天棚的院中，二十多口棺材排開何其悲壯！

痛哭流涕的百姓是哭鎮國公府，也是哭這大晉，西涼南燕聯軍強犯晉國，國公府男兒盡死，何人還能護這大晉山河，護這大晉萬民。

白卿言從長公主長壽院出來，望著陰沉沉的天，眼睛酸澀的撐不住，閉上眼已是淚流滿面。

「長姐……」

聽到耳邊傳來七妹妹白錦瑟哽咽的聲音，她忙偏過頭不動聲色抹去眼淚，轉過身來，看著小手揪住她衣擺的庶妹白錦瑟。

她克制情緒，握住白錦瑟冰涼的小手，彎腰與她平視，啞著嗓音問：「小七怎麼在這裡？你乳母呢？」

白錦瑟雙眼紅彤彤的，咬緊牙關問：「長姐，祖父和爹爹、叔父、哥哥他們……是不是被人害了？」

不等她張口，白錦瑟便道：「長姐，小七已經不是還未開智的懵懂幼童，我已九歲！也同長姐讀了兵法，也隨先生念了聖賢書！我不傻！若非有人暗害，我白家男兒怎麼會一個不留？連十七哥都不肯放過，這不是斬草除根趕盡殺絕是什麼?!」

望著白錦瑟眼底曾經的清澈明淨，被如今不同於稚童的沉穩之色取代，她緊抿著唇心中酸楚難當，抬手摸了摸白錦瑟髮頂，最終什麼都說不出來……明明應當是最無憂慮的稚嫩幼童，因驟失祖父、父親、兄長好似一夜之間長大，她竟不知該喜還是該悲。

「小七……」白卿言彎腰屈起姆指抹去白錦瑟的眼淚，低聲道，「母親，還有祖母和嬸嬸們，還有眾多的姐姐……我們會為白家討回公道，也都會護著小七平安長大！前路漫漫，我白家未來皆在我們眾姐妹手中。有句話叫莫欺少年窮！等你長大後……長姐會讓你看這大晉國，誰家說了算！」

白錦瑟似懂非懂望著白卿言重重點頭：「小七明白！」

餘光看到董氏身邊的秦嬤嬤進了長壽院，白卿言直起身，朝秦嬤嬤看去：「嬤嬤……」

秦嬤嬤對白卿言行禮後道：「大姑娘，七姑娘，朔陽老家的人到了！世子夫人讓我過來同大長公主說一聲，大長公主若是身子不適，世子夫人便找藉口讓他們改日再給大長公主問安，先讓郝管家帶人下去安頓。」

「朔陽都有誰來了？」她問。

秦嬤嬤面有難色道：「只派來了……兩位與世子爺同輩的庶出老爺。」

寒風卷雪，積於青瓦簷角上的一片白色順著傾斜滑落下來，廊間白色的燈籠被吹得來回晃蕩。

她抿住唇半晌都沒有說話，雖說朔陽白家同鎮國公府白家到她這一代即將出五服，可朔陽白家在朔陽之威勢全靠白家庇護。朔陽每年送年禮時，朔陽白家嫡支恨不得都跟過來，意圖同國公府拉近關係。

如今白家大喪……竟只派了兩個庶出的老爺前來，雖構不上見風使帆這個詞……也難免顯得薄情了些。趨利避害人之本能，她誰都不怪。只是心底，仍有微微涼意。

她低聲說：「祖母剛喝了藥歇下，改日吧！」

秦嬤嬤頷首行禮後又匆匆離開。

白卿言牽著七妹妹白錦瑟的手來了前院，隨母親、嬸嬸和妹妹們跪於靈前。

四嬸王氏整個人如同失了魂一般，人趴在小十七的棺木旁，誰勸都不走……

最先來祭拜的……是登州來的董老太君和兩位舅舅，幾乎是舉家前來。

董長元祭拜完，看著雙眸含淚叩拜還禮的白卿言，心中難受不已，猜測大約是因為如今白家情勢不明，所以白氏朔陽宗族只派來了兩位叔伯奔喪。在朝為官者不敢前來，就連表姐幾位嬸嬸的母家也不曾派人前來弔唁，反倒是都城的百姓湊在國公府門口，哀哀哭泣。

白家此事，將官場世態炎涼，體現的淋漓盡致。

董老太君祭拜了白家英靈後，拉著董氏在偏僻無人之處低聲問董氏日後打算。

「昨日同你大哥交好的吏部尚書勸你大哥同白家保持距離，說聖上怕是要借此機會對白家斬草除根，讓你大哥明哲保身！我思量著……要不然，我回去便對外稱病，我們統一口徑對外稱阿寶和長元早有婚約，雖說是熱孝成親……但若是為了給我這個老不死的沖喜，旁人也說不出個什麼來！你……也向大長公主求一份和離書！咱們回登州，能保一個是一個！」

董老太君話說得又急又快，想來是來之前心裡就已經盤算好了的。

既然知道白家將亡，那她就是拼了這一條命，也要把自己的女兒和外孫女拉出來。

董氏聽了董老太君這話一顆心七上八下的亂跳：「娘……你確定了？真的是吏部尚書說的？!」

吏部尚書，向來最善揣摩聖心。

「娘還能騙你不成！」董老太君用力握著女兒的手，聲帶哽咽哭腔，「娘知道你情深義重，可這不是義氣的時候！咱們一步一步來，先把你和阿寶從這個泥潭裡拉出來！再想辦法能救白家一個是一個！大長公主倒不用擔心，到底是皇帝的親生姑母，皇帝不會對大長公主如何的！」

董氏垂著眸子心底飛快盤算，二姑娘白錦繡已經出嫁，白錦桐也已經到了出嫁的年紀，只是四姑娘白錦稚同五姑娘、六姑娘和七丫頭全都還小！五弟妹齊氏肚子裡的還有幾個月才生……

「婉君！」董老太君用力拉了一下女兒，「娘說的話你聽到了沒有！」

半晌，董氏紅著雙眼看向董老太君，笑了笑道：「娘，女兒自嫁給岐山……曾與岐山有誓言在先，女兒若真的在此刻離了白家，日後去地下如何見岐山啊？女兒又怎麼忍心讓世人看到忠魂英靈身後……竟落得個家破身亡的下場？」

董老太君忍不住用力拍打董氏的手臂：「那你就忍心讓娘落得一個白髮人送黑髮人的下場！你何辜?!阿寶何辜?!」

「娘！原本我想著……阿寶不願意，那阿寶和長元的婚事就此作罷！既然事已至此，女兒必會說服阿寶她不嫁也得嫁！若白家此次能安然渡過不說……若不能，以後……阿寶就請娘和弟妹多多費心！」

董氏說著，在董老太君面前跪下行叩首大禮，聲音哽咽：「就讓阿寶替女兒盡孝於娘膝下！」

董老太君偏過頭用帕子捂著嘴直哭，痛得用手錘砸胸口，她知道女兒這是抱了和白家同生共死的決心，這讓她一個做娘的怎能不心肝俱裂，這是她從小疼到大的女兒，這是她身上掉下來的肉啊！見女兒長跪不起，董老太君又萬般無奈將女兒扶了起來，哭腔濃得化不開：「你這孩子自小就主意正又重情義！還雲英未嫁之時就敢應下你那金蘭姐妹……讓秦朗做你的女婿！如今……如今……」

董老太君泣不成聲，強忍著克制情緒將董氏摟在懷裡：「如今你既要同白家同生共死，那我董家就拼力一搏……盡全力保白家！望上蒼憐我兒這赤子心腸，憐白家這一門的忠骨，別如此苛待白家！」

「娘！娘……」董氏緊緊攥著董老太君的衣裳，依偎在董老太君的懷裡涕泗滂沱，只能一聲一聲喊著娘。

董氏是個極其剛強的女性，痛哭之後，她已開始為白家眾人盤算出路。

白家大喪之後，這幾個孩子她都得想辦法送出大都，若真有不測也好保全，若白家平安……那便當她們如兒郎一般出外遊歷，再回來便是。

窩在清明院的母子倆時不時就派人去前院打探消息，得知除了世子夫人董氏的娘家人來了，其他夫人的母家畏懼聖心……甚至不敢前來弔唁，心當下就涼了一截。

搖曳的燭火之下，白卿玄趴在軟榻上，想到自己今天在南城門那一哭，怕是把自己給埋到坑裡了。

「玄兒，不如我們收拾了細軟先跑吧！」婦人惶惶不安開口道，「如今白家這情況怕是和那個白大姑娘說得一般要倒了！萬一真的要是一個滅族大罪怪罪下來，我們娘兒倆就得跟著白家一起去死！兒啊……留得青山在不怕沒柴燒！大不了我們等白家風平浪靜了再回來！你是白家最後一根獨苗！那時回來不用說，你便是頂頂尊貴的國公爺，這白府的榮華富貴還是你的！」

白卿玄不斷回想信王對白家的態度，良久終於下定決心點頭：「好！娘你現在就收拾東西，白家男人都死了，這麼大的葬禮肯定也顧不上我們娘兒倆！你揀些值錢的東西這幾天往外送藏匿好了，等我差不多養好了，我們就走！」

見兒子已然下定決心，婦人連連點頭：「為娘這就去準備！」

一向柔弱的四夫人王氏，此次一心要守著兒子誰勸都不聽，緊抱著棺木不撒手要陪著兒子。

董氏同為母親怎麼能不知道四夫人王氏的心情，便命人端去火盆，給四夫人王氏披上厚厚的狐裘驅寒。

直到四夫人王氏體力不支暈厥，才被董氏命人抬了回去。

深夜，白卿言將母親和幾位嬸嬸勸去休息，姐妹七個人徹夜跪在靈前守靈，倒是白卿玄……白卿言派人去請，卻聲稱高燒不退傷口惡化，不願前來。

五姑娘、六姑娘、七姑娘年紀雖小，可心中大悲大痛竟都成了支撐她們的力量，跪於靈前靜候祖父、父親、叔伯和眾兄弟靈魂歸來。

黎明之前的黑暗最幽沉也最冷不過，即便是裹著狐裘寒氣已然爬上了白卿言的腰。

搖曳的燭火輕微發出爆破聲響，她見七姑娘白錦瑟搖搖欲墜，輕輕撐開狐裘大氅將終於撐不住睡著的白錦瑟輕輕擁入懷，用狐裘大氅將她裹緊，讓春桃將火盆炭火挑一挑，讓爐火更旺些。

白錦繡也護住了眼皮打架的五妹妹，吩咐人去拿一床錦被來給五姑娘、六姑娘披上。

「小四，你身上有傷，去睡吧！」白卿言對白錦稚道。

白錦稚跪坐於蒲團之上，一語不發的搖頭，滿門男兒皆滅，連屍身都找不回來，她如何能睡得著？

白錦稚的所思所想就寫在臉上，她看著眼眶發紅心疼不已，垂著眸子低聲道：「沒有見到其他叔叔弟弟們的屍身，一切就還都有轉圜的餘地，這何嘗……又不是一種希望？」

淚眼滂沱的白錦稚望著長姐，用衣袖抹了一把眼淚，心中陡然有了一絲光明，整個人都振作了起來，哽咽點頭：「嗯！」

天剛濛濛亮已有百姓前來國公府門前祭拜，也有人來國公府門前看熱鬧，看今日有沒有達官貴人前來拜祭。

晨光穿透白霧，映著落雪的青磚碧瓦。一輛榆木鑲銅包邊的華貴馬車，停在國公府門前。

蕭容衍侍衛拿過杌子，扶住他下車。

他拎著衣擺抬腳從容走上國公府高階，解開大氅遞於立在一側的侍衛，在白卿言略顯詫異的目光中，恭恭敬敬對著白家二十多個牌位行大禮。

董氏帶著孩子們還禮。

英俊儒雅的翩翩公子，身著一身白色直裰越發顯得清貴，氣度非凡。

他視線看向白卿言，又從容沉靜對董氏長揖到底，眸色溫醇深厚：「國公爺、世子爺，白府諸位公子，皆是晉國英雄，蕭某雖為魏人，亦感佩至深！望世子夫人節哀，國士忠魂自在民心。」

董氏因為一句「國士忠魂自在民心」淚水終於繃不住，又鄭重對蕭容衍一禮：「多謝蕭公子寬慰。」

蕭容衍還禮直起身後望著白卿言：「白大姑娘，節哀。」

她挺直了脊梁，微微福身，半垂眸子，極長的眼睫如扇，看似柔弱的氣質之下掩藏著旁人難以窺見的鋒芒。

白家管事將蕭容衍請至後廳，命人上茶，蕭容衍剛端起杯子，就聽到當世兩位鴻儒崔石岩老先生與關雍崇老先生前來弔唁。

崔石岩老先生和關雍崇老先生與鎮國公白威霆乃是至交好友，如今白威霆突逢大喪，兩位摯友又如何能不前來悼念祭奠。

兩位老人家年事已高，尤其是崔石岩年逾七十……在家僕和關雍崇老先生攙扶下，顫巍巍抬腿邁過門檻，含淚喚了一聲「不渝」已克制不住哭出聲來：「不渝……愚兄虛長你七歲，我還未去，你怎能先走啊……」

不渝，乃是祖父白威霆的字。祖父立志，願……還百姓以太平，建清平於人間，矢志不渝，至死方休。

她用力攥緊拳頭，重重叩首致謝，原本壓抑在眼眶中的淚水奔湧而出，似有什麼直直沖頂到喉嚨，堵的她發不出一絲聲音。

原本還如同一潭死水的靈堂，因為崔石岩老先生這帶著哭腔的痛呼聲，哭聲起了一片，連同門外的百姓也都跟著哭嚎出聲來。

蕭容衍立於廊下，見兩位文壇泰斗當世大儒對白家遺孀行禮，白卿言還的……竟是師禮。他眸子微微瞇起，難不成這白家大姑娘竟師從這兩位大儒嗎?!

關雍崇將白卿言虛扶起來，泛紅的眸子望著白卿言直點頭，這段日子以來白卿言的所作所為，關雍崇略有耳聞，心中感慨頗多。

那年白卿言四歲，幼稚女童嬌小可愛，摯友白威霆牽著她，去他林間小築請他教授學文。他說：「女子無才便是德，何以勞神做學問？」

有晨光透漏過層幛般密集的樹葉，風過沙沙作響。

只見摯友含笑輕撫幼童髮頂，聲音徐徐：「學而明禮、明德、明義、明恥！老夫不求我這孫女兒聞達天下，指望她知禮、知德、知義、知恥，作堂堂正正俯仰無愧於天地之人而已。」

光明磊落，堂堂正正！愛民護民，知禮明德、知恥明義，白卿言做的很好。

崔石岩老先生含淚點頭，似安慰又似遺憾道：「你祖父沒有看錯你，你的確長成如他所期望的那般……」

她哽咽難掩，福身又是一禮。

「好孩子！照顧好……你祖母和母親還有妹妹們！」關雍崇聲音裡悲傷濃的化不開。

她頷首稱是。

文壇兩位泰斗前來白家弔唁的消息傳出，清貴人家漸漸也都上門祭奠，原本死寂的鎮國公府哭聲震天，青圍馬車絡繹不絕。

年邁的定勇侯攜全家前來，一聲「不渝兄」已是潸然淚下。

白卿言叩首還禮，剛直起身就見春桃拎著裙擺急匆匆從人後擠到她身後，喘著粗氣壓抑極低的聲音道：「大姑娘！盧平護院傳信，紀庭瑜回來了！」

紀庭瑜！

她頭皮發緊，一把扣住春桃的手，抬頭看了眼還在行禮的定勇侯家眷，趁著眾人不備強撐著已經發麻的雙腿站起身，險些跌倒。

白錦桐眼疾手快一把扶住了白卿言，不敢驚呼出聲，低聲問：「長姐？」

她緊握著春桃的手：「走！」

春桃低著頭用力扶好白卿言，悄悄從人群中退了出來。

白錦桐察覺出情況不對，她側頭低聲同白錦繡耳語：「二姐！勞煩你照顧妹妹們！我去看看長姐！」

白錦繡也擔心白卿言身體撐不住，連連點頭，白錦桐忙起身悄悄去追白卿言。

雙腿發麻的白卿言踉蹌走下臺階，就見盧平面色凝重迎了上來，他正要與白卿言說什麼卻看到緊隨而來的白錦桐，便規規矩矩抱拳行禮：「大姑娘、三姑娘！」

「人呢？」她心裡翻江倒海，聲音也不自覺的顫抖，她害怕紀庭瑜帶來回來的消息是沈青竹出了事，又期盼著紀庭瑜能告訴她南疆戰場白家尚有存者。

「後院，是銀霜發現的，洪大夫正在給他止血。」盧平道。

「走……」白卿言腳下生風，恨不能插翅飛過去。饒是她心裡有所準備，可到了後院聽到紀庭瑜咬著木板因為疼痛發出的悶哼聲，她還是心驚肉跳。

推開房門，洪大夫正用被火烤過的刀片按在紀庭瑜的斷肢上為他止血，紀庭瑜一手扣著桌角，死死咬住木板，一張臉通紅，全身的靜脈都暴起，豆大的汗珠和鮮血不斷往下滾落。

「好了！好了！已經好了……」洪大夫將刀片移開，帶血的手拿過毛巾擦了擦汗。

皮肉燒焦的味道入鼻，讓人心驚膽顫。

若不是經歷過戰場對這樣的畫面早已熟悉，別說閨閣女兒家，就算是兒郎怕也忍不住腿軟。

白錦桐睜大了眼，不明白紀庭瑜這是幹什麼去了，竟然……丟了一隻胳膊！

「大姑娘！」紀庭瑜雙眸猩紅，他全身已被鮮血濕透，沒來的及換下衣衫襤褸，他單膝跪地似因為缺了條胳膊身形不穩，哽咽道，「沈姑娘帶我和魏高一路快馬疾馳南疆，路上遇到三公子身邊親衛岳知周，岳將軍囑託我將三冊行軍記錄竹簡送回，可……庭瑜有負所托，一路狼狽躲藏艱難回來，卻只保住一冊！請大姑娘責罰！」

語罷，紀庭瑜忙解開身後被血浸透的包袱，裡面緊緊裹著一冊竹簡。

她雙眸脹紅，扶起紀庭瑜認真道：「你活著就好！」

白錦桐這才恍然，原來長姐早已經派人往南疆去了嗎?!

白錦桐上前接過紀庭瑜手中竹簡，展開一邊看一邊念：「宣嘉十五年臘月十二，疾勇將軍白卿明滅西涼小股騎兵，帶一千兵力回營馳援。營地已為平地，疾勇將軍救殘兵十人……殘兵稱一日前，信王見南燕五萬大軍前來，棄營帶三千人夾尾而逃。守營疾風將軍白卿瑜派五百兵士疏散後方百姓，率一千五百將士應戰，疾風將軍身死，屍身被焚。」

「宣嘉十五年臘月十三，疾勇將軍死守豐縣，南燕大軍攻城。疾勇將軍白卿明稱數百萬生民在後，白家軍背水一戰，不戰至最後一人，誓死不退！」

白錦桐看了眼面色鐵青扶著紀庭瑜的白卿言，紅著眼，接著道：「為亂大晉軍心，南燕西涼聯軍主帥雲破行掛副帥白岐山屍身於車前！斬白家十七子頭顱……」

看到後面的文字，白錦桐目眥盡裂，眼淚決堤，一股血氣沖上頭頂，臉色驟然煞白，胸口如同被一劍貫穿喘不上氣來，殺氣震天。

白卿言奪過竹簡，死死咬著牙細看竹簡所書，字跡潦草……

為亂大晉軍心，西涼南燕聯軍主帥雲破行掛副帥白岐山屍身於車前，斬白家十七子頭顱，刨腹辱屍，白家十七子腹內無糧盡是樹根泥土，雲破行大驚！白家軍殺心激發，奮勇殺敵！十歲小兒血性，吾羞愧難當，已至此時吾雖文人也敢扔筆執劍！馬革裹屍……去也！

心口如同被千萬支錐子狠狠地穿透，一股子腥甜從胸口奔湧到喉嚨，尖銳要命的疼痛讓她全身顫抖，險些跌倒在地。

「大姑娘！」春桃忙扶住白卿言，眼淚吧嗒吧嗒往下掉。

哪怕是已經看到了小十七的慘狀，可她沒有想到……小十七死的時候，竟是這般淒慘！

她閉了閉充血的眼，牙齒死命咬住舌尖讓自己清醒過來，此時絕不能沉溺在這無盡的哀痛中，白家的傷、白家的慘烈，得讓天下看！她要將信王這皇帝嫡子臉皮……撕給天下人看！她借民怨民憤逼得那高高在上的皇帝……不得不殺信王！

白家的仇，她白卿言用命來報！

此時，隨著崔石岩和關雍崇老先生來祭拜之後，大都城內的權貴已紛紛前來，時機正好。

她睜開猩紅的眼，灼灼雙目凝視滿身淒慘的紀庭瑜：「紀庭瑜，我有一事要你做！你……身體可撐得住?!」

「大姑娘吩咐！紀庭瑜萬死不辭！」紀庭瑜咬緊了齒關。

「春桃，去我房中取來吳哲送回的五冊竹簡！」

「是！」春桃出門一路疾步快跑。

她見春桃出門，咬著牙鄭重交代紀庭瑜：「我要你帶著六冊竹簡從我國公府正門入！就在靈堂……以這滿身的淒慘將竹簡奉上！」

「你是年前替我去南疆為祖父、父親、叔父和弟弟們送冬衣的！崇巒嶺遇到被殺手追殺的白家軍猛虎營營長方炎，隨你去南疆的護院全數喪命才救下方炎將軍，方炎將軍說劉煥章叛變，與南燕還有信王勾結，信王為奪軍功強逼祖父出戰，害死數十萬將士。前線潰敗疾風將軍白卿瑜一邊捨命抵擋，一邊疏散百姓，信王棄百姓於不顧，強行帶走大半兵力護他夾尾奔逃！你一路被追殺躲躲藏藏拼死護著這六冊竹簡回來，只求蒼天還我白家英靈公道！」

白卿言條理清晰，話裡九分真一分假，已然將這六冊竹簡來源安排的明明白白。

她要栽贓信王一個通敵之罪，哪怕這竹簡上沒有！

只有他信王會用流言這把劍嗎？她也會……

不管這些話是不是事實，當滿大都城的百姓看到半死不活的紀庭瑜，聽到他拼死送回來的消息，還能認為有假？

即便是有一天朝廷放出所謂真相，百姓也會以為是朝廷為替信王遮掩一二的無恥謊言。

信王敢對白家出手，她便要斷了信王的登頂之路，甚至……要了他的命！

紀庭瑜明白白卿言要做什麼，用力點頭：「大姑娘放心，庭瑜明白！」

見白卿言直起身，滿身殺伐，紀庭瑜又道：「大姑娘，岳知周將軍還帶了一句話……七少、九少帶兵騎襲西涼都城未歸，或可保白家一脈！沈姑娘和魏高已經快馬去了！大姑娘……萬望珍重！切不可行魚死網破之計。」

「長姐！」白錦桐喜極而泣，「長姐當真沒說錯！沒有見到屍身是好事！說不定還都活著！」

她沒想到昨夜安慰妹妹之語，今日竟恍然成真。

七郎和九郎……她只覺一股暖流從腳底竄上頭頂，有明光驅散眼中料峭，竟讓她不可聞的哭了出來，洶湧澎湃的恨意因為這句話陡然添了幾分平和。

一悲一喜，讓她頭皮都跟著發麻，一時間百感交集！

這算不算她總算趕上，讓沈青竹能去救下兩個……算不算沒有白白重生回來，至少從閻王爺的手中，搶回兩個?!不，在沒有見到兩個弟弟之前，什麼都言之過早。望蒼天可憐白家，千萬讓沈青竹救下他們！

她突然打起精神來，心底雖急，依舊沉著吩咐道：「平叔！你立刻在白家死士中挑選精銳奔赴西涼，不計任何代價，務必……確保七郎和九郎安全無恙！」

盧平頷首：「是！」

她心突突直跳，南疆她必需得親自去一趟，接應七郎九郎平安歸來也好，經營軍隊裡白家的枝蔓也罷，她都得親自去一趟，已然迫不及待。

白錦桐扶著白卿言從那滿是焦肉味的房間出來，她酸脹的眼睛在這朗朗豔陽之下，竟睜不開來。明明隆冬暖陽，卻風聲鶴唳，枯葉蕭蕭。

「長姐……」白錦桐用力握緊白卿言的手，死死咬牙，「紀庭瑜將六冊竹簡送於靈前，我來讀！讓全大都城的百姓都知道我白家前線的慘烈！知道那寡廉鮮恥的信王嘴臉！省得……這六冊行軍記錄被送到御前，皇帝為護信王不公布！」

「不止要念……」她睜開眼，將滿目的悲慼之色深斂。

她望著這滿院子的白絹素縞風中翻飛，身上的殺氣令人窒息的膽寒：「我要帶著這竹簡去宮門前，去敲登聞鼓！將竹簡所書的內容大白於天下！讓信王之流……無所遁形！要用這民情、民憤、民怨來逼皇帝還白家一個公道！」

女子清平的嗓音，擲地有聲。

白錦桐心中怒火與悲切沸騰，堅定道：「我陪長姐一起去敲登聞鼓！」

她垂眸凝視長廊內光可鑒人的青磚板，悵然開口：「你去長壽院請祖母，就說……崔石岩老先生同關雍崇老先生來了！也讓祖母來親耳聽一聽，她想守想護的皇家……都出了什麼樣的畜生。」也讓她們的祖母來聽聽，這畜生又是怎麼害死了她的丈夫、兒子和孫子！

望著白卿言步伐堅定邁向前院的背影，白錦桐緊緊攥了攥拳頭，將自己的淚和痛吞下，轉身去了長壽院。七哥和九弟的事情，長姐既然沒有說要告知於祖母，那她便也不言。祖母同長姐之間微妙的嫌隙和防備，敏銳的白錦桐怎麼會沒有察覺。只不過祖母是當朝大長公主，總有她的難處白錦桐能夠諒解，可看了這行軍記錄，看了信王這齷齪小人的所作所為……

白錦桐死死攥著拳頭，對祖母的感情她是既敬重又仰慕，雖說可以毫不皺眉為祖母捨命，可倘若祖母還是執意護著皇室諸人，那她也只能讓祖母傷心了。

前院靈堂。

白錦繡看著面色蒼白回來跪在她身側的白卿言，低聲問：「長姐若是身體不適不必強撐。」

她搖了搖頭，抬眼便看到雕刻著齊王府圖騰的精緻馬車悠悠停在了國公府門前，她藏在袖中的手收緊，隱約有些發顫。

前生白家大喪，雖然她在病重也知道齊王不曾來過，難道是……蕭容衍?!

來得正好！她生怕事情鬧得不夠大，知道的人不夠多！

眉清目秀的內侍，扶著齊王踩欖而下，邁過國公府銅包邊的門檻，剛準備鄭重對設立在門口的靈堂行禮，突然不知從哪竄出來的快馬直衝國公府高階，渾身帶血的紀庭瑜快馬而來從馬上跌了下來……

「保護殿下！」齊王府護衛齊齊拔刀，護在臉色煞白的齊王身前，疾步向後退。

嘶鳴馬兒被驚得馬蹄騰空，還是盧平眼疾手快衝過去，一把扯住韁繩將渾身是血的馬兒制住。

門口百姓被嚇得發出驚呼聲，連連向後躲，目不轉睛盯著剛從馬背跌落下來，全身帶血趴在地上，似乎已經不會喘氣的男人。

「紀庭瑜！世子夫人、大姑娘！是我們府上的紀庭瑜！」手中死扯著韁繩的盧平抬頭喊道。

扶著大長公主從長廊而來的白錦桐聽到盧平的喊聲喉頭發緊，忙道：「祖母我去看看！」

大長公主頷首：「快去！」

白錦桐鬆開扶著大長公主的手便朝前院跑去。

跪在靈前的白卿言起身撥開擋住路的齊王府侍衛，疾步衝了過去，驚愕地睜大了眼……

剛才，紀庭瑜明明沒有傷的這麼重！他的胳膊明明已經被洪大夫止住血了，怎麼又……

她心中了然，為了給白家求一個公道，紀庭瑜這是要拿命搏！

這到底是怎麼樣的朝廷？竟逼得白家這樣鐘鳴鼎食的簪纓之家，求一個公道還要讓忠僕用命搏！「紀庭瑜？」她蹲跪下身扶住紀庭瑜，看著紀庭瑜本就斷了的胳膊又短了一截，辛辣無比的痠脹襲擊她的眼眶。

紀庭瑜大概是為了把戲做的更逼真一些，又自行砍了一截手臂！

紀庭瑜從馬上摔下來那一下，摔得不輕，他解開身上被血染紅的包袱遞給白卿言，用力握住白卿言的手示意她安心。

紀庭瑜額頭青筋暴起：「大姑娘……屬下奉命替您去南疆為國公爺他們送冬衣，崇巒嶺遇到殺手追殺猛虎營營長方炎！我等拼死救下方炎將軍……」

「方炎將軍說劉煥章叛變與南燕還有信王勾結，信王為奪軍功強逼國公爺出戰，害死數十萬將士。前線潰敗，疾風將軍白卿瑜一邊捨命抵擋，一邊疏散百姓，信王棄百姓於不顧，強行帶走大半兵力護他夾尾奔逃！方炎將軍託我等將這行軍記錄的竹簡送回來！我們一路躲躲藏藏……全數兄弟盡死才護得這六冊竹簡回來！只求……蒼天還國公爺、白家滿門公道！」

齊王聽聞此事滿臉驚駭，行軍記錄竹簡送回大都呈上御前這是常理，怎還會有人沿路追殺?!

蕭容衍垂眸喝茶不動聲色，倒是被請進後堂休息喝茶的清貴齊齊起身前往正門口，好奇心作祟，欲第一時間清楚知道這白家男兒到底是怎麼盡亡的！

白錦桐看著被紀庭瑜鮮血浸濕的地板，顫抖著伸手接過包裹著竹簡的包袱，雖說她心裡清楚紀庭瑜只有傷的慘烈，才能顯得逼真，可真當紀庭瑜為了白家對自己下了這般狠手，白錦桐心裡還是猶如翻江倒海般難受，白家的公道……蒼天和皇庭不願正大光明的給，只能用這種自損八千的手段來求?!

白錦桐當著眾人的面拆開包袱，顫抖著拿出一側竹簡展開。

世子夫人董氏、二夫人劉氏，兩位丈夫兒子都沒有回來的三夫人、四夫人也擠開護衛上前，抓起竹簡細細流覽，意圖在這行軍記錄之上找到自己丈夫兒子還活著的蛛絲馬跡。

白卿言用力紮緊捆著紀庭瑜斷臂的繩子，厲聲喊道：「平叔！快帶紀庭瑜去請洪大夫救治！」

齊王推開身前攔著的護衛，上前兩步，恭敬長揖到底道：「既有行軍記錄在，世子夫人可否交與本王，我即刻就帶這幾冊竹簡面見父皇！」

齊王雖無大才，可是心裡也清楚以鎮國公白威霆的能耐，絕不可能如同昨天信王在皇宮裡哭訴的那般剛愎用軍不聽信王勸阻，強行出兵！

貪功逼迫鎮國公出戰，兵敗棄百姓於不顧，就這兩條足以阻斷信王登頂之路！

齊王心跳的速度極快，儲位向來是有嫡立嫡，無嫡立長，信王為嫡，他為長！雖說他自知沒有文治武功之大能，卻也不想讓這江山落在信王那種心胸狹隘，只知享樂之徒的手中！既然想要那至高之位，他便不能不為自己謀劃爭取。

董氏看著手中的竹簡，血氣直沖頭頂，腦中麻木空白，齊王話音已然聽不見，她目眥欲裂，淚如泉湧，滿腔的怒火幾乎要將她整個人燒成灰燼。

二夫人劉氏跪在地上，翻看完一冊竹簡，沒有找到自家丈夫兒子的資訊，又撕心裂肺哭著換了另一冊。

白錦桐手握竹簡，緊咬著牙關，克制著心中翻湧的滔天情緒，力求口齒清晰，念道：「宣嘉十五年臘月初二，斥候來報，西涼二十五萬主力埋伏於川嶺山地，困白岐英馳援四萬兵甲於中。信王督促元帥白威霆率全軍主力奔赴川嶺山地，與白岐英裡應外合殲滅西涼主力。元帥疑有詐，信王奉天子命督戰，強命白威霆出戰，若抗命則斬白威霆九族。」

百姓見白錦桐當眾讀行軍記錄，紛紛湊上前，仰頭望著立在國公府門內的白錦桐，心中驚駭。

原來竟然是信王強命鎮國公出戰！

「宣嘉十五年臘月初十，副帥白岐山被困鳳城五日糧絕，南燕大軍活捉白家五子陣前脫衣剜肉羞辱，欲逼白岐山投降，副帥決意為護鳳城百姓撤退與南燕鐵騎死戰拖延時間，含淚舉箭射殺白家五子。副帥白岐山言，家中獨子有高齡父母者退後一步，未成家留後者後退一步，餘下……敢為我大晉百姓而死者，隨我出戰迎敵！白家十七子，年十，執劍上前，稱敢捨血肉隨伯父上陣為大晉百姓死戰，絕不苟活！白家軍深受十歲小兒所感，紛紛拔劍三呼，寧死戰，不苟活。」

白錦稚更血氣直沖頭頂，疾步上前隨手抓了一冊竹簡展開，氣息不穩念道：「宣嘉十五年臘月十二，疾勇將軍白卿明滅西涼小股騎兵，帶一千兵力回營馳援。營地已為平地，疾勇將軍救殘兵十人……殘兵稱一日前，信王見南燕五萬大軍前來，棄營帶三千兵力退逃。守營疾風將軍白卿瑜派五百兵士疏散後方百姓，率一千五百將士應戰，疾風將軍身死，屍身被焚。」

「原來是信王！信王太不要臉！竟然帶著三千人夾尾逃了！」

「他娘的！就這……信王還好意思說國公爺剛愎用軍！明明就是他逼著出戰的！」

「太不要臉了！可憐鎮國公府滿門男兒，竟然就這樣被葬送了！」

百姓哭喊叫罵著，顧不上信王乃是天潢貴胄，乃是皇帝嫡子，悲痛欲絕又怒火中燒，恨不能活活撕了信王。

「宣嘉十五年臘月十三，疾勇將軍死守豐縣，南燕大軍攻城。疾勇將軍白卿明稱數百萬生民在後，白家軍背水一戰，不戰至最後一人，誓死不退！為亂大晉軍心……」白錦稚讀到這裡，聲音突然嘎然而止。

她握著竹簡的手咯咯直響，怒火和悲痛撕心裂肺幾欲化作噴薄而出哭吼，胸腔內滅頂的恨熊熊燃燒，椎心泣血，死死咬著牙，一字一句：「雲破行陣前斬白家十七子頭顱，刨腹辱屍，白家十七子腹內盡是樹根泥土……」

鎮國公府門內，門外，一片寂然。

四夫人王氏聽到兒子慘死的狀況，整個人呆若木雞，所有情緒凝滯後，噴薄爆發，她死死揪住自己的衣領，望著兒子的棺木歇斯底里慘叫了一聲迎頭朝棺木撞了過去。

「護住四夫人！」董氏睜大了眼喊道。

蕭容衍身邊護衛身手極快，竟在四夫人王氏頭堪堪離棺木一寸之距，把人給拉住了。

白卿言只覺全身汗毛都豎了起來，心頭如被澆了一勺熱油，直到見四嬸被蕭容衍的護衛護住，緊緊攥在袖中的手才緩緩鬆開。

董氏衝過去一把抱住四夫人，哽咽道：「四弟妹！你切不可做傻事啊！」

「這天殺的信王！沒心肝的狗東西！他憑什麼這麼對白家！憑什麼這樣對我的兒子！老天爺啊……你不長眼啊！怎麼沒讓信王那個狗東西死在戰場上！怎麼不讓他死！」

柔弱的四夫人，丈夫、兒子皆死，已無所畏懼，管他皇室貴胄，管他聖上嫡子，她已經抱了必死的決心，難不成還不能痛快咒罵一次嗎?!

「母親！」

「母親！」

五姑娘和六姑娘撲過去跪著抱住四夫人的腿，哭著。

「母親，女兒已經沒有了祖父和父親！不能再沒有母親啊！」六姑娘白錦華哽咽難言。

五姑娘白錦昭哭道：「我和妹妹雖然不是母親親生的，可我們自幼是母親抱養大的，母親就是我們的親娘……您要是隨爹爹弟弟去了！我和妹妹該怎麼辦?!」

四夫人王氏低頭看著抱著自己腿的一對孿生庶女，心頭一軟，整個人癱軟下來，抱著兩個庶女失聲痛哭。

那日信王扶靈回城，給國公爺和白府小公子用的是薄如紙張的棺材，那白家十七子出征時還沒有馬高，為國戰死……那黑心肝的信王竟然都不曾讓人將小公子的頭顱縫合，存著折辱之心就那麼帶回來，簡直是喪盡天良！

十歲孩子尚且為國血戰，死的那樣淒慘，無糧可食……腹裡盡是泥土樹根！這大晉國自有白家鎮守之後，敵國不敢來犯，豐衣足食，誰家娃娃挨過餓?!就是那街邊乞兒……怕都不曾吃過泥土樹根。

他信王一個皇子，一個高頭大馬的漢子，竟然狠毒至此，懦弱至此！還將一應過錯全部推到為國捐軀的忠烈身上！此人不僅無恥狠毒，懦弱自私，還是個毫無羞恥之心的寡廉之徒。

白卿言咬緊了牙關，痛過哭過也瘋魔過，再聽這行軍記錄，她以為自己心中已痛到麻木，可胸腔裡還是猶如被人陡然澆了一碗熱油，仇恨劇烈燃燒了起來。

她含淚從母親、二嬸、白錦桐、白錦稚手中拿過竹簡，抱於懷中，在白家靈堂前鄭重跪下叩首。再抬頭，那雙眼灼灼如烈火，周身的凌厲殺氣宛如屍山血海中歸來的羅剎：「祖父、父親、叔父弟弟被奸佞無恥之徒迫害屈死，我白卿言今日在白家忠魂靈前起誓，誓為白家亡魂爭一個公道，不使劉煥章、信王之流償命，不得青天明鏡，萬死不休！」

說罷，白卿言俐落起身，挺直了脊梁踏出鎮國公府正門。

蕭容衍幽邃黑沉的視線望向白卿言堅韌的背影，瞇了瞇眼……白家大姑娘依舊還是那個騎烈馬斬敵軍的血性女子。要信王償命這樣的話，除了白家大姑娘，滿大都城怕是找不出第二個了。

「白大姑娘，這是要帶行軍記錄去哪兒？」齊王頗為心急。

立於鎮國公府牌匾之下，孝衣衣角翻飛的白卿言轉過頭來，她咬著牙說：「去宮門前，去敲登聞鼓！去為白家鳴冤！為我屈死的祖父、父親、叔父和弟弟們討一個公道！」

齊王睜大了眼，明白過來白大姑娘……這是要去逼他的父皇！

「長姐！我與你同去！」涕泗橫流的白錦桐緊攥著衣擺，抬腳跨出門檻，表情堅定。

雙眸猩紅的白錦繡咬牙站起身：「我也同去！」

「我也去！」白錦稚的話音剛落，就聽大長公主如洪鐘的聲音從後傳來……

「阿寶你站住！」

她聞言，死死抱住懷裡的竹簡，手指瞬間變得冰涼，身形亦跟著僵硬。

人可以因為血脈親情變得無堅不摧，也會因為血脈親情變得無比懦弱，鐵心鐵骨亦會被衝擊的潰不成軍。可如今，在這白家二十多口棺材前，她不會為了祖母退。就算是祖母想要阻止她，也已經無力回天了！在這光天化日之下，在這大都城百姓眾目睽睽之下，難不成她的祖母……林氏皇家的大長公主，還能將她關回後院?!

她還是會失望，心痛還是止不住，她的祖母大長公主在聽到這竹簡所書，知道她的丈夫、兒子、孫子如何慘死，知道她的孫子小十七是如何被斬首剖屍，竟還要為護那林家皇權……她轉過頭來，似被血染紅又深沉如淵的眸子看向大長公主，聲音變得很輕：「祖母要阻止我?!」

看到親自教養的大孫女眼底的失望和戒備，看到三個孫女兒全身緊繃蓄勢待發的怒意，大長公主到了喉嚨口的話，一時竟沒能說出來。

可她到底是大長公主，雖已風燭殘年，通身不怒自威的莊重威儀，隨著年歲增長愈發厚重，哪怕容顏憔悴，鬢邊銀絲依舊梳的一絲不苟，將脊背挺得極直。

大長公主哭過的雙眼通紅，她緊握著虎頭拐杖，在蔣嬤嬤的攙扶之下終於還是朝白卿言的方向走來，與白卿言對視，一向溫和的嗓音染著一層沙啞：「白家大仇哪有讓你一個閨閣女兒家衝在前頭的道理！老身是這鎮國公府的鎮國公夫人！老身還沒死！我自己的丈夫！我自己的兒子、孫子！我就是捨了這身血肉之軀，也要為他們討一個公道！」

出乎白卿言意料之外，又完完全全在情理之中。

她雙眼越發紅，心慢慢軟了下來，相比起她們失去父親和兄弟，真正的可憐人……其實是她的祖母大長公主，一夕之間丈夫、兒子、孫子，全都葬身南疆，偏偏行惡者是她的母族。

都說，自古人生有三痛，少年喪父、中年喪夫、老年失子。不過都是可憐人罷了。

她主動向前迎了兩步扶住大長公主，哽咽：「祖母……我們與祖母同去！」

第九章　逼殺信王

大長公主用力握住白卿言的手，轉頭，沉凝的目光極為平靜的望向幾個兒媳，道：「老大媳婦，府裡交於你和老二媳婦、老三媳婦！照顧好老四媳婦兒和老五媳婦兒！守好白家！」

董氏忍住心中悲痛，朝向大長公主的方向福身行禮：「母親放心，府裡有我等，必不會亂！」

皇帝親姑母當朝大長公主，攜孫女兒，在百姓跟隨之下……徒步前往宮門前。

「走！我們也去！同大長公主一起去告御狀！為英雄討公道！」

「走！一起去！」百姓群情激憤。

大長公主一手握住烏木虎頭拐杖，一手死死攥著白卿言的手向前，步子走的極為堅定，聲音如從鐘鼎裡傳來一般：「阿寶，逼殺信王此事，你太沉不住氣，太迫不及待，太操之過急！你可知你這是在逼著陛下殺他唯一的嫡子？你就不怕……這民情、民怨，殺了信王的同時也會成為刺入你心口的一把利刃?!說到底……阿寶你還是不信我這個祖母，對否?!」

她緊緊握著祖母已經枯槁顫抖的手，說：「大都城內，百餘民眾隨我同行，行軍記錄竹簡已然公布於眾，大晉皇帝若不怕百姓的悠悠眾口，若不怕盡失民心，儘管拿了我這顆頭顱去！我曾為晉國征戰，身受重傷不可生育！我的祖父、父親、叔父、弟弟都身死南疆，昭昭日月朗朗乾坤之下我賭皇帝不敢殺我……」

「阿寶身為白家女，若無壯士斷腕的勇氣和意志，提什麼報仇？」

大長公主腳下步子一頓，閉了閉眼又抬腳前行，喉頭微顫：「阿寶，你什麼時候才能懂活著的人才是最重要的?! 祖母……不能再失去你們任何一個人了!」大長公主聲音裡盡顯老態，縱深的褶皺之中褐色的斑痕清晰可見，如同她話音裡對她的失望和擔憂。

宮門外的侍衛遠遠看到積雪堆至兩旁的道路，突然有人成群結隊朝宮門方向走來。聲勢浩大，引人注目。守門侍衛全身戒備，已有侍衛奔回營房告知守門統領，等守門統領匆匆穿好衣衫從營房出來時，大長公主攜身穿孝衣的白大姑娘、白二姑娘、白三姑娘、白四姑娘以及一眾百姓已經到了武德門前。

守門統領上前對大長公主行禮，直起身後問：「末將參見大長公主，不知大長公主何以……」

誰知，守門統領話還沒説完，白家三姑娘便取下鼓槌，奮力敲鼓……

數百年靜置在宮門外，無人問津已然生鏽的登聞鼓聲響，驚得宮內鳥雀齊飛。

大長公主扶著虎頭拐杖顫顫巍巍在宮門外跪了下來，守門統領嚇得也跟著跪了下來。

只見白家姑娘連同白家忠僕，還有百姓紛紛跟在大長公主身後跪了下來，如浪潮一般聲勢浩大，讓人猝不及防。

此時，正歪在軟榻上喝茶看著嬌柔美人兒彈琵琶的皇帝，隱隱聽到有鼓聲眉頭一緊，喊了一聲：「高德茂……」

皇帝身邊最得臉的大太監高德茂忙匆匆進來，跪地：「陛下……」

「哪兒來的鼓聲?! 聽個曲兒都不得安生！」皇帝頗為不悅。

「回陛下，老奴聽著像是前面傳來的，已經派了小太監前去查看了。」高德茂道。

武德門外。白錦繡跪於大長公主身側，拿著竹簡唇齒清楚，含淚一字一句的念……其字正腔圓，雖帶著哭腔，可吐字極為清晰又極快，讓在場的人聽得一清二楚。

六冊竹簡，分明只是行軍記錄之事，可白錦繡抑揚頓挫連番念下來，竟讓人宛若置身於那殺聲震天、刀光劍影，鮮血四濺，你死我活的戰場。

已經叛國的劉煥章，假傳消息稱糧草剛運至鳳城，但被南燕騎兵突襲，五萬鐵騎圍城！糧草輜重被困城中，不等鎮國公發號施令，信王狂妄自大命鎮國公白威霆二子車騎將軍白岐英率四萬精銳信州馳援。

鎮國公行軍多年經驗豐富，猜測其中有詐，可信王卻拿出皇帝御賜的金牌令箭逼迫，鎮國公無奈下只能同意。後斥候來報，西涼二十五萬主力埋伏川嶺山地，困白岐英馳援四萬兵甲於中。

信王眼見中計，內心惶惶不安，強令白威霆率全軍主力奔赴川嶺山地，與白岐英裡應外合殲滅西涼主力。白威霆疑有詐，但信王奉天子命督戰，強命白威霆出戰，稱說白威霆若是不從命便稟告聖上，說白威霆見金牌令箭不從，抗旨足以滅九族。

鎮國公白威霆，只能冒風險部署，命驃騎將軍白岐景率兩萬大軍饒過豐縣突襲西涼軍營，副帥白岐山率五千精兵馳援鳳城。

白卿明、白卿琦率一萬白家軍精兵駐紮靈谷要道以便策應各方。

白威霆親帶五萬大軍趕至川嶺山地，命副將劉煥章率主力十八萬兵士隱蔽黑熊山伺機突襲川嶺山地。一如白威霆所料，他帶領的五萬大軍一入川嶺山地即中計，白岐英所帶四萬精兵竟盡數被滅，西涼四十五萬大軍整軍以待鎮國公，鎮國公只能寄希望在副將劉煥章，帶軍拼死搏殺。

臘月初六，晉國大軍苦戰三日，五萬大軍幾乎消耗殆盡始終不見副將劉煥章應援。

西涼主帥請見鎮國公白威霆，稱劉煥章為權位已背叛鎮國公白威霆，係數將元帥排兵布陣告知西涼與南燕，西涼傾全國之力派出七十萬大軍，南燕亦是舉國出四十萬精銳，稱此次勢要全滅白家軍與白家人，打斷大晉國脊梁。西涼主帥還告知鎮國公，劉煥章假借鎮國公白威霆之名誘騙了白家五人。如今帶兵遁走以鎮國公叛國為名，掉頭直攻鳳城，原本還在拼死掙扎的晉國大軍，聽到這個消息立時軍心潰散，如同羊群被狼群圍住般再無力反抗。

元帥白威霆身中數箭，死前命猛虎營白卿輝、白卿陽帶軍情記錄面見信王，稟告信王防劉煥章叛變！號令全軍上下不惜代價為二人拼出血路。

而奉命奔赴鳳城的副帥鎮國公世子白岐山，在馬不停蹄趕達鳳城之時，發現鳳城安然無恙。糧草府穀官稱糧草並未到鳳城，副將劉煥章曾停留鳳城，稱糧草已直入前線軍營讓糧草府穀官不必憂心。世子白岐山知劉煥章叛變，掉頭欲馳援川嶺山地。誰知劉煥章竟率十八萬兵士於駱峰峽谷道半路伏擊，兵力懸殊……副帥白岐山攜一萬兵甲無力招架，身負重傷，帶一千殘兵退回鳳城。

副帥白岐山被困鳳城五日，糧絕。劉煥章活捉白家五子陣前脫衣剜肉羞辱，欲逼副帥白岐山投降，白岐山決意為護鳳城百姓撤退與劉煥章死戰拖延時間，含淚舉箭射殺白家五子。

副帥白岐山出戰前，曾讓家中獨子有高齡父母者退後一步，未成家留後者後退一步，餘下……敢為大晉百姓而死者，隨他出戰迎敵！

白家年僅十歲的十七子，執劍上前，稱敢捨血肉隨伯父上陣為大晉百姓死戰，絕不苟活！白家軍深受十歲小兒所感，紛紛拔劍欲死戰護民，三呼寧死戰，不苟活。

而信王在南燕五萬大軍突襲大營之時，更是帶走了三千兵士夾尾而逃，徒留兩千白家軍願同疾風將軍白卿瑜為民死戰，為疏散後方百姓拖延時間。

白卿瑜派五百將士疏散百姓，帶一千五百兵士飲壯行酒，稱……雖生不同時，今日為大晉萬民同袍而戰，便皆是血親兄弟，一酒飲盡，來生再會！

後疾風將軍白卿瑜同一千五百兵士戰死，屍身被焚。

疾勇將軍白卿明死守豐縣，西涼南燕聯軍攻城。疾勇將軍白卿明稱數百萬生民在後主，白家軍背水一戰，不戰至最後一人，誓死不退！為亂大晉軍心，西涼南燕聯軍主帥雲破行陣前斬白家十七子頭顱，刨腹辱屍，白家十七子腹內盡是樹根泥土，雲破行大驚！

白家軍殺心激發，奮勇殺敵！就連記錄行軍記錄的隨行史官，都在最後一筆寫下這樣的言辭……「十歲小兒血性，吾羞愧難當，已至此時吾雖文人也敢扔筆執劍！馬革裹屍……去也！」

六冊竹簡讀完，武德門前……白家諸人，大都城百姓早已經淚流滿面。

白卿言雙手舉起染血的六冊行軍隨行記錄竹簡，高聲喊道：「南疆糧草未見，副將劉煥章叛國！信王貪功逼迫鎮國公白威霆出戰，至數萬將士命喪南疆，卻將罪責推於鎮國公之身稱鎮國公剛愎用軍。求陛下還英靈以公道，還忠骨以青白！捉拿劉煥章、殺信王，正國法，安民心！」

守門統領聽完後亦是義憤填膺，熱淚盈眶，他回頭看了眼，好心示意大長公主：「大長公主，這登聞鼓敲一下三十杖！還是先讓三姑娘停了吧！」

「敲！」白卿言雙眸如炬站起身，「這一下三十杖，我來挨！今天就是死在這武德門外，也必要這錚錚鼓聲直達天聽！」

她以承受軍棍之姿態單膝跪於最前方，死死盯住眼前宏偉懾人的武德門。

這些年來，登聞鼓立在這裡形同虛設，更像一種象徵，從無人敢上前擊鼓。行刑官死死握著這長棍，心中情緒澎湃翻湧，聽完白家男兒如何身死，這棍……他如何能打得下去?! 眼前柔弱清豔的女子，這可是白家遺族啊！這讓他著實是下不了手。

可下不了手也要下，手腕兒上留著點兒分寸也就是了。

「白大姑娘，規矩在前，我不得不動手還請您海涵！」那廷杖高舉，克制著力道落下……悶棍帶風直擊，白卿言雙拳緊握，整個人險些栽倒在地，她咬緊牙關只覺胸腔內泛起腥甜。

「我來挨！我身強體壯！我來！」白錦稚上前攔住那長棍，與白卿言跪於一排，對行刑官道，「我長姐那年誅殺賊寇傷了身，身體本來就不好，我來！」

「我敲的鼓！自然是我來受罰！」白錦桐用力擊鼓，手下不停。「我們姐妹……一起挨！」

白錦繡亦是跪在白卿言一旁，「軍棍我們都挨過不少，還怕這小小廷杖?!」

跪在人群中一淚流滿面的漢子站起身，越眾而出，跪下道：「我來替白家姑娘挨這廷杖！白家眾男子為國死戰而亡，難道白家遺族也要為了討一個公道而亡嗎?!白家忠義……陛下定要還白家公道啊！」

「我來！信王奸詐之徒勾結叛國劉煥章貪功諉過不說，還折辱為大晉捐軀之英雄遺體！白家男子敢為國為民馬革裹屍，我亦敢為白家公道捨生取義！」

白面書生已是起身：「說得好！好一個捨生取義！在下乃一介書生，都說百無一用是書生，今日在下便捨了這無用的身軀，只求英靈忠魂能得公道！」

書生這話激起了民眾情緒，連婦孺都忍不住哭出聲來，尤其有孩子的婦人，一想到白家十七郎那十歲孩童的結局，想到險些撞棺而亡的四夫人，竟也起身稱要替白家挨棍。

百姓群情激憤，受那起頭幾人一身俠義感染，紛紛響應。

白錦稚回頭看著為他們白家出頭的百姓，心口似有滔天駭浪翻湧，眼淚大滴大滴往下掉，喉頭哽咽的連一個謝字都說不出來。她陡然想起，初一那日長姐在清輝院教訓她的話……

【我們朝堂無人本就舉步維艱，若再無民心擁護，那就是萬劫不復！這……便是操縱此事的

背後之人要看到我白家的結局！】

原來，這……就是長姐要的民心！原來民心所向竟是如此強大浩瀚。

她心底澎湃的熱血，指節慢慢收攏，如醍醐灌頂一般明朗……難怪曾經寡言少語的長姐，要不厭其煩在人前力數白家功績，表達白家愛國愛民之心。

以前白家做的多，說的少，百姓人民便認為理所應當。如今，長姐將白家為這大晉國為大晉國百姓所做說出來，人民百姓……便感激涕零。俗語說，會哭的孩子有奶吃，這話果真不假。

「我也來，我身強體壯，不論白家三姑娘敲了多少下，我都來挨著軍棍！」越來越多的人情緒激憤願替白家三姑娘領受廷杖，連七八歲的小童也站起身道：「白家護萬民，萬民亦能護白家，我雖年幼卻也讀聖賢書，我也願意替白家姐姐挨棍！」

行刑官見狀越發不敢動手，內心震撼無比，他從未見過百姓如此維護一個家族，被這氣勢洶洶要求替白家三姑娘領廷杖的蓬勃百姓，震得呆呆立在一旁手足無措，轉身吩咐跟在身後的侍衛：「快去向上峰稟報，看如何處置。」

躲在武德門內探聽消息的小太監見此情況，一路飛奔至皇帝大殿，連爬帶跑到大殿門口，急忙對高德茂道：「高公公，鎮國公府大長公主帶著白家幾個姑娘在武德門外敲登聞鼓，要求陛下捉拿劉煥章，殺信王，以正國法！百姓全都在外面嚷嚷著要替敲鼓的白家三姑娘挨廷杖。」

饒是高德茂這樣皇帝身邊的大人物聽到這話都被嚇了一跳，信王……那可是皇帝和皇后的嫡子，這大長公主瘋魔了不成，竟然敢要求皇帝殺嫡子！歷來王子有罪除非是謀逆，否則最嚴重的也不過是圈禁而已，白家大約是男子盡死瘋了，便不管不顧起來。

「高公公！」小太監用衣袖擦了擦汗，「您要不要告訴陛下！」高德茂甩了一下拂塵，冷笑道：「這樣觸霉頭的事情，自有人來報，我上趕著做什麼？昨日陛下剛給了信王一腳，今日白家就來找麻煩，最近你們當差都小心著點自個兒的腦袋，別被牽連了。」

高德茂話音一落，果然守城統領便來稟報此事。

「放肆！他白家放肆！」皇帝聽完直接砸了手中青花繪纏枝紅梅的瓷茶盅，氣得坐不住來回走動，淡黃的茶水頃刻將細絨地毯弄的一片狼藉。大殿內宮女太監跪了一地，屏息不敢言語。

天子一怒，伏屍百萬！誰敢在皇帝怒頭上說話，難道不怕被連累？就連在皇帝面前極有臉面的高德茂都鵪鶉似的以首叩地，恨不得將自己縮成一團讓皇帝看不見。

「微臣派人查清楚才敢來向陛下稟報，聽說是今天靈堂之前，白家奉命去送冬衣的下人渾身是血拼了命將那六冊竹簡送回來，竹簡被白家姑娘當眾念出，百姓情緒激憤都跟著一起來跪在宮門外，為白家求公道！」

怒火中燒的皇帝險些站不住，鎮國公府當眾念一遍，宮門口又念一遍，生怕百姓記不住啊！竟然是一點兒餘地都不留！白家……可真是膽大包天！

皇帝單手撐住沉香木桌角，咬了咬牙，轉身吩咐道：「高德茂你去！親自把大長公主先給我請進來！」到底是自己的親姑母，先安穩住大長公主，白家的那些孩子都還好說。打定主意的皇帝看著被茶水沾濕的衣角，又發火：「還不給朕更衣！」

武德門外，同大長公主跪於宮門前的白卿言見皇帝身邊的大太監高德茂一路小跑過來。

高德茂小跑過來行了跪禮在大長公主身邊道：「大長公主，陛下讓老奴來請大長公主……」

見皇帝身邊的大太監已經出來，白錦桐這才將鼓槌放了回去，跪至白卿言身旁。

大長公主用力捏了捏白卿言的手，拄著拐杖站起身理了理自己的衣擺。

「大姑娘……」高德茂笑盈盈對白卿言道，「可否將這行軍記錄的竹簡交於老奴呈與陛下。」

白卿言鄭重將竹簡遞給高德茂，一字一句開口：「這竹簡我已過目，字字錐心！望陛下能還為國捐軀忠魂公道！否則……白家不安，百姓不安。」

高德茂下意識朝陪白家跪在這宮門口的百姓看了眼，白大姑娘這話裡話外的意思，往大了說……可就是威脅今上了。

小心翼翼接過染血的竹簡，高德茂道：「白大姑娘放心，老奴一定將這話帶到。」

白卿言挺直脊梁原地跪著，目送祖母隨著高德茂一起從武德門入宮……

「長姐，你說祖母會不會被皇帝說動？」白錦桐緊緊攥著身上的孝衣，眉頭緊皺。

大長公主態度看似明確，卻又不是十分明朗，白錦桐如何不知？

她望著那朱漆紅門，望著祖母挺直的脊梁，原本堅毅的心有些許無力。

她只道：「形勢逼人，祖母和皇帝……都擋不住！」

「皇帝真的能殺信王嗎？」白錦桐心中反覆琢磨思量，大晉史上還從未有過被處斬的皇子，即便是之前的二皇子也是幽禁後自盡的。

「皇帝不處置信王，不足以平息民情民憤！一旦動手處置……這貪功冒進害大晉數十萬將士葬生的罪，這怕擔罪責將過錯推於忠魂之身的罪，足以讓信王此生再無能力問鼎高位，或圈禁……或貶為庶民！」她聲音徐徐，殺氣悄無聲息從眼底漫了出來。

「便宜他了！」白錦繡難見的面露狠色，眼淚止不住的往下掉。

「皇帝若是能狠的下心殺信王，至少在百姓心中還能留一個好名聲，他若捨不得……便是盡數將民心推向了白家！忠烈為民反慘死，皇子苟且卻保命，孰是孰非自在民心。」她深深呼吸了一口這隆冬涼氣，挺直脊梁，「朝堂之地不容女子，可民心向背卻不分男女。我們前朝無權，能掙的只有民心！」

「報仇簡單！只要有心……總能殺了信王！何必白白便宜皇帝動手落一個好名聲？民心這樣強大的刀刃握在我們自己手裡不好嗎?!信王貪生怕死背棄百姓想他死的大有人在，哪天不小心夜黑風高被人抹了脖子，除了皇室……怕也無人為他落淚了！」白錦稚拳頭握得咯咯直響。

經歷一事，白錦稚如今做事前也願意先動一動腦筋，不全靠自己的一腔衝動，她深感欣慰。

大殿內，皇帝也是第一次看到這行軍記錄的竹簡。那樁樁件件……記錄的清清楚楚！

他原本只知此戰慘敗，行軍記錄沒有送上來，傷亡情況沒有統計清楚。

他著實是想不到，會敗的這麼慘！

南疆一戰，折損他晉國數十萬兵力，至少五年沒有實力再與西涼一戰，少不了要割地求和。

皇帝怒髮衝冠手都在抖，他剛還惱火白家的逼迫，但此時他最惱恨的卻是他的嫡子信王！

狂妄豎子沒本事還強迫主帥出征，他懊悔當初為什麼要給信王金牌令箭，自己的種……難道還不知道他是個什麼貨色嗎?!

是了，當時派信王去鎮國公那裡，本就存了讓信王強壓鎮國公的心思，可他只是想讓鎮國公一門獲罪！只是想滅一滅這所謂將門不敗神話的風頭。

可他是大晉國的皇帝，從未想過讓大晉國敗的如此慘烈！

白家人死不足惜，可那些死了的數十萬大軍可都是他的將士，他如何能不心痛?!

還有那個劉煥章！竟敢叛國！竟敢帶著大晉的軍隊同室操戈！

逆賊！誅九族！一定要誅九族！皇帝握著竹簡的手一個勁兒的在抖，一想到武德門門前跪著身穿孝衣的白家女兒家和大都城的百姓，要強逼他殺了他的嫡子！他更是怒火中燒。

他統共也就那麼一個嫡子！皇帝頭疼不已，心裡惱恨的恨不得立刻下旨滅白家滿門。

此時，皇后在大殿外急得團團轉不知如何是好，如今白家同百姓來勢洶洶跪在宮門外，口口聲聲要討公道，要讓皇帝殺信王安民心。

皇后同皇帝多年夫妻，太瞭解皇帝喜歡沽名釣譽的性子，萬一要是真的為了維護名聲殺了信王……皇后都不敢想，皇帝多子，可她就那麼一個兒子！

殿內，皇帝看著面色沉沉的大長公主，閉了閉眼：「姑母，我們是自家人，關起門來自然說自家話！姑母將事情鬧得如此之大，想求什麼啊？」

皇帝一雙帶著殺氣的陰沉眸子朝大長公主望去：「真的……要逼朕殺信王嗎?!」

「既然關起門來說自家話，那我便同皇帝說幾句掏心窩子的話！」大長公主緊握著手中虎頭拐杖，神容沉靜，「我嫁於當初還是鎮國公世子的白威霆前，父皇曾對我說……說鎮國公府白家乃國之柱石大晉脊梁，皇室需依仗白家，也須防備白家！父皇年歲已高時日無多，望我能替他守住林家皇權，防備白家反心！那天……我是以我皇室之血起誓的。」

似乎怕這話分量還不夠，大長公主緊緊握著虎頭拐杖幽幽道：「當年父皇贈我一支皇家暗衛隊，這些年我一直養在莊子上，哪怕國公爺和我那幾個兒子上戰場也未曾動用過，陛下可知……我防的是什麼？」

皇帝望著大長公主的眼神變得鄭重起來，他從未料到大長公主當年下嫁，竟還有這般內情。

連親子上戰場都未曾動用，那便是……為防白家反心。

「我要替我們林家守住皇家權威不可侵犯，所以今日……我向陛下諫言，信王該殺！」大長公主緊緊攥著衣袖中的沉香木佛珠，長歎一口氣，「不說白家私仇，只說這天下民心！行軍記錄眾目睽睽之下送到白家靈堂，信王之所作所為已然人盡皆知！白家、百姓恨得咬牙切齒！陛下應知……水能載舟亦能覆舟，民心所向皇權方能長久！若陛下殺信王，這一次……武德門外的百姓，就盡是陛下收攬的民心！若不忍心殺信王，甚至不忍心責罰……陛下失去的，可就不僅僅是武德門外那些百姓的民心了。」這話大長公主說得彷彿一心為了皇室，可她也有私心，她的確是想讓皇帝殺了信王，為她的丈夫……為她的兒子、孫子報仇！

她最小的孫子，那般活潑可愛，他才十歲！

若不是信王貪功冒進，逼迫白威霆出戰，白家何至於滿門男兒皆滅?!

信王……該死！可她不能做女人家那副哭哭啼啼的姿態，以血脈之情求皇帝殺了信王。

大長公主從小就知道女人同男人不一樣在哪裡，和一個男人對峙，首先便不能把自己當成女人。男人的格局是天下，女人的心大多都太軟……所圖的是骨肉血脈，是後院的一畝三分田，這是她曾經教導嫡長孫女兒白卿言的。

大長公主一番話，說得皇帝心口突突直跳，他緊緊攥著手中竹簡在案桌上敲了敲，隨手丟在一旁，倚著金線繡金龍飛天的軟枕，閉眼反覆琢磨。

皇權穩固民心向背與親情不捨之間較量，皇帝心口不多時就聚集了一股子濁氣。

他閉著眼問：「姑母對朕說這些話，就真的沒有半點……殺信王為子孫報仇的意思？」

到底是居至尊之位，皇帝身上上位者權勢滔天的威懾力十分懾人。

大長公主穩住心神，緩緩開口：「我是鎮國公府國公夫人不假，可我首先是皇室的大長公主！」

皇帝睜開眼，陰鷙的眸子朝大長公主望去，充滿探究。

大長公主直視皇帝的雙眸，聲音沉穩：「為今之計……劉煥章九族必是留不得了！趁著武德門百姓俱在，陛下至少要做出樣子來。讓御林軍親圍劉府，抄家吧！信王正因為他身為嫡子，所以才嚴懲，即便不殺，但此生與這至尊之位無緣了！至於白家……只剩下些孤女寡母已然翻不出什麼浪花來。」

曾經先皇還在世時對皇帝說過，大長公主這位皇室嫡女是個有本事且自負的人，這些年老人家吃齋念佛，眉目間都修養出一股子慈悲憫善的佛性，可真當遇事……深入骨髓的那分殺伐決斷從沒有變。

「姑母那個嫡長孫女，可是厲害得很啊！」皇帝眸子瞇起，提起白卿言來殺氣不經意走漏，聲音冷如寒冰。

大長公主握著沉香木佛珠的手一抖，輕輕撥弄起佛珠來，聲音由弱變強：「後面的事我已經盤算好了，白家大喪從簡，讓這一些風波早早過去！隨後……我會來宮中自請去鎮國公爵位，然後去廟裡為國祈福長居！還請陛下念在白家世代忠良的分兒上，讓白家遺孀……回祖籍朔陽吧。」

不見皇帝吭聲，大長公主閉著眼，眼角沁出些許淚意，哽咽開口道：「嫁入白家，卻不能全心以待，對丈夫、兒子……時時試探，處處防備。陛下可知我心中有多愧疚啊？如今便讓……讓白家遠離大都城，給白家留一點血脈吧。她們畢竟體內也流著咱們林家的血！也都只剩女兒家了，就算是……姑母請求陛下為姑母留下一點血脈，成嗎?!」大長公主雙眸含淚，恭恭敬敬對皇帝哀求，希望皇帝還有那麼一點點憐憫之心，看到白家退讓的姿態，不要趕盡殺絕。

皇帝手指摩挲著，半晌才開口：「姑母，朕不欲將白家趕盡殺絕，可這個白大姑娘……」盤點這些日子以來，這個白大姑娘所做所為，稱得上鋒芒畢露！正是這個白大姑娘一路將白家之聲譽推至鼎盛，他是皇帝……豈能連這個都看不透？

可這個白大姑娘，又是最像白素秋的一個……想到白素秋，皇帝眼眶隱隱濕潤。

少年時求而不得的心頭好，人越是到中年越是容易時時想起，時時悔恨遺憾。

對白家的忌憚，由來已久如冰凍三尺……既然如今犧牲了數萬將士走到了這一步，白家出類拔萃的即便是女兒家，不除乾淨了，皇帝不甘心也不放心。

大長公主見皇帝對白卿言有了殺意，手都在發顫。

她看了眼皇帝，帶著哭腔著開口：「為了皇室安穩，陛下若說需殺了我這孫女兒，我絕無二話！可陛下知道為何我這麼看重我這個嫡長孫女兒嗎？」

皇帝朝大長公主看過來。

「因為我這孫女兒是最像素秋的！」大長公主提到女兒眼淚如同斷線，「個性剛強，寧折不彎！活脱脱另一個素秋啊！素秋去的那一年……老身差點兒隨她去了！如今我將這滿腔的感情寄予這孫女兒身上，望……望陛下看在素秋的分兒上，饒了這孩子一命吧！」

大長公主的話無疑是觸動了皇帝心底最柔軟的位置。或許從坐上這個冰冷的皇位開始，皇帝的心就逐漸變得冰冷，可唯獨藏著白素秋的位置……柔軟又溫暖。

皇帝咬緊了後槽牙，垂眸盯著那帶血的竹簡，半晌下定決心般開口道：「扶大長公主偏殿休息，讓謝羽長親率御林軍將劉煥章一家捉拿入獄，再把信王那個逆子給朕綁過來！」

想了想皇帝又補充了一句：「從武德門出入！」

大殿外如火上螞蟻的皇后聽到皇帝暴躁的吼聲，驚得面色發僵。

武德門外。御林軍統領謝羽長快馬而出，帶著御林軍直奔劉煥章府邸，聲勢浩大。

很快，昨日心口結實挨了皇帝一腳的信王，被侍衛用麻繩結實捆著，從武德門押了進去。

信王看到武德門門前的白家人和百姓，那眼神如同毒蛇一般直直看向白卿言……

求父皇殺了他的話，就是這個白大姑娘說出來的！

這連番動靜下來，百姓議論紛紛又熱血沸騰，直說好歹天子還算聖明。

很快武德門內又疾步走出個小太監，他手裡抱著拂塵，立於白家姑娘面前，尖著嗓子道：「陛下傳白大姑娘……」

白錦稚一把扣住白卿言的手，心跳速度極快：「長姐……」

她望著雙眸通紅的白錦稚，輕輕拍了拍白錦稚的手，眼神堅定又明亮：「有祖母在，還有你們和百姓在這兒等著，不會有事的！」

白錦稚聽她這麼說，才略為心安，緩緩鬆開攥著白卿言的手。

她站起身雙腿已經有些發麻，從容不迫理了理身上的孝衣，轉身對跟隨他們白家來武德門前的百姓行了一禮，才回身望著來傳旨的太監。「煩請公公前面帶路……」

紅牆碧瓦的宮路，白卿言跟在帶路公公身後，雙眸幽深難測，脊背挺得極直，完全不像剛才挨了一棍的樣子。白卿言垂著眼瞼，她上輩子透過梁王和杜知微對皇帝多少有些瞭解。

皇帝無治世之大能，多疑又猜忌。因自幼不受先帝看重過得十分清苦，問鼎至尊大位後，十分喜好奢華排場，還一心想要做一位要比先帝更有名望的賢君。

這樣的一個皇帝，當比任何人都忌憚史官那根筆。

不然御林軍出動為何走武德門？毫不留顏面綁了信王，為何偏從武德門押入？

皇帝既然從武德門宣她晉見，便已經說明皇帝不會殺她。一會兒皇帝對她，無非……或是威逼，或是利誘罷了。不待白卿言多想，便已到大殿門前。走進殿內，見面色發白的信王哆哆嗦嗦跪在一側，她恭恭敬敬對皇帝行叩拜大禮，靜靜凝視眼前光可鑒人的青石地板。

皇帝凝視伏地不語的白卿言，手裡攥著一卷行軍記錄，有一下沒一下敲著面前几案，聲音涼得讓人脊背發寒：「白大姑娘聚眾於武德門前，是想要什麼？」

她緩緩直起身，仰頭望著高座之上的皇帝，反問了回去：「這句話也是臣女想問陛下的，陛下讓信王此等草包監軍，想要的是什麼？」

白家護民百載，民心所向，乃是她的依仗，所以她打從心底不懼皇權龍威。

大晉國這位皇帝，最會審時度勢。如今她立在大勢所趨這頭，皇帝……心裡明白。

皇帝極力忍耐，額頭青筋突突直跳，只覺這白大姑娘不止膽子大心計深沉，而且敏銳！

她料定了他這個皇帝不能殺她，所以才敢在他面前如此張狂。

皇帝氣急敗壞，冷冷笑道：「為逼朕殺信王，煽動民情民憤，白大姑娘是意圖動搖國本，以此來逼朕就範嗎?!怎麼……朕若不殺了信王，白家就要反嗎？」

「染了血的行軍記錄竹簡，還在陛下案前，陛下看過了嗎？」她視線掃過那幾冊竹簡，抬頭望著眸色陰沉的皇帝，為白家心寒不已，「臣女手中無權無勢，亦無兵甲，身著孝衣不帶刀戟，不過撐著一條命跪於武德門前，為祖父、父親、叔父、兄弟們求一個公道，何談反字？」

皇帝猛地站起身，饒過几案，將手中竹簡狠狠摔在白卿言面前。

「何談?!得了行軍記錄的竹簡不速速呈上來，大都城的百姓都比朕先聽到這竹簡所書。靈前立誓，帶著情緒激動悲憤的百姓堵在武德門口，你就差逼宮了，你還敢說何談?!你真當朕已經老到耳閉目昏，看不出白家的齷齪伎倆?!」

她俯身撿起地上的竹簡用素白衣袖擦了擦，最下面一行字跡入目……副帥白岐山被困鳳城五日糧絕，南燕大軍活捉白家五子陣前脫衣剜肉羞辱，欲逼白岐山投降。

滔天的怒火在白卿言胸腔裡如被熱油滾了滾，終於還是按捺不住，咬牙出了聲：「白家為求公道自保的伎倆齷齪，陛下派草包監軍……將金牌令箭賜予草包的目的，難道就不齷齪了？」

「你放肆！」皇帝目眥欲裂。

「西涼、南燕虎視眈眈，大樑、戎狄居心叵測。國之銳士與覬覦大晉的西涼、南燕大軍捨命廝殺，不畏馬革裹屍，不畏身首異處，不畏天地為墓，拋頭顱灑熱血，為家為國而戰，誓死不退！可在南疆戰事如此吃緊時，陛下反忌憚臣子功高蓋主，命從不涉沙場、兵法不通的皇子持金牌令箭監軍搶功，難道不是天大的齷齪嗎?!」

「蠢才以金牌令箭相逼！如今白家兒郎盡滅，晉國再無威懾大樑、戎狄十年不敢來犯的鎮國公，朝內再無驍勇善戰的將領！數十萬大軍皆亡……大晉可謂自斷臂膀！」

看著皇帝猙獰的表情，她忍不住冷笑：「等大晉前腳卑躬屈膝與南燕、西涼求和，後腳戎狄、大樑便敢撲上來分一杯羹，這局面……陛下可滿意了嗎?!」

皇帝死死咬著牙關雙目通紅，白卿言所言正中紅心，這便是皇帝為何看到竹簡後怒不可遏，悔不當初的原因。

「陛下對白家趕盡殺絕也好！就當給天下人提個醒，就算要為國盡忠，也千萬別死心塌地不給自己留後路！否則滿門男兒皆滅……連被扶靈回來，都只能用普通百姓都不用的如紙薄棺，連十歲孩童都不能許他一個全屍！」

不待皇帝開腔，信王已然怒喊出聲：「你們白家不過是我皇家養的看門狗！你祖父你父親那個兩個老不死的東西就是擁兵自重，你們白家心裡還有我父皇這個君上，還有我林家皇權嗎?!這林家江山社稷……如何能容看門狗置喙?!白威霆那個老匹夫……滿口天下黎民社稷百姓，裝出一副為國為民的風骨！你敢說……你白家沒有為竊取我林家江山，反我父皇鋪路嗎?!」

「我父鳳城水斷糧絕仍負隅死抗，是要反嗎?!」她站起身將手中竹簡展開，如血的眸子帶淚，手中竹簡抖得嘩嘩作響，「我五個弟弟被生擒，為避免西涼人借辱白家子嗣動搖軍心，我父含淚舉箭射殺我五位弟弟，是要反嗎?!」

「我胞弟白卿瑜被留於後方，明明可以借保護你為由遁走，可他仍死戰白嶺一線，屍骨無存，是要反嗎?!我十七弟他只有十歲，被困鳳城，糧絕五日，死後被西涼賊人刨心挖肝……腹內盡是泥土樹根！這是要反嗎?!」

她高昂聲音攜著殺氣，在這大殿內驚心動魄的回蕩著。

「我十七弟他才十歲！他的人生還沒有開始！可深入骨髓的忠義之心，世代相傳的錚錚鐵骨，讓他明知死路，還要舉劍殺敵！這樣的忠心放眼天下除我白家，還有誰?!」

「大晉稱霸列國數十年，拿得出手的武將鳳毛麟角！為替大晉培養後繼足以震懾列國之將才，祖父和父親將白家滿門男兒盡數帶去前線，不為家族留餘地，不為白門留後路，這樣的赤膽忠心陛下視若無睹！我白家全族誓死效忠，數代灰軀糜骨，換來的是什麼?!是朝中奸佞的栽贓誣陷！是陛下的疑心！陛下的猜忌！和陛下的忌憚！」她痛得五內俱焚，忍著撕裂刀絞之痛看向信王，「若白家要反……你信王手中的金牌令箭不過一塊廢鐵，焉能號令我祖父?!你焉能有命回大都?!」

太監跪地抖如篩糠。信王唇瓣囁喏，皇帝緊抿著唇。氣勢宏偉的大殿內，靜的針落可聞。

她手持竹簡，又緩緩跪下，哽咽低語：「陛下，可還記得初被立為太子之時，在那紅磚綠瓦的東宮，曾經對我祖父說過什麼？陛下說……姑父年長孤十歲，孤自幼視姑父為父兄，不以姑父為朝臣。姑父胸懷天下萬民，為天下蒼生謀求海晏河清，孤亦如此。朝中有孤，戰場有姑父，終此一生，託付軍權，永不相疑。」

皇帝身側拳頭收緊，思緒似被拉回那年白雪紛飛的隆冬臘月，白威霆極為威嚴的五官，雙眸發紅，長揖到底，語音鏗鏘鄭重：「必不負太子所期。」

那些話……只是他一個不受寵的皇子離登一步之遙的那個位置，想為自己尋求靠山的一番算計罷了！白威霆……當真了嗎?!皇帝思緒恍惚。

「這就是祖父為何全家效忠，不為白家留一絲退路……帶我白家男兒盡數去南疆的原因！」

她看到皇帝的神情，接著道：「祖父說，自古武將最受君王忌憚，可祖父有陛下的信任便什麼都不懼怕！祖父說陛下心懷鯤鵬大志，要的是王霸天下，他所求是天下太平。若他有生之年志向無法達成，白家後人當以此為志！若有一日，四海一統天下太平，白家後人需將皇帝許予的兵權主動奉還皇家。因為削弱權臣，權歸中央，是每個皇帝平定天下後都會……也應該做的。只要白家做人取忠，做事取直，不戀棧權位，不論皇家誰坐在那九鼎之位，必會以最溫和的方式保全白家平安。」

皇帝唇瓣囁喏，他竟不知鎮國公白威霆……竟是如此高看於他。

她抬頭望著手悄悄扶住沉香木桌的皇帝：「陛下，祖父如此信任陛下，可陛下……做到了永不相疑嗎？」

在偏殿一直提心吊膽的大長公主，聽到這話終於鬆了一口氣，僵直的脊背軟軟靠在軟枕上，兩行熱淚閉著眼也抑制不住的往外湧。剛才白卿言激烈言辭高昂的情緒，幾次都讓皇帝起了殺意。可此言一出，她大孫女兒的命算保住了。

還好，白卿言到底沒有被仇恨沖昏頭腦，懂得給自己留一線生機。

皇帝望著不卑不亢一身孝服素衣跪於大殿正中央的女子，像極了白素秋那一身傲然風骨。心頭最溫軟的脈脈情懷被觸動，皇帝直勾勾看向與他對視的女兒家，如同入定的老僧一般。

這世間，忠臣不難求，難求的是忠且義的能臣，可往往能臣卻最容易被佞臣攻訐，被皇帝忌憚。隔了良久，皇帝才脊梁挺直，緩緩開口，語聲帶著些無力：「信王……我將他貶為庶民，圈禁於信王府內！至於劉煥章誅九族！這個結果，你可滿意？」

「父皇?!父皇！」信王不可置信張大了眼，跪行上前哭喊道，「皇兒子可是你的嫡子啊！」

皇帝咬緊了牙，對這個嫡子失望至極，惱火至極，聲線凌厲：「把信王拖出去，哭哭啼啼成何體統！」

還是捨不得殺了嫡子啊！

皇帝不殺不要緊，她也會殺，不過是徒留信王多活幾日，多受一些折磨罷了。

她恭恭敬敬對坐上皇帝叩首：「還望陛下嚴查竹簡所書……關於糧草輜重未至鳳城之事，以還白家英靈一個公道！」

見女子俯身，長髮簌簌從肩頭滑落，皇帝閉了閉眼徹底按下殺心。

「糧草之事，事涉忠勇侯秦德昭，你二妹妹剛剛嫁入忠勇侯府……」

罷了，一個同素秋一般風骨的女子，就當讓她替素秋活著吧。

「陛下，秦朗已自請去世子之位搬出忠勇侯府，他又是陛下口中稱讚的士族子弟表率，白家只求公道，不願株連。」

「糧草之事，朕必細查！」皇帝饒過几案，帶著威儀落座於龍椅之後，凝視白卿言片刻後問，「你剛才說，大晉前腳與南燕、西涼求和，後腳戎狄、大樑便敢撲上來分一杯羹，此言切中要害，很有見地。不求和……西涼南燕大兵壓境，求和……戎狄、大樑虎視眈眈。」

皇帝抿唇不語，靜待白卿言開口。鎮國公白威霆稱讚過的將星，皇帝也想看看她有何能耐。

原本白卿言便想在所有事情塵埃落定後，奔赴南疆，沒成想皇帝竟把這個機會送到了面前。

她要去南疆，除卻尋找和接應白家倖存者之外……最要緊的是白家的根基在軍中！

百足之蟲死而不僵，軍隊才是白家最應該經營的地方，振臂一揮一呼百應，那是換作大晉國任何一個姓氏都做不到的。

她思量片刻，叩首道：「南疆一戰，絕不可避，不容他想！割地、賠款、求和，低姿態使西涼南燕暫時撤兵，戎狄、大樑撲上來一樣難纏！可若此次在此慘敗的情況下依舊勝了，列國便都知道大晉國威仍不可犯。」

「你這話，可是有……勝的把握？」皇帝此話問完，輕輕嘖了嘖舌尖。曾經滅蜀歸來的慶功宴上，鎮國公白威霆說他這孫女天生將才，他只笑不語，心道白威霆言過其實，閨閣女兒家雖說是有斬落蜀國大將龐平國的名頭，肯定也都是旁人幫扶的。

而如今，他竟然和這個他曾不屑一顧的閨閣女兒家，議起前線戰事，國之戰和方略。

不知怎得，皇帝又想起將才……白卿言說鎮國公白威霆稱他有鯤鵬大志之言。

亦忍不住憶起，他曾對國公爺說……終此一生，託付軍權，永不相疑。

皇帝心頭頓時萌生愧疚，閉上了眼。

說悔……喪失忠勇能臣，他悔！

說不悔……功高蓋主的幾代功勳，勢力瓦解，再無人能威脅他的皇權，他也不悔。

心頭那淡淡的煎熬，也不過是難以避免的悵然若失罷了。

「那要看是誰去戰。」白卿言聽出皇帝的言外之意，抬頭望著那居高位者，「一兵之勇唾手可得，一將之才十萬不得其一也。」

背靠金色軟枕的皇帝，手指收緊。

「金革之事不避，捨孝盡忠！若陛下還信得過我白家，白卿言願以白家百年榮譽起誓，不滅犯我晉國者，誓死不休！若陛下已不願信白家……」

皇帝雙目如炬：「朕若不願信，如何？」

「那就請陛下……為晉國百姓萬民忍一忍，哪怕派一位皇子隨行，這軍功……白家不要！此戰勝後，想必列國懼晉更甚，那時大晉有大把的時間培育後繼將才，臣女便回朔陽老家，為祖父、父親、叔父和弟弟們守孝。」

皇帝摸索軟枕棱角的手指一頓，白卿言話裡的意思……是將軍功雙手奉送隨行皇子?!

皇帝抿了抿唇：「軍功奉送?你甘心?」

「陛下，宮宴那日臣女以為……臣女已經說的很清楚，白家從來不曾想要什麼軍功，白家世代捨命相護的，是這大晉的河清海晏，百姓的盛世太平!白家軍的風骨，是不滅犯我晉民之賊寇，誓死不還!」

皇帝手心驀然收緊。不滅犯我晉民之賊寇，誓死不還!

若是將才，鎮國公府白家滿門男兒皆死，皇帝有哀無悔，此刻心境已迥然不同。

他心如被毒蠍螫了一下。

曾經，他許諾永不相疑，可他還是疑了鎮國公。但他不能悔，鎮國公功高蓋主太甚，大晉江山林家天下不能在他手上出亂子，否則他對不起林氏祖宗。寧錯殺不放過，他是對的!他是皇帝便一定是對的!

皇帝手指輕顫，良久啞著嗓音道：「你去偏殿扶你祖母回去吧，朕想想……」

白卿言叩首從正殿退了出來，就見祖母已在正殿門口候著她。

祖孫倆通紅的雙眸對視，彼此攙扶一語不發往宮外走。

「你是……為了逼陛下殺信王，所以才竭力主戰，自請去南疆?」大長公主指尖冰涼。

「不是我竭力主戰，而是不得不戰。今日孫女同陛下之言，並非危言聳聽。」

「護大晉的河清海晏，守百姓的盛世太平!」大長公主輕輕念叨著這一句話，用力捏住她的指尖，「你同你祖父……可真像啊！」

白卿言垂眸望著腳下長路，心中悵然。不，她和祖父並不像。她的祖父是真君子，她不是。

重生後，她不知什麼時候也變成滿口仁義道德，骨子裡盤算私利的小人。

去南疆，她並非全然是心懷天下為國為民，她的確可憐邊疆百姓，可她主要是想去迎一迎她有可能尚存的弟弟，去經營籠絡白家在軍中開始渙散的勢力。

曾年少入軍旅的白卿言，太清楚軍權意味著什麼。

曾經祖父坐擁晉國兵權，卻對今上俯首聽命。

旁人說祖父迂腐也好，愚忠也罷，她都深知那是這個時代最難能可貴的君子氣節。

但她，不是君子。亂世中強者為尊。

卑劣也好，道貌岸然也罷，即便是要用小人手段……能守白家平安，能護百姓太平，能讓大晉國的皇帝之位有能者居之，這個小人……她當了。

半晌，大長公主聲音輕顫著問：「你祖父……當真說陛下心懷鯤鵬大志？」

她冷笑反問：「祖母覺得，今上……像嗎？」

不過是前頭言辭太過激烈，冷靜之下借祖父之言描補一二，故意讓皇帝心懷愧疚罷了。

皇帝若稍知何為廉恥，便應該惕厲自省配不配得上「鯤鵬大志」這四個字。

大長公主閉了閉眼，如此她便能對她這個孫女兒放心了……。青出於藍而勝於藍，她親自教養的孫女兒比她更厲害，審時度勢，因勢利導，真真假假，虛虛實實，她做的很好，真的很好！

她用力握了握孫女兒的手，唇角含笑眸底難掩悵然悲傷：「阿寶長大了，比祖母預計成長的還要好，如此……祖母也可放心去寺廟清修，為你祖父……為白家英靈守喪。」只盼著能抵消心底對丈夫、兒子、孫子的一些愧疚。

她作為大晉的大長公主，責任是盡到了……可是作為妻子、母親和祖母，她又總有那麼一點點保留。大概只有對素秋和阿寶吧，因為她們是女子，故大長公主從未想過女子能做出什麼威脅林家江山社稷的事情來，所以一腔拳拳愛意全都傾注在女兒和這個孫女兒身上。

或許也是造化弄人，因為素秋的死，讓白威霆痛下決心將孫女兒也帶上沙場在自己身邊歷練，竟也給了她最疼愛的孫女兒同皇庭對抗的餘地。

金革之事不避，捨孝盡忠。大長公主心底念著剛才大殿之上孫女兒冠冕堂皇的話，她隱約能猜到孫女兒想去南疆的原因，是因為軍隊才是白家的根基。她如今只在心底暗暗祈禱，孫女兒要的只是皇帝不敢動白家的底氣，而並非……推翻林家江山的力量。

從武德門出來，白家僕人已經帶著馬車在門口候著了。

白卿言拜謝了隨他們而來的百姓，告知皇帝允諾會還白家公道，武德門外歡呼聲不斷。

「多謝諸位，大恩大德銘記於心！」她再次鄭重對之前要替她挨棍的百姓行禮。

白卿言剛扶大長公主上馬車，就見立於百姓最末背著行囊的秦尚志……遙遙對她長揖一禮，便轉身離去。

「長姐，你在看什麼？」白錦桐扶著白卿言順著她視線看過去，頗為茫然。

「沒什麼。」白卿言說著彎腰進了馬車。

馬車一到國公府門口，陳慶生將欖子放好，還沒來得及和白卿言說話，人就被佟嬤嬤給隔開了。她回頭看了眼陳慶生，陳慶生會意點頭。

一進國公府正門，她便鬆開佟嬤嬤的手，道：「嬤嬤幫我重新準備孝服，我去看看紀庭瑜……」

佟嬤嬤見白卿言孝衣上還帶著血，眼眶一下就紅了，點頭：「哎！老奴這就去準備！」

見佟嬤嬤走遠，陳慶生立刻小跑上前，從胸前拿出一本已經暖熱的名冊遞給白卿言：「大姑娘，這是兩個月前由忠勇侯負責籌備送往南疆糧草的經手之人名單！」

她抿唇，拿過名單展開……上面除了記錄經手糧草的人員名單官職之外，有的後面還有陌生字跡寫下了此人生平、個性，墨跡很新。

「這是？」

「這是客居於我們府上的秦先生幫忙添上的，先生說或許對大姑娘有用。」陳慶生頗為汗顏，「不知道這位秦先生如何得知小的正在查糧草經手人之事，秦先生將小的請了過去補全了這名單，否則小的怕沒有這麼快將名單拿到手！名單上的人小的已經去細細核查過了，這名單的確沒有問題。將才秦先生又差人將小的喚了過去添了這幾個人的生平、個性。」

秦尚志能伺機刺殺梁王，必定關注梁王動態，梁王和忠勇侯有所勾結，秦尚志必會細查，以秦尚志的能耐這名單定然不會有假。

鎮國公府對他有救命之恩，秦尚志是君子，他一直未離開國公府，一來是養傷，二來也是想伺機報償國公府一二。

如今得知她想要這名單，秦尚志便出手相幫，還了恩情才安心離去。

可當初救回秦尚志的是盧平，她也不過是許了秦尚志一個容身之所罷了。

合上手中名冊，她心有感激思量片刻吩咐道：「你去準備一百兩盤纏，再準備一匹駿馬，隨我出城一趟。」

「是！小的這就去準備！」

秦尚志身上帶傷，走的並不快，剛至距城門一里地的折柳亭，便聽到陳慶生喚他。

「秦先生留步！秦先生留步！」

秦尚志回頭，只見快馬而來的陳慶生勒住韁繩，從馬上一躍而下，恭恭敬敬對他行禮：「秦先生稍後，我家大姑娘來送一送先生！」

秦尚志攥著包袱的手一緊，朝陳慶生來時方向望去。

只見一輛鎮國公府尋常僕從出門時用的柞木馬車飛速朝他而來，緩緩停在他面前，秦尚志挺直了脊梁。

駕車的是白卿言的乳兄肖若海，他一躍跳下馬車，對秦尚志恭敬一禮的間隙，春桃已然挑開了馬車車簾，扶著白卿言下車。

白卿言換了一身衣裳，身披狐裘遮擋住內裡的孝衣，未帶一個護衛，身邊只帶了春桃。

「秦先生……」她淺淺對秦尚志福身行禮。

秦尚志忙長揖到底：「大姑娘。」

「先生要走，白卿言不敢挽留，便來送送先生吧！」她從春桃手中接過灰色的包袱遞於秦尚志，「駿馬一匹，狐裘一件，防身匕首一把，願先生一路坦途，鵬程萬里。」

秦尚志心中感懷，唇瓣囁喏，眼見面前眉目清雅風骨峭峻又溫潤如玉的女子，推辭的話到嘴邊，還是含笑收下了白卿言的好意：「多謝白大姑娘！」

「先生太過客氣。」

秦尚志攥著手中的包袱，低笑一聲抬頭道：「不瞞白大姑娘，秦某在白府養傷之際，觀大姑娘智謀無雙，胸襟廣大，不止一次萌生入府為姑娘出力的念頭。」

她手心緊了緊，略有錯愕望著秦尚志。

可到底，秦尚志還是選擇要離開，若今日她開口強留秦尚志，反而讓秦尚志心中總存有遺憾。

「先生胸懷大仁，有匡扶天下之智，白卿言萬萬不敢以鎮國公府小小後宅困先生這條蛟龍。」說完，突然話鋒一轉，無比鄭重對秦尚志一禮，「但……若來日白卿言肩能扛起我白家軍大旗，以女兒身在那廟堂之高占一席之地，自當掃榻以待，萬望先生不棄，與卿言攜手同肩，匡翼大晉萬民。」

秦尚志胸前被激起駭浪，他沒想到眼前這沉潛剛克的女子襟懷這般灑落，家中突逢大變，滿門男子皆身死，她竟還有匡翼大晉之志。

晉國脊梁鎮國公白家，果然家風清正，明大義，有擔當，品格之高他望塵莫及。

久違的年少熱血不禁澎湃，豪氣沖天之感突如其來，秦尚志只覺自己也年少了起來。

他按捺不住心頭情緒，抬手：「君子一諾！」

白卿言唇角笑開，與秦尚志擊掌：「君子一諾！」

目送秦尚志蹬上陳慶生騎來的那匹駿馬，揚鞭而去。

她攏了攏狐裘，眉目舒展。如今秦尚志離開大都，也能同上輩子抑鬱不得志的命運錯開吧。

郊外寒風凌厲，春桃上前低聲提醒道：「大姑娘回吧！」

「嗯！」她頷首，剛轉身，便聽到有人喚她。

「白大姑娘。」她回頭，瞧見蕭容衍身邊那個身手奇高的護衛對她恭敬行禮：「我家主子請白大姑娘折柳亭一敘。」

她抬眼朝山丘之上的折柳亭望去，只見一身白色狐裘的蕭容衍從容沉靜立於折柳亭內，迎著她的視線淺淺頷首。

前日南門前蕭容衍的屬下出手劈裂信王馬車，今日四嬸撞棺亦是蕭容衍屬下相救，她欠了蕭容衍兩聲謝。可一想起那人潛藏在溫潤儒雅之下的凌厲，還有那日滿江樓對望時的孟浪，她還是心有餘悸。

「乳兄你同陳慶生在這裡稍後。」她回頭叮囑了肖若海和陳慶生一聲，便扶著春桃的手隨蕭容衍的屬下朝折柳亭走去。

陳慶生手心不由發緊冒汗，折柳亭裡那位先生是誰他心裡門兒清。大姑娘交代的事情他沒有辦好，反給大姑娘留下後患，這是他的過失。

陳慶生望著大姑娘白卿言的背影，又看向那立於涼亭之內風度翩翩的男子，暗暗下定決心，以後做事當更謹慎，掃尾乾淨，絕不能再給人留下任何把柄。

見白卿言踏入亭內，蕭容衍對她頷首行禮，舉止很是風雅，眸中笑意溫醇深厚：「白大姑娘。」

她鬆開春桃的手，鄭重福身：「白卿言欠蕭先生兩句謝，一謝先生前日城南出手致信王馬車車軸斷裂，二謝先生今日救我四嬸。白卿言非知恩不報之人，他日先生若遇困頓，白家力所能及，必不推辭。」

「白大姑娘請……」蕭容衍對她做了一個請的姿勢，率先跪坐於小几前。

天下第一富商來這折柳亭，帶的是金線繡製的軟墊、沉香木的小几、小火烹茶，用的還是一套白玉茶具，大都城天香閣的精緻點心，果真一副紈褲做派。

春桃與蕭容衍的屬下立於折柳亭外幾步之遙的位置，不至於靠的太近聽到他們說話，也不至於看顧不到。

她跪坐於蕭容衍對面，只見蕭容衍極為修長的白淨手指拎起爐火上的茶壺，親自為她斟了茶，將白玉茶杯推至她面前，這才含笑徐徐開口：「白大姑娘若對蕭某說謝言報，那……那日宮宴提醒之事，蕭某又該如何回報呢？」

長相極其俊朗清雅的蕭容衍，聲音輕柔，目光帶笑，看似溫雅平和氣韻之下難掩銳利深沉。

她藏在袖中的手悄悄收緊，隔著冬日裡茶杯氤氳的白霧凝視對面從容溫潤的男子，他如同冬日蟄伏驟然甦醒的蛟，正死盯獵物伺機撲食，給人極強的壓迫感。就連蕭容衍身邊那個身手奇高的侍衛，剛才都隱隱透露出殺氣，這何嘗不是蕭容衍對她的一種威懾。

上一世，她對蕭容衍頗為瞭解，他的溫和也只是看著溫和。他骨子裡毒辣、冷血，心中那股狠勁兒配得起他要這天下的野心。可他心底卻又執著的留存了幾分疏朗正直，否則上一世也不會贈她貼身玉蟬，給她生機，讓她逃命。

想起前生，她心底難免五味雜陳。

折柳亭外，有雪花飄落，枯柳搖曳被隆冬寒風吹得簌簌作響。

亭內雖有火盆，可到底四面透風，還是暖和不起來。

她淺淺頷首：「舉手之勞，先生不必掛懷。於我而言，於白家而言，先生兩次出手，才稱得上恩情深重。」

早知蕭容衍厲害，即被查出……與其否認，等將來蕭容衍查到實證坐實此事懷疑她有所圖謀，不如大大方方承認下來。

看著對面磊落坦然的女子，蕭容衍眼底笑意愈深：「白大姑娘，既敢傳信，便是……已知我身分？」

她沒有正面回答，語氣如常，不驚不懼道：「先生不論何等身分，既心懷俠義，又有恩於白家，卿言便當先生是位俠士吧。」

這回答，像是對蕭容衍的真實身分並不看在眼裡。

蕭容衍猜不透這白家大姑娘是想要在他這裡結個善緣，又或是……想要左右逢源。

他深知白大姑娘的能耐，也清楚白大姑娘的手段。可即便白卿言曾在蜀國皇宮披風烈馬讓他印象深刻，哪怕晉國宮宴上他曾視白卿言為他母親的知己，心底也難免防備慎重起來。

他肩扛的並非只是自家功業，自家爭功業……敗了，最多緩幾年再來就是了。

他肩負的是大燕復興的責任，群雄逐鹿爭霸……敗了，便是亡國。

敗了，他擔待不起！

「俠義之心，俠義之士，白大姑娘莫不是想同蕭某人說，那日傳信警示，不過是白大姑娘心存俠義？」蕭容衍骨節分明的手指摩挲著茶杯，垂眸不看白卿言，眸色越發深沉，「對敵國密探心存俠義……白大姑娘這是敷衍之詞，還是有意搪塞？」

蕭容衍將「敵國密探」四個字咬得極重。

今日既碰上，又把話說開，蕭容衍便不能容已知他身分的白卿言……顧左右而言他。

見蕭容衍凌厲之意已顯於眉目之間，她穩住心神，亦是打算和蕭容衍把話說得更明白一些。

「俠之小者，拔刀助弱。俠之大者，匡救萬民。」

女子清明沉穩的聲音傳來，蕭容衍攥著酒杯的手一緊，抬眼。

她毫不退縮直視對面的英俊男子，眉清目明，眼底沒有絲毫怠慢，十分鄭重。

見蕭容衍眼底笑意逐漸深斂，她又徐徐道：「所以……俠義之心可貴。俠之大者更可貴，此貴不分世族寒門，亦不分晉國魏國。當今之亂世，不論是何人，只要有平定亂世之能，治國用兵之能，在白家人眼裡便是大俠士。」

不論是何人……當然也包括了眼前這位大燕王爺蕭容衍，所以她稱他為俠士。

這話，可謂說得十分大膽。她等於明明白白告訴蕭容衍，如今亂世風起雲湧，列國各自為戰，欲爭雄王霸。不論哪一國君王有心逐鹿天下，只要心志在於平定這亂世，才德能還天下太平，便值得白卿言或是白家的尊重，白家甚至樂見其成。

話說到這一步，蕭容衍也不再遮掩，問：「白家世代鎮守晉國，忠義之心列國共鑒，大姑娘這番話是因白家諸子葬身南疆的憤怒之語？」

「白家世代忠義不假，可忠的是以賦稅養我白家的大晉百姓。保境安民這四個字，才是白家子嗣世代相傳的信仰！」她聲音慢條斯理，說得風淡雲輕，「至於憤怒……」

她垂下暗藏鋒芒的目光，痛悲都被她深藏在心底：「功德有厚薄，期質有修短，都是命定，何來憤怒之說？」後話她沒有說完，天道盛衰，國之氣運，同樣也都是定數。

上一世，守衛這大晉江山的白家被皇帝不容，被奸佞構陷，白家家破人亡後，不過十年，這位大燕攝政王蕭容衍，便率領鐵騎叩開了晉國皇宮的大門，一如當初晉國踏平了蜀國皇宮一般。

所以白家根本不必再為氣運將盡的林家皇權，賠上全族性命。

她祖母大長公主有句話說的很對，如今重要的是活下來的人，她得為白家長遠而謀劃算計。

前世蕭容衍如何拿下大魏國，她不曾忘，忠於大魏的丞相公孫一家被連根拔起，一夜雞犬不留。論起陰謀毒辣之手段，蕭容衍堪稱行家。與這樣智謀無雙，又冷酷無情的人交手，若在白家鼎盛之時，白卿言還敢一搏。

可如她今並無可與蕭容衍抗衡的實力，亦沒有這個自信在與他博弈較量中，護白家毫髮無傷。此時的白家需要蟄伏，需要時間經營運籌，而非和人勾心鬥角。

既如此，那便不必在此時，將彼此置於對立面。

至少，不要在白家大難未平安渡過之前，就讓這位大燕攝政王蕭容衍認為……白家愚忠晉國，哪怕僅剩女眷，亦要誓死擁護晉國，擁護林氏皇權。

如此，心中尚存良善的蕭容衍，才不會在今時今日便徹底致白家於死地。

蕭容衍是絕頂聰明的人，故能將白卿言話裡的意思聽得明明白白。

他含笑倒了白卿言面前那杯溫涼的茶水，重新拎起爐上茶壺，替白卿言斟了一杯熱茶：「白大姑娘的意思是，究竟最後由誰問鼎江山，白家並不在意。」

白卿言早已知他身分，話又說得如此明白，他也便不繞彎子了。

她視線掃過那杯熱氣蒸騰的茶水，眉目平和從容，言辭斬釘截鐵：「卿言有幸生於鎮國公府這樣從不輕看女子之家，少時隨闞雍崇老先生讀過聖賢書，亦隨祖父征戰過沙場。雖愚鈍，也知……唯有天下一統，方能還百姓萬世太平。」

她知道蕭容衍有這樣的雄心抱負，將來亦有這樣的能耐。

白家不過是萬古長時中的蜉蝣罷了，何必做那螳臂擋車的愚蠢之事。

蕭容衍心底震了震，眼底如藏了一泓幽遠深泉，她才多大啊，竟能以如此沉靜從容之態說出唯有天下一統，方能還百姓萬世太平這樣的話來？

這些年蕭容衍為了大燕四處奔走，西涼、大魏、大晉這三大強國的國君他都見過，他們雄踞一方每每說什麼天下太平，卻都參不透其中道理。

就連他也是奔走列國多年之後，才有此悟。

他一時間竟有些看不透眼前這位……看似性情溫和卻堅毅磊落的女子。是白家巨變讓她失了對晉國的忠心？還是她的心胸格局本就如此廣大？

想起這位大姑娘勸秦朗自請去世子位時，大破大立的膽識氣魄！滿江樓前料理那個庶子時，凌霜傲雪之姿！宮殿之上更是傲骨嶙嶙，滿腔的愛民之心，通身正氣浩然。

蕭容衍相信，白卿言屬後者。

白大姑娘的通透和睿智，是可以模糊她年歲與性別的，與她相對而坐……蕭容衍萌生的不是莫欺少年郎之感慨，而是發自內心的敬佩與服氣。

第十章　退而蟄伏

如此年紀，便有如此心胸，如此大智，倘若再假以時日，她該是怎麼樣的人物？

蕭容衍不由想起自己的母親，手指微微握緊了玉蟬。

他從不因男女之別輕看任何女子，早先便覺得這位白大姑娘手段了得，心胸城府更是了得。今日一談，蕭容衍對這位白大姑娘已不僅僅只是刮目相看。他心口熱血洶湧澎湃，若能得這樣的人與他共匡大燕，何愁大燕不能王霸天下？

蕭容衍挺直腰脊，抬手行禮致敬，態度較之前更為鄭重：「白大姑娘所說，雖是征戰殺伐之言，亦有鴻儒憫世之仁心，蕭某敬服……」

白卿言不敢托大，隨之恭敬還禮。

今日這些話，白卿言說得十分鄭重，算是給蕭容衍透了一個底，白家……只護大晉萬民，不護林家皇權。

城北土丘的折柳亭內，蕭容衍目送白卿言乘馬車離開，心中感懷頗深。

這位白家大姑娘雖為女子，襟懷格局勝當世之男兒不知幾籌。

今日折柳亭一談，蕭容衍險些按捺不住想邀白卿言入燕。

可大燕如今，內亂未平，外患交迫，富饒山河大半盡失，曾經的帝都大都城都奉送於晉國，才得以保全存國。這樣的國，他不知白卿言這樣有治世之心，亦有征戰之能的人物，是否願意屈尊啊。

「主子，這位白大姑娘果然知道了主子的身分，會不會……」

蕭容衍攏了攏大氅，眸中含笑道：「不會，收起你的擔心吧！」這白大姑娘能出手一救，便不會事後小人做派害他。原本今日這一敍，也不過是蕭容衍想得知白卿言救他之圖謀而已。

如今得知白家大姑娘根本對他就無所圖，心底倒隱隱生出幾分失落。

若有所圖該多好，有所圖……便有往來，有往來便能建立情誼。

「起風了，回吧！」蕭容衍開口。

「主子，大都城今年因國公府大喪，怕元宵節也沒有什麼熱鬧可看了，不如……我們提前啟程？」蕭容衍屬下試探詢問。

「嗯，回去收拾吧……」蕭容衍緩緩開口，「等鎮國公府白家的葬禮結束，我們就啟程。」

搖搖晃晃的馬車之上，白卿言閉著眼思量著白家日後之路該如何走，她心中大致已有輪廓。

退而蟄伏，暗中蓄力。等白家喪事一過，她、白錦繡、白錦桐三人各自分頭，各自行事。

而眼下最重要的，是如何利用秦尚志留下的這份南疆糧草經手人名單，讓如今處在暗處不動的梁王動起來？

梁王就如同藏在陰暗夾縫中伺機而動的毒蠍，去南疆之前料理不了梁王，她不安心。

忠勇侯同梁王看著沒有什麼明面兒上的聯繫，可前世白卿言跟在梁王身邊，自然知道忠勇侯和劉煥章都已投了梁王門下。

如今忠勇侯秦德昭入獄，不知道梁王和杜知微著不著急啊……

馬車一到白府後角門，春桃扶著白卿言下了車，陳慶生見肖若海牽著馬車離開，上前愧疚道：「大姑娘，都是小的把此事想得簡單，辦事不利，才讓姑娘受了那蕭先生的糾纏，小的日後定當謹慎行事。」

陳慶生是個聰明又有能耐的人，一次錯能讓他心生警惕很好，白卿言也怕陳慶生矯枉過正。

「不礙事！總歸是他欠了我們人情，只是道謝罷了，談不上糾纏！」白卿言對陳慶生還是很滿意的，「名冊的事情你還是辦的很好的。」

「此事秦先生出力最多，小的不敢居功。」陳慶生十分恭謹。

「明天開始，你便跟在三姑娘身邊聽從三姑娘的差遣，我會吩咐郝管家讓你好好挑幾個趁手的幫手。以後好好辦事……爭取早點兒和三姑娘回來！」白卿言握了握春桃的手，「也好，讓春桃有個好歸宿！」

春桃和陳慶生兩人都鬧了一個大臉紅。

春桃羞澀目光閃躲，反而瞧見了匆匆而來的佟嬤嬤。

「大姑娘，佟嬤嬤來了……」

「你先去吧！」她對陳慶生道。

陳慶生這才恭敬退了下去。

佟嬤嬤走至白卿言面前行了禮才道：「大姑娘，清明院裡的嬤嬤來稟，那兩位收拾了銀錢細軟，還有房內的擺件兒，聽廚房的王婆子說還要了好些醃肉乾糧，看樣子是準備要逃了。」

白卿玄母子倆一向趨利避害，此次信王回都城對白家態度有目共睹，信王是嫡子……乃是最有可能問鼎至尊之位的人。而今日大長公主卻率白家諸人去宮門前逼殺信王，白卿玄是個聰明卻又不那麼聰明的人，自然要想辦法逃，這都是情理之中的事情。

「沒關係讓他們走，動靜最好鬧大一點，讓別人都知道是他們母子倆非要在白家大喪當口走的。」她想了想又說，「這事交給我兩位乳兄去辦，他們剛到國公府，得指派他們做點兒什麼才能立住。」

佟嬤嬤當即就明白了白卿言的意思，肖若海兄弟當初一個跟在董氏陪嫁大掌櫃身邊學如何打理生意，一個跟著董氏陪嫁農莊總大莊頭學理事，為的是將來白卿言出嫁兩個人能跟著白卿言去婆家，成為白卿言最好用的左膀右臂，故而他們和白家諸人少打交道。

如今白家突然遭難，雖說他們兩個人是白卿言的乳兄，白家的下人和忠僕會敬著，可他們要做不出幾件事情來，一時半刻怕是還融不進白家來。

佟嬤嬤扶住白卿言，一摸白卿言的手心冰涼，眸子縮緊：「大姑娘出門沒有帶手爐嗎？怎得手這麼冰涼？」

說著，佟嬤嬤雙手捂住白卿言的手，怒目訓斥春桃：「春桃你是怎麼回事兒?! 看你平時做事沉穩妥帖，明知大姐兒畏寒怎麼……」

「嬤嬤！」不待佟嬤嬤說完，她便溫柔握了握佟嬤嬤的手，踏上遊廊臺階，「是我沒有讓春桃備著手爐，總不能因為畏寒就把自己當成病秧子對待。以前冬練三九夏練三伏都能扛得住，現在狐裘加身，不過是沒帶暖爐而已，我受得住，嬤嬤太小心了。」

春桃忙跟著補充道：「嬤嬤不知道，現在咱們大姑娘已經可以紮馬步一個時辰了，手上因為纏著鐵沙袋懸臂練字，如今也有了力氣。之前奴婢也同嬤嬤一樣擔心，後來見大姑娘身子骨越來越好，就連洪大夫都說姑娘氣色比去歲冬日裡要好，所以春桃在這些事上便聽咱們姑娘的了。」

佟嬤嬤這才點了點頭，還是不停的揉搓白卿言的手想讓她暖和起來。回去的路上佟嬤嬤嘴沒有閒著，還說了那兩位朔陽老家來奔喪的庶老爺剛去見了董氏辭行的事。

朔陽老家的人辭行白卿言並不意外，今日武德門前逼迫皇帝殺信王的聲勢浩大，他們也怕萬一今上惱怒，禍連自身吧。

「結果這兩位庶老爺還沒走，朔陽老家老族長的嫡長子就來了，一進門這位爺就同世子夫人說，國公爺出征之前朔陽老家曾派了人來國公府，同國公爺商議……過完年打算給族裡置辦田產還有重修祠堂、祖墳、學堂，還有請鴻儒去授課的事情。」

白卿言頗為意外，雖說祖父對朔陽老家那裡一向是有所求無不應，可這件事祖父走之前為何並未交代隻言片語？

佟嬤嬤見白卿言似有疑慮，接著道：「這位爺說，此事原本商定下了回頭國公府回朔陽送年禮時一併處理，可如今國公府突逢大難，老族長的意思是……族裡也不敢麻煩國公府，就讓這位爺將帳冊帶來給世子夫人，林林總總下來竟然要四十五萬兩銀子！不拘是銀票還是現銀，必需趕在明日他們出發前備齊就好，還特意說這是老族長的意思。」

佟嬤嬤刻意壓重了「必需」兩個字，就是想讓白卿言知道這朔陽祖籍的人，要欺他們鎮國公府無男兒獅子大開口。

春桃瞪大了眼：「這是搶銀子還是討銀子?! 白家如今出了這麼大的事情，派了兩個庶老爺來奔喪，喪事沒辦完就要走！現在來了一個嫡支的老爺，竟然是上門要銀子的！」

春桃一向好脾氣，也被氣得不行。

白卿言垂著眸子，細細想了想。

朔陽祖籍的人敢這麼理直氣壯，不僅僅是欺負鎮國公府無男兒，更是因為祖父曾經待他們太過客氣太好說話，慣出的毛病。

有句俗語叫升米恩斗米仇，她早就告誡過祖父和父親。

或許是男人心性同女人所思總有不同……

祖父說，這世間唯有血脈之情不能以金錢衡量，更何況白家宗祠在朔陽多虧族人照看，如今族長亦是祖父未出五服的叔父。

父親說，國公府這等武將世家最不缺的就是世俗之物，若能用世俗之物換得族人日子安泰，白氏一族興旺發達有何不可。

祖父、父親倒是心善，可朔陽祖籍那些所謂族人，卻早已無感激之心，只視國公府為他們的錢袋子，予取予求。

天下知恩圖報如秦尚志這樣的君子多，狼心狗肺如白家宗族這樣的白眼狼更多。

白卿言腳下步子一頓，問：「母親怎麼說？」

「還不知道，如今朔陽那位族長長子與那兩位庶老爺正在世子夫人處，同夫人詳細敍述算帳，訴苦這些銀子如何緊巴巴不夠用呢……」佟嬤嬤道。

她立在廊中，垂眸想了想，抬眸道：「去看看……」

白卿言人走到正廳廊下，見小丫頭正要行禮，她示意小丫頭不要出聲，就立在廊下盯著對面簷角被風吹得搖曳的燈籠，靜聽廳內動靜。

董氏隨手合了帳本，丟在一旁，冷笑道：「修祠堂也好，祖墳也好，或是學堂什麼都好，照理說各家出力都是應該的！可國公爺和世子爺走之前沒有交代過此事，堂兄進了國公府的門，一不上香，二不祭拜，張口便同我說銀子的事兒！好不容易上了香，又同我說明日必需備齊四十五萬兩銀子。四十五萬兩銀子不是小數目，當國公府是開銀號的嗎？」

這些年公公和丈夫都縱容著朔陽宗族，反倒縱得他們不知天高地厚，對國公府予取予求也就罷了，還如此理所應當，真當國公府欠著他們的了?!

那位朔陽來的嫡支老族長的嫡長子白岐雲，被刺得臉色難看，咬牙道：「我是奉老族長的命令來的，弟妹……你這推三阻四的說國公爺沒交代是什麼意思？是說族人胡言訛你國公府嗎？」

見嫡長兄如此硬橫，年長的那位庶老爺擦了擦汗，忙出來打圓場：「弟妹莫怪，堂兄也是領命而來，太過著急了。你看……因為南疆戰事吃緊的緣故，昆山玉的價格翻倍的漲，可修安置牌位的地方可不能減料，否則讓祖宗如何能安？弟妹說是不是這個道理？剛才來見弟妹之前堂兄同我說了，他來之前老族長特意叮嚀了，如今國公府的情景是決計不能讓國公府全出的，國公府只要出了大頭，其他的咱們族人自己湊。」

「如今國公爺和世子爺相繼過身，你這位國公府主母若是拿不了主意，那我就拿了帳本去見大長公主！」白岐雲甩袖道。

「好啊！」董氏笑著用帕子壓了壓唇角，端起茶杯，「那堂兄便去吧！請自便……」

見董氏一副端茶送客的架勢，白岐雲心口一堵，沒有董氏派人領路他如何進的去後院?!

董氏心裡和明鏡一樣，知道等白家大喪過後還是要回到朔陽才能保全他們這些孤兒孤母，可越是這樣，董氏今日就不能讓他們這般踩在她頭上，否則日後回了朔陽……他們還不得更肆無忌憚壓榨她們孤兒寡母。

她若今日忍讓成全，白氏族人不但不會感激，反會得寸進尺。以前就是對他們太好了，以至於稍有不順他們意便會被他們怨恨上，眼下不就是活生生的例子。

來之前白岐雲的父親也就是族長對白岐雲說，如今國公府男子皆戰死南疆，白家只剩女眷，五夫人肚子裡的那個又不知道是男是女，鎮國公府不能沒有男人支撐門楣，否則爵位便無人繼承，他讓白岐雲同大長公主和主母董氏商議，將白岐雲的嫡次孫過繼於鎮國公府。

想到自己的兒子以後就是鎮國公，白岐雲歡天喜地按捺不住的熱血澎湃，滿腦子都是他兒子要當鎮國公了！國公爺這爵位的榮耀不必說，國公府多年征戰積財甚多，以後也都是他們家的，這可是天大的好事。

為此白岐雲高興得成宿睡不著覺。

誰知道他剛從朔陽出發，沿途就聽人說國公府二爺竟然在外面有一個庶子。這庶子剛被接回國公府就因視百姓為賤民，讓嫡長女白卿言按在長街結結實實打了一頓。人人都說國公府爵位要落在此子頭上，直感慨可惜。

白岐雲一聽這事，氣得在路上病了一場，心裡憋了好大一口氣。國公府二爺在外有庶子的事情，回朔陽報喪的國公府下人怎麼都沒有提過？

原本白岐雲都準備打道回府了，卻被身邊的烏管事攔下。烏管事說既然出發了好歹去給國公爺上柱香，說不定事情有什麼轉機，可他們不去就全然沒有轉機了。

白岐雲心不甘情不願的應下來，烏管事便派人先行一步去國公府打探那個庶子的情況。

今日午後，白岐雲和烏管事到大都城時，正是大長公主帶著孫女兒們在武德門前逼殺信王之時。白岐雲一聽這消息，頓時打了一個冷戰，生怕白家觸怒聖上降下塌天之禍連累他們，便傳令讓兩個庶堂弟立刻辭行。

誰知他派去給堂弟傳令的人剛走，烏管事派來大都城打探消息的人就回來，說國公府二爺那個庶子已經收拾好東西隨時準備開溜。

烏管事腦筋一轉，又給白岐雲出了個主意。

烏管事說白家逼殺皇帝嫡子將來肯定得不了好下場，但眼下國公府有百姓擁護應該暫時安然無恙，如今這庶子提前察覺到危險遁走，他們朔陽白家自然也不能蠢到過繼兒子往國公府這個火坑跳。可是，這庶子一走國公府無男丁，宗族要是再不肯過繼兒子給國公府，女眷多半要回朔陽老家來依靠宗族。

不管國公府將來是要回老家，還是求宗族過繼兒子，總之都是國公府求著族裡。他們大可趁此機會以為宗族置辦田產，重修祠堂、祖廟、祖墳、學堂，還有請鴻儒授課的事為藉口，要上一筆。國公府主母董氏是個聰明人，若知將來要依託族裡的庇佑，就必定不敢不給。

白岐雲來國公府之前，烏管事還特意叮囑他說話時姿態要擺得高一些，畢竟國公府女眷說不定往後要指望族裡。族裡必需要趁國公府的孤兒寡母人還在大都城時，先給一個下馬威，往後等他們回到朔陽才好替族人找董氏要好處。

白岐雲覺得烏管事說得有理，加上心裡有火，說話難免盛氣凌人。

立在廊下的白卿言垂眸思量了片刻，輕輕側頭對春桃道：「去前面將三姑娘和四姑娘叫過來！」

別叫二姑娘知道了……」

春桃點頭正要走，又被白卿言拉住，在她耳邊低聲耳語：「你再去讓你表哥快馬去一趟蕭府，面見蕭容衍，告訴蕭容衍我要借他第一富商的名頭做一筆買賣，絕不損他絲毫，他若能相幫於我，白卿言感激不盡。」

「好！」春桃應聲後，匆匆朝前面靈堂跑去。

之所以讓陳慶生去找蕭容衍，不過是因為當初便是陳慶生給蕭容衍送的信，白卿言希望蕭容衍能看在當初送信的分兒上借他的名頭讓她用一用罷了。

佟嬤嬤多聰慧的人，白卿言一說不讓叫二姑娘過來，就知道白卿言有什麼謀劃怕可能會傷了聲譽，有些擔憂的皺眉：「大姑娘有什麼吩咐，您交給老奴來辦就是了！您和三姑娘四姑娘都還是閨閣女兒家，有些事情還是不要沾染的好……」

「逼殺信王這樣的事情我都做了，還擔心什麼閨譽啊？」她同佟嬤嬤笑了笑低聲道，「嬤嬤就不要擔心了，我有分寸。」

大廳內，白岐雲拍桌而起憤怒道：「大長公主在鎮國公府後院，你……你不讓僕從帶我去，我如何見得上大長公主?!」

董氏將茶杯重重放在桌子上，一雙凌厲的眸子朝白岐雲看去，冷笑：「原來你還知道這是鎮國公府！還知道我是國公府主母！今日我把話放在這裡，你們朔陽白家要是來弔唁奠祭的，我國公府歡迎。若是來要銀子的就好好的等我白家大事過了之後，再談此事！你們若等不急現在就可以出門回朔陽，又或者在國公府門前讓百姓來評評理！也好讓天下人看看朔陽宗族在我白家大事當口，都存了些什麼不仁不義的下作心思。」

「你！」白岐雲氣得一張臉通紅，站起身指著董氏。

一時間，廳內的氣氛劍拔弩張。

立在董氏身邊的秦嬤嬤微微抬起下顎，笑咪咪十分和善開口：「這位爺，我勸您把您的手指收回去，我們世子夫人是堂堂朝廷一品誥命，您對夫人不敬，可是要下獄的！再者我們國公府是世代武將之家，僕人血性，看您這麼指著當家主母，衝動起來怕是您這根手指就保不住了。」

白岐雲被秦嬤嬤這麼一唬，原本繃直指著董氏的食指微微彎曲，隨後一甩袖背在身後，居高臨下望著董氏，傲氣十足道：「董氏你可要想清楚了，國公府二爺的那個庶子已經收拾行裝準備跑了！國公府爵位無人繼承，你等女眷還不是要回朔陽祖籍尋求宗族庇護！你如今對宗族之事推三阻四，這可是在斷你們自己的後路！」

白錦桐與白錦稚兩人一聽春桃傳信，便偷偷找了藉口從靈堂溜了過來，兩人還沒來得及同白卿言說話，就聽到了白岐雲盛氣凌人的聲音從裡面傳來。

白錦稚瞬間怒火上頭，抬腳就要往裡沖，走了兩步又停下來，竭力克制住自己的怒火咬了咬牙轉身。

瞧見長姐和三姐正望著她，就知道自己剛才差點兒沒有沉住氣又要闖禍了，她耳根一紅，走回來問：「長姐，需要我和三姐做什麼?!」

白卿言招手，示意她們湊近，三個姐妹湊成一團之後，她開口：「我要你們演一場戲。」

佟嬤嬤雙手交疊放在小腹前，看著那三個姐妹商議事情，眉目間濃得化不開的擔憂。

等白卿言細細說完，白錦稚雙眼放亮：「長姐知我的，什麼名聲我從來不懼！更何況這一次咱們占理！長姐放心，小四這次絕對不會壞事，一定克制住自己！」

說完，白錦稚三步並作兩步直接衝進廳內，草草對董氏行禮之後，轉過頭怒目橫眉：「我白家大喪當前，院內停放二十多口棺材，白家遺孀舉步維艱，你們身為族人不但不幫襯，反而趁此機會要從我白家搶銀子！你們還要不要臉！」

「小四！退下……」

白卿言和白錦桐攜手踏入正廳，對董氏行禮。

朔陽來的兩位庶老爺看到白卿言，心裡還是略略擔心的，這國公府的嫡長女實在是太厲害，連皇帝的嫡子都敢逼殺，怎麼能不讓人心怵。

「我不退下！他們是個什麼東西敢伸手指大伯母?!論身分貴賤……大伯母是一品誥命夫人！他這麼大年紀了才是一介秀才，有什麼資格在大伯母面前狂枉?!論宗族身分，呵……」白錦稚冷笑，「當初我高祖父生有四個嫡子，除卻嫡長子也就是我曾祖父之外，其餘嫡子全部戰死又不曾留後！我曾祖父自覺既坐鎮國公之位護衛大晉，便無法再身兼族長之職為宗族出力，便將一庶子記在我高祖母名下當做嫡子領族長位，這位庶子便是堂伯父的祖父！所以根源上講，你們一家子本就是庶出的！有什麼資格在這裡對白家正統嫡長媳呼喝?!」

白岐雲這輩子最討厭就是有人拿他祖父庶子的身分說事，那些年白岐雲還小時，每每遇到族內大事，那些所謂四叔公、六叔公的，都會用祖父的身分壓祖父！

如今白錦稚這個小女娃娃也拿他祖父身分說事，這讓白岐雲怎能不惱火：「你！董氏……這就是你們國公府教養的孩子！」

「庶出的就算是給了尊貴抬了嫡，自小不是主母身邊教養長大……可見這教養還是欠缺體統！自己教養失了體統也就罷了，還要禍遺子孫呢！」白錦桐開口。

國公府關於庶子教養的規矩極大，所有庶出子嗣絕不得和生母攪和在一起，一律由乳母帶著養在各自嫡母身邊。不到大年節絕不允許庶子女同生母見面，若發現庶子女私下與生母見面，妾室生母一律打死。

當初國公爺之所以定了這個家規，是因為擔心嫡出子嗣倘若如上一代般係數戰死，庶出的子嗣再同嫡母不親近，嫡母年老日子不好過，這才定了這條家規。

妾在白家，便是高一等的奴，雖說有人伺候，可奴就是奴，說破天也只能是奴。

白家子嗣，庶出也是主子。主、奴，不可同語。

白錦桐就是庶出，她自出生後便被教養在李氏身邊，雖說一應吃穿用度上不如嫡出，這也是應該的，況且嫡母從未苛待過她，她從無怨言。

「董氏！你就看著你國公府這小小庶女出言侮辱族長?!」白岐雲自恃身分不願意和兩個孩子吵，只對董氏發難。

「董氏也是你能叫的！」白錦稚下意識往腰後一摸，這才意識到自己的鞭子不在腰後。

「堂伯父若還想商量宗族的事情，那便恭恭敬敬同我母親認錯，把態度放端直了，咱們再來談……」白卿言自徑坐在董氏下手的位置。

兩位庶出的老爺端起茶杯裝作喝茶，都沒有吭聲，唯有白岐雲冷冷看了白卿言一眼：「長輩說話豈容你小輩置喙。」

「你……」白錦稚最見不得誰對她長姐不敬。

「我是國公府嫡長女，名取白家男子排行的卿字！戰場我上過，敵國大將的頭顱我斬過！蜀國我滅過！祖父、父親、叔父、兄弟皆身死南疆，國公府榮耀今日起便由我來承擔！」她抬眸平靜幽深的視線望著白岐雲，絲毫不收斂身上駭人的殺氣，「事關我國公府，便沒有我不能開口的。」

那從屍山血海歸來的戾氣悄無聲息在這大廳中蔓延開來，讓人沒由來的脊背發寒。

「嬤嬤，帶白錦桐、白錦稚……去祖父、父親靈前叩首謝罪，既然當初曾叔父已記在我們高祖母名下，便是嫡子，此事不容再提！下次再犯……便自去領十鞭！」

「長姐……」白錦稚梗著脖子，「我不服！」

白錦桐皺眉拉著白錦稚往外走：「走吧！別讓長姐生氣！」

佟嬤嬤亦是規矩立在一旁勸道：「四姑娘若是不走，大姑娘叫了盧平過來，四姑娘這頓鞭子可就逃不了了。」

白錦稚紅著眼，硬是被白錦桐拉出了前廳，出了門還在強嘴：「我不服！我就是不服！這宗族就是看我們只剩孤兒寡母前來打劫的！」

兩位庶老爺臉色一陣青一陣白，低著頭不吭聲。

「堂伯父，還要繼續說嗎？不說的話……我母親同我可要去靈堂守靈了。」白卿言慢條斯理道。這是要逼著白岐雲給董氏致歉認錯。

董氏理了理自己的衣擺：「卿言，我們走吧！」

白岐雲臉色難堪，偏過頭朝董氏的方向揖了揖手：「世子夫人包涵！」

白卿言這才側身朝董氏的方向，開口：「母親，宗族裡的事情也算是大事，既然堂伯父等不先給祖父、父親各位叔叔上香，就急著要談，那就談吧！等談完了……還請堂伯父好好的去給我祖父、父親和叔叔們敬香。」

兩位朔陽庶老爺聽到這話，忙道：「這是自然！這是自然！」

「母親，既然此次三位叔伯來我國公府不為弔唁，只為拿銀子修宗祠、祖墳、學堂，哦……對，還要給族裡置辦田產！我剛聽堂叔說修安置牌位的地方可不能減料……那就是祖廟也要修一修？可是這意思？」

董氏看向白卿言，沒有明白女兒的意圖，便先靜觀其變抿著唇不吭聲。

「這是自然！」白岐雲臉色微霽。

白卿言點了點頭，看向董氏：「前幾日祖母倒是同我說起，等國公府大喪過後是有讓我等回祖籍朔陽的意思。原本祖母她老人家就打算這幾日便同您說一說，重新修繕我們嫡支閒置在朔陽祖宅的事。這事女兒私下問過郝管家，郝管家說祖父老早就有這個意思，半年前便命祖籍看宅的老管家送來了修繕圖紙。咱們祖宅本就大，若要好好修繕七七八八算下來，大約需要花十八九萬兩銀子，這還不算添置一些東西。因為數額巨大咱們國公府一時拿不出來，此事就給擱置了。」

白岐雲心頭一跳，以為白卿言是要用修繕祖宅的事情，搪塞過去不給銀子吧！

白岐雲一張臉憋得鐵青。

國公府女眷要回朔陽祖籍，是他剛說的，人家要回去肯定是先修祖宅要緊，他有種搬起石頭砸自己腳的感覺。

白岐雲氣不過冷笑：「國公府百年武將之家，修繕祖宅拿不出十八九萬兩銀子，堂侄女兒這是哄誰?!軍糧軍餉國公府隨便拿一拿……指頭縫裡露出一點兒都不止這個數！」

她眸色一沉：「堂伯父慎言！您好歹也是年過不惑之人，說話竟然如此不當心。貪汙軍糧軍餉這可是誅九族的大罪，堂伯父敢說……我國公府可不敢接。」

白岐雲抿住唇，他的確是一時氣惱失言了。

深深看了白岐雲一眼，她才接著同董氏道：「給族裡置辦田產、修祖廟、修祠堂，祖墳、學堂這些事，既然當初祖父應承了，即便是祖父如今不在了我們也得辦，族裡要四十五萬兩，修繕祖宅就當二十萬兩，這下來便是六十五萬兩！」

白岐雲眉頭直跳，這的確不是一筆小數字。

「母親，您和諸位嬸嬸的嫁妝肯定是不能動，就算為了湊修白家祖廟、祠堂，祖墳、學堂，給族裡置辦田產，不論說到哪裡去，也斷斷沒有動兒媳婦嫁妝的道理！女兒尋思著那就將國公府公中的鋪子、宅子，全都賣了！還有大都城郊區的農莊良田也都賣了湊銀子，反正最終國公府遺孀還是要回朔陽依靠宗族，不如就乾乾淨淨的走，別在大都城留什麼牽絆了……」

白岐雲和朔陽的兩位庶老爺都愣住了，沒想到白卿言說了這麼一堆最後不是要推辭，只來了這麼一句。

董氏一臉狐疑看向女兒，只見女兒對她淺笑頷首，董氏皺眉心安了下來，端起茶杯道：「這些家業可不是說賣就能賣的。」

白岐雲心頭大動，國公府這些產業在大都城可都是頂頂賺錢的，要是國公府為了湊銀子把長街鋪子什麼的賣出去，他倒是可以悄悄讓烏管事買下一兩間，以後可就不愁了。

「我知道堂伯父要的急，說是必須明日便備下！」她冷笑一聲，側頭對董氏道，「母親，如今第一富商蕭容衍尚在大都城，碰巧咱們府上陳慶生和蕭府管家十分相熟，可以讓郝管家同陳慶生一起去問問，放眼天下怕也只有蕭容衍可以在一時半刻拿出這麼大筆銀子來。」

「其實……」白岐雲開口，又生生將話咽了回去，只道，「其實卿言說得對！」

他原本是想說其實也不著急，甚至還想勸董氏和白卿言慢慢賣個好價錢，好給他時間從中謀利。可這話一出口，就同他著急著明天就要的話相悖，他只能將話吞回去。

「既然說攏了，那就請三位堂叔伯正正經經給我祖父、父親上柱香，告訴他們宗族的事情我們國公府應了。也讓祖父和父親知道宗族承了我們國公府的情，以後宗族會好生照顧國公府遺孀，也好……讓我祖父和父親放心！」

白卿言這話說得在情在理，拿了人家傾家蕩產湊的銀子，若連一句承諾都給不了，那也太無恥了！

朔陽的兩位庶老爺見白岐雲沒吭聲，便輕輕拽了拽白岐雲的衣袖，用兩人能聽到的聲音道：「堂兄，這話有理……這些年國公府對宗族照顧頗多，而且剛才您太著急了，一進門不曾上香便同世子夫人說這事情，好多人都看到了，就是為了挽回一二，你確實應該好好上柱香。」

「對啊！國公府出了銀子，宗族得了實惠，她們孤兒寡母要的無非是個面子，就是上柱香，再當著來弔唁的賓客面前說幾句白家遺孀守諾的話，也是值得的！再說……這話當著來客面前說了，國公府也就不能仗著是孤兒寡母要賴不給銀子了！」

剛才白岐雲是太著急了，他是想搶在兩個弟弟辭行之前說這事，也不是有意不先去上香的。既然目的達成，他也不必再做出一副高高在上的樣子，國公府裡總歸是在辦喪事。

「原本沒有先上香我也並非有意，只是有些著急！」白岐雲說完清了清嗓子道，「既然這件事敲定了，那就上香稟告國公爺和世子爺，好讓他們知道！世子夫人……有得罪之處還望海涵！」

董氏側頭對秦嬤嬤道：「秦嬤嬤，你帶三位爺去上香。」

「是！」秦嬤嬤雙手交疊放在小腹前，恭敬對三位朔陽白家老爺行禮後做了一個請的姿勢。

見那三人前腳出了大廳，後腳董氏就急不可耐問：「阿寶，你葫蘆裡賣的是什麼藥？」

鎮國公府倒是能拿得出那幾十萬兩銀子，只是這事宗族做的太氣人，就算要給哪能給的這麼痛快?!

「阿娘……」白卿言挽住董氏的胳膊，一邊往前面靈堂走一邊道，「我們既然要回到朔陽祖籍，與其到時候不停被宗族盤剝，倒不如這一次直接乾淨俐落的把手邊明面兒上的產業全賣了！趁著祖父靈堂設立在院門外，再讓錦稚和錦桐把這件事鬧大，讓宗族和世人都知道此次我們被逼著幫扶宗族……聯手中產業都全數變賣。宗族的人這一次拿了錢之後，以後礙於人言可畏也不能再找我們孤兒寡母幫扶宗族，這是其一。」

「其二……是要做出退出大都的姿態，讓皇帝安心？」董氏問。

見白卿言點頭，董氏拍了拍女兒的手滿臉心疼，若女兒的祖父、父親和弟弟們都在，又怎會需要她一個女兒家為家族前程殫精竭慮？

她笑著捏了捏董氏的手：「阿娘心裡什麼都清楚，女兒也是什麼都瞞不過阿娘。」

「可這大魏富商蕭容衍，能一口氣買下這麼多的鋪子和農莊良田嗎？」董氏攥著女兒的手說，心裡盤算了一下，「這可不是一筆數目啊！」

「這就是我要同母親說的了，我讓陳慶生去同蕭容衍說，此事只借他的名頭，錢我們國公府出。只有這個法子能將國公府明面兒上的所有鋪子田莊，轉到私底下，還是由您攥著。」白卿言望著董氏，「就是不知……我們國公府一時之間，拿不拿得出四十五萬兩給宗族的人？」

董氏聽著白卿言的話腳下步子一頓，想起昨日哥哥董清平同她說……信王馬車車軸之所以斷裂，便是蕭容衍身邊的那個身手奇高的護衛所為。今日蕭容衍也是一早便來國公府祭拜，又是蕭容衍身邊護衛出手救下了要撞棺的四弟妹。

她抓著女兒的手一緊：「你和蕭容衍，私下見過？有……來往?!你和阿娘說老實話！」

董氏問題像連珠炮似的，她越想越覺得是這個道理，雖說士、農、工、商，商排最末，可大晉國並不那麼低賤商人。這蕭容衍生得英俊瀟灑不說，身上那股子書生儒雅的氣質更是出類拔萃！她的女兒自不必說品貌超塵拔俗，難不成兩個人……有了情誼?!否則白卿言如何就肯定蕭容衍會幫國公府？若白卿言真與蕭容衍有了情誼，那她就得另作打算，之前和母親董老太君說的法子便不能用了。女兒平安重要，可平安之餘能讓她這輩子順遂如意也重要。

眼下，白家身後立著大都城的百姓，皇帝一時間還不會拿國公府如何，若女兒真對這個商人有情，她此時就需要開始籌謀，待到試過這個蕭容衍人品屬上乘，她才敢把女兒託付給他。

蕭容衍那樣的氣度，怎麼就是一個商人?!這要是讓女兒跟了他那就不僅僅只是低嫁了，怕這在世人看來就是自甘墮落自甘輕賤吧！

普通清貴人家哪有把女兒嫁入商家的道理，更別說是鎮國公府這樣百年榮耀列國皆知的簪纓世家。不過是須臾間，董氏心裡已百轉千迴。

白卿言望著董氏變幻莫測的面色，磊落對董氏開口：「今日我去城外折柳亭送人，偶遇蕭容衍說了兩句話。不過，女兒讓陳慶生去找蕭容衍商議此事的原因，卻不是覺得幾面之緣，說兩句話便能在蕭容衍那得到這個面子。」

她扶著母親一路往前，一邊低聲同董氏解釋：「自蕭容衍入大都城，母親細想蕭容衍每每一擲千金的作風。他要的是在這大都城揚名，甚至在晉國揚名，把大魏第一富商的名號變成天下第一富商，讓天下人知道有蕭容衍這麼一號人物！」

「而今在晉國之內鎮國公府舉國矚目，對蕭容衍來說……有什麼比一口氣吞下國公府手中所有的鋪子、農莊良田能讓他更快達成目的？」

白卿言剛站在廊下時，在心底什麼都盤算過了，蕭容衍當初宮宴上說要等大都城十五燈會一過再走，為何？無非就是想藉著燈會天下文人雅士聚集大都城之時，展示財力，打響天下第一富商的名號。

可如今因為國公府的喪事，這個期望怕是要落空。

既如此，白卿言便將機會送到蕭容衍的面前，蕭容衍那麼聰明的一個人，絕不會錯過這次即能向天下展示財力……又能讓國公府欠他一個人情機會的。

董氏看著女兒內斂鋒芒的目光，攥住她冰涼的手，問：「這蕭先生……不論儀貌還是品格都堪稱翹裡奪尊，你對他……」

她一時間沒反應過來母親的話，待反應過來了被母親弄得哭笑不得：「阿娘，您想到哪裡去了？我自己是什麼樣子我心裡清楚，此生已經打定主意要賴在母親身邊了，更何況我們國公府如今更是舉步維艱，哪有餘地容我有那樣的小女兒心思？」

不待董氏開口，她又道：「母親，不論是什麼事，我們都等到祖父、父親、叔叔和弟弟們的喪事過了之後再說。」

董氏眼眶發紅，哽咽點頭。

「世子夫人、大姑娘。」

只見古老先生被小廝攙扶著走了出來，行了禮便急急追問：「宗族來的岐雲四爺呢？走了？」

古老先生是國公府忠僕，自高祖起古老先生祖祖輩輩都在國公府內，可以說世世代代為國公府殫精竭慮。

古老先生這些年一直主理府內最為要緊的帳房，銀錢調度上都是古老先生在管，所以古老先生不論是在國公府內還是在朔陽宗族內，都很得人望。

剛才白岐雲端著架子來找董氏，秦嬤嬤便悄悄派人去找古老先生來鎮場子，只是沒料想白卿言過來不過一會兒就將此事敲定，古老先生還是來晚了一步。

「剛才母親答應了宗族提出來的要求，打算變賣國公府手頭所有的鋪子、農莊田產湊足這筆錢，堂伯父已經去前面上香稟告祖父和父親了。」白卿言恭恭敬敬對老人家道。

「老朽去與他們理論！」古老先生拄著拐杖，又顫顫巍巍朝著前面疾步走去。

「古老……」

董氏正欲喚住古老先生，卻被白卿言攥住，她深深看了眼古老的背影，收回視線沉穩鎮定望著董氏：「母親，讓古老去添一把火，正好！」

太陽已經落山，斂盡天際最後一絲餘暉。

前院靈堂前，搖曳的燭火之下，白岐雲終於正正經經行了叩拜禮。

他跪在蒲團上開口道：「伯父、堂弟，你們雖去了，可弟妹是個守諾的，之前伯父應承要給宗族修祠堂，修祖廟，修祖墳、學堂這些事弟妹都應下來了！」

白錦稚一聽這話，按照白卿言交代怒道：「什麼?!大伯母同意了?!」

「錦稚！」白錦桐作戲拉她。

白錦稚甩開白錦桐的手，怒問：「大伯母為什麼要同意這起子小人的訛詐?!我們國公府若不傾家蕩產怎麼能湊齊四十五萬兩？大伯母怎麼能答應啊?!若真是傾家蕩產了……我們國公府遺孀該怎麼辦?!」

「小四！」白錦繡哽咽出言，意圖阻止。

白錦稚情緒卻越發激憤：「更何況，此事若是真的，為何祖父從來沒有交代過此事?!這宗族堂伯父一上門來不先祭拜弔唁，反倒說什麼國公府遺孀要靠宗族庇護，要我們拿銀子買平安，和強盜一般做派！大伯母那麼要強一個人，為什麼要服軟?!我們國公府又憑什麼服軟！這些年宗族從我們國公府拿走的銀子還少嗎?我們祖父、伯父和我父親、叔叔、哥哥弟弟們屍骨未寒，宗族裡的人就逼著我們孤兒寡母拿銀子買平安！這和鄉間惡霸又有何區別?!」

白錦稚本就嗓門大，又是習武出身，這一吼，將院內的賓客，院外的百姓全引了來看熱鬧。

滿門男子都葬身南疆，今兒個上午先是行軍記錄竹簡逐漸被忠僕捨命送了回來，皇宮武德門前百姓陪著鬧了一場！

此時大都城百姓無不掛心國公府，都不願意看到國公府再出什麼茬子。

剛才這宗族的人來了，不叩拜不上香，直朝內院衝去，百姓和賓客也不是沒有看到。

鬧了半天，那麼匆匆忙忙是逼著白家遺孀拿銀子買平安啊！

白岐雲雙眼瞪大：「你這小輩滿口胡說什麼?!誰要你們國公府拿銀子買平安?!那是你祖父鎮國公和世子爺早就和族裡商定好的，原本就定在今年送年禮時做安排，國公爺常說……國公府作為族內最顯耀的人家，為族裡出力這應當應分，且歷年來為宗族要的做的事國公爺也是全盤攬下，族長怎麼勸國公爺讓其他族人出點力，國公爺也都只說宗族榮耀我們白家才能更加昌盛！族長怕國公府喪中還惦念著宗族內的事情，又騰不出人手來辦，這才讓我上門！你這小女子顛倒是非黑白不說，又是怎麼對長輩說話的呢?!」

白岐雲雖然愛拿架子，可不是個一蠢到底的，當著這麼多外人在，他怎麼會拿出剛才在廳內逼迫董氏的嘴臉授人話柄?!

他當然是把國公爺捧的高高的，族長也自然是因為體諒國公爺那分為了宗族榮耀和前程的心，這才派了他來。

「小四！退下！在國公府二十多位英靈面前吵鬧成何體統?!」白錦桐拉扯了白錦稚一把，雙手將手中香遞給白岐雲，「請堂伯父為我祖父、伯父、父親、叔叔和兄弟們上香！」

白岐雲看了眼被白錦桐制止的白錦稚，嘟囔了一句：「欠缺家教！」

「你……」白錦稚還要上前理論，卻被白錦桐死死按住手腕。

白岐雲舉香鞠了三躬，正要上香時，手中的三炷香居然齊齊斷成兩截。

「斷了……」

「香怎麼斷了?!」

「這是……國公爺不肯吃他的香啊！」

百姓議論紛紛，忍不住往前湊了兩步看熱鬧。

白岐雲臉色難看，抬頭朝著鎮國公黑漆牌位望去，心中陡升惶惶，下意識向後退了兩步。

雖說子不語怪力亂神，可他在國公爺屍骨未寒之時逼上門來，企圖訛詐國公府遺孀，本就心虛，眼下香斷兩截，如何能不心慌?

白錦繡看出白錦桐遞香時的門道，垂眸沒有做聲。

「怕是香受潮了，堂伯父重新點香吧！」白錦桐垂眸掩住眼底笑意，重新點了三根香遞給堂伯父，「堂伯父上香吧！」

白岐雲忍住心中忌憚，越發恭恭敬敬鞠三躬，再次上前上香時，手中三炷香居然又整整齊齊斷掉跌落地上，驚得白岐雲連連向後退。

「我就說我祖父從來沒有交代過，要我國公府家產全都交給宗族！」白錦稚一下就跪在了靈堂前，哭喊開來，「祖父！祖父是您回來了對不對！您也看到宗族的人欺負我們孤兒寡母，祖父您是在替我們鳴不平，所以不吃他的香火是不是?!」

靈堂前的燭火突然劇烈擺動，牌位影子也跟著在牆上胡亂晃動，門口又無風竄進來，一時間人人都提起了心。

「國公爺顯靈了！」

「是國公爺顯靈啊！」

「國公爺！」

門外百姓突然哭喊著都跪了下來，家中僕人各個熱淚盈眶跪了下來，高呼國公爺。

白岐雲臉色慘白，手中捏著斷成兩截的那三炷香尾，又向後退了兩步。

白錦稚跪在了靈前重重叩首：「祖父！前有信王攀誣，後又宗族逼迫，國公府遺孀步步艱難，求祖父明示我等小輩該何去何從啊！」

「宗族也太不要臉了！」氣如洪鐘的老人家聲音從後方傳來，驚得白岐雲回頭。

只見古老先生被小廝攙扶著顫顫巍巍走了出來，雙眸通紅，怒髮衝冠。

古老匆匆而來，眼見國公爺魂魄不安，一顆心都揪了起來，憤怒指著白岐雲的鼻子罵：「宗族還要不要臉啊？啊？」

「古……古老?!」白岐雲輕輕喚了一聲。

古老拐杖將這青石地板敲得咚咚直響：「我這些年管著國公府的帳目，最清楚國公府這些年對宗族的幫扶！每年國公府進項，包括陛下的賞賜，哪一次……國公爺沒有惦記著宗族？哪一次沒有分一半之數運回宗族？」

古老說到這裡，直接跪在了靈堂之前，捶胸哭喊道：「老奴早早就應該勸國公爺和世子爺啊！升米恩斗米仇，這宗族的胃口果然是被養大了，開口就找國公府要四十五萬兩銀子！這些年國公府年年將一半進項分與宗族，怎麼拿得出四十五萬兩銀子?!國公府拿不出銀子，他們就逼著世子夫人變賣國公府所有的鋪子、農莊田產！這要是都賣了，將來……國公府這上百口人都要怎麼過活啊！都是老奴不好……沒有盡忠直言！老奴……老奴愧對國公爺信任，愧對這國公府上下，老奴這就死了算了！」

說著，古老陡然站起身，朝著靈堂實木供桌撞去。

「古老！」白錦繡睜大眼，張開雙臂攔住古老，竟被撞得和古老一同跌倒。

靈堂瞬間亂成一團，拉古老的拉古老，忙去扶白錦繡的扶白錦繡。

百姓被激得義憤填膺。

「國公府也太倒楣！這還給不給國公府孤兒寡母活路？一天下來，差點兒逼死國公府兩條人命！這都是做的什麼孽，這宗族都不怕天打雷劈嗎?!」

「呸！也忒不要臉了！國公府這麼大的喪事，宗族不知道趕緊派人來幫襯人家孤兒寡母，竟跟個強盜似的搶家產！」

「真是貪心不足！國公府每年一半進項都給了宗族，誰家這樣大方?!我看就是國公爺太好心性了，讓那群狼心狗肺的東西越發不知足，這才給國公府遺孀釀下如此大禍。」

「我看，他們就是欺負國公府沒有男人了！國公府男兒為國為民而亡，這不要臉的宗族好意思欺負人家遺孀嗎?!」

見百姓群情激憤，白岐雲向後退了兩步，和自己兩個庶堂弟站在一起，顯然被剛才「國公爺顯靈」之事嚇得方寸大亂。

「鬧什麼?!」國公府世子夫人董氏被白卿言扶著緩緩走入靈堂，董氏主母威儀十分懾人。

「鬧出這麼大的動靜，是要驚動大長公主嗎?!」

古老愧疚難安，重重叩首：「世子夫人！老奴沒有做到忠義之言，老奴不配為國公府家僕啊！」

董氏疾步，走至古老面前，扶起雙眸通紅的古老，道：「古老何出此言？古老一家子從高祖起祖祖輩輩跟著國公府，世世代代為國公府辛苦！我如何不知啊?!」

「世子夫人！」古老老淚縱橫，哽咽不能語。

「雖說此次國公府為了給宗族置辦田產，修繕祠堂、祖廟、祖墳和學堂，傾家蕩產才能勉強湊足銀子。可我董氏在此立誓，必會以我全部嫁妝奉養為國公府辛苦的忠僕、家奴，我董氏有一口飯吃，便絕對不會讓國公府任何一人挨餓。」

「世子夫人！」

「世子夫人！」

白家僕人、家奴全數跪地，感激董氏恩德。

董氏雖是後宅女流，卻是個胸有城府又有決斷之人。

白卿言望著母親心中滿是敬佩嘆服，剛才母親壓著她一直等在後頭不出面，直到古老被逼得要碰死，燒起百姓的心中那把火，母親這才不緊不慢出來收拾場面。

今日母親在靈前稱將用嫁妝奉養白家忠僕、家奴，那便是將來退回朔陽，宗族看到了國公府浩浩蕩蕩回去的僕從，看到國公府吃穿用度一如往昔，也不能再拿什麼宗族大義來逼迫國公府為宗族出銀子，畢竟這用的可都是她母親的嫁妝。

宗族再無恥不要臉，也不能把為宗族貢獻的說頭，按在族人媳婦的嫁妝上，更不可能手伸的那麼長去查白家媳婦的嫁妝。

否則，以後誰家敢嫁白家郎？

她想了法子，可母親卻將她的法子補得更為周全，關於宅子裡這點兒事情她在母親這裡還有得學。

「此次為了宗族，銀子我們國公府傾家蕩產湊了！可話我也要先同族堂兄說清楚……」董氏看向白岐雲，一字一句，音聲如鐘，「此次為宗族出力，我國公府既拆家散業挑了大樑，下次宗族要是再有什麼可別再打我們這些遺孀嫁妝的主意，畢竟我們的嫁妝還要養活女兒，養活這些為國公府奉獻的忠僕、家奴！待我們回到朔陽老家，還求族內給我們這些國公府遺孀一條生路，一點安寧。」

白岐雲和兩個庶堂弟立在一起，本應為挽回宗族聲譽辯上一辯，可一想到剛才燭火無風搖曳，兩次斷香，死死抿住唇不敢開口。

聲譽，乃是一個宗族的立世之本。他萬萬沒有想到，國公府這群將來要依靠宗族過活的婦人、女童，竟然連世族之本都不顧了，徹底與宗族撕破臉。這要是讓白岐雲的父親如今的族長知道，白岐雲腿怕是保不住了。

「國公府家財散盡不要緊，所幸還有我等婦道人家的嫁妝，還怕養活不了我們的孩子和國公府的忠僕家奴嗎?!」挺著肚子的五夫人齊氏被貼身嬤嬤扶著也來了靈前，她恭敬對董氏一禮，「只要能花銀子買我國公府遺孀一條生路，莫讓宗族把我們逼死！國公府家財散盡又有何妨?!不止有嫂嫂的嫁妝，還有我的嫁妝，嫂嫂……我們國公府諸人同舟共濟，沒有什麼是過不去的！」

一直倚在兒子棺材前，了無生機的四夫人王氏啞著嗓音開口：「還有我的嫁妝！」

「還有我的！雖說我的嫁妝比不上大嫂的，可當年也是十里紅妝……嫁妝流水似的抬了一整天！」三夫人李氏聞訊而來，人還未到聲先聞。

自古以來，出嫁的女子無不將自己的嫁妝看得比命還重要！當宗族逼迫國公府傾家蕩產用銀子買平安時，國公府諸位夫人站出來，稱願用嫁妝來養活國公府餘下的子女，願意養國公府的僕從、家奴！這等比較之下，國公府諸位夫人是何等的氣度！這朔陽白家宗族又是何等的齷齪?!

民間百姓不是沒有家裡死了男人又無男丁的絕戶，那些孤女寡母誰又能保住男人給留下的產業?大多都是被宗族搶了去。

沒成想，就連白家這樣的世族，也是這樣的齷齪。

白卿言垂下發熱的眼眸，她一直都知道她的嬸嬸們義薄雲天，雖說平日裡幾房相處難免有口角，心生不愉，可一旦真的遇到難關，白家便無比團結。

這……便是白家數百年來，生生不息，榮耀愈加繁盛昌茂的原因。

世間只有血脈之情不能以銀錢衡量，祖父這話並未說錯……

「國公爺曾在宗族數次說過，國公府顯赫為宗族出力應當應分無怨無悔！宗族絕無並無逼迫國公府遺孀的齷齪念頭！世子夫人動輒拿嫁妝說話，實讓宗族難堪！讓天下人以為我白氏宗族族長乃是奪人遺孀產業之人！既如此……哪怕違背國公爺遺願，宗族也斷不敢領受國公爺這分好意，告辭了！」立在白岐雲右側的朔陽白家庶老爺，一副恭恭敬敬的模樣說完，伸手去拽白岐雲。他想趁機帶著白岐雲溜之大吉，畢竟宗族的聲譽要比這銀錢貴重的多。他們本不占理，再對峙下去難免露餡。

白錦稚二話不說攔住了三個人的去路，緊咬牙關，聲嘶力竭：「這會兒說不敢領受?!剛才咄咄逼人要我伯母明日湊齊四十五萬兩的，不是你們嗎?!頤指氣使讓我們拿錢買後路的，不是你們嗎?!滿嘴說著我祖父高義，實則暗指我們國公府遺孀是不義之徒……陷害宗族！你當我是傻子聽不出來?!既如此……你們敢不敢對著我祖父的靈位發誓，你們沒有逼迫我大伯母？你們若敢發誓……我白錦稚今天以死向宗族謝罪！你們敢嗎?!」

三位朔陽來的老爺，誰真敢發這個誓啊？

白錦稚憤怒高昂的話音剛落，急促而來駿馬突然被勒住，穩穩當當停在鎮國公府門前。

身披白色大氅的蕭容衍從馬背上一躍而下，隨手將馬鞭遞給隨行侍衛，在門外恭敬理了衣擺，這才抬腳便邁上鎮國公府臺階。

蕭容衍進門未言，先行大禮叩拜，後才起身對董氏長揖到地。

董氏同白卿言回禮，不待蕭容衍開口，白卿言便先道：「想必蕭先生已經見過國公府管事了，蕭先生可有盤下我國公府鋪子、農莊良田的意思？宗族這邊兒催得急，明日就要見銀子，母親和我思來想去……只覺放眼大都能一夜之間拿出五六十萬兩的，也就只有您這天下第一富商蕭先生了！本想得了先生的准信，再讓管家同管事帶了契約登門，不曾想蕭先生竟親自來了。」

蕭容衍望著慢條斯理說話，面色從容鎮定的白卿言，朝身後伸手，隨從立刻遞上一個十分精緻貴重的紅木盒子。

蕭容衍雙手將盒子奉上，溫淳的嗓音徐徐道：「鎮國公府白家之忠勇，天下有目共睹。蕭某亦感佩國公府滿門忠烈！蕭某身為商人，身分低下，能拿的出手的也唯有這黃白之物！這裡是一百萬兩匯通銀號的銀票，剛印出來。如果不夠，明日我再讓人送兩百萬兩過來！世子夫人、白大姑娘儘管開口，再多蕭某也拿得出來。」

白家靈堂搖曳的燭火燈籠之下，身形修長挺拔的蕭容衍黑眸沉著自若。

滿室燭光燈火勾勒著他極其清雅分明的五官棱角。平靜似水的幽邃目光也因火苗搖曳，忽明忽暗，一派溫潤矜貴的醇熟氣質。

白卿言就知道，機會送到蕭容衍面前，蕭容衍只會比她預料的做得更好……

如此豪氣對國公府遺孀，既展示了財力雄厚富可敵國，又博得了好名聲。

聽到百姓紛紛讚賞蕭容衍高義，她眸色越發幽深。

今日之後，蕭容衍天下第一富商的稱號便坐穩了，一個義商的名頭……也少不了。

董氏淺淺福身行禮：「多謝蕭先生援手，國公府承了蕭先生的情。不過生意便是生意……還是要按規矩辦事。蕭先生盡可命掌櫃管家帶人來同我府上帳房盤算鋪子、農莊良田價值幾何，該多少是多少！絕不能讓蕭先生多出一錢。」

「世子夫人……」

董氏抬手，示意蕭容衍不必再勸，神色溫和：「蕭先生能在國公府艱難之際雪中送炭，已是難得！國公府上下銘感於內。只是國公府家法嚴厲，就算山窮水盡，也絕不能多拿百姓一針一線！國公府家規不可違，硬骨不可折！更別說國公府有我等婦人在，並未到窮途末路。」

蕭容衍鄭重行禮致歉：「是蕭某魯莽，國公府雖男兒盡馬革裹屍，但國公府硬骨精氣長存，蕭某感佩！如此，便依世子夫人所言……」

「不過……」蕭容衍視線掃過被白錦稚攔住的朔陽白家三位老爺，道，「既然這朔陽白家宗族這三位老爺如此著急，可先將銀票給予。死者為大，國公府如今大喪在前，先辦喪事。待到喪事結束，再慢慢計較生意對帳交接之事，世子夫人以為如何？」

「蕭先生高義，國公府感激不盡。」白卿言恭敬行禮後道，「母親，對帳交接怕是需要些時日，我們既然答應了三位族內堂叔伯明日備齊，便不能失信。如今國公府突逢大喪，忙得不可開交。既然蕭先生信得過國公府，不如先請蕭先生……拿了四十五萬兩給三位堂叔伯，待到國公府喪事一過，再對帳交接。」

董氏頷首：「那便有勞蕭先生了。」

蕭容衍這才將手中錦盒遞給身後侍衛，侍衛拿出四張十萬兩的銀票，又拿了五張一萬兩的銀票，一手夾著裝銀票的木盒，一手拿著銀票走至白岐雲三人面前，態度散漫單手將銀票遞了過去。

白岐雲不是個傻子，這四十五萬兩銀票要是在人後收倒也無妨，剛才鬧了一場，來弔唁的清貴和百姓都看著，宗族逼得白家遺孀變賣國公府產業給宗族湊銀子，現下來了一個商人反倒給國公府送銀子，他要是收了這銀子，他們白家宗族才真要讓全天下恥笑了。

白錦稚出言激白岐雲：「堂伯父，銀票來了……您怎麼又不敢伸手拿這銀票了？該不會因為祖父顯靈，你怕了？莫不是祖父答應給宗族辦這辦那的話，不過是你欲強奪國公府產業，編出來騙人的說詞?!」

白岐雲又不由自主想到剛才無風搖曳的燭火，斷了兩次的香，手心裡起了一層膩汗。

一直跪在靈前的白錦繡抬頭，緩緩開口：「堂伯父如此猶豫，莫不是我四妹妹的揣度是真的？

堂伯父難不成是怕昧著良心收下銀子，夜裡我國公府英靈會找伯父算帳不成？」

白岐雲慌得向後退了一步，色厲內荏：「你胡說什麼！這……這本就是原先說好的！」話這麼說，白岐雲卻遲遲不敢伸手接銀子，懼怕之意顯而易見。

倒是立在白岐雲身後的庶老爺咬牙上前一步，雙手接了銀子。

「只望宗族拿了銀子，真能夠還我們鎮國公府遺孀……一個平靜！」白卿言長長歎了一口氣，「天色已晚，讓下人帶三位堂叔伯去安置吧！待國公府大喪過後……我母親親自派人護送三位叔伯回朔陽！」

白錦稚一聽又沉不住氣上前：「長姐！他們這般對我們國公府……」

「我國公府，寧天下人負我，絕不負天下人，此乃義。」

白岐雲看著恨不能將他們生吞活剝的國公府諸人，哪有勇氣在國公府住下來?!

「不……不必了！我們自有住處！」白岐雲緊緊握著庶堂弟的手要走。

「堂伯父，大都城離朔陽雖說不遠，但也不近，堂伯父懷揣四十五萬兩銀子，如此回去難免不穩妥！國公府喪事未辦完之前，實在騰不出人手護送您三位回朔陽，為今穩妥之計……不如等喪事結束後，國公府派人護送您三位回朔陽為好。」

「長姐！」白錦稚氣紅了眼，滿腔憤懣不滿。

不等白岐雲開口，剛才那位接了銀子的庶老爺道：「此次我三人本就是為國公府喪事，與國公爺遺願來的，自然得等國公府喪事之後再走！只是護送之事不敢再麻煩國公府，否則我等得羞愧而死。」

話已經說到這個分兒上，白卿言頷首，命人請蕭容衍內廳喝茶致謝。

白岐雲三人在百姓注視之下灰溜溜離開。

圍觀百姓卻不免覺白卿言對族人太過軟弱。

「雖說寧天下人負我，絕不負天下人，可白家宗族的人這麼作賤他們國公府，白大姑娘連信王都敢逼殺的人，怎麼面對宗族那麼軟弱。」

三五聚作一團提燈回家的百姓議論紛紛。

「怎麼那麼軟弱?!那還不是人在屋簷下不得不低頭，沒聽世子夫人說……喪事過後，國公府白家的遺孀要回朔陽了?能怎麼辦?她們孤兒寡母的總不能和宗族硬來吧?」

說到這裡，有心腸軟的婦人不住抹眼淚：「鎮國公府滿門忠烈，怎麼就落得了這樣一個下場!要是國公爺知道定然死不瞑目啊!」

「可不是死不瞑目嗎?就剛才……別人上香都好好的，偏那個朔陽白家的族老爺上香，香就斷了!還兩次!燭火無風搖擺，那可不就是國公爺顯靈了嘛!」

「哎呀!這天都黑了，你怎麼說這個!怪瘮人的!」

「怕什麼，國公府一家都是為了護衛我們百姓而亡的，難不成死後英靈還會害我們嗎?!就算死後也會護著我們，什麼妖魔鬼怪能害我們!」

天色已沉沉黑了下來，大都城往日最熱鬧的紅燈長街被籠罩在一片濛濛霧色之中，隱約能看到百姓、商戶自發換上的白色燈籠，大約是為了哀悼為國為民而死的國公府英靈。

國公府長廊裡、簷角上的白色燈籠，隨風清淺晃動。

不一會兒，雪粒如被磨碎的細鹽一般往下落，輕輕砸在燈籠白綢緞面上，劈裡啪啦直響。

董氏、白卿言坐於廳內，緩緩與蕭容衍細說國公府只借用他名頭的事情。

「此事，算我國公府欠了蕭先生一個人情，還煩請蕭先生同國公府把這場戲做足，可好？」董氏聲音徐徐。

蕭容衍放下手中茶杯，鄭重道：「世子夫人這話，便是折煞蕭某了。蕭某雖愚鈍，卻也知……此乃是白大姑娘看透蕭某大都行之所圖，給了蕭某借國公府達成目的的機會。」

「士、農、工、商，商者多為人輕賤，國公府未低看蕭某出身，反助蕭某，蕭某銘感於心，只盼他日世子夫人與大姑娘能給蕭某機會，報償一二。」

能讓塵世之人所看重的，無外乎三樣東西，一是權，二是名，三是財。

三樣東西，可以說相輔相成……

權柄在握，可得財，可得名。

名，可以成就權，成就財。

財，亦能成就名，成就權。

而其中最容易掌握便是財，其次是權，好名聲最難……

蕭容衍既然要用第一富商的名號行走列國，想得他國勳貴甚至是皇廷青眼，自是要將名聲推至鼎盛。有了盛名，蕭容衍不論走至哪一國，都不必再花費心機接近那些權貴人物，只要名帖遞上自是相見何人都可。

尤其此次，蕭容衍同世間忠義之名最為耀目的白家扯上關係，那便是為蕭容衍這個名字鍍了一層金。

白卿言這是把站在白家肩上，為他蕭容衍博得好名聲的機會……拱手送到了蕭容衍面前。這對他將來與各國門閥、世家打交道大有裨益，以蕭容衍的心智，他怎麼會看不明白？

董氏望著坐於燈下極為英俊的儒雅男子，他眸色沉穩內斂，眉目間被搖曳的燭火染上一層溫潤暖色。雖為商賈，卻無銅臭，通身清雅，言行舉止間頗有矜貴從容之態，話音溫醇平和，讓人好感倍生。

董氏輕輕握緊手爐，眉目間略略含笑，望著蕭容衍點了點頭。

蕭容衍是個極為睿智通透的，雖說那眸色如一泓深泉讓人望不到底，但董氏能感受到，蕭容衍坐於此間同她說話，並未有所藏掖，直抒胸臆，是真心領受了國公府這分恩情。

董氏倒是不圖日後蕭容衍能有所報償，她不過是喜歡和聰明人打交道，不費勁。

「也是感激蕭先生城南出手攔信王，今日棺前又救了我白家遺孀。」董氏望著門外簌簌的落雪，「雪天路滑，蕭先生回去路上小心。三日之後，國公府必將四十五萬兩如數奉還。卿言，送蕭先生……」

蕭容衍起身恭恭敬敬對董氏行大禮後，才隨白卿言從廳內走了出來。

「蕭先生慢走……」白卿言福身。

明燈長廊之下，掌燈婢女在前挑燈引路，蕭容衍與白卿言並肩而行，春桃和一眾丫頭連同蕭容衍的護衛，跟在兩人身後不遠處。

一路無言，倒是蕭容衍先出聲道：「寧天下人負我，絕不負天下人，這話……怕是此時此刻已經傳到陛下耳中。最晚後日，關於信王之事，陛下定有所決斷。」

白卿言垂著眸子沒有吭聲。

國公府決意退回朔陽老家的姿態，擺出來給皇帝看了。

皇帝想聽的話，也借著朔陽宗族逼迫之事說了。

是個人就總有心，心再冷……也總有一絲溫情能被觸動。

那日大殿之上，她信口捏造祖父說皇帝鯤鵬大志的言語，已讓皇帝心存愧疚。

她深信，再讓皇帝看到國公府「寧天下人負我，絕不負天下人」的仁義，皇帝必有決斷。

「宗族逼迫，變賣國公府產業，助蕭某達成所圖，推進皇帝決斷，為國公府日後回朔陽不受宗族鉗制鋪路。」蕭容衍摩挲著手中玉蟬，心中敬服，低聲問，「宗族逼迫之事……也是白大姑娘一手促成？」

這位白大姑娘每每有驚人之舉，必定令人刮目相看，而後又必存後手，環環相扣，讓人歎為觀止。

「宗族人心不足，我也只是順勢而為，略作謀劃，求存罷了。」

在蕭容衍這等心智之人面前否認，他必要同她饒舌，逼她承認，不如痛痛快快認下來。

「不論如何，此次白大姑娘助我，蕭某沒齒難忘。」

「不過各有所求，各得實惠，談不上誰助誰，就算做相互成全。況且今日折柳亭內，白卿言說了……他日先生若遇困頓，白家力所能及，必不推辭。」

說話間她已將蕭容衍送至偏門，她攏了攏身上狐裘，側身望著立於白家偏門燈下的男子：「若蕭先生仍內心不安，就當白家這是報答先生兩次出手相助之恩吧！」

國公府家僕已將蕭容衍的馬牽至門前，馬兒看到蕭容衍，鼻子噴出白霧，踢踏著馬蹄想湊過來。

「蕭先生請吧……」

「告辭。」蕭容衍對白卿言行禮後，抬腳走出國公府，瀟灑俐落一躍上馬。他一手攥住韁繩，一手接過國公府家僕遞來的烏金馬鞭，高坐於馬背，朝門內白卿言的方向望去。

隨風搖曳的白綢燈下，身著孝衣孝布的女子淺淺福身行禮，面色蒼白有幾分病弱之態，隔著薄霧雪籽，依舊掩不住的明豔奪目的驚鴻美貌，和熠熠矜貴的氣質。

清雅恬靜，從容淡然，內裡心智堅韌，城府謀算深不可測。

這樣的人物，蕭容衍敬佩。

男子幽如深井的眸子凝視了她片刻，終還是揮鞭而去。

「這一天過得，真是好生漫長啊！」春桃扶著白卿言的手臂，忍不住低歎，「大姑娘累了吧？」

她點了點頭：「回吧！先去看看祖母，再去看看紀庭瑜。」

國公府後院廚房，兩個僕婦端著簸籮一路小跑進廚房簷下，拍了拍身上的雪籽，仰頭看那一片霧色直歎氣：「今兒個這天氣可真是怪了！這麼大的霧，又下這麼大的雪籽。」

另一個婆子左右看了看無人，這才附耳對同伴低聲道：「我聽說，二爺那個不爭氣的庶子，剛和他親娘雇了輛馬車，拎了好幾個大包袱從後門溜了！國公府也不知道哪路菩薩沒有拜對，朔陽祖宗逼的世子夫人要傾家蕩產，那庶子要是跑了……國公府連個摔盆的人都沒有。」

「看來這府上的活計，還是太輕省了。」大長公主身邊掌管膳食的管事嬤嬤立在廚房門內，雙手交疊在小腹前，不怒自威。

兩個僕婦被嚇了一跳，連忙福身行禮退至一旁，頭也不敢抬。

那位穿著墨青色衣裳氣派十足的嬤嬤瞪了兩個僕婦一眼，踏出忙得火熱朝天的廚房，身後跟著一排拎著黑漆描金食盒的丫頭魚貫而出，沿著明燈回廊朝大長公主內院方向走去。

大長公主長壽院正房裡爐火燒得極旺，侍奉丫頭正規規矩矩擺膳，管炭火的婆子用裹銅長夾添了幾塊銀霜炭，將銅罩罩在火爐上。

蔣嬤嬤陪著白卿言、白錦繡立在廊下，聽大長公主身邊掌管膳食的管事嬤嬤同她們說完白卿玄和他親娘溜了的事情，擺手示意管事嬤嬤下去。

管事嬤嬤頷首，恭敬行禮退下。

「這事我知道！」白卿言坦誠道，「清明院裡的嬤嬤早便同我說那庶子要走，也是我沒有讓人攔著。」

「走就走吧！」白錦繡眉頭緊皺，難見面露厭惡，「那婦人……那庶子，都不知我父親是怎麼……」是怎麼瞎了眼看上那種作為的婦人。

子不言父之過，白錦繡心中全是惱火，終閉了閉眼什麼都不曾再說。

白卿言垂眸，望著廊下劈裡啪啦落在廊簷下的雪籽，語氣淡薄如風：「祖母是什麼意思？想……把人扣下來嗎？」

「大長公主還不知道呢，大姐兒……國公府男子都沒了，好歹那是咱們國公府的一點血脈，孩子性情不好皆是沒有教好的緣故。大長公主前幾日還同老奴說，等陛下處置信王和劉煥章還有忠勇侯秦德昭的聖旨下來，咱們國公府大喪一過，便自請去爵位，去母留子，由她親自來管教這個庶子。」蔣嬤嬤見白卿言垂著眸子不吭聲，上前一步握住白卿言的手，「大姐兒啊，大長公主老了……喪夫、喪子，失去孫子，心裡苦不堪言！總要給她一點盼頭，給她找點事兒做，這苦不堪言的日子大長公主才好熬一些！」

「嬤嬤說的我都知道。」白卿言溫潤的腔調掩住心中肅殺之意，「人的確是我有意縱他們離開的，是因我深知以那庶子趨利避害的本性，只要皇帝處罰信王的聖旨一下，他必定還會再回國公府。嬤嬤信我。」

「信！嬤嬤當然信大姐兒！是嬤嬤多心了……大姐兒別往心裡擱。」蔣嬤嬤對她福身行禮。

「嬤嬤。」她歎了口氣，扶住蔣嬤嬤，「嬤嬤這就是折煞阿寶了，嬤嬤跟了祖母一生，當算得上阿寶和錦繡的半個長輩。祖母同蔣嬤嬤相處的時間，比我等孫女兒還要多。有您操心祖母，是我們的福氣。」

蔣嬤嬤雙眼泛紅，用帕子掩著嘴眼淚吧嗒吧嗒掉：「大姐兒、二姐兒你們不知道，自咱們國公府出事，大長公主她心裡苦如黃連，可她強撐著不能倒下，夾在皇室和國公府間左右為難，這心成日都滾在那沸油裡，無一日安生啊。」

蔣嬤嬤說的這些她心裡十分清楚，正是因為清楚……所以才願意為祖母竭力克制殺念，留那個庶子一命。

「去母留子這件事，我會替祖母做好，就別讓祖母她老人家再費心了。」她說。

「嬤嬤，祖母難……長姐不難嗎？」白錦繡緊緊攥著帕子，含淚替白卿言說話，「我父親留下的那個孽障，留在白家就是個禍患！當日長街之上，那個孽障說的那些話不讓人後怕嗎？把他留下……不知道什麼時候便會給家裡招來塌天大禍！是不是到時候又得長姐跟在後面收拾殘局？長姐身體本來就不好，為了這個家殫精竭慮，今兒個武德門前長姐生生挨了一棍，直到現在都沒有能閒下片刻讓洪大夫給把把脈，嬤嬤不心疼長姐，卻在這裡求長姐想辦法留下那個孽障？」

白錦繡喉頭哽咽難當，眼淚跟斷了線一樣：「從小到大，長姐即便有傷，也從不喊疼從不喊難受，難不成嬤嬤就真覺得長姐金剛不壞，全然不知疼嗎？」

燈下的蔣嬤嬤如夢大醒，驚慌失措望著白卿言，上下打量著她，緊張兮兮地聲音帶了哭腔問：「大姐兒，大姐兒你可還撐得住啊？是嬤嬤糊塗……是嬤嬤的錯！嬤嬤這就讓人去請洪大夫！」

「洪大夫此時正守著紀庭瑜，紀庭瑜失血過多，怕……」她抿著唇沒說後話，想到紀庭瑜為了國公府，將好不容易止住血的胳膊又砍斷，她眼眶發酸，「我不要緊。」

和紀庭瑜比起來，她挨了一棍算什麼?!

她攥了攥白錦繡的手，安撫白錦繡：「行刑官手下留情，比起家法軍棍可要輕不知道多少倍，否則我這身子骨還能站在這裡？」

聽到房內珠簾晃動，珠子磕碰的聲音，丫頭婆子細數從正房退了出來。

蔣嬤嬤擦乾眼淚，替白卿言、白錦繡打了簾，進屋時就見董氏已扶著大長公主在圓桌前坐下。

董氏是來同大長公主稟報變賣國公府產業的事情，事情的前因後果處理方式。董氏說得很清楚，大長公主知道董氏和白卿言是為了國公府遺孀日後回朔陽謀劃，並無什麼異議。反倒覺得董氏和白卿言十分有決斷，倒是不擔心以後他們回了朔陽被宗族欺負。

同董氏說完她心裡舒暢了一會兒，正準備用膳，就聽到門外蔣嬤嬤的話。

大長公主和董氏立在屋內聽了一會兒，才從珠簾後出來，大長公主閉著眼，手指撥了撥佛珠，鬢間銀絲在燭光之下生輝，越發顯得容顏憔悴。

「阿寶……」大長公主對她伸出纏著佛珠的手，雙眸通紅。

她剛挪步剛走至大長公主身邊，就被大長公主摟在了懷裡，大長公主閉上眼，淚如泉湧，她死死咬著牙，睜開眼大聲道：「讓人拿了我的名帖，去請太醫過來給阿寶瞧瞧。」

這便是聽到剛才他們的話了，她望著大長公主：「祖母，我不要緊，您不必擔心。」

「你便聽你祖母的！」董氏早就焦心不已，雙眼紅得不像樣子，手中的帕子都快被她扯爛了，「自家人面前，你要什麼強?!」

今日她只知道大長公主帶著孩子們去敲登聞鼓，瞧著幾個孩子完好無損回來，還以為一切順利，誰成想女兒居然在武德門前挨了一棍，怎麼也沒有人回來稟一聲?!

要早知道女兒挨了一棍，她如何能讓女兒這般勞累！

「哪裡就不要緊了！你這孩子從小大到便是這樣，不論哪兒疼哪兒傷從不喊一個疼字！非得要把小毛病弄成大毛病，被發現了才勉強承認！」大長公主聲音嚴厲，「你若是不想祖母擔心，就讓太醫好好瞧瞧！」

請太醫的事情定下，大長公主又狠下了心開口：「那孽障要走，便讓他走吧，我國公府沒有這樣骨頭輕賤的子嗣。」

因白卿玄是白錦繡父親的孽障，白錦繡心中愧疚：「祖母……」

大長公主睜開通紅的眼，硬挺著莊重威嚴，堅定道：「少了這個孽障，我國公府還可以指望老五媳婦兒肚子裡的孩子，即便那孩子也是個女兒郎，難道我國公府女兒郎就撐不起白家門楣了嗎?!坐下用膳！蔣嬤嬤派人去前面靈堂把幾個孩子都叫回來用膳。」

看了眼滿桌子的素齋，大長公主語氣不容置疑：「雖說要守孝，可孩子們正在長身體，哪能跟我這老太婆一樣不沾葷腥?!」

「祖母我們身上帶孝……」白錦繡紅著眼說。

「不沾葷腥哪來的力氣守靈？哪來的力氣撐起我們國公府？孝義在心不在這些虛頭巴腦的東西上。都是做給活人看的……你們守著有個什麼意思！阿寶身子弱，錦繡成了親得調理好身子為將來打算，你們妹妹年紀又都還小，若真守上三年，身體還要不要了？你們康健、平安，這才是對你祖父、你們父親盡的最大的孝！此事不容再議，旁人說嘴……便是我這個老太婆用孝道壓著你們吃的！」

大長公主提起精神，對身旁婢女道：「讓小廚房給孩子們用雞湯給下碗麵，放些酸筍、松茸，臥兩顆蛋！年前小廚房備下的雲腿蒸上兩碟！明日開始廚房裡肉湯不能斷，就說是我說的！」

「乖孩子，大伯母知道你孝順，可你祖母說的對！」董氏拍了拍白錦繡的手，「你祖父他們人都已經不在了，總不能連你們的身體也都因為一個孝字折進去！聽你們祖母話！」

勸了白錦繡董氏又吩咐婢女：「給二姑爺也做一碗麵，配上爽口的小菜端過去，這幾天二姑爺扎扎實實在國公府幫忙，著實辛苦。」

靈堂裡不能離人，白錦桐、白錦稚帶著三個妹妹過來，母親同嬸嬸們便都在靈堂裡守靈。用完膳，乳母帶著五姑娘、六姑娘和七姑娘回去休息，大長公主親自盯著太醫給白卿言號了脈，聽太醫說白卿言無內傷，大長公主這才放心下來。

白卿言同白錦繡、白錦桐和白錦稚四人剛從長壽院正房出來時，外面已是鵝毛大雪。婢女提燈撐傘，陪著她們慢步往外走。

「今日長姐讓我同三姐那麼鬧了一通，雖說以後回朔陽這宗族便不敢找我們麻煩，可這四十五萬兩銀子……給的實在憋屈！」白錦稚心裡憤懣，「就宗族那吸血臭蟲的做派，我寧願用這四十五萬兩銀子開個粥棚接濟窮困人家，都比給了他們強。」

「國公府如今只剩女流之輩，就當花錢買平靜吧！」白錦繡笑著撫了撫白錦稚的腦袋。

「不過，那蕭先生倒是真高義！」白錦稚提起蕭容衍，眼底帶著幾分敬佩，「真是一派風光霽月之姿，與我之前見過滿身銅臭的商人完全不同呢！像個清貴世家的公子哥兒。」

蕭容衍本就不是真正的商人，自然身上無銅臭。

剛出長壽院，就見小丫頭撐傘扶著劉氏身邊的管事嬤嬤羅嬤嬤匆匆而來，羅嬤嬤說劉氏遣她來喚白錦繡去一趟。

「長姐，三妹妹、四妹妹，我就先去母親那裡，隨後便去靈堂……」

白卿言頷首。

白錦繡行禮後匆匆同羅嬤嬤離開，不住地問羅嬤嬤是不是母親劉氏有什麼不舒服。

寒風瑟瑟，她側身望著兩個妹妹：「我去看看紀庭瑜，你們先去靈堂。」

「那我陪長姐去吧！小四……你先去靈堂，那裡離不開人。」白錦桐把白錦稚支開，是不想讓妹妹再看到紀庭瑜血肉模糊的淒慘模樣。

「好……」白錦稚點頭。

白錦桐陪著白卿言到紀庭瑜那裡時，紀庭瑜已睡下，洪大夫說他剛才疼醒了吃了藥又睡了。

「能睡好啊！」坐在方桌前一直守著的洪大夫摸著山羊鬍鬚道，「睡著了就不那麼疼了。」

望著躺在床上面色慘白若紙的紀庭瑜，白卿言紅著眼從內室出來，問盧平：「紀庭瑜的家人可都知道了？」

「今天紀庭瑜剛回來，郝管家便遣人去莊子上告知紀庭瑜的姐姐了。」盧平點頭替白卿言和白錦桐打簾出來。

「不派人去告知紀庭瑜父母妻兒一聲嗎？」白錦桐問。

盧平立在廊下徐徐開口：「漳州匪患的時候，紀庭瑜的父親沒了，母親五年前也沒了。臘月初紀庭瑜剛娶了媳婦，可媳婦兒年紀還小……郝管家派去的管事怕紀家無長輩，新媳婦經不住事。便又趕到紀庭瑜姐夫家裡，同他姐姐說了。」

白卿言點了點頭，沉默片刻，轉身望著盧平道：「平叔還有一件事，我需要你悄悄去辦。」

「大姑娘吩咐！」盧平抱拳。

「我估摸著明兒個一大早，我那位族堂伯白岐雲便會懷揣銀票動身回朔陽。」她垂眸輕撫著手中手爐，慢條斯理說，「你挑十個忠誠可靠，武藝高強，且口風緊的，悄悄跟著他，等快到朔陽邊界，讓他們扮作盜匪劫了白岐雲。」

白錦桐一愣：「長姐?!」

「是！」盧平應聲。

「平叔勞煩您現在就去挑人，挑好了來逸風亭同我說一聲。」

盧平抱拳後，匆匆離開。

「我還以為，長姐讓我和小四做了那麼一場戲，只是為了在天下人面前占個理字，要一個面子，便會將銀子給宗族，小四為此心裡還不高興呢。」白錦桐眼裡藏著笑，打劫這做派真真像極了小四。

光是想到白岐雲被劫後哭天喊地樣子，白錦桐就覺得解氣。

「理字要，面子要，實惠也得要，不然對不起你和小四辛苦一場。」她望著盧平匆匆而去的背影，對白錦桐道，「都說窮家富路，你能多四十五萬兩傍身，記得要多謝白岐雲這位族堂伯啊……」

「長姐說的是。」

看著這滿地落雪，她轉過身來，鄭重問白錦桐：「你可是……打算出海？」

白錦桐自小年夜宮宴回來之後，日日都在思量這事。

若沒有皇帝殿前對長姐那一問，如果沒有白家滿門男兒盡折損南疆，她很是願意按照祖母安排的路走下去，慢慢為白家積暗財。

可那日他望著坐於齊王身後的大魏第一富商蕭容衍，終於明白，財……是能通天的。

白錦桐不知長姐對白家未來如何謀劃，可她能從長姐隻言片語中，察覺到長姐意欲威懾皇室意圖。否則，為何長姐要在這大都攪起風波，以民情民憤逼迫皇帝，又為何每每只提國公府愛民忠民之心……只提國公府保國安民之大義？

長姐……從頭到尾，也未提過要忠這林家皇權。

所以，白錦桐猜，長姐絕不會將白家軍權拱手讓人。

當白家手握軍權，又富可敵國！那她白家在這大晉……乃至天下，將會是怎樣一番景象？

白錦桐很想看到這一天。

那日清輝院中，長姐同她說，以她才智能做到何種地步，是她的造化也是白家造化。所以，她必需不遺餘力叩求那滔天富貴，為將來……打下堅實的基礎。

有些話，白卿言從來沒有同白錦桐說透過，可白錦桐睿智機敏，心裡太清楚白家未來的路該如何走。

「富貴險中求，這世上沒有憑白得來的富貴。」白錦桐負手而立，眉目間帶著幾分颯颯英氣，「出海風險極大，可利潤實在太過誘人！不瞞長姐……祖母指派給我的管事，我已先後派出一大半出發去海口買船、雇人。等十五一過我便親自帶人搜羅貨品，一來一往貨船不空，只要老天爺眷顧，最多五年……錦桐不敢說天下，卻有自信成為大晉第一富商。」

她望著自己這三妹妹，心中感懷良多。

幸而她們生在了國公府白家，祖父、父親他們從不因她們是女兒身而輕看，她們學得任何東西也不比男兒少，骨子裡少了女子柔弱和本該對這個世道的畏懼，反倒滿身降伏天地的鬥意。

「我父親曾有一位幕僚姓柳，祖上是靠海吃飯的，有一套祖傳預測天氣的能耐，很是厲害，我請他出山助你。」白卿言拉著白錦桐的手從臺階上往外走。

一直候在院門口的春桃，和白錦桐的貼身侍婢丹芝，見兩位姑娘出來忙撐開了傘，疾步進來接兩位姑娘。

白錦桐拿過丹芝手中的傘，撐在白卿言頭上道：「你們兩個回去吧，我和長姐走走……」

「燈給我。」白卿言拿過春桃手中的燈。

姐妹兩人沿著落了雪的青石板路，一邊說著話，一邊往逸風亭走。

「我聽祖母說，給你安排了幾個身世說詞讓你自己挑，你可選好了？」她問。

「選好了，我挑了個崔鳳年的名字，覺著好聽，且崔家本就是商賈出身，只是十幾年前敗落了，崔家還有一個雙目皆盲神志不清的祖母在，別人也不至於懷疑我這身分是假的。」

她點了點頭：「平叔挑的人，等事辦完之後，我想著就讓他們跟著你，聽你差遣。」

「長姐，祖母已經給了我很多人了！」白錦桐說。

她腳下步子一頓，轉過頭來定定看著白錦桐：「那些人是祖母給的，必定得用，你可以好好用，可有些事情……需要只聽命於你一人的人來辦，你手下便不能沒有自己的人！」

白錦桐抿住唇，猜測這是不是長姐含蓄的在叮囑她防備祖母。

「你別多想，我只是不想讓祖母傷心。」她牽著白錦桐，繼續往前走，「祖母到底年紀大了，她老人家更願意看到，是國公府與皇室相敬相扶的太平表象，有些事你若做的超出祖母預料，祖母必不會不聞不問。你心中需牢記，祖母是我們的祖母，也是大晉的大長公主。」

「我知道了長姐，我必會讓祖母看到她想看到的。」白錦桐說。

盧平手下知根知底可以交付重任，統共就那麼幾十個，他慎之又慎挑了嘴巴最嚴的十個，拿著名冊來同白卿言稟報。

白卿言將名冊遞給白錦桐：「以後這些人你用，你要去見見嗎？」

「平叔挑的人我放心，就不去看了，總有要見的時候。」白錦桐說。

白卿言點頭，抬眼望著盧平，眸色幽深，語速極穩：「即是盜匪，那就扮得像一些別露出什麼破綻，更不必刻意給白岐雲一行留命。事畢後，更不必折返覆命，分散兩路。一路直奔五道坡，以我父親之名請柳家堡柳正余先生出山。一路喬裝普通商戶管事家僕在事發之前進朔陽，替少東家崔鳳年購置朔陽白茶出海交易買賣。以後……他們便都跟著三姑娘聽命行事。」

「是！」盧平頷首。

已是子時，長壽院門外，撐著傘的蔣嬤嬤聽完外院婆子的回稟，打賞了一個荷包，拎著襖裙下擺又匆匆進了上房。

頭髮花白的大長公主閉眼，靠坐在床頭吉祥如意雙花團枕上，蓋著條絳紫色富貴團花錦被，手中撥弄佛珠，帷帳還未曾放下，半個身子都隱在燭光照不到陰影裡。

「大長公主……」蔣嬤嬤走至大長公主身邊，壓低了聲音道，「二爺的庶子已經安頓到莊子上了，該說的話也都傳到了，如今年節之下他們母子倆已無處可去，即得了大長公主保他平安的許諾，又仗著自己是國公府唯一的血脈，自然是先去莊子上安頓對他來說好處多一些，只待他們住進莊子，那婦人定是不能活著出來。」

大長公主歎了一口氣：「這事，別讓阿寶知道了！」

聽到這話蔣嬤嬤又紅了眼：「其實，大姐兒原也沒有想要那個庶子的命。」

大長公主閉著的眼角沁出濕意：「我不是為了防著阿寶要老二那庶子的命，我是不想讓阿寶手上沾那醃髒婦人的髒血！阿寶那麼小個孩子……為這個家做的太多了，損陰德的事就讓我這個身子埋進土裡的老太太來做吧！」

蔣嬤嬤應了一聲跪在大長公主床邊，輕輕握住大長公主的手：「老奴就知道，大長公主還是最疼大姐兒的！」

第二日一早，果然如白卿言預料的那般，白岐雲帶著四十五萬兩的銀票帶著他來時的人馬出城，是回朔陽的方向。

臨走前，白岐雲交代兩位庶族弟，今日再去國公府一天，明日必需出發回朔陽。

不到中午，皇帝四道旨意接連從皇城發出，內容讓大都百姓都不住跪地叩拜，高呼皇帝英明。

第一道旨意，皇帝命大理寺卿捉拿忠勇侯秦德昭，嚴查審南疆糧草一案。

第二道旨意，劉煥章通敵叛國，抄家滅族。

第三道旨意，信王杖一百貶為庶民流放永州永世不得回朝，信王子嗣貶為庶民圈禁於信王府內。

第四道旨意，追封鎮國公為鎮國王，追封鎮國公世子為鎮國公。

大長公主親率白家遺孀跪在門口接聖旨，兩位還未離開的庶老爺驚得臉色發白，對望一眼，滿心惶惶。

皇帝追封鎮國公為鎮國王，這是說皇帝不但沒有厭棄國公府的意思，且還要加恩！

封王啊！異姓王！雖是追封……也是高不可及的榮耀啊！

跪在靈前的白卿言給鎮國公上了一柱香，鄭重叩首，再抬頭已是淚眼朦朧，心頭酸澀難當。

「祖父！父親！叛賊劉煥章抄家滅族，信王被貶為庶民流放永州永世不得回朝！蒼天終還我白家男兒清白，我白家男兒……各個都是頂天立地，無愧百姓的忠義君子！白家一門肉身雖死，精魂永生不滅！諸位叔叔、弟弟們，可以安息了！」

她重重叩首。

白家諸姐妹含淚跪於白卿言身後，叩首。

國公府門外百姓聽聞「安息」二字，捶胸痛哭，那藏在心中巨大的悲痛相護感染，哭聲震天。

此生，她總算沒有讓祖父背負著「剛愎用軍」四字，屈辱下葬，留下一世罵名。

可就算……追封王爵又有何用?!她白家滿門的忠義兒郎，還能活過來嗎?!

她再也不會將白家的生死，將白家的榮辱，寄託在旁人手裡。

她要權！要勢！要白家不再成為砧板之魚。

此次皇帝對信王的處罰，比之前在大殿內皇帝同她說的要判的重。

她敢斷定，皇帝已拿定了主意讓她去南疆，因此……才做出這般示好，與退讓和妥協。

STORY 072

女帝 卷一

作者 千樺盡落
主編 汪婷婷
編輯協力 謝翠鈺
企劃 陳玟利
美術設計 卷里工作室 季曉彤

董事長 趙政岷
出版者 時報文化出版企業股份有限公司
108019 台北市和平西路三段二四〇號七樓
發行專線──(〇二)二三〇六六八四二
讀者服務專線──〇八〇〇二三一七〇五
(〇二)二三〇四七一〇三
讀者服務傳真──(〇二)二三〇四六八五八
郵撥──一九三四四七二四時報文化出版公司
信箱──一〇八九九 臺北華江橋郵局第九九信箱

時報悅讀網 http://www.readingtimes.com.tw
法律顧問 理律法律事務所 陳長文律師、李念祖律師
印刷 勁達印刷有限公司
一版一刷 二〇二四年四月二十六日
定價 新台幣三〇〇元
缺頁或破損的書，請寄回更換

時報文化出版公司成立於一九七五年，
並於一九九九年股票上櫃公開發行，於二〇〇八年脫離中時集團非屬旺中，
以「尊重智慧與創意的文化事業」為信念。

女帝 / 千樺盡落作 . -- 一版 . -- 臺北市 : 時報文化出版企業股份有限公司 , 2024.04-
冊 ;　14.8×21 公分 . -- (Story ; 72-)
ISBN 978-626-396-156-2(卷 1 : 平裝). --

857.7　　113004813

Printed in Taiwan